卷6

General Collection of Eight Great Literators' Essays of the Tang and Song Dynasties

唐宋八大家散文总集

新版校评 修订本

郭预衡 郭英德◎主编

苏轼

(一)

史慕鸿 过常宝◎校评

河北出版传媒集团
河北人民出版社

苏轼散文集

史慕鸿　过常宝　校评

前　言

一

苏轼（1037—1101），字子瞻，又字和仲，号东坡居士，眉州眉山（今属四川省）人，与其父苏洵、弟苏辙并列唐宋散文八大家，而以苏轼文学成就最高。

苏轼八岁入乡学，随道士张易简读书，即知仰慕范仲淹等一时豪杰；十岁时以母亲程氏为师，又慨然以范滂自任；十二岁时，苏洵亲授苏轼，苏轼的学业得以飞快地进步。他“博通经史，属文日数千言。”（《宋史·苏轼传》）所作《夏侯太初论》言“人能碎千金之璧，不能无失声于破釜；能搏猛虎，不能无变色于蜂虿”，显出了文学的才华，甚得其父激赏。

嘉祐元年（1056），苏轼随父及弟辙出蜀入京，次年兄弟皆进士及第，文名震动京师。欧阳修、韩琦、富弼等朝中大臣皆以国士视年轻的苏轼兄弟。后赴川奔母丧。嘉祐四年（1059）再度进京，六年，又应直言极谏科考试，苏轼名列最高等级——三等，授大理评事，签书凤翔府判官等职。苏轼在试前，曾通过舍人知谏院杨畋上《进策》《进论》各二十五篇，系统地表达了自己的政治主张，其中多有切中时弊之处。

自凤翔任满，苏轼又扶父丧还乡，及至熙宁元年（1068）始回京，时王安石为参知政事，正开展大规模的变法活动。苏轼由于深受传统儒家思想的影响，原则上反对变更法制，惊扰百姓，因此，他很快地站在了王安石的对立面，一再上书批评王安石的各种变法举措，认为神宗“求治太急”，“听言太广”，“进人太锐”。苏轼因此受到新党的嫉恨，有人诬奏他扶父丧返川时，曾于船上夹带私盐。苏轼遂请求离朝外任，得通判杭州。

此后数年，苏轼一直出任地方官员。熙宁七年（1074）改知密州，熙宁十年（1077）再改知徐州，元丰二年（1079）又改知湖州。苏轼每到一地，皆能不惮繁劳，关心民间疾苦。尤其是在徐州时，他组织城中官民日夜防洪，过家门而不入，终于保住一方平安，并得到皇帝的嘉奖。由于苏轼时时系心朝政，加上目睹新法在推行过程中的流弊，因此常常“缘诗人之义，托事以讽”（《东坡先生墓志铭》），在诗歌中表现出自己的不满。政敌李定等人从这些诗中罗列出“讪谤朝政”的罪名，将他逮捕入狱，酿成“乌台诗案”。后贬为黄州（今湖北黄冈）团练副使。

苏轼在黄州期间，虽不得与闻政事，不能实现自己的政治理想，心情较为压抑，但他善于处穷，很快就将兴趣转移到山水自然和诗文创作中去了。很多有名的作品，如前后《赤壁赋》、《念奴娇·赤壁怀古》、《东坡诗》八首等，即作于此时。元丰七年（1084），改任汝州团练副使。次年，神宗死，哲宗立，宣仁太后临朝，司马光当政。苏轼改知登州，旋即召入京，任起居舍人，再迁为中书舍人、翰林学士、知制诰，充任侍读，“曾未周岁，而阅三官”（《谢宣诏入院状》），成了皇帝的近臣。由于苏轼反对司马光尽废熙宁之法，又遭到旧党的排挤，因此，他再次请求外任。元祐四年（1089），以翰林学士、龙图阁学士出任杭州知州。在此期间，他奋力救灾，修浚西湖，得到了百姓的爱戴。此后，又几次出入京师，在内先后担任吏部尚书、兵部尚书兼侍读、端明殿学士兼翰林侍读学士、守礼部尚书，在外则知颍州、扬州等。

元祐八年（1093），宣仁太后卒，哲宗亲政，新法派人物章惇、蔡卞掌权，苏轼乃以翰林学士、龙图阁学士出知定州。次年，御史台有人以“讥刺先朝”的罪名告发苏轼，遂追免一官，降两职，任英州知州，途中又再贬为宁远军节度使，惠州（今广东惠阳县）安置。绍圣四年（1097），朝廷加重对元祐党人的处罚，苏轼也再次被贬为琼州（今海南岛）别驾，昌化军安置。苏轼在岭南期间，身处僻远，生活甚为艰苦，有时需要靠人接济，还不断受到各种意外的打击，如爱妾朝云亡于惠州，在儋州时被人从官舍赶出，等等。但苏轼对人生和现实仍然持从容、达观的态度，他与当地吏民僧俗关系都很好，岭外奇异的山水风光和安详无争的生活方式，又使得他能摆脱政治失败所带来的烦恼，并能催动他的文思，在创作上获得了丰收。苏轼虽因诗文遭祸，但仍不愿放下诗文这个武器，继续用它来讽谏时事，如其所作《荔枝叹》诗就极具代表性。此外，他还积极地帮助当地百姓，如谋划修桥、引水、建营房、施舍药物、培养后学等等。同时，他在惠州和儋州还完成了自己引以为荣的《易传》《书传》《论语说》三种学术著作。

苏轼虽然常常表示“九死南荒吾不恨”，要终老岭南，但他仍没有忘怀北归，并且寄有很大的希望。元符三年（1100），徽宗即位。苏轼遇赦，复朝奉郎，提举成都玉局观，在外州军任便居住。翌年，回到常州，因病告老。由于沿途劳顿、天气酷热，至患病不起，卒于建中靖国元年（1101）七月，时年六十六岁。

苏轼的一生经历过多次的大起大落，他的思想也经历过多次的变化和熔合，表现出较为复杂的情形。总的看来，苏轼少年学儒，并且一辈子都对儒家经典保持着敬佩的态度，把阐释儒家经典看作是自己的毕生事业。但是，在苏轼的思想中还掺有浓烈的佛老成分。苏辙在《东坡先生墓志铭》中说：

> （东坡）初好贾谊、陆贽书，论古治今，不为空言。既而读《庄子》，喟然叹曰：“吾昔有见于中，口未能言；今

见《庄子》，得吾心矣。”……后读释氏书，深悟实相，参之孔墨，博辩无碍，浩然不见其涯矣。

苏辙认为苏轼的思想以老庄和佛家为主，并且是和儒墨等熔铸为一体的。儒家在当时是作为正统思想而存在的，人在道德纲常、为官言事、著书立说等有关名节的方面一般还是以儒家思想为准则的，苏轼当然也不例外。他在政治舞台上，忠心辅君，全心济民，不攀附权臣，正道直行，皆是儒家思想的表现。由于苏轼浪漫的个性和他饱经忧患的经历，又使得他在个人情趣上更接近道家和佛家的思想。尤其是他在被流放至黄州和岭南之时，现实使得儒家的圣王之道的理想完全破灭，他只能依靠出世的和方外的思想来解脱自己，娱乐自己。如他在《黄州安国寺记》中就这样夫子自道：

退伏思念，求所以自新之方。反观从来举意动作，皆不中道，非独今之所以得罪者也。……“盍归诚佛僧，求一洗之。”得城南精舍曰安国寺，……间一二日辄往，焚香默坐，深自省察，则物我相忘，身心皆空，求罪垢所从生而不可得。……私窃乐之，旦往而暮还者，五年于此矣。

进为儒而退为佛老，古代文士往往如此，本无足怪者。苏轼之过人之处在于，他不仅是某种思想的奉行者，他同时也是一个有创造力的思想家。他根据自己的体会，在儒释道三家之间作了不少的调和或者是改造工作，尤其是将佛道中有用的东西去补充儒家思想，使其能更加切于事理，切于实际的需要。他很赞赏苏辙的《老子新解》，认为此书“合吾儒于老子，以为未足，又并释氏而弥缝之”，“使汉初有此书，则孔老为一；晋宋间有此书，则佛老不为二”，也就是说，他认为儒释道三家本是相通无碍，互相补充的。他自己文章中这种弥缝补缀的地方就更多，有很多精彩的论断。

因此，我们认为，就苏轼的政治思想而言，则儒家为主；论其生活态度、人生观及个人情趣等方面，则应当看重他所受到的佛道思想的影响。

苏轼这种思想表现在文学观点上，就显出豁达通脱的特点。苏轼是不大提倡载道的，而是更多地强调文章本身的艺术价值，他说“文章如精金美玉，市有定价”，只要是好文章，世人就会承认；他主张师心自任，以为“求物之妙”，首先在于“了然于心”。其次，他反对各种形式的束缚，他称许谢民师之文“大略如行云流水，初无定质，但常行于所当行，常止于所不可不止”(《答谢民师书》)。他还注重创造性，推崇“出新意于法度之中，寄妙理于豪放之外”。在风格上，他欣赏“发纤秾于简古，寄至味于淡泊”，追求一种自然质朴的情趣。他尤其强调语言的表达能力，他认为所谓“辞达”就是要能“尽意”，要有艺术性，等等。这些关于文学的理论，既是苏轼文学实践的结果，又是他文学实践的动力，有着很高的美学价值。

二

苏轼的文学才能表现在诗、词、散文等各个方面，他的诗词名声更大，在一定程度上遮掩了散文的光芒。但苏轼一生于散文下了很大的工夫，笔头很勤，差不多做到了有闻必录，因此留下的文章篇幅宏多、体裁广泛，内容包罗万象。

苏轼早年以策论闻名，其参加礼部考试所作《刑赏忠厚之至论》，提倡以仁治国，文风质朴，深受当时文坛巨擘欧阳修、梅尧臣等人的赏爱，并引为同道。欧阳修《与梅圣俞书》云：“读轼书，不觉汗出，快哉，快哉！老夫当避路，放他出一头地也。可喜可喜。”又云：“更三十年，无人道着我也！”苏轼的政论文章主要得益于先秦诸子和西汉贾谊、晁错等，其意在济时扶危，有的放矢，求其有功于时。所上二十五篇《进策》，是苏轼策论散文的代表作品，这些文章，从各个方面分析了国家所面临的困境，并提出一整套的改革措施，针砭时弊，言辞锋利，意气剀切，具有震撼人心的说服力，这在大兴改革的宋代更具时代特点。如其中的《教战守》，就曾传诵一时，成为名篇。文章根据当时国防积弱和受到辽夏威胁的具体形势，论“当今生民之患，在于知安而不知危，能逸而不能劳”，“今不为之计，其后将有所不可救者”。文章在提出论点之后，即进行周密的论述，先以安史之乱以及“王公贵人”和“农夫小民”的养身之道为喻，说明安于逸乐的危害，气势先自逼人。接着论当今形势曰：

> 且夫天下固有意外之患也，愚者见四方之无事，则以为变故无自而有，此亦不然矣。今国家所以奉西北之虏者，岁以百万计，奉之者有限，而求之者无厌，此其势必至于战。战者，必然之势也。不先于我，则先于彼，不出于西，则出于北。所不可知者，有迟速远近，而要以不能免也。天下苟不免于用兵，而用之不以渐，使民于安乐无事之中，一旦出身而蹈死地，则其为患必有所不测。

这一分析，见解高明，切中要害，说理透彻，语言简练而有气势，足以振聋发聩。此下论当教民以战守之策，则是水到渠成，势所必然，行文至此，意犹未尽，又举出对教战守之策两种可能的指责，并加以驳斥。可谓思理缜密，圆润老到，而又切实可行。《进策》中类似这样的文章还颇有一些，如《厉法禁》、《决壅弊》等，皆能大胆直言，鞭辟入里，既有严密的逻辑推理，又有生动的比喻征引，很有说服力。沈德潜论其《进策》云：“说当时国势处，字字切中，可与贾生《治安策》比肩。”(《唐宋八大家文读本》)确乎不错。

其史论文字好作翻案文章，往往有独到之见，如其论黄石公授书张良，意在“折其少年刚锐之气”，培养他“忍小忿而就大谋”的“过人之节”，以成就汉家事业。又论贾谊之不遇，“非汉文之不能用生，生之不能用汉文也。”翻空出新，出入意外，而在情理之中。苏轼的议论文字除了《进策》《进论》及晚年在南海所作《志林》十三首外，还有一些策问、上书、疏章、史论等，如《御试制科策》《上神宗皇帝书》《再上皇帝书》《议学校贡举状》等，皆表现了参政的热情和勇气，表现了他辩才无碍的才华。欧阳修在《举苏轼应制科状》中称他“学问通博，资识明敏，文采烂然，议论蜂出”，这其实也是欧阳修对苏轼的议论文章的看法。

苏轼作文无所顾忌，修辞不似欧阳修等严谨，这与苏轼不大讲求“文以载道”有关。欧阳修称“道胜者，文不难而自至”，苏洵却说“言无有善恶也，苟有得乎吾心，则其辞不索而获”(《太玄论》)。苏轼受乃父影响，很少谈论“载道”，反而讥刺“世之儒者”只知重复孔孟之言。这样，苏轼作文就没有了负担，即使在作堂皇的议论文章时，也能随心所欲。如他在进士试答卷《刑赏忠厚之至论》中，就想当然地编造了“皋陶曰杀之三，尧曰宥之三”的圣贤典故。这在一般的儒士是做不出来的。因此罗大经《鹤林玉露》云：

> 《庄子》之文，以无为有；《战国策》之文，以曲为直。东坡平生熟此二书，故其为文，横说竖说，惟意所到，俊辩痛快，无复滞碍。

撇开罗说的褒贬态度，它确实反映了苏轼文章的部分源流，以及他为文任性使气、通达自由的特点。

苏轼的记叙文章也达到了很高的水平，这些记叙文章形式多样，长长短短，大多表情达意，随物赋形，千姿百态，挥洒自如。由于这些文章不像议论文那样强调社会效果，因此能更加充分展示了苏轼的情操、意趣和高超的文字表达能力，不但有美文之妙，亦能使人了解当时社会生活的方方面面，极有价值。

苏轼喜游山水，而山水园亭等自然逸趣又不断激发他的兴致，使他创作出很多奇妙的文章。苏轼的游记也是不拘一格的，或偏重于叙事，或偏重于写景，或偏重于议论，或兼而有之，显示出种种不同的特点。其所作《石钟山记》即是兼三者而有之的代表性文章。文中记两次往探石钟山奥秘的经过，首尾交代得至为分明，其记夜游情景尤为出色：

至暮夜月明，独与迈乘小舟至绝壁下，大石侧立千仞，如猛兽奇鬼，森然欲搏人。而山上栖鹘，闻人声亦惊起，磔磔云霄间。又有若老人咳且而笑于山谷中者，或曰，此鹳鹤也。余方心动欲还，而大声发于水上，噌吰如钟鼓不绝，舟人大恐。

这一段文字营造出的那种阴森恐怖的气氛，有声有色，使人如临其境，亦不能不由衷地佩服作者的勇气和胆略。作者笔锋一转，谈笑间将石钟山的奥秘揭穿，语气轻快。张弛之间，波云谲秘，层次井然，令人叹绝。

同是夜色，而前不久所作《记承天寺夜游》又别是一番滋味。全文甚短，录之如下：

元丰六年十月十二日夜，解衣欲睡，月色入户，欣然起行，念无与为乐者。遂至承天寺，寻张怀民。怀民亦未寝，相与步于中庭。

庭下如积水空明，水中藻、荇交横，盖竹柏影也。

何夜无月，何处无竹柏，但少闲人如吾两人者耳。

写景只是一句，以水中藻荇喻月下竹柏，而一片静谧清丽而又饱含蕴藉的境界全然现出，最后一句不仅是议论，它同时也把人物镶嵌在景色之中，成为景色的一部分，从而达到人与自然的和谐、相融为一体，的确妙不可言。

苏轼受人之邀还作了一些亭台楼阁的记叙文章，这些文章也璨然可观，如《喜雨亭记》、《超然台记》、《凌虚台记》、《墨妙堂记》、《眉州远景楼记》等等。《喜雨亭记》以议论为主，却能做到生动轻盈；《眉州远景楼记》因未亲见，只得荡开一笔，尤见奇特。此外，苏轼还有一些题记书画、石砚、笔墨的文章，不但表现了苏轼高深的艺术修养，文章本身也有较高的艺术价值。尤值一提的是《筼筜谷偃竹记》，历来为人所传诵。文章先从文与可的绘画理论谈起：

> 画竹必先得有成竹于胸中，执笔熟视，乃见其所欲画者。急起从之，振笔直遂，以追其所见，如兔起鹘落，少纵则逝矣。

这一段记述十分精彩，极其形象地说明了生活积累和艺术灵感在创作中的重要性，文字也干净利落，非常漂亮。文章还记叙了自己和文与可关于“万尺竹”的玩笑，以及自己一首小诗令文与可“失笑喷饭”之事，文中充满了欢快、融洽的友情。而苏轼写到这里，将笔锋陡转，道：

> 元丰二年正月二十日，与可没于陈州。是岁七月七日，予在湖州曝书画，见此竹，废卷而哭失声。

读者至此方知道这原来是一篇充满了感情的怀念文章，而前之“失笑喷饭”和后之“哭失声”，形成了巨大的反差，震撼人心，读者阅读情绪的挫折感，有利于对作者悲痛情怀的体会和理解，此文因此而得到奇特的收效。文中不论是喜是悲，都表现了两人之间亲密无间的感情。但本文打破了悼念文章的寻常格式，随心挥写，无拘无束，笔调疏落有致，实是一篇奇文，至今尚无第二篇类似的文章可与之相媲美。

同时作为文学家和艺术家的苏轼，能从绘画和书法等门类之中领略出不少艺术的真谛，它们又往往通过题记等形式表达出来。除了上述关于“成竹在胸”的理论外，他在《书吴道子画后》中总结出“出新意于法度之中，寄妙理于豪放之外”的创作规律，在《书摩诘蓝田烟雨图》中指出王维“诗中有画”“画中有诗”的艺术特征，等等。

苏轼一生中为后人留下了大量的书信，这中间虽然有不少应酬之作，但披沙拣金，往往能有所得，其中不少可以看作是史料，对我们研究苏轼的生平、思想极有帮助，如苏轼和王安石在金陵的一段交往，只在书信中有所记录。另有一部分书启则表达了他对事物的见解，著名的如《与谢民师推官书》《与王庠》等集中体现了自己的文学观，《与滕达道》则多论新政得失，《与程正辅》则关心惠州的官民事业。还有一些书启虽纯为应酬，则显示了较高的文字技巧，如苏轼在中进士后所上欧阳修、梅尧臣、梅挚、王珪、范镇、韩绛等的谢书，则能从不同的角度入手，翻新出奇，每篇皆有特点，殊为不易。

苏轼文集中赋的数量不是很多，存二十五篇，但仅赤壁前后二赋就使得苏轼在赋体文学史中有不可替代之地位。这两篇《赤壁赋》相隔仅三个月，而有着迥然不同的气象，并同时成为名篇，集中地体现了苏轼的文学才华。《前赤壁赋》以议论为主。前段述景，曰“清风徐来，水波不兴”，“月出于东山之上，徘徊于斗牛之间。白露横江，水光接天。纵一苇之所如，凌万顷之茫然”，巧妙地勾勒出一片清冷的水月世界，这一世界由于其空虚澄明而荡涤人的精神，对人有着不可抗拒的吸引力，它的宁静和永恒使得人类短暂的生命显得如此渺茫和虚无。苏轼借客人之口，唱出了逝者如斯、英雄不再、求仙不得的悲歌，情足感人。这一主题多少年来一直被文人所咏唱，而苏轼却能在此之上，看出“变”与“不变”的相对性，再凭空翻出一道筋斗，另营一番意境：

> 且夫天地之间，物各有主，苟非吾之所有，虽一毫而莫取。惟江上之清风，与山间之明月，耳得之而为声，目遇之而成色，取之无禁，用之不竭。是造物者无尽藏也，而吾与子之所共适。

人从自然之客，翻然而为自然之主，并在对自然的欣赏享有之时，领略到永恒的妙趣。此是何等眼光，与前人相差又岂止千里！《后赤壁赋》则写冬之山月景色，渲染了其幽峭凄冷、孤寂悲恐的气氛，并以迷离恍惚的梦境作结，又显出了无限的怅惘。

这两篇赋作不但造语圆润，述境空灵；更为可贵的是，它们创造了一种新的赋体形式。它不同于传统的骚体之赋，也不同于骈体之赋，而是不拘格套，欲韵欲散，惟意所适；写景状物、记言记事，亦与他文无别。后人名之为“文赋”，是比较恰当的。

苏轼自言不为人作墓志，但本集中有限的几篇墓志都写得情思缈缈，意味深长。他还有大量的杂记，如《日喻》、《试笔自书》、《二鱼说》、《书海南风土》以及一些评点诗文的短文，都脍炙人口。明人袁宏道说：“坡公之可爱者，多其小文小说。使尽去之，而独存高文大册，岂复有坡公哉！”（《苏长公合作》引）

总之，苏轼之文众体兼备，又无一不精，他也很得意自己的文章，尝自云：

> 吾文如万斛泉源，不择地皆可出。在平地滔滔汩汩，虽一日千里无难。及其与山石曲折，随物赋形，而不可知也。所可知者，常行于所当行，常止于不可不止。（《文说》）

苏文在当时即负有盛名。李绍《重刊苏文忠公集序》云：“其为文章，才落笔，四海已皆传诵。下至闾巷田里，外及夷狄，莫不知名，其盛盖当时所未有。”陆游《老学庵笔记》记载当时谚语云：“苏文熟，吃羊肉；苏文生，吃菜羹。”后人对他更是好评如潮。如李贽就这样说过：“苏长公何如人！故其文章自然惊天动地。”（《焚书增补二·复焦弱侯》）就其风格而言，有说“奇”（《艺概·文概》引苏辙语），有说“明快”（《朱子语类》卷一三九），有说“博”（《清江贝先生文集·唐宋六家文衡序》），有说“汗漫”（王十朋《读苏文》），有说“畅达”（《唐宋八大家文选序》），有说“昭晰无疑”（《艺概·文概》），等等。这些不一而足的说法表明，苏轼的文章无论是在体裁、内容还是在表达方式上，都是多姿多彩的。但概括而言，他的创作特点，还是以他自己所说的“行云流水”“姿态横生”最为贴切。

苏轼散文的历史贡献，在于他完善了古文的理论，丰富和发展了古文的表现技巧，融通了一些不同的文章形式，提高了各种文章的表现力和艺术性，使明白晓畅、平易自然的文风成为有宋一代和此后历代散文作者所追求的最高目标。同时他还培养了一大批古文人才。由于苏轼在文学上的成就和他虚心真诚的待人的态度，他已成为当时的文坛领袖，有着很大的号召力。从本集中我们可以看到，对待后学他总是孜孜不倦，或教以作文心得，或指点其文，并给予鼓励，使得古文后继有人。苏轼以其卓越的理论主张和创作实践，使得欧阳修等所倡导的北宋古文革新运动立于不败之地。

三

苏轼文集，以南宋郎晔编注的《经进东坡文集事略》和明代程宗刻的《东坡七集》流传较广，今人孔凡礼编有《苏轼文集》，其中附有很多辑佚的文字，是收集苏文最为详备的本子。

本书即以《苏轼文集》为底本，适当参校他本。我们根据书的体例对原文进行了重新分类，并尽可能详尽地给文章编年，年月失考的文章则附在某时期或某类文章之末，给以说明，还对文章重新标点和划分段落。此外，凡文章见于《苏轼诗集》，《苏轼文集》仅存目的也不收录；已考定确实不是苏轼的文章的，不再收录；两篇文字相同的，去其一，如《书陈怀立传神》与《传神记》；残阙文字不收；《苏轼文集》佚文汇编附录中的《艾子杂说》、《渔樵闲话录》、《续杂纂》等，亦不收录。

对文章的编年主要依据文章内容、苏轼的本传、王文诰所撰《苏文忠公诗编注集成总案》和一些当代的研究成果；又由于苏轼的文章诸体兼备，而其作文又不拘一格，经常出现标题形式和内容相差很远的情况，用十余个类别来范围苏东坡之文几乎是不可能的，因此必须在文章的标题和内容之间作反复的权衡，根据不同的情况做出选择。本书中的错误在所难免，恳请诸位专家读者不吝赐教。

校评者

1995 年 8 月

目　　录

一、论　　说

二、记　　叙

三、书　　简

四、序　　跋

五、赠　序

六、传　记

七、赋　　颂

八、奏　　议

九、诏　　册

十、碑　　志

十一、祭　吊

十二、杂　　体

一 论说

正统论三首

总 论 一

正统者，何耶？名耶，实耶？正统之说曰：“正者，所以正天下之不正也；统者，所以合天下之不一也。”不幸有天子之实，而无其位，有天子之名，而无其德，是二人者立于天下，天下何正何一，而正统之论决矣。正统之为言，犹曰有天下云尔。人之得此名，而又有此实也，夫何议。

天下固有无其实而得其名者，圣人于此不得已焉，而不以实伤名。而名卒不能伤实，故名轻而实重。不以实伤名，故天下不争；名轻而实重，故天下趋于实。

天下有不肖而曰吾贤者矣，未有贱而曰吾贵者也。天下之争，自贤不肖始，圣人忧焉，不敢以乱贵贱，故天下知贤之不能夺贵。天下之贵者，圣人莫不贵之，恃有贤不肖存焉。轻以与人贵，而重以与人贤。天下然后知贵之不如贤，知贤之不能夺贵，故不争。知贵之不如贤，故趋于实。使天下不争而趋于实，是亦足矣。正统者，名之所在焉而已。名之所在，而不能有益乎其人，而后名轻。名轻而后实重。吾欲重天下之实，于是乎名轻。

正统听其自得者十，曰：尧、舜、夏、商、周、秦、汉、晋、隋、唐。予其可得者六以存教，曰：魏、梁、后唐、晋、汉、周。使夫尧舜三代之所以为贤于后世之君者，皆不在乎正统。故后世之君不以其道而得之者，亦无以为尧舜三代之比。于是乎实重。

辩　论　二

正统之论，起于欧阳子，而霸统之说，起于章子。二子之论，吾与欧阳子，故不得不与章子辨，以全欧阳子之说。欧阳子之说全，而吾之说又因以明。章子之说曰："进秦梁，得而未善也。进魏，非也。"是章子未知夫名实之所在也。夫所谓正统者，犹曰有天下云尔，名耳。正统者，果名也，又焉实之知！视天下之所同君而加之，又焉知其他！章子以为，魏不能一天下，不当与之统。夫魏虽不能一天下，而天下亦无有如魏之强者，吴虽存，非两立之势，奈何不与之统。章子之不绝五代也，亦徒以为天下无有与之敌者而已。今也绝魏，魏安得无辞哉！正统者，恶夫天下之无君而作也。故天下虽不合于一，而未至乎两立者，则君子不忍绝之于无君。且夫德同而力均，不臣焉可也。今以天下不幸而不合于一，德既无以相过，而弱者又不肯臣乎强，于是焉而不与之统，亦见其重天下之不幸，而助夫不臣者也。

章子曰："乡人且耻与盗者偶，圣人岂得与篡君同名哉？"吾将曰：是乡人与是为盗者，民则皆民也，士则皆士也，大夫则皆大夫也，则亦与之皆坐乎？苟其势不得不与之皆坐，则乡人何耻耶？圣人得天下，篡君亦得天下，顾其势不得不与之同名，圣人何耻耶？吾将以圣人耻夫篡君，而篡君又焉能耻圣人哉！

章子曰："君子大居正，而以不正人居之，是正不正之相去未能相远也。"且章子之所谓正者，何也？以一身之正为正耶，以天下有君为正耶？一身之正，是天下之私正也。天下有君，是天下之公正也。吾无取乎私正也。天下无君，篡君出而制天下，汤武既没，吾安所取正哉？故篡君者，亦当时之正而已。

章子曰："祖与孙虽百岁，而子五十，则子不得为寿。汉与晋虽得天下，而魏不能一，则魏不得为有统。"吾将曰：其兄四十而死，则其弟五十为寿。弟为寿乎其兄，魏为有统乎当时而已。章子比之妇谓舅嬖妾为姑。吾将曰舅则以为妻，而妇独奈何不以为姑乎。以妾为妻者，舅之过也。妇谓之姑，盖非妇罪也。举天下而授之魏、晋，是亦汉、魏之过而已矣。与之统者，独何罪乎？

虽然，欧阳子之论，犹有异乎吾说者。欧阳子之所与者，吾之所与也。欧阳子之所以与之者非吾之所以与之也。欧阳子重与之，而吾轻与之。且其言曰："秦、汉而下，正统屡绝，而得之者少。以其得之者少，故其为名甚尊而重也。"呜呼，吾不善夫少也。幸而得之者少，故有以尊重其名。不幸而皆得，欧阳子其敢有所不与耶？且其重之，则其施于篡君也，诚若过然，故章子有以启其说。夫以文王而终身不得，以魏、晋、梁而得之，果其为重也，则文王将有愧于魏、晋、梁焉。必也使夫正统者，不得为圣人之盛节，则得之为无益。得之为无益，故虽举而加之篡君，而不为过。使夫文王之所不得，而魏、晋、梁之所得者，皆吾之所轻者也，然后魏、晋、梁无以愧文王，而文王亦无所愧于魏、晋、梁焉。

辩　论　三

始终得其正，天下合于一，是二者，必以其道得之耶，亦或不以其道得之耶？病乎或者之不以其道得之也，于是乎举而归之名。欧阳子曰皆正统，是以名言者也。章子曰正统，又曰霸统，是以实言者也。欧阳子以名言而纯乎名，章子以实言而不尽乎实。

章子之意，以霸统重其实，而不知实之轻自霸统始。使天下之名皆不得过乎实者，固章子意也。天下之名果不过乎实也。则吾以章子为过乎圣人。圣人不得已则不能以实伤名，而章子则能之。且吾岂不知居得其正之为正，不如至公大义之为正也哉，盖亦有不得已焉耳。如章子之说，吾将求其备。尧、舜以德，三代以德与功，汉、唐以功，秦、隋、后唐、晋、汉、周以力，晋、梁以弑。以实言之，则德与功不如德，功不如德与功，力不如功，弑不如力，是尧、舜而下得统者，凡更四不如，而后至于晋、梁焉。而章子以为天下之实，尽于其正统霸统之间矣。

欧阳子纯乎名，故不知实之所止。章子杂乎实，故虽晋、梁弑君之罪，天下所不容之恶，而其实反不过乎霸。彼其初得正统之虚名，而不测其实罪之所至也。章子则告之曰："尔，霸者也。"夫以弑君得天下而不失为霸，则章子之说，固便乎篡者也。夫章子岂曰弑君者其实止乎霸也哉，盖取已举其实而著之名，虽欲复加之罪，而不可得也。

夫王者没而霸者有功于天下，吾以为在汉、唐为宜。必不得已而秦、隋、后唐、晋、汉、周得之，吾犹有憾焉，奈何其举而加之弑君之人乎。呜呼！吾不惜乎名而惜乎实也。霸之于王也，犹兄之于父也。闻天下之父尝有曰尧者，而曰必尧而后父，少不若尧而降为兄，则瞽、鲧惧至仆妾焉。天下将有降父而至于仆妾者，无怪也。从章子之说者，其弊固至乎此也。

故曰：莫若纯乎名。纯乎名，故晋、梁之得天下，其名曰正统，而其弑君之实，惟天下后世之所加，而吾不为之齐量焉。于是乎晋、梁之恶不胜诛于天下，实于此反不重乎。章子曰："尧、舜曰帝，三代曰王，夏曰氏，商、周曰人，古之人轻重其君有是也。"以为其霸统之说。夫执圣人之一端以藉其口，夫何说而不可？吾亦将曰：孔子删书，而虞、夏、商、周皆曰书，汤武王、伯禽、秦穆公皆曰誓，以为吾皆曰正统之说，其谁曰不可。圣人之于实也，不伤其名而后从之，帝亦天子也，王亦天子也，氏亦人也，人亦氏也，夫何名之伤。若章子之所谓霸统者，伤乎名而丧乎实者也。

【解题】

本文作于至和二年（1055），时苏轼尚未入仕。文中讨论王朝正统问题。苏轼认为，首先要辩明“正统”的“名”与“实”，反对以“名言而纯乎名”和以“实言而不尽乎实”二种看法，主张“纯乎名”，即看一个王朝是否“有天下”。

欧阳子即欧阳修，著有《正统论》。章子，即章望之，《宋史》卷四百三十有传，因不同意欧阳修的看法，著《明统》三篇。

省试刑赏忠厚之至论

尧、舜、禹、汤、文、武、成、康之际，何其爱民之深，忧民之切，而待天下之以君子长者之道也！有一善，从而赏之，又从而咏歌嗟叹之，所以乐其始而勉其终；有一不善，从而罚之，又从而哀矜惩创之，所以弃其旧而开其新。故其吁俞之声，欢休惨戚，见于虞、夏、商、周之书。成、康既没，穆王立，而周道始衰。然犹命其臣吕侯，而告之以祥刑。其言忧而不伤，威而不怒，慈爱而能断，恻然有哀怜无辜之心，故孔子犹取焉。

《传》曰：“赏疑从与，所以广恩也。罚疑从去，所以慎刑也。”当尧之时，皋陶为士，将杀人，皋陶曰：“杀之三”，尧曰“宥之三”，故天下畏皋陶执法之坚，而乐尧用刑之宽。四岳曰“鲧可用”，尧曰“不可，鲧方命圮族”，既而曰“试之”。何尧之不听皋陶之杀人，而从四岳之用鲧也？然则圣人之意，盖亦可见矣。

《书》曰：“罪疑惟轻，功疑惟重，与其杀不辜，宁失不经。”呜呼，尽之矣！可以赏，可以无赏，赏之过乎仁；可以罚，可以无罚，罚之过乎义。过乎仁，不失为君子；过乎义，则流而入于忍人。故仁可过也，义不可过也。古者赏不以爵禄，刑不以刀锯。赏以爵禄，是赏之道，行于爵禄之所加，而不行于爵禄之所不加也。刑之以刀锯，是刑之威，施于刀锯之所及，而不施于刀锯之所不及也。先王知天下之善不胜赏，而爵禄不足以劝也，知天下之恶不胜刑，而刀锯不足以裁也，是故疑则举而归之于仁，以君子长者之道待天下，使天下相率而归于君子长者之道，故曰忠厚之至也。

《诗》曰："君子如祉，乱庶遄已。君子如怒，乱庶遄沮。"夫君子之已乱，岂有异术哉？时其喜怒，而无失乎仁而已矣。《春秋》之义，立法贵严，而责人贵宽。因其褒贬之义以制赏罚，亦忠厚之至也。

【解题】

本文为苏轼嘉祐二年（1057）初应进士试的答卷，曾得到当时主考官欧阳修的激赏。文章主张刑赏当以"忠厚"为本，以宽待人，阐发了儒家的仁政思想。文中出于己意，信笔虚构古圣王之例，以为论据。语言晓畅，说理明白，朴实无华，与诡异的时文大异其趣，因此受到提倡古文的欧阳修等人的高度评价。

御试重巽以申命论

昔圣人之作易也，皆有以配乎物者也。巽之配于风者，以其发而有所动也；配于木者，以其仁且顺也。夫发而有所动者，不仁则不可以久，不顺则不可以行。故发而仁，动而顺，而巽之道备矣。圣人以为不重，则不可以变，故因而重之，使之动而能变，变而不穷，故曰"重巽以申命"。言天子之号令如此而后可也。

天地之化育，有可以指而言者，有不可以求而得者。今夫日，皆知其所以为暖；雨，皆知其所以为润；雷霆，皆知其所以为震；雪霜，皆知其所以为杀。至于风，悠然布于天地之间，来不知其所自，去不知其所入，嘘而炎，吹而冷；大而鼓乎大山乔岳之上，细而入乎窍空蔀屋之下，发达万物，而天下不以为德，摧败草木，而天下不以为怒。故曰天地之化育，有不可求而得者，此圣人之所法，以令天下之术也。

圣人在上，天下之民，各得其职。士者皆曰“吾学而仕”，农者皆曰“吾耕而食”，工者皆曰“吾作而用”，贾者皆曰“吾负而贩”，不知圣人之制命令以鼓舞、通变其道，而使之安乎此也。圣人之在上也，天下可由而不可知，可言而不可议，盖得乎巽之道也。易者，圣人之动，而卦者，动之时也。《蛊》之彖曰：“先甲三日，后甲三日。”而《巽》之九五亦曰：“先庚三日，后庚三日。”而说者谓甲庚皆所以申命，而先后者，慎之至也。圣人悯斯民之愚，而不忍使之遽陷于罪戾也，故先三日而令之，后三日而申之，不从而后诛，盖其用心之慎也。以至神之化令天下，使天下不测其端；以至详之法晓天下，使天下明知其所避。天下不测其端，而明知其所避，故靡然向风而不敢议也。上令而下不议，下从而上不诛，顺之至也。故曰重巽之道，上下顺也。

【解题】

本文作于嘉祐二年（1057）三月，是苏轼参加殿试所作的答题。

“巽”在《易》中为“风”，风之性乃在“悠然布于天地之间”，来去无踪，有如圣人治世，民不知其所在，而自受其利。所以，苏轼在御试中强调“重巽”来达到“申命”的目的，使民各得其所，各司其职，这样，上下相顺，才能长治久安。

进策二十五首

策 总 叙

臣闻有意而言，意尽而言止者，天下之至言也。盖有以一言而兴邦者，有三日言而不辍者。一言而兴邦，不以为少而加之毫毛。三日言而不辍，不以为多而损之一辞。古之言者，尽意而不求于言，信己而不役于人。三代之衰，学校废缺，圣人之道不明，而其所以犹贤于后世者，士未知有科举之利。故战国之际，其言语文章，虽不能尽通于圣人，而皆卓然近于可用，出于其意之所谓诚然者。自汉以来，世之儒者，忘己以徇人，务射策决科之学，其言虽不叛于圣人，而皆泛滥于辞章，不适于用。臣尝以为晁、董、公孙之流，皆有科举之累，故言有浮于其意，而意有不尽于其言。今陛下承百王之弊，立于极文之世，而以空言取天下之士，绳之以法度，考之于有司，臣愚不肖，诚恐天下之士，不获自尽。故尝深思极虑，率其意之所欲言者为二十五篇，曰略、曰别、曰断，虽无足取者，而臣之区区，以为自始而行之，以次至于终篇，既明其略而治其别，然后断之于终，庶几有益于当世。

【解题】

嘉祐五年（1060），朝廷诏求直言之士，欧阳修以才识兼茂荐苏轼参加次年的直言极谏科的考试。试前，苏轼上《进策》、《进论》各二十五篇，在当时引起很大的反响。以下二十五篇，皆为《进策》文章，它们基本表达了苏轼的现实政治主张，较为集中地体现了苏轼政论散文的文学成就。

其弟苏辙经杨畋推荐也参加了此次制举试，试前，也上《进策》二十五篇，可参看。

策 略 一

臣闻天下治乱，皆有常势。是以天下虽乱，而圣人以为无难者，其应之有术也。水旱盗贼，人民流离，是安之而已也。乱臣割据，四分五裂，是伐之而已也。权臣专制，擅作威福，是诛之而已也。四夷交侵，边鄙不宁，是攘之而已也。凡此数者，其于害民蠹国，为不浅矣。然其所以为害者有状，是故其所以救之者有方也。

天下之患，莫大于不知其然而然，不知其然而然者，是拱手而待乱也。国家无大兵革，几百年矣。天下有治平之名，而无治平之实，有可忧之势，而无可忧之形，此其有未测者也。方今天下，非有水旱盗贼人民流离之祸，而咨嗟怨愤，常若不安其生。非有乱臣割据四分五裂之忧，而休养生息，常若不足于用。非有权臣专制擅作威福之弊，而上下不交，君臣不亲。非有四夷交侵边鄙不宁之灾，而中国皇皇，常有外忧。此臣所以大惑也。

今夫医之治病，切脉观色，听其声音，而知病之所由起，曰“此寒也，此热也”，或曰“此寒热之相搏也”，及其他，无不可为者。今且有人恍然而不乐，问其所苦，且不能自言，则其受病有深而不可测者矣，其言语饮食，起居动作，固无以异于常人，此庸医之所以为无足忧，而扁鹊、仓公之所以望而惊也。其病之所由起者深，则其所以治之者，固非卤莽因循苟且之所能去也。而天下之士，方且掇拾三代之遗文，补葺汉、唐之故事，以为区区之论，可以济世，不已疏乎！

方今之势，苟不能涤荡振刷，而卓然有所立，未见其可也。臣尝观西汉之衰，其君皆非有暴鸷淫虐之行，特以怠惰弛废，溺于宴安，畏期月之劳，而忘千载之患，是以日趋于亡而不自知也。夫君者，天也。仲尼赞《易》，称天之德曰：“天行健，君子以自强不息。”由此观之，天之所以刚健而不屈者，以其动而不息也。惟其动而不息，是以万物杂然各得其职而不乱，其光为日月，其文为星辰，其威为雷霆，其泽为雨露，皆生于动者也。使天而不知动，则其块然者将腐坏而不能自持，况能以御万物哉！苟天子一日赫然奋其刚明之威，使天下明知人主欲有所立，则智者愿效其谋，勇者乐致其死，纵横颠倒无所施而不可。苟人主不先自断于中，群臣虽有伊吕稷契，无如之何。故臣特以人主自断而欲有所立为先，而后论所以为立之要云。

【解题】

本文论“天下有治平之名，而无治平之实”，认为在繁荣的社会形势下隐藏着深刻的社会危机，故寄希望于人君自强不息，居安思危，励精图治。本文为总论，蓄势待发，引人入胜，为以后具体论述各项策略奠定基础。

策 略 二

天下无事久矣，以天子之仁圣，其欲有所立以为子孙万世之计至切也。特以为发而不中节，则天下或受其病，当宁而太息者，几年于此矣。盖自近岁，始柄用二三大臣，而天下皆洗心涤虑，以听朝廷之所为，然而数年之间，卒未有以大慰天下之望，此其故何也？二虏之大忧未去，而天下之治，终不可为也。

闻之师曰：“应敌不暇，不可以自完。自完不暇，不可以有所立。”自古创业之君，皆有敌国相持之忧，命将出师，兵交于外，而中不失其所以为国者。故其兵可败，而其国不可动，其力可屈，而其气不可夺。今天下一家，二虏且未动也，而吾君吾相终日皇皇焉应接之不暇，亦窃为执事者不取也。昔者大臣之议，不为长久之计，而用最下之策，是以岁出金缯数十百万，以啖二虏，此其既往之咎，不可追之悔也。而议者方将深罪当时之失，而不求后日之计，亦无益矣。臣虽不肖，窃论当今之弊。

盖古之为国者，不患有所费，而患费之无名，不患费之无名，而患事之不立。今一岁而费千万，是千万而已。事之不立，四海且不可保，而奚千万之足云哉！今者二虏不折一矢，不遗一镞，走一介之使，驰数乘之传，所过骚然，居人为之不宁。大抵皆有非常之辞，无厌之求，难塞之请，以观吾之所答。于是朝廷汹然，大臣会议，既而去未数月，边陲且复告至矣。由此观之，二虏之使未绝，则中国未知息肩之所，而况能有所立哉！臣故曰：二虏之大忧未去，则天下之治终不可为也。

中书者，王政之所由出，天子之所与宰相论道经邦而不知其他者也。非至逸无以待天下之劳，非至静无以制天下之动。是故古之圣人，虽有大兵役、大兴作，百官奔走，各执其职，而中书之务，不至于纷纭。今者曾不得岁月之暇，则夫礼乐刑政教化之源，所以使天下回心而向道者，何时而议也。

千金之家，久而不治，使贩夫竖子，皆得执券以诛其所负，苟一朝发愤，倾囷倒廪以偿之，然后更为之计，则一簪之资，亦足以富，何遽至于皇皇哉！臣尝读《吴越世家》，观勾践困于会稽之上，而行成于吴，凡金玉女子所以为赂者，不可胜计。既反国，而吴之百役无不从者，使大夫女女于大夫，士女女于士，春秋贡献，不绝于吴府。尝窃怪其以蛮夷之国，承败亡之后，救死扶伤之余，而赂遗费耗又不可胜计如此，然卒以灭吴，则为国之患，果不在费也。彼其内外不相扰，是以能有所立。使范蠡、大夫种二人分国而制之。范蠡曰："四封之外，种不如蠡，使蠡主之。凡四封之外所以待吴者，种不知也。四封之内，蠡不如种，使种主之。凡四封之内所以强国富民者，蠡不知也。"二人者，各专其能，各致其力，是以不劳而灭吴。其所以赂遗于吴者，甚厚而有节也，是以财不匮。其所以听役于吴者，甚劳而有时也，是以本不摇。然后勾践得以安意肆志焉，而吴国固在其指掌中矣。

今以天下之大，而中书常有蛮夷之忧，宜其内治有不办者，故臣以为治天下不若清中书之务。中书之务清，则天下之事不足办也。今夫天下之财，举归之司农，天下之狱，举归之廷尉，天下之兵，举归之枢密，而宰相特持其大纲，听其治要而责成焉耳。夫此三者，岂少于蛮夷哉？诚以为不足以累中书也。

今之所以待二虏者，失在于过重。古者有行人之官，掌四方宾客之政。当周之盛时，诸侯四朝，蛮夷戎狄，莫不来享，故行人之官，治其登降揖让之节，牲刍委积之数而已。至于周衰，诸侯争强，而行人之职，为难且重。春秋时，秦聘于晋，叔向命召行人子员。子朱曰："朱也当御。"叔向曰："秦、晋不和久矣，今日之事，幸而集，秦、晋赖之；不集，三军暴骨。"其后楚伍员奔吴，为吴行人以谋楚，而卒以入郢。西刘之兴，有典属国。故贾谊曰："陛下试以臣为属国，请必系单于之颈而制其命，伏中行说而笞其背，举匈奴之众，惟上所令。"今若依仿行人、属国特建一官，重任而厚责之，使宰相于两制之中，举其可用者，而勿夺其权；使大司农以每岁所以馈于二虏者，限其常数，而豫为之备；其余者，朝廷不与知也。凡吾所以遣使于虏，与吾所以馆其使者，皆得以自择。而其非常之辞，无厌之求，难塞之请，亦得以自答。使其议不及于朝廷，而其闲暇，则收罗天下之俊才，治其战攻守御之策，兼听博采，以周知敌国之虚实，凡事之关于境外者，皆以付之。如此，则天子与宰相特因其能否，而定其黜陟，其实不亦甚简欤！今自宰相以下，百官泛泛焉莫任其职，今举一人而授之，使日夜思所以待二虏，宜无不济者。然后得以安居静虑，求天下之大计，唯所欲为，将无不可者。

【解题】

本文批评了国家在对待辽和西夏策略上的不当。苏轼不反对输币求和的政策，只是认为国家应该设立一个民族事务或外交类的官职，使朝廷从辽和西夏的烦扰中解脱出来。这无疑是一种书生之见。

策　略　三

臣闻圣王之治天下，使天下之事，各当其处而不相乱，天下之人，各安其分而不相躐，然后天子得优游无为而制其上。今也不然。夷狄抗衡，本非中国之大患，而每以累朝廷，是以徘徊扰攘，卒不能有所立。今委任而责成，使西北不过为未诛之寇，则中国固吾之中国，而安有不可为哉，于此之时，臣知天下之不足治也。

请言当今之势。夫天下有二患，有立法之弊，有任人之失。二者疑似而难明，此天下之所以乱也。当立法之弊也，其君必曰："吾用某也而天下不治，是某不可用也。"又从而易之。不知法之弊，而移咎于其人。及其用人之失也，又从而尤其法。法之变未有已也，如此，则虽至于覆败、死亡相继而不悟，岂足怪哉。

昔者汉兴，因秦以为治，刑法峻急，礼义消亡，天下荡然；恐后世无所执守，故贾谊、董仲舒咨嗟叹息，以立法更制为事。后世见二子之论，以为圣人治天下，凡皆如此，是以腐儒小生，皆欲妄有所变改，以惑乱世主。

臣窃以为当今之患，虽法令有所未安，而天下之所以不大治者，失在于任人，而非法制之罪也。国家法令凡几变矣，天下之不大治，其咎果安在哉？曩者大臣之议，患天下之士，其进不以道，而取之不精也，故为之法，曰中年而举，取旧数之半，而复明经之科。患天下之吏，无功而迁，取高位而不让也，故为之法，曰当迁者有司以闻，而自陈者为有罪。此二者，其名甚美，而其实非大有益也。而议者欲以此等致天下之大治，臣窃以为过矣。

夫法之于人，犹五声六律之于乐也。法之不能无奸，犹五声六律之不能无淫乐也。先王知其然，故存其大略，而付之于人，苟不至于害人，而不可强去者，皆不变也。故曰：失在任人而已。

夫有人而不用，与用而不行其言，行其言而不尽其心，其失一也。古之兴王，二人而已。汤以伊尹，武王以太公，皆捐天下以与之，而后伊、吕得捐其一身以经营天下。君不疑其臣，功成而无后患，是以知无不言，言无不行。其所欲用，虽其亲爱可也；其所欲诛，虽其雠隙可也。使其心无所顾忌，故能尽其才而责其成功。及至后世之君，始用区区之小数以绳天下之豪俊，故虽有国士，而莫为之用。

夫贤人君子之欲有所树立，以昭著不朽于后世者，甚于人君，顾恐功未及成而有所夺，只以速天下之乱耳。晁错之事，断可见矣。夫奋不顾一时之祸，决然徒欲以身试人主之威者，亦以其所挟者不甚大也，斯固未足与有为。而沉毅果敢之士，又必有待而后发，苟人主不先自去其不可测，而示其可信，则彼孰从而发哉！庆历中，天子急于求治，擢用元老，天下日夜望其成功。方其深思远虑而未有所发也，虽天子亦迟之。至其一旦发愤，条天下之利害，百未及一二，而举朝喧哗，以至于逐去，曾不旋踵。此天下之士，所以相戒而不敢深言也。

居今之势，而欲纳天下于至治，非大有所矫拂于世俗，不可以有成也。何者？天下独患柔弱而不振，怠惰而不肃，苟且偷安而不知长久之计。臣以为宜如诸葛亮之治蜀，王猛之治秦，使天下悚然，人人不敢饰非，务尽其心。凡此者，皆庸人之所大恶，而谗人之所由兴也。是故先主拒关、张之间，而后孔明得以尽其才；苻坚斩樊世，逐仇腾，黜席宝，而后王猛得以毕其功。夫天下未尝无二子之才也，而人主思治又如此之勤，相须甚急，而相合甚难者，独患君不信其臣，而臣不测其君而已矣。惟天子一日铿然明告执政之臣所以欲为者，使知人主之深知之也而内为之信，然后敢有所发于外而不顾。不然，虽得贤人千万，一日百变法，天下益不可治。岁复一岁，而终无以大慰天下之望，岂不亦甚可惜哉！

【解题】

苏轼认为宋朝之患，除了“立法之弊”外，还有“任人之失”；一旦任人不当，则法不能无奸，所以“任人”比“任法”更重要。在任人的问题上，苏轼认为君王应充分地信任大臣，“尽其才”，“毕其功”，而不为世俗流言所动。

策　略　四

天子与执政之大臣，既已相得而无疑，可以尽其所怀，直己而行道，则夫当今之所宜先者，莫如破庸人之论，以开功名之门，而后天下可为也。夫治天下譬如治水。方其奔冲溃决，腾涌漂荡而不可禁止也，虽欲尽人力之所至，以求杀其尺寸之势而不可得。及其既衰且退也，骎骎乎若不足以终日。故夫善治水者，不惟有难杀之忧，而又有易衰之患，导之有方，决之有渐，疏其故而纳其新，使不至于壅阏腐败而无用。嗟夫，人知江河之有水患也，而以为沼沚之可以无忧，是乌知舟楫灌溉之利哉？

夫天下之未平，英雄豪杰之士，务以其所长，角奔而争利，惟恐天下一日无事也。是以人人各尽其材，虽不肖者，亦自淬励而不至于怠废，故其勇者相吞，智者相贼，使天下不安其生。为天下者，知夫大乱之本，起于智勇之士争利而无厌，是故天下既平，则削去其具，抑远天下刚健好名之士，而奖用柔懦谨畏之人，不过数十年，天下靡然无复往时之喜事也。于是能者不自愤发，而无以见其能，不能者益以弛废而无用。当是之时，人君欲有所为，而左右前后皆无足使者，是以纲纪日坏而不自知，此其为患，岂特英雄豪杰之士趑趄而已哉。

圣人则不然。当其久安于逸乐也，则以术起之，使天下之心翘翘然常喜于为善，是故能安而不衰。且夫人君之所恃以为天下者，天下皆为，而己不为。夫使天下皆为而己不为者，开其利害之端，而辨其荣辱之等，使之踊跃奔走，皆为我役而不辞，夫是以坐而收其功也。如使天下皆欲不为而得，则天子谁与共天下哉？今者治平之日久矣，天下之患，正在此也。臣故曰：破庸人之论，开功名之门，而后天下可为也。

今夫庸人之论有二：其上之人务为宽深不测之量，而下之士好言中庸之道。此二者，皆庸人相与议论，举先贤之言，而猎取其近似者，以自解说其无能而已矣。

夫宽深不测之量，古人所以临大事而不乱，有以镇世俗之躁，盖非以隔绝上下之情，养尊而自安也。誉之则劝，非之则沮，闻善则喜，见恶则怒，此三代圣人之所共也。而后之君子，必曰誉之不劝，非之不沮，闻善不喜，见恶不怒，斯以为不测之量，不已过乎！夫有劝有沮，有喜有怒，然后有间而可入；有间而可入，然后智者得为之谋，才者得为之用。后之君子，务为无间，夫天下谁能入之。

古之所谓中庸者，尽万物之理而不过，故亦曰皇极。夫极，尽也。后之所谓中庸者，循循焉为众人之所能为，斯以为中庸矣，此孔子、孟子之所谓乡原也。一乡皆称原人焉，无所往而不为原人。同乎流俗，合乎污世，曰：古之人何为踽踽凉凉，生斯世也，为斯世也，善斯可矣。谓其近于中庸而非，故曰“德之贼也”。孔子、孟子恶乡原之贼夫德也，欲得狂者而见之，狂者又不可得见，欲得狷者而见之，曰：“狂者进取，狷者有所不为也。”今日之患，惟不取于狂者、狷者，皆取于乡原，是以若此靡靡不立也。孔子，子思之所从受中庸者也；孟子，子思之所授以中庸者也。然皆欲得狂者、狷者而与之，然则淬励天下而作其怠惰，莫如狂者、狷者之贤也。臣故曰：破庸人之论，开功名之门，而后天下可为也。

【解题】

本文论述了朝廷起用庸人的危害，并揭露了庸人所自我标榜的“宽深不测之量”和“中庸”，实为粉饰自己的无能，是对“先贤之言”的篡改。文辞犀利，文风辛辣，一针见血地指出用人不当是造成宋朝积弱无能的原因之一。

策略五

其次莫若深结天下之心。

臣闻天子者，以其一身寄之乎巍巍之上，以其一心运之乎茫茫之中，安而为泰山，危而为累卵，其间不容毫厘。是故古之圣人，不恃其有可畏之资，而恃其有可爱之实，不恃其有不可拔之势，而恃其有不忍叛之心。何则？其所居者，天下之至危也。天子恃公卿以有其天下。公卿大夫士以至于民，转相属也，以有其富贵。苟不得其心，而欲羁之以区区之名，控之以不足恃之势者，其平居无事，犹有以相制。一旦有急，是皆行道之人，掉臂而去，尚安得而用之。

古之失天下者，皆非一日之故，其君臣之欢，去已久矣，适会其变，是以一散而不可复收。方其未也，天子甚尊，大夫士甚贱，奔走万里，无敢后先，俨然南面以临其臣，曰：天何言哉！百官俯首就位，敛足而退，兢兢惟恐有罪。群臣相率为苟安之计，贤者既无所施其才，而愚者亦有所容其不肖，举天下之事，听其自为而已。及乎事出于非常，变起于不测，视天下莫与同其患，虽欲分国以与人，而且不及矣。秦二世、唐德宗，盖用此术以至于颠沛而不悟，岂不悲哉！

天下者，器也。天子者，有此器者也。器久不用，而置诸箧笥，则器与人不相习，是以扞格而难操。良工者，使手习知其器，而器亦习知其手，手与器相信而不相疑，夫是故所为而成也。天下之患，非经营祸乱之足忧，而养安无事之可畏。何者？

惧其一旦至于扞格而难操也。昔之有天下者，日夜淬励其百官，抚摩其人民，为之朝聘会同燕享，以交诸侯之欢。岁时月朔，致民读法，饮酒蜡腊，以遂万民之情。有大事，自庶人以上，皆得至于外朝以尽其词。犹以为未也，而五载一巡守，朝诸侯于方岳之下，亲见其耆老贤士大夫，以周知天下之风俗。凡此者，非以为苟劳而已，将以驯致服习天下之心，使不至于扞格而难操也。

及至后世，坏先王之法，安于逸乐，而恶闻其过。是以养尊而自高，务为深严，使天下拱手以貌相承，而心不服。其腐儒老生，又出而为之说曰：天子不可以妄有言也，史且书之，后世且以为讥。使其君臣相视而不相知。如此，则偶人而已矣。天下之心既已去，而伥伥焉抱其空器，不知英雄豪杰已议其后。

臣尝观西汉之初，高祖创业之际，事变之兴，亦已繁矣，而高祖以项氏创残之余，与信、布之徒争驰于中原。此六七公者，皆以绝人之姿，据有土地甲兵之众，其势足以为乱，然天下终以不摇，卒定于汉。传十数世矣，而至于元、成、哀、平，四夷向风，兵革不试，而王莽一竖子乃举而移之，不用寸兵尺铁，而天下屏息，莫敢或争，此其故何也？创业之君，出于布衣，其大臣将相，皆有握手之欢，凡在朝廷者，皆尝试挤掇，以知其才之短长。彼其视天下如一身，苟有疾痛，其手足不期而自救，当此之时，虽有近忧，而无远患。及其子孙，生于深宫之中，而狃于富贵之势，尊卑阔绝，而上下之情疏，礼节繁多，而君臣之义薄。是故不为近忧，而常为远患。及其一旦，固已不可救矣。

圣人知其然，是以去苛礼而务至诚，黜虚名而求实效，不爱高位重禄以致山林之士，而欲闻切直不隐之言者，凡皆以通上下之情也。昔我太祖、太宗既有天下，法令简约，不为崖岸。当时大臣将相，皆得从容终日，欢如平生，下至士庶人，亦得以自效。故天下称其言至今，非有文采缘饰，而开心见诚，有以入人之深者，此英主之奇术，御天下之大权也。

方今治平之日久矣，臣愚以为宜日新盛德，以鼓动天下久安怠惰之气，故陈其五事以备采择。其一曰：将相之臣，天子所恃以为治者，宜日夜召论天下之大计，且以熟观其为人。其二曰：太守刺史，天子所寄以远方之民者，其罢归，皆当问其所以为政，民情风俗之所安，亦以揣知其才之所堪。其三曰：左右扈从侍读侍讲之人，本以论说古今兴衰之大要，非以应故事备数而已，经籍之外，苟有以访之，无伤也。其四曰：吏民上书，苟小有可观者，宜皆召问优慰，以养其敢言之气。其五曰：天下之吏，自一命以上，虽其至贱，无以自通于朝廷，然人主之为，岂有所不可哉，察其善者，卒然召见之，使不知其所从来。如此，则远方之贱吏，亦务自激发为善，不以位卑禄薄无由自通于上而不修饰。使天下习知天子乐善亲贤恤民之心孜孜不倦如此，翕然皆有所感发，知爱于君而不可与为不善。亦将贤人众多，而奸吏衰少，刑法之外，有以大慰天下之心焉耳。

【解题】

本文认为天下治平日久，君臣渐至于疏离，一旦有急事，则不能为用。苏轼建议应从五个方面做起，“去苛礼而存至诚，诎虚名而存实效”，以使君臣相知，如同手足。

策别课百官一

臣闻为治有先后，有本末，向之所论者，当今之所宜先，而为治之大凡也。若夫事之利害，计之得失，臣请得列而言之。盖其总四，其别十七。一曰课百官，二曰安万民，三曰厚货财，四曰训兵旅。课百官者，其别有六。一曰厉法禁。

昔者圣人制为刑赏，知天下之乐乎赏而畏乎刑也，是故施其所乐者，自下而上。民有一介之善，不终朝而赏随之，是以下之为善者，足以知其无有不赏也。施其所畏者，自上而下。公卿大臣有毫发之罪，不终朝而罚随之，是以上之为不善者，亦足以知其无有不罚也。《诗》曰："刚亦不吐，柔亦不茹。"夫天下之所谓权豪贵显而难令者，此乃圣人之所借以徇天下也。舜诛四凶而天下服，何也？此四族者，天下之大族也。夫惟圣人为能击天下之大族，以服小民之心，故其刑罚至于措而不用。

周之衰也，商鞅、韩非峻刑酷法，以督责天下，然其所以为得者，用法始于贵戚大臣，而后及于疏贱，故能以其国霸。由此观之，商鞅、韩非之刑法，非舜之刑，而所以用刑者，舜之术也。后之庸人，不深原其本末，而猥以舜之用刑之术，与商鞅、韩非同类而弃之。法禁之不行，奸宄之不止，由此其故也。

今州县之吏，受赇而鬻狱，其罪至于除名，而其官不足以赎，则至于婴木索，受笞棰，此亦天下之至辱也。而士大夫或冒行之。何者？其心有所不服也。今夫大吏之为不善，非特薄书米盐出入之间也，其位愈尊，则其所害愈大，其权愈重，则其下愈不敢言。幸而有不畏强御之士，出力而排之，又幸而不为上下之所抑，以遂成其罪，则其官之所减者，至于罚金，盖无几矣。夫过恶暴著于天下，而罚不伤其毫毛；卤莽于公卿之间，而纤悉于州县之小吏。用法如此，宜其天下之不心服也。用法而不服其心，虽刀锯斧钺，犹将有所不避，而况于木索、笞棰哉！

方今法令至繁，观其所以提防之具，一举足且入其中，而大吏犯之，不至于可畏，其故何也？天下之议者曰：古者之制，"刑不上大夫"，大臣不可以法加也。嗟夫，"刑不上大夫"者，岂曰大夫以上有罪而不刑欤？古之人君，责其公卿大臣至重，而待其士庶人至轻也。责之至重，故其所以约束之者愈宽；待之至轻，故其所以提防之者甚密。夫所贵乎大臣者，惟不待约束，而后免于罪戾也。是故约束愈宽，而大臣益以畏法。何者？其心以为人君之不我疑而不忍欺也。苟幸其不疑而轻犯法，则固已不容于诛矣。故夫大夫以上有罪，不从于讯鞫论报，如士庶人之法。斯以为"刑不上大夫"而已矣。

天下之吏，自一命以上，其莅官临民苟有罪，皆书于其所谓历者，而至于馆阁之臣出为郡县者，则遂罢去。此真圣人之意，欲有以重责之也。奈何其与士庶人较罪之轻重，而又以其爵减耶？夫律，有罪而得以首免者，所以开盗贼小人自新之涂，而今之卿大夫有罪亦得以首免，是以盗贼小人待之欤？天下惟其无罪也，是以罚不可得而加。如知其有罪而特免其罚，则何以令天下。今夫大臣有不法，或者既已举之，而诏曰勿推，此何为者也。圣人为天下，岂容有此暧昧而不决。故曰：厉法禁自大臣始，则小臣不犯矣。

【解题】

自此以下十七篇为《策别》。《课百官》六篇所论皆为整顿吏治的措施。此文主张厉行法禁，赏罚严明，尤其强调要“厉法禁自大臣始”，才能使天下心服。

策别课百官二

其二曰抑侥幸。夫所贵乎人君者，予夺自我，而不牵于众人之论也。天下之学者，莫不欲仕，仕者莫不欲贵，如从其欲，则举天下皆贵而后可。惟其不可从也，是故仕不可以轻得，而贵不可以易致。此非有所吝也。爵禄，出乎我者也，我以为可予而予之，我以为可夺而夺之，彼虽有言者，不足畏也。天下有可畏者，赋敛不可以不均，刑罚不可以不平，守令不可以不择，此诚足以致天下之安危而可畏者也。我欲慎爵赏，爱名器，而嚣嚣者以为不可，是乌足恤哉？

国家自近岁以来，吏多而阙少，率一官而三人共之，居者一人，去者一人，而伺之者又一人，是一官而有二人者无事而食也。且其莅官之日浅，而闲居之日长，以其莅官之所得，而为闲居仰给之资，是以贪吏常多而不可禁，此用人之大弊也。

古之用人者，取之至宽，而用之至狭。取之至宽，故贤者不隔；用之至狭，故不肖者无所容。《记》曰："司马辨论官材，论进士之贤者，以告于王，而定其论，论定然后官之，任官然后爵之，位定然后禄之。"然则是取之者未必用也。今之进士，自二人以下者皆试官。夫试之者，岂一定之谓哉？固将有所废置焉耳。国家取人，有制策，有进士，有明经，有词科，有任子，有府史杂流，凡此者，虽众无害也。其终身进退之决，在乎召见改官之日，此尤不可以不爱惜慎重者也。今之议者，不过曰多其资考，而责之以举官之数。且彼有勉强而已，资考既足，而举官之数亦以及格，则将执文墨以取必于我，虽千百为辈，莫敢不尽与。臣窃以为今之患，正在于任法太过。是以为一定之制，使天下可以岁月必得，甚可惜也。

方今之便，莫若使吏六考以上，皆得以名闻于吏部，吏部以其资考之远近，举官之众寡，而次第其名，然后使一二大臣杂治之，参之以其才器之优劣而定其等，岁终而奏之，以诏天子废置。度天下之吏，每岁以物故罪免者几人，而增损其数，以所奏之等补之，及数而止，使其予夺亦杂出于贤不肖之间，而无有一定之制。则天下之吏，不敢有必得之心，将自奋厉磨淬，以求闻于时。而向之所谓用人之大弊者，将不劳而自去。

然而议者必曰：法不一定，而以才之优劣为差，则是好恶之私有以启之也。臣以为不然。夫法者，本以存其大纲，而其出入变化，固将付之于人。昔者唐有天下，举进士者，群至于有司之门。唐之制，惟有司之信也。是故有司得以搜罗天下之贤俊，而习知其为人，至于一日之试，则固已不取也。唐之得人，于斯为盛。今以名闻于吏部者，每岁不过数十百人，使一二大臣得以访问参考其才，虽有失者，盖已寡矣。如必曰任法而不任人，天下之人，必不可信。则夫一定之制，臣亦未知其果不可以为奸也。

【解题】

本文指出当时官员太多，太贪，很切中时弊。苏轼主张择吏要严，“法不一定，而以才之优劣为差”，认为这样既能克服以上两个弊端，又能激励官员奋发有为。

策别课百官三

其三曰决壅蔽。所贵乎朝廷清明而天下治平者，何也？天下不诉而无冤，不谒而得其所欲，此尧舜之盛也。其次不能无诉，诉而必见察；不能无谒，谒而必见省。使远方之贱吏，不知朝廷之高；而一介之小民，不识官府之难，而后天下治。

今夫一人之身，有一心两手而已。疾痛苛痒，动于百体之中，虽其甚微不足以为患，而手随至。夫手之至，岂其一一而听之心哉，心之所以素爱其身者深，而手之所以素听于心者熟，是故不待使令而卒然以自至。圣人之治天下，亦如此而已。百官之众，四海之广，使其关节脉理，相通为一。叩之而必闻，触之而必应。夫是以天下可使为一身。天子之贵，士民之贱，可使相爱。忧患可使同，缓急可使救。

今也不然。天下有不幸而诉其冤，如诉之于天。有不得已而谒其所欲，如谒之于鬼神。公卿大臣不能究其详悉，而付之于胥吏。故凡贿赂先至者，朝请而夕得；徒手而来者，终年而不获。至于故常之事，人之所当得而无疑者，莫不务为留滞，以待请属。举天下一毫之事，非金钱无以行之。

昔者汉唐之弊，患法不明，而用之不密，使吏得以空虚无据之法而绳天下，故小人以无法为奸。今也法令明具，而用之至密，举天下惟法之知。所欲排者，有小不如法，而可指以为瑕。所欲与者，虽有所乖戾，而可借法以为解，故小人以法为奸。

今天下所为多事者，岂事之诚多耶？吏欲有所鬻而未得，则新故相仍，纷然而不决，此王化之所以壅遏而不行也。昔桓文之霸，百官承职，不待教令而办，四方之宾至，不求有司。王猛之治秦，事至纤悉，莫不尽举，而人不以为烦。盖史之所记：麻思还冀州，请于猛。猛曰："速装，行矣。"至暮而符下。及出关，郡县皆已被符。其令行禁止而无留事者，至于纤悉，莫不皆然。苻坚以戎狄之种，至为霸王，兵强国富，垂及升平者，猛之所为，固宜其然也。

今天下治安，大吏奉法，不敢顾私，而府史之属招权鬻法，长吏心知而不问，以为当然。此其弊有二而已。事繁而官不勤，故权在胥吏。欲去其弊也，莫如省事而厉精。省事莫如任人，厉精莫如自上率之。

今之所谓至繁，天下之事，关于其中，诉者之多，而谒者之众，莫如中书与三司。天下之事，分于百官，而中书听其治要。郡县之钱币制于转运使，而三司受其会计。此宜若不至于繁多。然中书不待奏课以定其黜陟而关预其事，则是不任有司也。三司之吏，推析赢虚至于毫毛以绳郡县，则是不任转运使也。故曰：省事莫如任人。

古之圣王，爱日以求治，辨色而视朝，苟少安焉而至于日出，则终日为之不给。以少而言之，一日而废一事，一月则可知也，一岁，则事之积者不可胜数矣。欲事之无繁，则必劳于始而逸于终。晨兴而晏罢，天子未退，则宰相不敢归安于私第，宰相日昃而不退，则百官莫不震悚尽力于王事，而不敢宴游。如此，则纤悉隐微莫不举矣。天子求治之勤，过于先王，而议者不称王季之晏朝而称舜之无为，不论文王之日昃而论始皇之量书。此何以率天下之怠耶？臣故曰：厉精莫如自上率之，则壅蔽决矣。

【解题】

本文指出，当时官吏"以法为奸"，为求得贿赂，而拖延留滞公事，至使"事繁而官不勤"。因此，苏轼提出"任人"和"厉精"的措施，也就是说要做到职责分明，各尽其职，才能解决"壅蔽"问题。

策别课百官四

其四曰专任使。夫吏之与民，犹工人之操器。易器而操之，其始莫不龃龉而不相得。是故虽有长材异能之士，朝夕而去，则不如庸人之久且便也。自汉至今，言吏治者，皆推孝文之时，以为任人不可以仓卒而责其成效。又其三岁一迁，吏不可为长远之计，则其所施设一切出于苟简。此天下之士，争以为言，而臣知其未可以卒行也。夫天下之吏，惟其病多而未有以处也，是以扰扰在此。如使五六年或七八年而后迁，则将有十年不得调者矣。朝廷方将减任子，清冗官，则其行之当有所待。而臣以为当今之弊，有甚不可者。

夫京兆府，天下之所观望而化，王政之所由始也。四方之冲，两河之交，舟车商贾之所聚，金玉锦绣之所积，故其民不知有耕稼织纴之劳，富贵之所移，货利之所眩，故其民不知有恭俭廉退之风，以书数为终身之能，以府史贱吏为乡党之荣，故其民不知有儒学讲习之贤。夫是以狱讼繁滋而奸不可止，为治者益以苟且，而不暇及于教化，四方观之，使风俗日以薄恶，未始不由此也。今夫为京兆者，戴星而出，见烛而入，案牍笞棰，交乎其前。拱手而待命者，足相蹑乎其庭，持词而求诉者，肩相摩乎其门。憧憧焉不知其为谁，一讯而去，得罪者不知其得罪之由，而无罪者亦不知其无罪之实。如此则刑之不服，赦之不悛，狱讼之繁，未有已也。

夫大司农者，天下之所以赢虚，外计之所从受命也。其财赋之出入，簿书之交错，纵横变化，足以为奸，而不可推究。上之人不能尽知而付吏。吏分职乎其中者，以数十百人，其耳目足以及吾之所不及，是以能者不过粗知其大纲，而不能者惟吏之听。贿赂交乎其门，四方之有求者，聚乎其家。天下之大弊，无过此二者。

臣窃以为今省府之重，其择人宜精，其任人宜久。凡今之弊，皆不精不久之故。何则？天下之贤者，不可以多得。而贤者之中，求其治繁者，又不可以人人而能也。幸而有一人焉，又不久而去。夫世之君子，苟有志于天下，而欲为长远之计者，则其效不可以朝夕见，其始若迂阔，而其终必将有所可观。今期月不报政，则朝廷以为是无能为者，不待其成而去之。而其翕然见称于人者，又以为有功而擢为两府。然则是为省府者，能与不能，皆不得久也。夫以省府之繁，终岁不得休息，朝廷既以汲汲而去之，而其人亦莫不汲汲而求去。夫吏胥者，皆老于其局，长子孙于其中。以汲汲求去之人，而御长子孙之吏，此其相视，如客主之势，宜其奸弊不可得而去也。

省府之位，不为卑矣。苟有能者而老于此，不为不用矣。古之用人者，知其久劳于位，则时有以赐予劝奖之，以厉其心，不闻其骤迁以夺其成效。今天下之吏，纵未能一概久而不迁，至于省府，亦不可以仓卒而去。吏知其久居而不去也，则其欺诈固已少衰矣。而其人亦得深思熟虑周旋于其间，不过十年，将必有卓然可观者也。

【解题】

苏轼认为朝廷所推行的“三岁一迁”的任官制度，使得官吏们皆不为“长远之计”，“一切出于苟简”，故无所成功。因此他提出“择人宜精，任人宜久”的任官方针，并希望对官吏“不可以仓卒而责成功”，这样才能使官吏深思熟虑，成就功业。

策别课百官五

其五曰无责难。无责难者，将有所深责也。昔者圣人之立法，使人可以过，而不可以不及。何则？其所求于人者，众人之所能也。天下有能为众人之所不能者，固无以加矣，而不能者不至于犯法；夫如此而犹有犯者，然后可以深惩而决去之。由此而言，则圣人之所以不责人之所不能者，将以深责乎人之所能也。后之立法者异于是。责人以其所不能，而其所能者，不深责也。是以其法不可行，而其事不立。

夫事不可以两立也，圣人知其然，是故有所取，必有所舍，有所禁，必有所宽。宽之则其禁必止，舍之则其取必得。今夫天下之吏不可以人人而知也，故使长吏举之。又恐其举之以私而不得其人也，故使长吏任之。他日有败事，则以连坐。其过重者其罚均。且夫人之难知，自尧舜病之矣，今日为善，而明日为恶，犹不可保，况于十数年之后，其幼者已壮，其壮者已老，而犹执其一时之言，使同被其罪，不已过乎！天下之人，仕而未得志也，莫不勉强为善以求举。惟其既已改官而无忧，是故荡然无所不至。方其在州县之中，长吏亲见其廉谨勤干之节，则其势不可以不举，彼又安知其终身之所为哉？故曰今之法责人以其所不能者，谓此也。

一县之长，察一县之属。一郡之长，察一郡之属。职司者，察其属郡者也。此三者，其属无几耳。其贪其廉，其宽猛，其能与不能，不可谓不知也。今且有人牧牛羊者，而不知其肥瘠，是可复以为牧人欤？夫为长而属之不知，则此固可以罢免而无足惜者。今其属官有罪，而其长不即以闻，他日有以告者，则其长不过为失察。而去官者，又以不坐。夫失察，天下之微罪也。职司察其属郡，郡县各察其属，此非人之所不能，而罚之甚轻，亦可怪也。

今之世所以重发赃吏者，何也？夫吏之贪者，其始必诈廉以求举，举者皆王公贵人，其下者亦卿大夫之列，以身任之。居官者莫不爱其同类等夷之人，故其树根牢固而不可动。连坐者常六七人，甚者至十余人，此如盗贼质劫良民以求苟免耳。为法之弊，至于如此，亦可变矣。

如臣之策，以职司守令之罪罪举官，以举官之罪罪职司守令。今使举官与所举之罪均，纵又加之，举官亦无如之何，终不能逆知终身之廉者而后举，特推之于幸不幸而已。苟以其罪罪职司守令，彼其势诚有以督察之。臣知贪吏小人无容足之地，又何必于举官焉难之。

【解题】

本文反对举官连坐法，认为知人之难自古而然，举官无法保证所举之人今后的行为，故不该重罚；相反对上司的失察之罪则应该加重处罚，使“贪吏小人无容足之地”。

策别课百官六

其六曰无沮善。昔者先王之为天下，必使天下欣欣然常有无穷之心，力行不倦，而无自弃之意。夫惟自弃之人，则其为恶也，甚毒而不可解。是以圣人畏之，设为高位重禄以待能者。使天下皆得踊跃自奋，扳援而来。惟其才之不逮，力之不足，是以终不能至于其间，而非圣人塞其门、绝其途也。夫然，故一介之贱吏，闾阎之匹夫，莫不奔走于善，至于老死而不知休息，此圣人以术驱之也。

天下苟有甚恶而不可忍也，圣人既已绝之，则屏之远方，终身不齿。此非独不仁也，以为既已绝之，彼将一旦肆其愤毒，以残害吾民。是故绝之则不用，用之则不绝。既已绝之，又复用之，则是驱之于不善，而又假之以其具也。无所望而为善，无所爱惜而不为恶者，天下一人而已矣。以无所望之人，而责其为善，以无所爱惜之人，而求其不为恶，又付之以人民，则天下知其不可也。世之贤者，何常之有。或出于贾竖贱人，甚者至于盗贼，往往而是。而儒生贵族，世之所望为君子者，或至于放肆不轨，小民之不若。圣人知其然，是故不逆定于其始进之时，而徐观其所试之效，使天下无必得之心，亦无必不可得之道。天下知其不可以必得也，然后勉强于功名而不敢侥幸。知其不至于必不可得而可勉也，然后有以自慰其心，久而不懈。嗟夫，圣人之所以鼓舞天下，天下之人日化而不自知者，此其为术欤？

后之为政者则不然。与人以必得，而绝人以必不可得。此其意以为进贤而退不肖。然天下之弊，莫甚于此。今夫制策之及等，进士之高第，皆以一日之间，而决取终身之富贵。此虽一时之文辞，而未知其临事之能否，则其用之不已太遽乎！

天下有用人而绝之者三。州县之吏，苟非有大过而不可复用，则其他犯法，皆可使竭力为善以自赎。而今世之法，一陷于罪戾，则终身不迁，使之不自聊赖而疾视其民，肆意妄行而无所顾惜。此其初未必小人也，不幸而陷于其中，途穷而无所入，则遂以自弃。府史贱吏，为国者知其不可阙也，是故岁久则补以外官。以其所从来之卑也，而限其所至，则其中虽有出群之才，终亦不得齿于士大夫之列。夫人出身而仕者，将以求贵也，贵不可得而至矣，则将惟富之求，此其势然也。如是，则虽至于鞭笞戮辱，而不足以禁其贪。故夫此二者，苟不可以遂弃，则宜有以少假之也。入赀而仕者，皆得补郡县之吏，彼知其终不得迁，亦将逞其一时之欲，无所不至。夫此，诚不可以迁也，则是用之之过而已。臣故曰：绝之则不用，用之则不绝。此三者之谓也。

【解题】

本文论选官当不拘一格，不问其出身，同时认为对犯法官吏给予“终身不迁”的处罚是不妥的，应给其“为善以自赎”的机会。

策别安万民一

安万民者，其别有六。一曰敦教化。夫圣人之于天下，所恃以为牢固不拔者，在乎天下之民可与为善，而不可与为恶也。昔者三代之民，见危而授命，见利而不忘义。此非必有爵赏劝乎其前，而刑罚驱乎其后也。其心安于为善，而忸怩于不义，是故有所不为。夫民知有所不为，则天下不可以敌，甲兵不可以威，利禄不可以诱，可杀可辱、可饥可寒而不可与叛，此三代之所以享国长久而不拔也。

及至秦、汉之世，其民见利而忘义，见危而不能授命。法禁之所不及，则巧伪变诈，无所不为，疾视其长上而幸其灾。因之以水旱，加之以盗贼，则天下枵然无复天子之民矣。世之儒者常有言曰："三代之时，其所以教民之具，甚详且密也。学校之制，射飨之节，冠婚丧祭之礼，粲然莫不有法。及至后世，教化之道衰，而尽废其具，是以若此无耻也。"然世之儒者，盖亦尝试以此等教天下之民矣，而卒以无效，使民好文而益偷，饰诈而相高，则有之矣，此亦儒者之过也。臣愚以为若此者，皆好古而无术，知有教化而不知名实之所存者也。实者所以信其名，而名者所以求其实也。有名而无实，则其名不行。有实而无名，则其实不长。凡今儒者之所论，皆其名也。

昔武王既克商，散财发粟，使天下知其不贪，礼下贤俊，使天下知其不骄，封先圣之后，使天下知其仁，诛飞廉、恶来，使天下知其义，如此，则其教化天下之实，固已立矣。天下耸然皆有忠信廉耻之心，然后文之以礼乐，教之以学校，观之以射飨，而谨之以冠婚丧祭，民是以目击而心谕，安行而自得也。及至秦、汉之世，专用法吏以督责其民，至于今千有余年，而民日以贪冒嗜利而无耻。儒者乃始以三代之礼所谓名者而绳之！彼见其登降揖让盘辟俯偻之容，则掩口而窃笑，闻钟鼓管磬希夷啴缓之音，则惊顾而不乐。如此，而欲望其迁善远罪，不已难乎？

臣愚以为宜先其实而后其名，择其近于人情者而先之。今夫民不知信，则不可与久居于安。民不知义，则不可与同处于危。平居则欺其吏，而有急则叛其君。此教化之实不至，天下之所以无变者，幸也。欲民之知信，则莫若务实其言；欲民之知义，则莫若务去其贪。往者河西用兵，而家人子弟皆籍以为军。其始也，官告以权时之宜，非久役者，事已当复尔业。少焉皆刺其额，无一人得免。自宝元以来，诸道以兵兴为辞而增赋者，至今皆不为除去。夫如是，将何以禁小民之诈欺哉！

夫所贵乎县官之尊者，为其恃于四海之富，而不争于锥刀之末也。其与民也优，其取利也缓。古之圣人，不得已而取，则时有所置，以明其不贪。何者？小民不知其说，而惟贪之知。今鸡鸣而起，百工杂作，匹夫入市，操挟尺寸，吏且随而税之，扼吭拊背，以收丝毫之利。古之设官者，求以裕民，今之设官者，求以胜民。赋敛有常限，而以先期为贤。出纳有常数，而以羡息为能。天地之间，苟可以取者，莫不有禁。求利太广，而用法太密，故民日趋于贪。臣愚以为难行之言，当有所必行。而可取之利，当有所不取。以教民信，而示之义。若曰“国用不足而未可以行”，则臣恐其失之多于得也。

【解题】

《安万民》六篇主要是关于统治百姓，缓和朝廷和百姓矛盾的论述。本文认为对民众应当施以礼乐教化，使其有“忠信廉耻之心”；同时，应当实行“裕民”政策，不与民争利，更不该超限赋敛，这样才能取信于民。

策别安万民二

其二曰劝亲睦。夫民相与亲睦者，王道之始也。昔三代之制，画为井田，使其比闾族党，各相亲爱，有急相周，有喜相庆，死丧相恤，疾病相养。是故其民安居无事，则往来欢欣，而狱讼不生；有寇而战，则同心并力，而缓急不离。自秦、汉以来，法令峻急，使民乖其亲爱欢欣之心，而为邻里告讦之俗。富人子壮则出居，贫人子壮则出赘。一国之俗，而家各有法。一家之法，而人各有心。纷纷乎散乱而不相属，是以礼让之风息，而争斗之狱繁。天下无事，则务为欺诈相倾以自成。天下有变，则流徙涣散相弃以自存。嗟夫，秦、汉以下，天下何其多故而难治也！此无他，民不爱其身，则轻犯法。轻犯法，则王政不行。欲民之爱其身，则莫若使其父子亲、兄弟和、妻子相好。夫民仰以事父母，旁以睦兄弟，而俯以恤妻子。则其所赖于生者重，而不忍以其身轻犯法。三代之政，莫尚于此矣。

今欲教民和亲，则其道必始于宗族。臣欲复古之小宗，以收天下不相亲属之心。古者有大宗，有小宗。故《礼》曰："别子为祖，继别为宗，继祢者为小宗。"有百世不迁之宗，有五世则迁之宗。百世不迁者，别子之后也。宗其继别子之所自出者，百世不迁者也。宗其继高祖者，五世则迁者也。古者诸侯之子弟，异姓之卿大夫，始有家者，不敢祢其父，而自使其嫡子后之，则为大宗。族人宗之，虽百世而宗子死，则为之服齐衰九月。故曰："宗其继别子之所自出者，百世不迁者也。"别子之庶子，又不得祢别子，而自使其嫡子为后，则为小宗。小宗五世之外则无服。其继祢者，亲兄弟为之服。其继祖者，从兄弟为之服。其继曾祖者，再从兄弟为之服。其继高祖者，三从兄弟为之服。其服大功九月。而高祖以外亲尽则易宗。故曰："宗其继高祖者，五世则迁者也。"小宗四，有继高祖者，有继曾祖者，有继祖者，有继祢者，与大宗为五，此所谓五宗也。古者立宗之道，嫡子既为宗，则其庶子之嫡子又各为其庶子之宗。其法止于四，而其实无穷。自秦、汉以来，天下无世卿。大宗之法，不可以复立。而其可以收合天下之亲者，有小宗之法存，而莫之行，此甚可惜也。

今夫天下所以不重族者，有族而无宗也。有族而无宗，则族不可合。族不可合，则虽欲亲之而无由也。族人而不相亲，则忘其祖矣。今世之公卿大臣贤人君子之后，所以不能世其家如古之久远者，其族散而忘其祖也。故莫若复小宗，使族人相率而尊其宗子。宗子死，则为之加服，犯之则以其服坐。贫贱不敢轻，而富贵不敢以加之。冠婚必告，丧葬必赴。此非有所难行也。今夫良民之家，士大夫之族，亦未必无孝弟相亲之心，而族无宗子，莫为之纠率，其势不得相亲。是以世之人，有亲未尽而不相往来，冠婚不相告，死不相赴，而无知之民，遂至于父子异居，而兄弟相讼，然则王道何从而兴乎！

呜呼，世人之患，在于不务远见。古之圣人合族之法，近于迂阔，而行之期月，则望其有益。故夫小宗之法，非行之难，而在乎久而不怠也。天下之民，欲其忠厚和柔而易治，其必曰自小宗始矣。

【解题】

本文从儒家伦理政治出发，指出家族内部的亲睦是“王道之始”，而如今邻里不睦，争斗日繁，天下多故而难以治理，苏轼因此倡议重建“小宗”家族制度。文中还陈述了小宗制度的详情，并指出其利于统治之处。

策别安万民三

其三曰均户口。夫中国之地，足以食中国之民有余也，而民常病于不足，何哉？地无变迁，而民有聚散。聚则争于不足之中，而散则弃于有余之外。是故天下常有遗利，而民用不足。

昔者三代之制，度地以居民，民各以其夫家之众寡而受田于官，一夫而百亩，民不可以多得尺寸之地，而地亦不可以多得一介之民，故其民均而地有余。当周之时，四海之内，地方千里者九，而京师居其一。有田百同，而为九百万夫之地，山陵林麓，川泽沟渎，城郭宫室涂巷，三分去一，为六百万夫之地。又以上中下田三等而通之，以再易为率，则王畿之内，足以食三百万之众。以九州言之，则是二千七百万夫之地也，而计之以下农夫一夫之地而食五人，则是万有三千五百万人可以仰给于其中。当成、康刑措之后，其民极盛之时，九州之籍，不过千三万四千有余夫。地以十倍，而民居其一，故谷常有余，而地力不耗。何者？均之有术也。

自井田废，而天下之民，转徙无常，惟其所乐，则聚以成市，侧肩蹑踵，以争寻常，挈妻负子，以分升合，虽有丰年，而民无余蓄，一遇水旱，则弱者转于沟壑，而强者聚为盗贼。地非不足，而民非加多也，盖亦不得均民之术而已。

夫民之不均，其弊有二：上之人贱农而贵末，忽故而重新，则民不均。夫民之为农者，莫不重迁，其坟墓庐舍，桑麻果蔬，牛羊耒耜，皆为子孙百年之计。惟其百工技艺，无事种艺，游手浮食之民，然后可以怀轻资而极其所往。是故上之人贱农而贵末，则农人释其耒耜而游于四方，择其所乐而居之，其弊一也。

凡人之情，怠于久安，而谨于新集。水旱之后，盗贼之余，则莫不轻刑罚，薄税敛，省力役，以怀逋逃之民。而其久安而无变者，则不肯无故而加恤。是故上之人忽故而重新，则其民稍稍引去，聚于其所重之地，以至于众多而不能容，其弊二也。

臣欲去其二弊，而开其二利，以均斯民。昔者圣人之兴作也，必因人之情，故易为功。必因时之势，故易为力。今欲无故而迁徙安居之民，分多而益寡，则怨谤之门，盗贼之端，必起于此，未享其利，而先被其害。臣愚以为民之情，莫不怀土而重去。惟士大夫出身而仕者，狃于迁徙之乐，而忘其乡。昔汉之制，吏二千石皆徙诸陵。为今之计，可使天下之吏仕至某者，皆徙荆、襄、唐、邓、许、汝、陈、蔡之间，今士大夫无不乐居于此者，顾恐独往而不能济，彼见其侪类等夷之人，莫不在焉，则其去惟恐后耳。此所谓因人之情。

夫天下不能岁岁而丰也，则必有饥馑流亡之所，民方其困急时，父子且不能相顾，又安知去乡之为戚哉？当此之时，募其乐徙者，而使所过廪之，费不甚厚，而民乐行。此所谓因时之势。

然此二者，皆授其田，贷其耕耘之具，而缓其租，然后可以固其意。夫如是，天下之民，其庶乎有息肩之渐也。

【解题】

本文认为百姓之所以食用不足，是因为聚散迁徙使土地和百姓搭配不均。为此苏轼提出要破除“贱农而贵末”、“忽故而重新”的观念，同时建议朝廷重新迁徙官民，使各地户口平均。

策别安万民四

其四曰较赋役。自两税之兴，因地之广狭瘠腴而制赋，因赋之多少而制役，其初盖甚均也。责之厚赋，则其财足以供。署之重役，则其力足以堪。何者？其轻重厚薄，一出于地，而不可易也。户无常赋，视地以为赋。人无常役，视赋以为役。是故贫者鬻田则赋轻，而富者加地则役重。此所以度民力之所胜，亦所以破兼并之门，而塞侥幸之源也。

及其后世，岁月既久，则小民稍稍为奸，度官吏耳目之所不及，则虽有法禁，公行而不忌。今夫一户之赋，官知其为赋之多少，而不知其为地之几何也。如此，则增损出入，惟其意之所为。官吏虽明，法禁虽严，而其势无由以止绝。且其为奸，常起于贸易之际。夫鬻田者，必穷迫之人，而所从鬻者，必富厚有余之家。富者恃其有余而邀之，贫者迫于饥寒，而欲其速售。是故多取其地，而少入其赋。有田者，方其贫困之中，苟可以缓一时之急，则不暇计其他日之利害。故富者地日以益，而赋不加多，贫者地日以削，而赋不加少。又其奸民欲以计免于赋役者，割数亩之地，加之以数倍之赋，而收其少半之直，或者亦贪其直之微而取焉。是以数十年来，天下之赋，大抵淆乱。有兼并之族而赋甚轻，有贫弱之家而不免于重役，以至于破败流移而不知其所往，其赋存而其人亡者，天下皆是也。

夫天下不可以有侥幸也。天下有一人焉侥幸而免，则亦必有一人焉不幸而受其弊。今天下侥幸者如此之众，则其不幸而受其弊者从亦可知矣。三代之赋，以什一为轻，今之法，本不至于什一而取，然天下嗷嗷然以赋敛为病者，岂其岁久而奸生，偏重而不均，以至于此欤？虽然，天下皆知其为患而不能去。何者？势不可也。今欲按行其地之广狭瘠腴，而更制其赋之多寡，则奸吏因缘为贿赂之门，其广狭瘠腴，亦将一切出于其意之喜怒，则患益深，是故士大夫畏之而不敢议，而臣以为此最易见者，顾弗之察耳。

夫易田者必有契，契必有所直之数，具所直之数，必得其广狭瘠腴之实，而官必据其所直之数，而取其易田之税，是故欲知其地之广狭瘠腴，可以其税推也。久远者不可复知矣，其数十年之间，皆足以推较，求之故府，犹可得而见。苟其税多者则知其直多，其直多者则知其田多且美也，如此，而其赋少，其役轻，则夫人亡而赋存者可以有均矣。鬻田者皆以其直之多少而给其赋，重为之禁，而使不敢以不实之直而书之契，则夫自今以往者，贸易之际，为奸者其少息矣。要以知凡地之所直，与凡赋之所宜多少，而以税参之，如此，则一持筹之吏坐于帐中，足以周知四境之虚实，不过数月，而民得以少苏。不然，十数年之后，将不胜其弊，重者日以轻，而轻者日以重，而未知其所终也。

【解题】

本文指出当时赋税混乱，兼并之族赋轻，而贫弱之家赋重。因此他主张根据买卖田地的契约来核定田赋，以防止兼并之族“多取其地而少其赋”。

策别安万民五

其五曰教战守。夫当今生民之患，果安在哉？在于知安而不知危，能逸而不能劳，此其患不见于今，将见于他日。今不为之计，其后将有所不可救者。

昔者先王知兵之不可去也，是故天下虽平，不敢忘战。秋冬之隙，致民田猎以讲武，教之以进退坐作之方，使其耳目习于钟鼓旌旗之间而不乱，使其心志安于斩刈杀伐之际而不慑。是以虽有盗贼之变，而民不至于惊溃。及至后世，用迂儒之议，以去兵为王者之盛节，天下既定，则卷甲而藏之。数十年之后，甲兵顿弊，而人民日以安于佚乐。卒有盗贼之警，则相与恐惧讹言，不战而走。开元、天宝之际，天下岂不大治？惟其民安于太平之乐，酣豢于游戏酒食之间，其刚心勇气，消耗钝眊，痿蹶而不复振。是以区区之禄山一出而乘之，四方之民，兽奔鸟窜，乞为囚虏之不暇，天下分裂，而唐室因以微矣。

盖尝试论之：天下之势，譬如一身。王公贵人所以养其身者，岂不至哉？而其平居常苦于多疾。至于农夫小民，终岁劳苦，而未尝告疾，此其故何也？夫风雨霜露寒暑之变，此疾之所由生也。农夫小民，盛夏力作，而穷冬暴露，其筋骸之所冲犯，肌肤之所浸渍，轻霜露而狎风雨，是故寒暑不能为之毒。今王公贵人处于重屋之下，出则乘舆，风则袭裘，雨则御盖，凡所以虑患之具，莫不备至。畏之太甚，而养之太过，小不如意，则寒暑入之矣。是故善养身者，使之能逸而能劳，步趋动作，使其四体狃于寒暑之变，然后可以刚健强力，涉险而不伤。

夫民亦然。今者治平之日久，天下之人，骄惰脆弱，如妇人孺子不出于闺门。论战斗之事，则缩颈而股栗；闻盗贼之名，则掩耳而不愿听。而士大夫亦未尝言兵，以为生事扰民，渐不可长。此不亦畏之太甚而养之太过欤？且夫天下固有意外之患也，愚者见四方之无事，则以为变故无自而有，此亦不然矣。今国家所以奉西北之虏者，岁以百万计，奉之者有限，而求之者无厌，此其势必至于战。战者，必然之势也。不先于我，则先于彼；不出于西，则出于北。所不可知者，有迟速远近，而要以不能免也。天下苟不免于用兵，而用之不以渐，使民于安乐无事之中，一旦出身而蹈死地，则其为患必有所不测。故曰：天下之民知安而不知危，能逸而不能劳。此臣所谓大患也。

臣欲使士大夫尊尚武勇，讲习兵法。庶人之在官者，教以行阵之节。役民之司盗者，授以击刺之术。每岁终则聚之郡府，如古都试之法，有胜负，有赏罚，而行之既久，则又以军法从事。然议者必以为无故而动民，又挠以军法，则民将不安，而臣以为此所以安民也。天下果未能去兵，则其一旦将以不教之民而驱之战。夫无故而动民，虽有小恐，然孰与夫一旦之危哉？今天下屯聚之兵，骄豪而多怨，陵压百姓而邀其上者何故？此其心以为天下之知战者，惟我而已。如使平民皆习于兵，彼知有所敌，则固已破其奸谋，而折其骄气。利害之际，岂不亦甚明欤！

【解题】

本文从国家面临辽和西夏的威胁出发，认为应当使官民有所警惧，尊尚武勇，熟悉战守，以做到有备无患。本文切中时弊，比喻生动，析理严密，气势流畅，充分显示了苏轼的辩才，是苏轼政论文章的代表作。

策别安万民六

其六曰去奸民。自昔天下之乱，必生于治平之日，休养生息，而奸民得容于其间，蓄而不发，以待天下之衅，至于时有所激，势有所乘，则溃裂四出，不终朝而毒流于天下。圣人知其然，是故严法禁，督官吏，以司察天下之奸民而去之。

夫大乱之本，必起于小奸。惟其小而不足畏，是故其发也常至于乱天下。今夫世人之所忧以为可畏者，必曰豪侠大盗。此不知变者之说也。天下无小奸，则豪侠大盗无以为资。且以治平无事之时，虽欲为大盗，将安所容其身；而其残忍贪暴之心无所发泄，则亦时出为盗贼，聚为博弈，群饮于市肆，而叫号于郊野。小者呼鸡逐狗，大者椎牛发冢，无所不至，捐父母，弃妻孥，而相与嬉游。凡此者，举非小盗也。天下有衅，锄耰棘矜相率而剽夺者，皆向之小盗也。

昔三代之圣王，果断而不疑，诛除击去，无有遗类，所以拥护良民而使安其居。及至后世，刑法日以深严，而去奸之法，乃不及于三代。何者？待其败露，自入于刑而后去也。夫为恶而不入于刑者，固已众矣：有终身为不义，而其罪不可指名以附于法者；有巧为规避，持吏短长而不可诘者；又有因缘幸会而免者。如必待其自入于刑，则其所去者盖无几耳。昔周之制，民有罪恶未丽于法而害于州里者，桎梏而坐诸嘉石，重罪役之期，以次轻之。其下罪三月役，使州里任之，然后宥而舍之。其化之不从，威之不格，患苦其乡之民，而未入于五刑者，谓之罢民。凡罢民，不使冠带而加明刑，任之以事，而不齿于乡党。由是观之，则周之盛时，日夜整齐其人民，而锄去其不善。譬如猎人，终日驰驱践蹂于草茅之中，搜求伏兔而搏之，不待其自投于网罗而后取也。夫然后小恶不容于乡，大恶不容于国，礼乐之所以易化，而法禁之所以易行者，由此之故也。

今天下久安，天子以仁恕为心，而士大夫一切以宽厚为称上意，而懦夫庸人，又有所侥幸，务出罪人，外以邀雪冤之赏，而内以待阴德之报。臣是以知天下颇有不诛之奸，将为子孙忧。宜明敕天下之吏，使以岁时纠察凶民，而徙其尤无良者，不必待其自入于刑，而间则命使出按郡县，有子不孝、有弟不悌、好讼而数犯法者，皆诛无赦。诛一乡之奸，则一乡之人悦；诛一国之奸，则一国之人悦。要以诛寡而悦众，则虽尧舜亦如此而已矣。

天下有三患，而蛮夷之忧不与焉。有内大臣之变，有外诸侯之叛，有匹夫群起之祸，此三者其势常相持。内大臣有权，则外诸侯不叛。外诸侯强，则匹夫群起之祸不作。今者内无权臣，外无强诸侯，而万世之后，其尤可忧者，奸民也。臣故曰去奸民。以为安民之终云。

【解题】

本文主张严厉惩治违法滋扰、不孝不悌之“奸民”，以安定社会，巩固统治。要使“小恶不容于乡，大恶不容于国”，而且要在“奸民”违法犯禁之前就加以铲除。

策别厚货财一

厚货财者，其别有二。一曰省费用。夫天下未尝无财也。昔周之兴，文王、武王之国不过百里，当其受命，四方之君长交至于其廷，军旅四出，以征伐不义之诸侯，而未尝患无财。方此之时，关市无征，山泽不禁，取于民者不过什一，而财有余。及其衰也，内食千里之租，外取千八百国之贡，而不足于用。由此观之，夫财岂有多少哉！

人君之于天下，俯己以就人，则易为功；仰人以援己，则难为力。是故广取以给用，不如节用以廉取之为易也。臣请得以小民之家而推之。夫民方其穷困时，所望不过十金之资，计其衣食之费，妻子之奉，出入于十金之中，宽然而有余。及其一旦稍稍蓄聚，衣食既足，则心意之欲，日以渐广，所入益众，而所欲益以不给。不知罪其用之不节，而以为求之未至也。是以富而愈贪，求愈多而财愈不供，此其为惑，未可以知其所终也。盍亦反其始而思之？夫向者岂能寒而不衣、饥而不食乎？今天下汲汲乎以财之不足为病，何以异此？

国家创业之初，四方割据，中国之地至狭也。然岁岁出师以诛讨僭乱之国，南取荆楚，西平巴蜀，而东下并潞，其费用之多，又百倍于今可知也。然天下之士未尝思其始，而惴惴焉患今世之不足，则亦甚惑矣。

夫为国有三计：有万世之计，有一时之计，有不终月之计。古者三年耕必有一年之蓄，以三十年之通计，则可以九年无饥也。岁之所入，足用而有余。是以九年之蓄，常闲而无用。卒有水旱之变，盗贼之忧，则官可以自办而民不知。若此者，天不能使之灾，地不能使之贫，四夷盗贼不能使之困，此万世之计也。

而其不能者，一岁之入，才足以为一岁之出，天下之产，仅足以供天下之用，其平居虽不至于虐取其民，而有急则不免于厚赋。故其国可静而不可动，可逸而不可劳，此亦一时之计也。至于最下而无谋者，量出以为入，用之不给，则取之益多。天下晏然无大患难，而尽用衰世苟且之法，不知有急则将何以加之，此所谓不终月之计也。

今天下之利，莫不尽取，山陵林麓，莫不有禁，关有征，市有租，盐铁有榷，酒有课，茶有算，则凡衰世苟且之法，莫不尽用矣。譬之于人，其少壮之时，丰健勇武，然后可以望其无疾，以至于寿考。今未五六十，而衰老之候，具见而无遗，若八九十者，将何以待其后耶？然天下之人，方且穷思竭虑，以广求利之门。且人而不思，则以为费用不可复省，使天下而无盐铁酒茗之税，将不为国乎？臣有以知其不然也。天下之费，固有去之甚易而无损，存之甚难而无益者矣。臣不能尽知，请举其所闻，而其余可以类求焉。

夫无益之费，名重而实轻。以不急之实，而被之以莫大之名，是以疑而不敢去。三岁而郊，郊而赦，赦而赏，此县官有不得已者。天下吏士，数日而待赐，此诚不可以卒去。至于大吏，所谓股肱耳目，与县官同其忧乐者，此岂亦不得已而有所畏耶？天子有七庙，今又饰老佛之宫，而为之祠，固已过矣，又使大臣以使领之，岁给以巨万计，此何为者也？天下之吏，为不少矣，将患未得其人。苟得其人，则凡民之利，莫不备举，而其患莫不尽去。今河水为患，不使滨河州郡之吏亲视其灾，而责之以救灾之术，徒为都水监。夫四方之水患，岂其一人坐筹于京师，而尽其利害？天下有转运使足矣，今江淮之间，又有发运，禄赐之厚，徒兵之众，其为费岂可胜计哉。盖尝闻之，里有蓄马者，患牧人欺之而盗其刍菽也，又使一人焉为之厩长，厩长立而马益癯。今为政不求其本，而治其末，自是而推之，天下无益之费，不为不多矣。

臣以为凡若此者，日求而去之，自毫厘以往，莫不有益。惟无轻其毫厘而积之，则天下庶乎少息也。

【解题】

本篇与下篇皆为《厚财货》，是苏轼为宋王朝解决财政危机而进献的措施。苏轼反对与民争利的举措，主张节流。文中提出了二点节流措施：一是取消郊祀、佛老宫观的费用，二是裁减冗官。皆切实可行。

策别厚货财二

其二曰定军制。自三代之衰，井田废，兵农异处，兵不得休而为民，民不得息肩而无事于兵者，千有余年，而未有如今日之极者也。三代之制，不可复追矣。至于汉、唐，犹有可得而言者。

夫兵无事而食，则不可使聚，聚则不可使无事而食。此二者相胜而不可并行，其势然也。今夫有百顷之闲田，则足以牧马千驷，而不知其费。聚千驷之马，而输百顷之刍，则其费百倍，此易晓也。昔汉之制，有践更之卒，而无营田之兵，虽皆出于农夫，而方其为兵也，不知农夫之事，是故郡县无常屯之兵，而京师亦不过有南北军、期门、羽林而已。边境有事，诸侯有变，皆以虎符调发郡国之兵，至于事已而兵休，则涣然各复其故。是以其兵虽不知农，而天下不至于弊者，未尝聚也。唐有天下，置十六卫府兵，天下之府八百余所，而屯于关中者，至有五百，然皆无事则力耕而积谷，不惟以自赡养，而又有以广县官之储。是以兵虽聚于京师，而天下亦不至于弊者，未尝无事而食也。

今天下之兵，不耕而聚于京畿三辅者，以数十万计，皆仰给于县官。有汉、唐之患，而无汉、唐之利，择其偏而兼用之，是以兼受其弊而莫之分也。天下之财，近自淮甸，而远至于吴、蜀，凡舟车所至，人力所及，莫不尽取以归于京师。晏然无事，而赋敛之厚，至于不可复加，而三司之用，犹苦其不给。其弊皆起于不耕之兵聚于内，而食四方之贡赋。

非特如此而已，又有循环往来屯戍于郡县者。昔建国之初，所在分裂，拥兵而不服，太祖、太宗躬擐甲胄，力战而取之；既降其君，而籍其疆土矣，然其故基余孽犹有存者。上之人见天下之难合而恐其复发也，于是出禁兵以戍之，大自藩府，而小至于县镇，往往皆有京师之兵。由此观之，则是天下之地，一尺一寸，皆天子自为守也。而可以长久而不变乎？

费莫大于养兵，养兵之费，莫大于征行。今出禁兵而戍郡县，远者或数千里，其月廪岁给之外，又日供其刍粮。三岁而一迁，往者纷纷，来者累累，虽不过数百为辈，而要其归，无以异于数十万之兵三岁而一出征也。农夫之力，安得不竭？馈运之卒，安得不疲？

且今天下未尝有战斗之事，武夫悍卒，非有劳伐可以邀其上之人，然皆不得为休息闲居无用之兵者，其意以为为天子出戍也。是故美衣丰食，开府库，辇金帛，若有所负，一逆其意，则欲群起而噪呼，此何为者也。天下一家，且数十百年矣。民之戴君，至于海隅，无以异于畿甸，亦不必举疑四方之兵而专信禁兵也。曩者蜀之有均贼，与近岁贝州之乱，未必非禁兵致之。

臣愚以为郡县之士兵，可以渐训而阴夺其权，则禁兵可以渐省而无用。天下武健，岂有常所哉？山川之所习，风气之所咻，四方之民一也。昔者战国尝用之矣。蜀人之怯懦，吴人之短小，皆尝以抗衡于上国，夫安得禁兵而用之。今之土兵，所以钝弊劣弱而不振者，彼见郡县皆有禁兵，而待之异等，是以自弃于贱隶役夫之间，而将吏亦莫之训也。苟禁兵可以渐省，而以其资粮益优郡县之土兵，则彼固已欢欣踊跃出于意外，戴上之恩而愿效其力，又何遽不如禁兵耶？夫土兵日以多，禁兵日以少，天子扈从捍城之外，无所复用。如此，则内无屯聚仰给之费，而外无迁徙供馈之劳，费之省者，又已过半矣。

【解题】

本文论述的是苏轼提出的减少朝廷财政开支的又一策略。他认为当时京师聚兵过多，迁移频繁，增加了财政负担，故建议裁减冗兵，以各地土兵渐渐取代禁军，这样可以节省大量的费用。

策别训兵旅一

训兵旅者，其别有三。一曰蓄材用。夫今之所患兵弱而不振者，岂士卒寡少而不足使欤？器械钝弊而不足用欤？抑为城郭不足守欤？廪食不足给欤？此数者，皆非也。然所以弱而不振，则是无材用也。

夫国之有材，譬如山泽之有猛兽，江河之有蛟龙，伏乎其中而威见乎其外，悚然有所不可狎者。至于鳅螈之所蟠，牂豚之所牧，虽千仞之山，百寻之溪，而人易之。何则？其见于外者不可欺也。天下之大，不可谓无人。朝廷之尊，百官之富，不可谓无才。然以区区之二虏，举数州之众，以临中国，抗天子之威，犯天下之怒，而其气未尝少衰，其词未尝少挫，则是其心无所畏也。主忧则臣辱，主辱则臣死。今朝廷之上，不能无忧，而大臣恬然未尝有拒绝之议，非不欲绝也，而未有以待之。则是朝廷无所恃也。缘边之民，西顾而战栗。牧马之士，不敢弯弓而北向。吏士未战而先期于败，则是民轻其上也。外之蛮夷无所畏，内之朝廷无所恃，而民又自轻其上，此犹足以为有人乎！

天下未尝无才，患所以求才之道不至。古之圣人，以无益之名，而致天下之实；以可见之实，而较天下之虚名。二者相为用而不可废。是故其始也，天下莫不纷然奔走从事于其间，而要之以其终，不肖者无以欺其上。此无他，先名而后实也。不先其名，而唯实之求，则来者寡。来者寡，则不可以有所择。以一旦之急，而用不择之人，则是不先名之过也。天子之所向，天下之所奔也。今夫孙、吴之书，其读之者，未必能战也；多言之士，喜论兵者，未必能用也；进之以武举，而试之以骑射，天下之奇才，未必至也。然将以求天下之实，则非此三者不可以致。以为未必然而弃之，则是其必然者，终不可得而见也。

往者西师之兴，其先也，惟不以虚名多致天下之才而择之，以待一旦之用。故其兵兴之际，四顾惶惑而不知所措。于是设武举，购方略，收勇悍之士，而开猖狂之言，不爱高爵重赏，以求强兵之术。当此之时，天下嚣然，莫不自以为知兵也。来者日多，而其言益以无据，至于临事，终不可用。执事之臣，亦遂厌之，而知其无益，故兵休之日，举从而废之。今之论者，以为武举、方略之类，适足以开侥幸之门，而天下之实才，终不可以求得。此二者，皆过也。夫既已用天下之虚名，而不较之以实，至其弊也；又举而废其名，使天下之士不复以兵术进，亦已过矣。

天下之实才，不可以求之于言语，又不可以较之于武力，独见之于战耳。战不可得而试也，是故见之于治兵。子玉治兵于蒍，终日而毕，鞭七人，贯三人耳。蒍贾观之，以为刚而无礼，知其必败。孙武始见，试以妇人，而犹足以取信于阖闾，使知其可用。故凡欲观将帅之才否，莫如治兵之不可欺也。今夫新募之兵，骄而难令，勇悍而不知战，此真足以观天下之才也。武举、方略之类以来之，新兵以试之。观其颜色和易，则足以见其气；约束坚明，则足以见其威；坐作进退，各得其所，则足以见其能。凡此者皆不可强也。故曰：先之以无益之虚名，而较之以可见之实，庶乎可得而用也。

【解题】

本文有感于宋军积弱不振，倡言平时当广招天下勇武知兵之士，并通过实际治兵，以选拔优秀的军事人才。

策别训兵旅二

其二曰练军实。三代之兵，不待择而精，其故何也？兵出于农，有常数而无常人。国有事，要以一家而备一正卒，如斯而已矣。是故老者得以养，疾病者得以为闲民，而役于官者，莫不皆其壮子弟。故其无事而田猎，则未尝发老弱之民；师行而馈粮，则未尝食无用之卒。使之足轻险阻，而手易器械，聪明足以察旗鼓之节，强锐足以犯死伤之地，千乘之众，而人人足以自捍。故杀人少而成功多，费用省而兵卒强。

盖春秋之时，诸侯相并，天下百战，其经传所见谓之败绩者，如城濮、鄢陵之役，皆不过犯其偏师而猎其游卒，敛兵而退，未有僵尸百万流血于江河如后世之战者，何也？民各推其家之壮者以为兵，则其势不可得而多杀也。

及至后世，兵民既分，兵不得复而为民，于是始有老弱之卒。夫既已募民而为兵，其妻子屋庐，既已托于营伍之中，其姓名既已书于官府之籍，行不得为商，居不得为农，而仰食于官，至于衰老而无归，则其道诚不可以弃去，是故无用之卒，虽薄其资粮，而皆廪之终身。凡民之生，自二十以上至于衰老，不过四十余年。之间勇锐强力之气足以犯坚冒刃者，不过二十余年。今廪之终身，则是一卒凡二十年无用而食于官也。自此而推之，养兵十万，则是五万人可去也；屯兵十年，则是五年为无益之费也。民者，天下之本；而财者，民之所以生也。有兵而不可使战，是谓弃财。不可使战而驱之战，是谓弃民。臣观秦、汉之后，天下何其残败之多耶！其弊皆起于分民而为兵。兵不得休，使老弱不堪之卒，拱手而就戮。故有以百万之众，而见屠于数千之兵者。其良将善用，不过以为饵，委之啖贼。嗟夫，三代之衰，民之无罪而死者，其不可胜数矣。

今天下募兵至多，往者陕西之役，举籍平民以为兵。继以明道、宝元之间，天下旱蝗，次及近岁青、齐之饥，与河朔之水灾，民急而为兵者，日以益众。举籍而按之，近世以来，募兵之多，无如今日。然皆老弱不教，不能当古之十五，而衣食之费，百倍于古。此甚非所以长久而不变者也。

凡民之为兵者，其类多非良民。方其少壮之时，博弈饮酒，不安于家，而后能捐其身。至其少衰而气沮，盖亦有悔而不可复者矣。臣以谓：五十已上，愿复而为民者，宜听；自今以往，民之愿为兵者，皆三十以下则收，限以十年而除其籍。民三十而为兵，十年而复归，其精力思虑，犹可以养生送死，为终身之计。使其应募之日，心知其不出十年，而为十年之计，则除其籍而不怨。以无用之兵终身坐食之费，而为重募，则应者必众。如此，县官长无老弱之兵，而民之不任战者，不至于无罪而死。彼皆知其不过十年而复为平民，则自爱其身而重犯法，不至于叫呼无赖以自弃于凶人。

今夫天下之患，在于民不知兵，故兵常骄悍而民常怯。盗贼攻之而不能御，戎狄掠之而不能抗。今使民得更代而为兵，兵得复还而为民，则天下之知兵者众，而盗贼戎狄将有所忌。然犹有言者，将以为十年而代，故者已去而新者未教，则缓急有所不济。夫所谓十年而代者，岂举军而并去之，有始至者，有既久者，有将去者，有当代者，新故杂居而教之，则缓急可以无忧矣。

【解题】

本文建议改革现行募兵制度，缩短兵役期限，超期则解甲为民，这样一可以使兵卒保持强壮，二可以使退役之兵卒有能力养生送死，三可以使民知兵而不怯。

策别训兵旅三

其三曰倡勇敢。臣闻战以勇为主，以气为决。天子无皆勇之将，而将军无皆勇之士，是故致勇有术。致勇莫先乎倡，倡莫善乎私。此二者，兵之微权，英雄豪杰之士，所以阴用而不言于人，而人亦莫之识也。

臣请得以备言之。夫倡者，何也？气之先也。有人人之勇怯，有三军之勇怯。人人而较之，则勇怯之相去，若莛与楹。至于三军之勇怯，则一也。出于反覆之间，而差于毫厘之际，故其权在将与君。人固有暴猛兽而不操兵，出入于白刃之中而色不变者；有见虺蜴而却走，闻钟鼓之声而战栗者。是勇怯之不齐，至于此。然闾阎之小民，争斗戏笑，卒然之间，而或至于杀人。当其发也，其心翻然，其色勃然，若不可以已者，虽天下之勇夫，无以过之。及其退而思其身，顾其妻子，未始不恻然悔也。此非必勇者也。气之所乘，则夺其性而忘其故。故古之善用兵者，用其翻然勃然于未悔之间。而其不善者，沮其翻然勃然之心，而开其自悔之意，则是不战而先自败也。故曰致勇有术。

致勇莫先乎倡。均是人也，皆食其食，皆任其事，天下有急，而有一人焉奋而争先而致其死，则翻然者众矣。弓矢相及，剑盾相搏，胜负之势，未有所决，而三军之士，属目于一夫之先登，则勃然者相继矣。天下之大，可以名劫也；三军之众，可以气使也。谚曰："一人善射，百夫决拾。"苟有以发之，及其翻然勃然之间而用其锋，是之谓倡。

倡莫善乎私。天下之人，怯者居其百，勇者居其一，是勇者难得也。捐其妻子，弃其身以蹈白刃，是勇者难能也。以难得之人，行难能之事，此必有难报之恩者矣。天子必有所私之将，将军必有所私之士，视其勇者而阴厚之。人之有异材者，虽未有功，而其心莫不自异。自异而上不异之，则缓急不可以望其为倡。故凡缓急而肯为倡者，必其上之所异也。昔汉武帝欲观兵于四夷，以逞其无厌之求，不爱通侯之赏，以招勇士，风告天下，以求奋击之人，然卒无有应者。于是严刑峻法，致之死地，而听其以深入赎罪，使勉强不得已之人，驰骤于万死之地，是故其将降，其兵破败，而天下几至于不测。何者？先无所异之人，而望其为倡，不已难乎！

私者，天下之所恶也。然而为己而私之，则私不可用。为其贤于人而私之，则非私无以济。盖有无功而可赏，有罪而可赦者，凡所以愧其心而责其为倡也。天下之祸，莫大于上作而下不应。上作而下不应，则上亦将穷而自止。方西戎之叛也，天子非不欲赫然诛之，而将帅之臣，谨守封略，收视内顾，莫有一人先奋而致命，而士卒亦循循焉莫肯尽力，不得已而出，争先而归，故西戎得以肆其猖狂，而吾无以应，则其势不得不重赂而求和。其患起于天子无同忧患之臣，而将军无心腹之士。西师之休，十有余年矣，用法益密，而进人益艰，贤者不见异，勇者不见私，天下务为奉法循令，要以如式而止，臣不知其缓急将谁为之倡哉？

【解题】

本文陈述激发将士勇气之方法，认为天子、将军当求有异材之人，给予特殊恩惠，使其心思报恩，临阵奋发，以激励士卒，则一军皆得为勇。

策 断 一

二虏为中国患，至深远也。天下谋臣猛将，豪杰之士，欲有所逞于西北者，久矣。闻之兵法曰："先为不可胜，以待敌之可胜。"向者，臣愚以为西北虽有可胜之形，而中国未有不可胜之备，故尝窃以为可特设一官，使独任其责，而执政之臣，得以专治内事。苟天下之弊，莫不尽去，纪纲修明，食足而兵强，百姓乐业，知爱其君，卓然有不可胜之备，如此，则臣固将备论而极言之。

夫天下将兴，其积必有源；天下将亡，其发必有门。圣人者，唯知其门而塞之。古之亡天下者四，而天子无道不与焉。盖有以诸侯强逼而至于亡者，周、唐是也；有以匹夫横行而至于亡者，秦是也；有以大臣执权而至于亡者，汉、魏是也；有以蛮夷内侵而至于亡者，二晋是也。（司马氏、石氏。）使此七代之君，皆能逆知其所由亡之门而塞之，则至于今可以不废。惟其讳亡而不为之备，或备之而不得其门，故祸发而不救。夫天子之势，蟠于天下而结于民心者甚厚，故其亡也，必有大隙焉，而一日溃之。其窥之甚难，其取之甚密，旷日持久，然后可得而间，盖非有一日卒然不救之患也。是故圣人必于其全盛之时，而塞其所由亡之门。

盖臣以为当今之患，外之可畏者，西戎、北狄，而内之可畏者，天子之民也。西戎、北狄，不足以为中国之大忧，而其动也，有以召内之祸。内之民实执其存亡之权，而不能独起，其发也必将待外之变。先之以戎狄，而继之以吾民，臣之所谓可畏者，在此而已。

昔者敌国之患，起于多求而不供。供者有倦而求者无厌，以有倦待无厌，而能久安于无事，天下未尝有也。故夫二虏之患，特有远近耳，而要以必至于战。敢问今之所以战者何也？其无乃出于仓卒而备于一时乎！且夫兵不素定，而出于一时，当其危疑扰攘之间，而吾不能自必，则权在敌国。权在敌国，则吾欲战不能，欲休不可。进不能战，而退不能休，则其计将出于求和。求和而自我，则其所以为媾者必重。军旅之后，而继之以重媾，则国用不足。国用不足，则加赋于民。加赋而不已，则凡暴取豪夺之法，不得不施于今之世矣。天下一动，变生无方，国之大忧，将必在此。

盖尝闻之，用兵有权，权之所在，其国乃胜。是故国无小大，兵无强弱，有小国弱兵而见畏于天下者，权在焉耳。千钧之牛，制于三尺之童，弭耳而下之，曾不如狙猿之奋掷于山林，此其故何也？权在人也。我欲则战，不欲则守。战则天下莫能支，守则天下莫能窥。昔者秦尝用此矣。开关出兵以攻诸侯，则诸侯莫不愿割地而求和。诸侯割地而求和于秦，秦人未尝急于割地之利，若不得已而后应。故诸侯常欲和而秦常欲战。如此，则权固在秦矣。且秦非能强于天下之诸侯，秦惟能自必，而诸侯不能。是以天下百变，而卒归于秦。诸侯之利，固在从也。朝闻陈轸之说而合为从，暮闻张仪之计而散为横。秦则不然。横人之欲为横，从人之欲为从，皆使其自择而审处之。诸侯相顾，而终莫能自必，则权之在秦，不亦宜乎？

向者宝元、庆历之间，河西之役，可以见矣。其始也，不得已而后战；其终也，逆探其意而与之和，又从而厚馈之，惟恐其一日复战也。如此，则贼常欲战而我常欲和。贼非能常战也，特持其欲战之形，以乘吾欲和之势，屡用而屡得志，是以中国之大，而权不在焉。欲天下之安，则莫若使权在中国。欲权之在中国，则莫若先发而后罢。示之以不惮，形之以好战，而后天下之权，有所归矣。

今夫庸人之论，则曰勿为祸始。古之英雄之君，岂其乐祸而好杀。唐太宗既平天下，而又岁岁出师，以从事于夷狄，盖晚而不倦，暴露于千里之外，亲击高丽者再焉。凡此者，皆所以争先而处强也。当时群臣不能深明其意，以为敌国无衅而我则发之。夫为国者，使人备己，则权在我；而使己备人，则权在人。当太宗之时，四夷狼顾以备中国，故中国之权重。苟不先之，则彼或以执其权矣，而我又龌龊焉恶战而乐罢，使敌国知吾之所忌，而以是取必于吾。如此，则虽有天下，吾安得而为之。唐之衰也，惟其厌兵而畏战，一有败衄，则兢兢焉缩首而去之，是故奸臣执其权以要天子。及至宪宗，奋而不顾，虽小挫而不为之沮。当此之时，天下之权，在于朝廷。伐之则足以为威，舍之则足以为恩。臣故曰：先发而后罢，则权在我矣。

【解题】

本文与下二篇为《策断》，主要讨论抗击辽和西夏的措施。本文分析了敌我之形势，批判了“勿为祸始”的“庸人之论”，认为朝廷必须掌握战与守的主动权，才能控制局面，而为了取得主动权，又必须做好战争的准备，“示之以不惮，形之以好战”，使其有所畏惧。

策　断　二

臣闻用兵有可以逆为数十年之计者，有朝不可以谋夕者。攻守之方，战斗之术，一日百变，犹以为拙，若此者，朝不可以谋夕者也。古之欲谋人之国者，必有一定之计。勾践之取吴，秦之取诸侯，高祖之取项籍，皆得其至计而固执之。是故有利有不利，有进有退，百变而不同，而其一定之计未始易也。勾践之取吴，是骄之而已；秦之取诸侯，是散其从而已；高祖之取项籍，是间疏其君臣而已。此其至计不可易者，虽百年可知也。今天下晏然未有用兵之形，而臣以为必至于战，则其攻守之方，战斗之术，固未可以豫论而臆断也。然至于用兵之大计，所以固执而不变者，臣请得以豫言之。

夫西戎、北胡，皆为中国之患。而西戎之患小，北胡之患大。此天下之所明知也。管仲曰：“攻坚则瑕者坚，攻瑕则坚者瑕。”故二者，皆所以为忧。而臣以为兵之所加，宜先于西。故先论所以制御西戎之大略。

今夫邹与鲁战，则天下莫不以为鲁胜，大小之势异也。然而势有所激，则大者失其所以为大，而小者忘其所以为小，故有以邹胜鲁者矣。夫大有所短，小有所长，地广而备多，备多而力分，小国聚而大国分，则强弱之势，将有所反。大国之人，譬如千金之子，自重而多疑。小国之人，计穷而无所恃，则致死而不顾。是以小国常勇，而大国常怯。恃大而不戒，则轻战而屡败。

知小而自畏，则深谋而必克。此又其理然也。夫民之所以守战至死而不去者，以其君臣上下欢欣相得之际也。国大则君尊而上下不交，将军贵而吏士不亲，法令繁而民无所措其手足。若夫小国之民，截然其若一家也，有忧则相恤，有急则相赴。凡此数者，是小国之所长，而大国之所短也。使大国而不用其所长，常出于其所短，虽百战而百屈，岂足怪哉！

且夫大国，则固有所长矣，长于战而不长于守。夫守者，出于不足而已。譬之于物，大而不用，则易以腐败，故凡击搏进取，所以用大也。孙武之法，十则围之，五则攻之，倍则分之，敌则能战之，少则能逃之，不若则能避之。自敌以上者，未尝有不战也。自敌以上而不战，则是以有余而用不足之计，固已失其所长矣。凡大国之所恃，吾能分兵，而彼不能分，吾能数出，而彼不能应。譬如千金之家，日出其财，以罔市利，而贩夫小民终莫能与之竞者，非智不若，其财少也。是故贩夫小民，虽有桀黠之才，过人之智，而其势不得不折而入于千金之家。何则？其所长者不可以与较也。

西戎之于中国，可谓小国矣。向者惟不用其所长，是以聚兵连年而终莫能服。今欲用吾之所长，则莫若数出，数出莫若分兵。臣之所谓分兵者，非分屯之谓也，分其居者与行者而已。今河西之戍卒，惟患其多，而莫之适用，故其便莫若分兵。使其十一而行，则一岁可以十出；十二而行，则一岁可以五出。十一而十出，十二而五出，则是一人而岁一出也。吾一岁而一出，彼一岁而十被兵焉，则众寡之不侔，劳逸之不敌，亦已明矣。夫用兵必出于敌人之所不能。我大而敌小，是故我能分而彼不能。此吴之所以肆楚，而隋之所以狃陈欤？夫御戎之术，不可以逆知其详，而其大略，臣未见有过此者也。

【解题】

文中分析了大国、小国的利弊长短，提出利用我兵多之优势，分兵作战，多次袭扰，使西夏疲于奔命，如此才能用己之长，攻敌之短，掌握胜机。

策断三

其次请论北狄之势。古者匈奴之众，不过汉一大县，然所以能敌之者，其国无君臣上下朝觐会同之节，其民无穀米丝麻耕作织纴之劳。其法令以言语为约，故无文书符传之繁。其居处以逐水草为常，故无城郭邑居聚落守望之助。其旃裘肉酪，足以为养生送死之具。故战则人人自斗，败则驱牛羊远徙，不可得而破。盖非独古圣人法度之所不加，亦天性之所安者，犹狙猿之不可使冠带，虎豹之不可被以羁绁也。故中行说教单于无爱汉物，所得缯絮，皆以驰草棘中，使衣袴弊裂，以示不如旃裘之坚善也，得汉食物皆去之，以示不如湩酪之便美也。由此观之，中国以法胜，而匈奴以无法胜。

圣人知其然，是故精修其法而谨守之，筑为城郭，堑为沟池，大仓廪，实府库，明烽燧，远斥堠，使民知金鼓进退坐作之节，胜不相先，败不相后。此其所以谨守其法而不敢失也。一失其法，则不如无法之为便也。故夫各辅其性而安其生，则中国与胡，本不能相犯。惟其不然，是故皆有以相制，胡人之不可从中国之法，犹中国之不可从胡人之无法也。

今夫佩玉服韨冕而垂旒者，此宗庙之服，所以登降揖让折旋俯仰为容者也，而不可以骑射。今夫蛮夷而用中国之法，岂能尽如中国哉！苟不能尽如中国，而杂用其法，则是佩玉服韨冕垂旒而欲以骑射也。昔吴之先，断发文身，与鱼鳖龙蛇居者数十世，而诸侯不敢窥也。其后楚申公巫臣始教以乘车射御，使出兵侵楚，而阖庐、夫差又逞其无厌之求，开沟通水，与齐、晋争强，黄池之会，强自冠带，吴人不胜其弊，卒入于越。夫吴之所以强者，乃其所以亡也。何者？以蛮夷之资，而贪中国之美，宜其可得而图之哉。

西晋之亡也，匈奴、鲜卑、氐、羌之类，纷纭于中国，而其豪杰间起，为之君长，如刘元海、苻坚、石勒、慕容隽之俦，皆以绝异之姿，驱驾一时之贤俊，其强者至有天下太半，然终于覆亡相继，远者不过一传再传而灭，何也？其心固安于无法也，而束缚于中国之法。中国之人，固安于法也，而苦其无法。君臣相戾，上下相厌。是以虽建都邑，立宗庙，而其心岌岌然常若寄居于其间，而安能久乎？且人而弃其所得于天之分，未有不亡者也。

契丹自五代南侵，乘石晋之乱，奄至京邑，睹中原之富丽、庙社宫阙之壮而悦之，知不可以留也，故归而窃习焉。山前诸郡，既为所并，则中国士大夫有立其朝者矣。故其朝廷之仪，百官之号，文武选举之法，都邑郡县之制，以至于衣服饮食，皆杂取中国之象。然其父子聚居，贵壮而贱老，贪得而忘失，胜不相让，败不相救者犹在也。其中未能革其犬羊豺狼之性，而外牵于华人之法，此其所以自投于陷阱网罗之中。而中国之人，犹曰今之匈奴非古也，其措置规画，皆不复蛮夷之心，以为不可得而图之，亦过计矣。且夫天下固有沉谋阴计之士也。昔先王欲图大事，立奇功，则非斯人莫之与共。秦之尉缭，汉之陈平，皆以樽俎之间，而制敌国之命。此亦王者之心，期以纾天下之祸而已。

彼契丹者，有可乘之势三，而中国未之思焉，则亦足惜矣。臣观其朝廷百官之众，而中国士大夫交错于其间，固亦有贤俊慷慨不屈之士，而诟辱及于公卿，鞭扑行于殿陛，贵为将相，而不免囚徒之耻，宜其有惋愤郁结而思变者，特未有路耳。凡此皆可以致其心，虽不为吾用，亦以间疏其君臣。此由余之所以入秦也。幽燕之地，自古号多雄杰，名于图史者，往往而是。自宋之兴，所在贤俊，云合响应，无有远迩，皆欲洗濯磨淬以观上国之光，而此一方，独陷于非类。昔太宗皇帝亲征幽州，未克而班师，闻之谍者曰：幽州士民，谋欲执其帅以城降者，闻乘舆之还，无不泣下。且胡人以为诸郡之民，非其族类，故厚敛而虐使之，则其思内附之心，岂待深计哉，此又足为之谋也。使其上下相猜，君民相疑，然后可攻也。语有之曰：鼠不容穴，衔窭薮也。彼僭立四都，分置守宰，仓廪府库，莫不备具，有一旦之急，适足以自累，守之不能，弃之不忍，华夷杂居，易以生变。如此，则中国之长，足以有所施矣。

然非特如此而已也。中国不能谨守其法，彼慕中国之法，而不能纯用，是以胜负相持而未有决也。夫蛮夷者以力攻，以力守，以力战，顾力不能则逃。中国则不然。其守以形，其攻以势，其战以气，故百战而力有余。形者，有所不守，而敌人莫不忌也。势者，有所不攻，而敌人莫不惫也。气者，有所不战，而敌人莫不慑也。苟去此三者而角之于力，则中国固不敌矣。尚何云乎！惟国家留意其大者而为之计，其小者臣未敢言焉。

【解题】

本文分析了契丹在性情文化上与中原的区别，指出其“有可乘之势三”：一是契丹朝廷中的中原人士有“思变者”，二是沦陷区汉民有“内附之心”，三是幽燕四郡成为契丹的包袱，“华夷杂居，易以生变”，因此契丹并不是不可战胜的。

进论二十五首

中庸论上

甚矣，道之难明也。论其著者，鄙滞而不通；论其微者，汗漫而不可考。其弊始于昔之儒者，求为圣人之道而无所得，于是务为不可知之文，庶几乎后世之以我为深知之也。后之儒者，见其难知，而不知其空虚无有，以为将有所深造乎道者，而自耻其不能，则从而和之曰然。相欺以为高，相习以为深，而圣人之道，日以远矣。

自子思作《中庸》，儒者皆祖之以为性命之说。嗟夫，子思者，岂亦斯人之徒欤？盖尝试论之。夫《中庸》者，孔氏之遗书而不完者也。其要有三而已矣。三者是周公、孔子之所从以为圣人，而其虚词蔓延，是儒者之所以为文也。是故去其虚词，而取其三。其始论诚明之所入，其次论圣人之道所从始，推而至于其所终极，而其卒乃始内之于中庸。盖以为圣人之道，略见于此矣。

《记》曰："自诚明谓之性，自明诚谓之教。诚则明矣，明则诚矣。"夫诚者，何也？乐之之谓也。乐之则自信，故曰诚。夫明者，何也？知之之谓也。知之则达，故曰明。夫惟圣人，知之者未至，而乐之者先入，先入者为主，而待其余，则是乐之者为主也。若夫贤人，乐之者未至，而知之者先入，先入者为主，而待其余，则是知之者为主也。乐之者为主，是故有所不知，知之未尝不行。知之者为主，是故虽无所不知，而有所不能行。子曰："知之者不如好之者，好之者不如乐之者。"知之者与乐之者，是贤人、圣人之辨也。好之者，是贤人之所由以求诚者也。君子之为学，慎乎其始。何则？其所先入者，重也。知之多而未能乐焉，则是不如不知之愈也。人之好恶，莫如好色而恶臭，是人之性也。好善如好色，恶恶如恶臭，是圣人之诚也。故曰"自诚明谓之性"。

孔子盖长而好学，适周观礼，问于老聃、师襄之徒，而后明于礼乐，五十而后读《易》。盖亦有晚而后知者。然其所先得于圣人者，是乐之而已。孔子厄于陈、蔡之间，问于子路、子贡，二子不悦，而子贡又欲少贬焉。是二子者，非不知也，其所以乐之者未至也。且夫子路能死于卫，而不能不愠于陈、蔡，是岂其知之罪耶？故夫弟子之所为从孔子游者，非专以求闻其所未闻，盖将以求乐其所有也。明而不诚，虽挟其所有，侬侬乎不知所以安之，苟不知所以安之，则是可与居安，而未可与居忧患也。夫惟忧患之至，而后诚明之辨，乃可以见。由此观之，君子安可以不诚哉！

中庸论中

君子之欲诚也，莫若以明。夫圣人之道，自本而观之，则皆出于人情。不循其本，而逆观之于其末，则以为圣人有所勉强力行，而非人情之所乐者，夫如是，则虽欲诚之，其道无由。故曰“莫若以明”。使吾心晓然，知其当然，而求其乐。

今夫五常之教，惟礼为若强人者。何则？人情莫不好逸豫而恶劳苦，今吾必也使之不敢箕踞，而磬折百拜以为礼；人情莫不乐富贵而羞贫贱，今吾必也使之不敢自尊，而揖让退抑以为礼；用器之为便，而祭器之为贵；亵衣之为便，而衮冕之为贵；哀欲其速已，而伸之三年；乐欲其不已，而不得终日；此礼之所以为强人而观之于其末者之过也。盍亦反其本而思之？今吾以为磬折不如立之安也，而将惟安之求，则立不如坐，坐不如箕踞，箕踞不如偃仆，偃仆而不已，则将裸袒而不顾，苟为裸袒而不顾，则吾无乃亦将病之！夫岂独吾病之，天下之匹夫匹妇，莫不病之也，苟为病之，则是其势将必至于磬折而百拜。由此言也，则是磬折而百拜者，生于不欲裸袒之间而已也。夫岂惟磬折百拜，将天子之所谓强人者，其皆必有所从生也。辨其所从生，而推之至于其所终极，是之谓明。故《记》曰：“君子之道，费而隐，夫妇之愚，可以与知焉。及其至也，虽圣人有所不知焉。夫妇之不肖，可以能行焉。及其至也，虽圣人有所不能焉。”君子之道，推其所从生而言之，则其言约，约则明。推其逆而观之，故其言费，费则隐。君子欲其不隐，是故起于夫妇之有余，而推之至于圣人之所不及，举天下之至易，而通之于至难，使天下之安其至难者，与其至易，无以异也。

孟子曰："箪食豆羹得之则生，不得则死。呼尔而与之，行道之人弗受，蹴尔而与之，乞人不屑也。万钟则不辨礼义而受之，万钟于我何加焉。"向为身死而不受，今为朋友妻妾之奉而为之，此之谓失其本心。且万钟之不受，是王公大人之所难，而以行道乞人之所不屑，而较其轻重，是何以异于匹夫匹妇之所能行，通而至于圣人之所不及？故凡为此说者，皆以求安其至难，而务欲诚之者也。天下之人，莫不欲诚，而不得其说，故凡此者，诚之说也。

中庸论下

夫君子虽能乐之，而不知中庸，则其道必穷。《记》曰："君子遵道而行，半途而废，吾弗能已矣。"君子非其信道之不笃也，非其力行之不至也，得其偏而忘其中，不得终日安行乎通涂，夫虽欲不废，其可得耶？《记》曰："道之不行也，我知之矣，贤者过之，不肖者不及也。"以为过者之难欤，复之中者之难欤？宜若过者之难也。然天下有能过而未有能中，则是复之中者之难也。

《记》曰："天下国家可均也，爵禄可辞也，白刃可蹈也，中庸不可能也。"既不可过，又不可不及，如斯而已乎？曰：未也。孟子曰："执中为近之。执中无权，犹执一也。"《书》曰："不协于极，不罹于咎，皇则受之。"又曰："会其有极，归其有极。"而《记》曰："君子之中庸也，君子而时中。"皇极者，有所不极，而会于极。时中者，有所不中，而归于中。吾见中庸之至于此而尤难也，是故有小人之中庸焉。有所不中，而归于中，是道也，君子之所以为时中，而小人之所以为无忌惮。《记》曰；"小人之中庸也，小人而无忌惮也。"

嗟夫，道之难言也。有小人焉，因其近似而窃其名，圣人忧思恐惧，是故反覆而言之不厌。何则？是道也，固小人之所窃以自便者也。君子见危则能死，勉而不死，以求合于中庸。见利则能辞，勉而不辞，以求合于中庸。小人贪利而苟免，而亦欲以中庸之名私自便也。此孔子、孟子之所为恶乡原也。一乡皆称原人焉，无所往而不为原人，同乎流俗，合乎污世，曰："古之人，行何为踽踽凉凉，生斯世也，善斯可矣。"以古之人为迂，而以今世之所善为足以已矣，则是不亦近似于中庸耶？故曰："恶紫，恐其乱朱也；恶莠，恐其乱苗也。"何则？恶其似也。

信矣中庸之难言也：君子之欲从事乎此，无循其迹而求其味，则几矣。《记》曰："人莫不饮食也，鲜能知味也。"

【解题】

自《中庸论》以下共二十五篇《进论》都作于嘉祐五年（1060），是苏轼应制举试前所上。《中庸论》上中下三篇集中论述了中庸思想的内涵和范畴。苏轼认为中庸有三种境界（"诚"的境界）：知之者、好之者、乐之者，以乐之者为最高；要"诚"必须得"明"，"明"才能循中庸之本；进而才能得中庸之道。

大臣论上

以义正君而无害于国，可谓大臣矣。

天下不幸而无明君，使小人执其权，当此之时，天下之忠臣义士莫不欲奋臂而击之。夫小人者，必先得于其君而自固于天下，是故法不可击。击之而不胜身死，其祸止于一身。击之而胜，君臣不相安，天下必亡。是以《春秋》之法，不待君命而诛其侧之恶人，谓之叛。晋赵鞅入于晋阳以叛是也。

世之君子，将有志于天下，欲扶其衰而救其危者，必先计其后而为可居之功，其济不济则命也，是故功成而天下安之。今夫小人，君不诛而吾诛之，则是侵君之权，而不可居之功也。夫既已侵君之权，而能北面就人臣之位，使君不吾疑者，天下未尝有也。国之有小人，犹人之有瘿。人之瘿，必生于颈而附于咽，是以不可去。有贱丈夫者，不胜其忿而决去之，夫是以去疾而得死。汉之亡，唐之灭，由此之故也。自桓、灵之后，至于献帝，天下之权，归于内竖。贤人君子，进不容于朝，退不容于野，天下之怒，可谓极矣。当此之时，议者以为天下之患独在宦官，宦官去则天下无事，然窦武、何进之徒击之不胜，止于身死；袁绍击之而胜，汉遂以亡。唐之衰也，其迹亦大类此。自辅国、元振之后，天子之废立，听于宦官。当此之时，士大夫之论，亦惟宦官之为去也。然而李训、郑注、元载之徒，击之不胜，止于身死，至于崔昌遐击之而胜，唐亦以亡。

方其未去也，是累然者瘿而已矣；及其既去，则溃裂四出，而继之以死。何者？此侵君之权，而不可居之功也。且为人臣而不顾其君，捐其身于一决，以快天下之望，亦已危矣。故其成则为袁、为崔，败则为何、窦，为训、注。然则忠臣义士，亦奚取于此哉？夫窦武、何进之亡，天下悲之，以为不幸。然亦幸而不成，使其成也，二子者将何以居之？故曰：以义正君，而无害于国，可谓大臣矣。

大臣论下

天下之权，在于小人，君子之欲击之也，不亡其身，则亡其君。然则是小人者，终不可去乎？闻之曰：迫人者，其智浅；迫于人者，其智深。非才有不同，所居之势然也。古之为兵者，围师勿遏，穷寇勿追，诚恐其知死而致力，则虽有众无所用之。故曰："同舟而遇风，则吴越可使相救如左右手。"小人之心，自知其负天下之怨，而君子之莫吾赦也，则将日夜为计，以备一旦卒然不可测之患。今君子又从而疾恶之，是以其谋不得不深，其交不得不合。交合而谋深，则其致毒也忿戾而不可解。

故凡天下之患，起于小人，而成于君子之速之也。小人在内，君子在外。君子为客，小人为主。主未发而客先焉，则小人之词直，而君子之势近于不顺。直则可以欺众，而不顺则难以令其下。故昔之举事者，常以中道而众散，以至于败，则其理岂不甚明哉？

若夫智者则不然。内以自固其君子之交，而厚集其势；外以阳浮而不逆于小人之意，以待其间。宽之使不吾疾，狃之使不吾虑，啖之以利，以昏其智，顺适其意，以杀其怒。然后待其发而乘其隙，推其坠而挽其绝。故其用力也约，而无后患。莫为之先，故君不怒而势不逼。如此者，功成而天下安之。

今夫小人急之则合，宽之则散，是从古以然也。见利不能不争，见患不能不避，无信不能不相诈，无礼不能不相渎，是故其交易间，其党易破也。而君子不务宽之以待其变，而急之以合其交，亦已过矣。君子小人，杂居而未决，为君子之计者，莫若深交而无为。苟不能深交而无为，则小人倒持其柄而乘吾隙。昔汉高之亡，以天下属平、勃。及高后临朝，擅王诸吕，废黜刘氏。平日纵酒无一言，及用陆贾计，以千金交欢绛侯，卒以此诛诸吕，定刘氏。使此二人者而不相能，则是将相相攻之不暇，而何暇及于刘、吕之存亡哉！

故其说曰：将相和调，则士豫附。士豫附，则天下虽有变而权不分。呜呼，知此，其足以为大臣矣夫！

【解题】

此二文详细分析了君臣利害关系，认为仓促除奸，非害己则害国；惟有自抑心志，不使奸臣疑忌，而自集势力，相时以除奸，才能功成而天下安之。

秦始皇帝论

昔者生民之初，不知所以养生之具，击搏挽裂与禽兽争一旦之命，惴惴焉朝不谋夕，忧死之不给，是故巧诈不生，而民无知。然圣人恶其无别，而忧其无以生也，是以作为器用、耒耜、弓矢、舟车、网罟之类，莫不备至，使民乐生便利，役御万物而适其情，而民始有以极其口腹耳目之欲。器利用便而巧诈生，求得欲从而心志广。圣人又忧其桀猾变诈而难治也，是故制礼以反其初，礼者，所以反本复始也

圣人非不知箕踞而坐，不揖而食，便于人情，而适于四体之安也。将必使之习为迂阔难行之节，宽衣博带，佩玉履舄，所以回翔容与而不可以驰骤。上自朝廷，而下至于民，其所以视听其耳目者，莫不近于迂阔。其衣以黼黻文章，其食以笾豆簠簋，其耕以井田，其进取选举以学校，其治民以诸侯，嫁娶死丧莫不有法，严之以鬼神，而重之以四时，所以使民自尊而不轻为奸。故曰：礼之近于人情者，非其至也。周公、孔子所以区区于升降揖让之间，丁宁反覆而不敢失坠者，世俗之所谓迂阔，而不知夫圣人之权固在于此也。

自五帝三代相承而不敢破，至秦有天下，始皇帝以诈力而并诸侯，自以为智术之有余，而禹、汤、文、武之不知出此也。于是废诸侯、破井田，凡所以治天下者，一切出于便利，而不耻于无礼，决坏圣人之藩墙，而以利器明示天下。故自秦以来，天下惟知所以求生避死之具，而以礼者为无用赘疣之物。何者？其意以为生之无事乎礼也。苟生之无事乎礼，则凡可以得生者无所不为矣。呜呼！此秦之祸，所以至今而未息欤。

昔者始有书契，以科斗为文，而其后始有规矩摹画之迹，盖今所谓大小篆者。至秦而更以隶，其后日以变革，贵于速成，而从其易。又创为纸以易简策。是以天下簿书符檄，繁多委压，而吏不能究，奸人有以措其手足。如使今世而尚用古之篆书简策，则虽欲繁多，其势无由。由此观之，则凡所以便利天下者，是开诈伪之端也。嗟乎，秦既不可及矣，苟后之君子欲治天下，而惟

便利之求，则是引民而日趋于诈也，悲夫。

【解题】

本文以大半篇幅论述礼的产生及其重要性，并由此指责秦始皇所推行的废诸侯、破井田、创隶书等措施，破坏了古代礼制，使天下人趋于诈伪。文章对一切器用方面的变革持怀疑态度，显然是受到了老庄思想的影响，而其维护礼制之思想，则又出于儒家。

汉高帝论

有进说于君者，因其君之资而为之说，则用力寡矣。人唯好善而求名，是故仁义可以诱而进，不义可以劫而退。若汉高帝起于草莽之中，徒手奋呼，而得天下，彼知天下之利害与兵之胜负而已，安知所谓仁义者哉？观其天资，固亦有合于仁义者，而不喜仁义之说。此如小人终日为不义，而至以不义说之，则亦怫然而怒。故当时之善说者，未尝敢言仁义与三代礼乐之教，亦惟曰如此而为利，如此而为害，如此而可，如此而不可，然后高帝择其利与可者而从之，盖亦未尝迟疑。

天下既平，以爱故欲易太子，大臣叔孙通、周昌之徒力争之，不能得，用留侯计仅得之。盖读其书至此，未尝不太息以为高帝最易晓者，苟有以当其心，彼无所不从，盍亦告之以吕后太子从帝起于布衣以至于定天下，天下望以为君，虽不肖而大臣心欲之，如百岁后，谁肯北面事戚姬子乎？所谓爱之者，只以祸之。嗟夫！无有以奚齐、卓子之所以死为高帝言者欤？叔孙通之徒，不足以知天下之大计，独有废嫡立庶之说，而欲持此以却之，此固高帝之所轻为也。人固有所不平，使如意为天子，惠帝为臣，绛灌之徒，圜视而起，如意安得而有之，孰与其全安而不失为王之利也？如意之为王，而不免于死，则亦高帝之过矣。不少抑远之，以泄吕后不平之气，而又厚封焉，其为计不已疏乎？

或曰：吕后强悍，高帝恐其为变，故欲立赵王。此又不然。自高帝之时而言之，计吕后之年，当死于惠帝之手。吕后虽悍，亦不忍夺之其子以与侄。惠帝既死，而吕后始有邪谋，此出于无聊耳，而高帝安得逆知之！

且夫事君者，不能使其心知其所以然而乐从吾说，而欲以势夺之，亦已危矣。如留侯之计，高帝顾戚姬悲歌而不忍，特以其势不得不从，是以犹欲区区为赵王计，使周昌相之，此其心犹未悟，以为一强项之周昌，足以抗吕氏而捍赵王，不知周昌激其怒，而速之死耳。古之善原人情而深识天下之势者，无如高帝，然至此而惑，亦无有以告之者。悲夫！

【解题】

本文感叹汉初臣子不能因势利导，以大道、仁义之说引导汉高祖刘邦正确立嗣，致使赵王如意性命不保。苏轼认为对君谏劝，应“因君之资而为之说”，“使其心知其所以然而乐从吾说”，如若以势、利说之，只能产生不利后果。

魏武帝论

世之所谓智者，知天下之利害，而审乎计之得失，如斯而已矣。此其为智犹有所穷。唯见天下之利而为之，唯其害而不为，则是有时而穷焉，亦不能尽天下之利。古之所谓大智者，知天下利害得失之计，而权之以人。是故有所犯天下之至危，而卒以成大功者，此以其人权之。轻敌者败，重敌者无成功。何者？天下未尝有百全之利也，举事而待其百全，则必有所格，是故知吾之所以胜人，而人不知其所以胜我者，天下莫能敌之。

昔者晋荀息知虢公必不能用宫之奇，齐鲍叔知鲁君必不能用施伯，薛公知黥布必不出于上策。此三者，皆危道也，而直犯之，彼不知用其所长，又不知出吾之所忌，是故可以冒害而就利。

自三代之亡，天下以诈力相并，其道术政教无以相过，而能者得之。当汉氏之衰，豪杰并起而图天下，二袁、董、吕，争为强暴，而孙权、刘备，又已区区于一隅。其用兵制胜，固不足以敌曹氏，然天下终于分裂，讫魏之世，而不能一。盖尝试论之。魏武长于料事，而不长于料人。是故有所重发而丧其功，有所轻为而至于败。刘备有盖世之才，而无应卒之机。方其新破刘璋，蜀人未附，一日而四五惊，斩之不能禁。释此时不取，而其后遂至于不敢加兵者终其身。孙权勇而有谋，此不可以声势恐喝取也。魏武不用中原之长，而与之争于舟楫之间，一日一夜，行三百里以争利。犯此二败以攻孙权，是以丧师于赤壁，以成吴之强。且夫刘备可以急取，而不可以缓图，方其危疑之间，卷甲而趋之，虽兵法之所忌，可以得志。孙权者，可以计取，而不可以势破也，而欲以荆州新附之卒，乘胜而取之。彼非不知其难，特欲侥幸于权之不敢抗也。此用之于新造之蜀，乃可以逞。故夫魏武重发于刘备而丧其功，轻为于孙权而至于败。此不亦长于料事而不长于料人之过欤?

嗟夫，事之利害，计之得失，天下之能者举知之，知之而不能权之以人，则亦纷纷焉或胜或负，争为雄强，而未见其能一也。

【解题】

本文分析了三国形势，指出曹操长于料事而短于料人，结果对刘备是“重发而丧其功”，对孙权是“轻为而至于败”，丧失了统一天下的机会。文章见解新颖，论述亦合乎情理。

伊　尹　论

办天下之大事者，有天下之大节者也。立天下之大节者，狭天下者也。夫以天下之大而不足以动其心，则天下之大节有不足立，而大事有不足办者矣。

今夫匹夫匹妇皆知洁廉忠信之为美也，使其果洁廉而忠信，则其智虑未始不如王公大人之能也。惟其所争者，止于箪食豆羹，而箪食豆羹足以动其心，则宜其智虑之不出乎此也。箪食豆羹，非其道不取，则一乡之人，莫敢以不正犯之矣。一乡之人，莫敢以不正犯之，而不能办一乡之事者，未之有也。推此而上，其不取者愈大，则其所办者愈远矣。让天下与让箪食豆羹，无以异也。治天下与治一乡，亦无以异也。然而不能者，有所蔽也。天下之富，是箪食豆羹之积也。天下之大，是一乡之推也。非千金之子，不能运千金之资。贩夫贩妇得一金而不知其所措，非智不若，所居之卑也。

孟子曰："伊尹耕于有莘之野，非其道也，非其义也，虽禄之天下，弗受也。"夫天下不能动其心，是故其才全。以其全才而制天下，是故临大事而不乱。古之君子，必有高世之行，非苟求为异而已。卿相之位，千金之富，有所不屑，将以自广其心，使穷达利害不能为之芥蒂，以全其才，而欲有所为耳。后之君子，盖亦尝有其志矣，得失乱其中，而荣辱夺其外，是以役役至于老死而不暇，亦足悲矣。孔子叙书至于舜、禹、皋陶相让之际，盖未尝不太息也。夫以朝廷之尊，而行匹夫之让，孔子安取哉？取其不汲汲于富贵，有以大服天下之心焉耳。

夫太甲之废，天下未尝有是，而伊尹始行之，天下不以为惊。以臣放君，天下不以为僭。既放而复立，太甲不以为专。何则？其素所不屑者，足以取信于天下也。彼其视天下眇然不足以动其心，而岂忍以废放其君求利也哉？

后之君子，蹈常而习故，惴惴焉惧不免于天下，一为希阔之行，则天下群起而诮之。不知求其素，而以为古今之变时有所不可者，亦已过矣夫。

【解题】

苏轼认为"办天下之大事者，有天下之大节者也"，伊尹就是这样一位有大节办大事的人，废太甲，又立太甲，而天下不疑，因为伊尹不求利，能取信于天下，故能成大事。

周 公 论

论周公者多异说，何也？周公居礼之变，而处圣人之不幸，宜乎说者之异也。凡周公之所为，亦不得已而已矣。若得已而不已，则周公安得而为之？成王幼不能为政，周公执其权，以王命赏罚天下，是周公不得已者，如此而已。

今儒者曰：周公践天子之位，称王而朝诸侯。则是岂不可以已耶？《书》曰："周公位冢宰，正百工。群叔流言。"又曰："召公为保，周公为师，相成王，为左右。召公不说。"又曰："周公曰"、"王若曰"，则是周公未尝践天子之位而称王也。周公称王，则成王宜何称，将亦称王耶，将不称耶？不称，则是废也；称王，则是二王也。而周公何以安之？孔子曰："必也正名乎！"儒者之患，患在于名实之不正。故亦有以文王为称王者，是以圣人为后世之僭君急于为王者耶？天下虽乱，有王者在，而己自王，虽圣人不能以服天下。昔高帝击灭项籍，统一四海，诸侯大臣，相率而帝之，然且辞以不德。惟陈胜、吴广，乃嚣嚣乎急于自王。而谓文王亦为之耶？武王伐商，师渡孟津，会于牧野，其所以称先君之命命于诸侯者，盖犹曰文考而已。至于武成，既以柴望告天，百工奔走，受命于周，而后其称曰"我文考文王，克成厥勋"。由此观之，则是武王不敢一日妄尊其先君，而况于文王之自王乎？《诗》曰："虞芮质厥成，文王蹶厥生。"是亦追称而已矣。《史记》曰："妪乎采芑，归乎田成子。"夫田常之时，安知其为成子而称之！故凡以文王、周公为称王者，皆过也。是资后世之篡君而为之藉也。

陈贾问于孟子曰："周公使管叔监商，管叔以商叛。知而使之，是不仁，不知是不智。"孟子曰："周公，弟也；管叔，兄也。周公之过，不亦宜乎！”从孟子之说，则是周公未免于有过也。夫管、蔡之叛，非逆也，是其智不足以深知周公而已矣。周公之诛，非疾之也，其势不得不诛也。故管、蔡非所谓大恶也。兄弟之亲，而非有大恶，则其道不得不封。管、蔡之封，在武王之世也。武王之世，未知有周公、成王之事。苟无周公、成王之事，则管、蔡何从而叛，周公何从而诛之。故曰：周公居礼之变，而处圣人之不幸也。

【解题】

本文论周公“居礼之变，而处圣人之不幸”，摄政而不称王，不得已而诛管蔡，皆仁、智之行。意在澄清世人论周公的异说。

管仲论

尝读《周官》、《司马法》，得军旅什伍之数。其后读管夷吾书，又得《管子》所以变周之制。盖王者之兵，出于不得已，而非以求胜敌也。故其为法，要以不可败而已。至于桓文，非决胜无以定霸，故其法在必胜。繁而曲者，所以为不可败也；简而直者，所以为必胜也。周之制，万二千五百人而为军。万之有二千，二千之有五百，其数奇而不齐，唯其奇而不齐，是以知其所以为繁且曲也。

今夫天度三百六十，均之十二辰，辰得三十者，此其正也。五日四分之一者，此其奇也。使天度而无奇，则千载之日，虽妇人孺子，皆可以坐而计。唯其奇而不齐，是故巧历有所不能尽也。圣人知其然，故为之章、会、统、元以尽其数，以极其变。《司马法》曰：“五人为伍，五伍为两，万二千五百人而为队，二百五十，十取三焉而为奇，其余七以为正，四奇四正，而八阵生焉。”夫以万二千五百人而均之八阵之中，宜其有奇而不齐者，是以多为之曲折，以尽其数，以极其变。钩联蟠踞，各有条理。

故三代之兴，治其兵农军赋，皆数十百年而后得志于天下。自周之亡，秦、汉阵法不复三代。其后诸葛孔明，独识其遗制，以为可用以取天下，然相持数岁，魏人不敢决战，而孔明亦卒无尺寸之功。岂八阵者，先王所以为不可败，而非以逐利争胜者耶！

若夫管仲之制其兵，可谓截然而易晓矣。三分其国，以为三军。五人为轨，轨有长；十轨为里，里有司；四里为连，连有长；十连为乡，乡有乡良人；三乡一帅，万人而为一军。公将其一，高子、国子将其二。三军三万人。如贯绳，如画棋局，疏畅洞达，虽有智者无所施其巧。故其法令简一，而民有余力以致其死。

昔者尝读《左氏春秋》，以为丘明最好兵法。盖三代之制，至于列国犹有存者，以区区之郑，而鱼丽鹅鹳之阵，见于其书。及至管仲相桓公，南伐楚，北伐孤竹，九合诸侯，威震天下，而其军垒阵法，不少概见者，何哉？盖管仲欲以岁月服天下，故变古司马法而为是简略速胜之兵，是以莫得而见其法也。其后吴、晋争长于黄池，王孙雒教夫差以三万人压晋垒而阵，百人为行，百行为阵，阵皆彻行，无有隐蔽，援枹而鼓之，勇怯尽应，三军皆哗，晋师大骇，卒以得志。

由此观之，不简而直，不可以决胜。深惟后世不得繁简之宜，以取败亡。而三代什伍之数，与管子所以治齐之兵者，虽不可尽用；而其近于繁而曲者，以之固守；近于简而直者，以之决战，则庶乎其不可败，而有所必胜矣。

【解题】

本文认为，周制部伍之法，繁杂而曲折，其意在只求不败；而管仲部伍之法，简要而直接，其意在取胜。一以固守，一以决战，其中的变迁，是出于“不得已”即现实需要。

孙武论上

古之善言兵者，无出于孙子矣。利害之相权，奇正之相生，战守攻围之法，盖以百数，虽欲加之而不知所以加之矣。然其所短者，智有余而未知其所以用智，此岂非其所大阙欤？

夫兵无常形，而逆为之形；胜无常处，而多为之地。是以其说屡变而不同，纵横委曲，期于避害而就利，杂然举之，而听用者之自择也。是故不难于用，而难于择。择之为难者，何也？锐于西而忘于东，见其利而不见其所穷，得其一说，而不知其又有一说也。此岂非用智之难欤？

夫智本非所以教人，以智而教人者，是君子之急于有功也。变诈滑其外，而无守于其中，则是五尺童子皆欲为之，使人勇而不自知，贪而不顾，以陷于难，则有之矣。深山大泽，有天地之宝，无意于宝者得之。操舟于河，舟之逆顺，与水之曲折，忘于水者见之。是故惟天下之至廉为能贪，惟天下之至静为能勇，惟天下之至信为能诈。何者？不役于利也。夫不役于利，则其见之也明。见之也明，则其发之也果。

古之善用兵者，见其害而后见其利，见其败而后见其成。其心闲而无事，是以若此明也。不然，兵未交而先志于得，则将临事而惑，虽有大利，尚安得而见之！若夫圣人则不然。居天下于贪，而自居于廉，故天下之贪者，皆可得而用。居天下于勇，而自居于静，故天下之勇者，皆可得而役。居天下于诈，而自居于信，故天下之诈者，皆可得而使。天下之人欲有功于此，而即以此自居，则功不可得而成。是故君子居晦以御明，则明者毕见；居阴以御阳，则阳者毕赴。夫然后孙子之智，可得而用也。

《易》曰："介于石，不终日。贞吉。"君子方其未发也，介然如石之坚，若将终身焉者；及其发也，不终日而作。故曰：不役于利，则其见之也明。见之也明，则其发之也果。今夫世俗之论则不然，曰：兵者，诡道也。非贪无以取，非勇无以得，非诈无以成。廉静而信者，无用于兵者也。嗟夫，世俗之说行，则天下纷纷乎如鸟兽之相搏，婴儿之相击，强者伤，弱者废，而天下之乱何从而已乎！

孙武论下

夫武，战国之将也，知为吴虑而已矣。是故以将用之则可，以君用之则不可。今其书十三篇，小至部曲营垒刍粮器械之间，而大不过于攻城拔国用间之际，盖亦尽于此矣。天子之兵，天下之势，武未及也。

其书曰："将能而君不御者胜。"为君而言者，有此而已。窃以为天子之兵，莫大于御将。天下之势，莫大于使天下乐战而不好战。夫天下之患，不在于寇贼，亦不在于敌国，患在于将帅之不力，而以寇贼敌国之势内邀其君。是故将帅多，而敌国愈强；兵加，而寇贼愈坚。敌国愈强，而寇贼愈坚，则将帅之权愈重；将帅之权愈重，则爵赏不得不加。夫如此，则是盗贼为君之患，而将帅利之；敌国为君之雠，而将帅幸之。举百倍之势，而立毫芒之功，以藉其口，而邀利于其上，如此而天下不亡者，特有所待耳。

昔唐之乱，始于明皇，自肃宗复两京，而不能乘胜并力尽取河北之盗。德宗收潞、博，几定魏地，而不能斩田悦于孤穷之中。至于宪宗，天下略平矣，而其余孽之存者，终不能尽去。夫唐之所以屡兴而终莫之振者，何者？将帅之臣，养寇以自封也。故曰：天子之兵，莫大于御将。御将之术，开之以其所利，而授之以其所忌。如良医之用药，乌喙蝮蝎，皆得自效于前，而不敢肆其毒。何者？授之以其所畏也。宪宗将讨刘辟，以为非高崇文则莫可用，而刘澭者，崇文之所忌也，故告之曰："辟之不克，将澭实汝代。"是以崇文决战，不旋踵擒刘辟，此天子御将之法也。

夫使天下乐战而不好战者，何也？天下不乐战，则不可与从事于危；好战，则不可与从事于安。昔秦人之法，使吏士自为战，战胜而利归于民，所得于敌者，即以有之。使民之所以养生送死者，非杀敌无由取也。故其民以好战并天下，而亦以亡。夫始皇虽已堕名城，杀豪杰，销锋镝，而民之好战之心，嚣然其未已也，是故不可与休息而至于亡。若夫王者之兵，要在于使之知爱其上而雠其敌，使之知其上之所以驱之于战者，凡皆以为我也。是以乐其战而甘其死。至于其战也，务胜敌而不务得财。其赏也，发公室而行之于庙，使其利不在于杀人。是故其民不志于好战，夫然后可以作之于安居之中，而休之于争夺之际。可与安，可与危，而不可与乱。此天下之势也。

【解题】

本文论兵事。前部分论述用兵之法，认为将帅首先当不为利害所动，才能明确地认清形势，取得胜利。后一部分论王者御将之法，认为既要以利诱之，又要使之有所顾忌，要使将士既乐战而不好战，这样才能永保其国。

子　思　论

昔者夫子之文章，非有意于为文，是以未尝立论也。所可得而言者，唯其归于至当，斯以为圣人而已矣。夫子之道，可由而不可知，可言而不可议。此其不争为区区之论，以开是非之端，是以独得不废，以与天下后世为仁义礼乐之主。夫子既没，诸子之欲为书以传于后世者，其意皆存乎为文，汲汲乎惟恐其汩没而莫吾知也，是故皆喜立论。论立而争起。自孟子之后，至于荀卿、扬雄，皆务为相攻之说，其余不足数者纷纭于天下。

嗟夫，夫子之道，不幸而有老聃、庄周、杨朱、墨翟、田骈、慎到、申不害、韩非之徒，各持其私说以攻乎其外，天下方将惑之，而未知其所适从。奈何其弟子门人，又内自相攻而不决。千载之后，学者愈众，而夫子之道益晦而不明者，由此之故欤？昔三子之争，起于孟子。孟子曰："人之性善。"是以荀子曰："人之性恶。"而扬子又曰："人之性，善恶混。"孟子既已据其善，是故荀子不得不出于恶。人之性有善恶而已，二子既已据之，是以扬子亦不得不出于善恶混也。为论不求其精，而务以为异于人，则纷纷之说，未可以知其所止。且夫夫子未尝言性也，盖亦尝言之矣，而未有必然之论也。孟子之所谓性善者，皆出于其师子思之书。子思之书，皆圣人之微言笃论。孟子得之而不善用之，能言其道而不知其所以为言之名，举天下之大，而必之以性善之论，昭昭乎自以为的于天下，使天下之过者，莫不欲援弓而射之。故夫二子之为异论者，皆孟子之过也。

若夫子思之论则不然，曰："夫妇之愚，可以与知焉，及其至也，虽圣人亦有所不知焉。夫妇之不肖，可以能行焉，及其至也，虽圣人亦有所不能焉。"圣人之道，造端乎夫妇之所能行，而极乎圣人之所不能知。造端乎夫妇之所能行，是以天下无不可学。而极乎圣人之所不能知，是以学者不知其所穷。夫如是，则恻隐足以为仁，而仁不止于恻隐。羞恶足以为义，而义不止于羞恶。此不亦孟子之所以为性善之论欤！子思论圣人之道出于天下之所能行，而孟子论天下之人皆可以行圣人之道，此无以异者。而子思取必于圣人之道，孟子取必于天下之人。故夫后世之异议皆出于孟子。而子思之论，天下同是而莫或非焉。然后知子思之善为论也。

【解题】

本文认为孟子自立性善之论，引起各种异说，自相攻伐，使儒家学说受到了损害。而子思论圣人之道，意在使天下人皆能行之，虽与孟子之说相类，而不会招致异说，所以苏轼认为子思的论述是高明的。

孟　子　论

昔者仲尼自卫反鲁，网罗三代之旧闻，盖经礼三百，曲礼三千，终年不能究其说。夫子谓子贡曰：“赐，尔以吾为多学而识之者欤？非也，予一以贯之。”天下苦其难而莫之能用也，不知夫子之有以贯之也。是故尧、舜、禹、汤、文、武、周公之法度礼乐刑政，与当世之贤人君子百氏之书，百工之技艺，九州之内，四海之外，九夷八蛮之事，荒忽诞谩而不可考者，杂然皆列乎胸中，而有卓然不可乱者，此固有以一之也。是以博学而不乱，深思而不惑，非天下之至精，其孰能与于此？

盖尝求之于六经，至于《诗》与《春秋》之际，而后知圣人之道，始终本末，各有条理。夫王化之本，始于天下之易行。天下固知有父子也，父子不相贼，而足以为孝矣。天下固知有兄弟也，兄弟不相夺，而足以为悌矣。孝悌足而王道备。此固非有深远而难见，勤苦而难行者也。故《诗》之为教也，使人歌舞佚乐，无所不至，要在于不失正焉而已矣。虽然，圣人固有所甚畏也。一失容者，礼之所由废也。一失言者，义之所由亡也。君臣之相攘，上下之相残，天下大乱，未尝不始于此道。是故《春秋》力争于毫厘之间，而深明乎疑似之际，截然其有所必不可为也。不观于《诗》，无以见王道之易。不观于《春秋》，无以知王政之难。

自孔子没，诸子各以所闻著书，而皆不得其源流，故其言无有统要。若孟子，可谓深于《诗》而长于《春秋》者矣。其道始于至粗，而极于至精，充乎天地，放乎四海，而毫厘有所必计。至宽而不可犯，至密而可乐者，此其中必有所守，而后世或未之见也。

且孟子尝有言矣：“人能充其无欲害人之心，而仁不可胜用也。人能充其无欲为穿窬之心，而义不可胜用也。士未可以言而言，是以言餂之也；可以言而不言，是以不言餂之也，是皆穿窬之类也。”唯其不为穿窬也，而义至于不可胜用。唯其未可以言而言、可以言而不言也，而其罪遂至于穿窬。故曰：其道始于至粗，而极于至精，充乎天地，放乎四海，而毫厘有所必计。呜呼，此其所以为孟子欤！后之观孟子者，无观之他，亦观诸此而已矣。

【解题】

本文认为孟子深谙圣人之道，故其发论由粗至精，无所不及。苏轼于文中暗示，孟子“所守”者，即是人之常情，只要从人之善心出发，就可以至仁至圣。

乐 毅 论

自知其可以王而王者，三王也。自知其不可以王而霸者，五霸也。或者之论曰：“图王不成，其弊犹可以霸。”呜呼！使齐桓、晋文而行汤、武之事，将求亡之不暇，虽欲霸，可得乎？

夫王道者，不可以小用也。大用则王，小用则亡。昔者徐偃王、宋襄公尝行仁义矣，然终以亡其身、丧其国者，何哉？其所施者，未足以充其所求也。故夫有可以得天下之道，而无取天下之心，乃可与言王矣。范蠡、留侯，虽非汤、武之佐，然亦可谓刚毅果敢，卓然不惑，而能有所必为者也。观吴王困于姑苏之上，而求哀请命于勾践。勾践欲赦之，彼范蠡者独以为不可，援桴进兵，卒刎其颈。项籍之解而东，高帝亦欲罢兵归国，留侯谏曰：“此天亡也，急击勿失。”此二人者，以为区区之仁义，不足以易吾之大计也。

嗟夫！乐毅战国之雄，未知大道，而窃尝闻之，则足以亡其身而已矣。论者以为燕惠王不肖，用反间，以骑劫代将，卒走乐生。此其所以无成者，出于不幸，而非用兵之罪。然当时使昭王尚在，反间不得行，乐毅终亦必败。何者？燕之并齐，非秦、楚、三晋之利。今以百万之师，攻两城之残寇，而数岁不决，师老于外，此必有乘其虚者矣。诸侯乘之于内，齐击之于外。当此时，虽太公、穰苴不能无败。然乐毅以百倍之众，数岁而不能下两城者，非其智力不足，盖欲以仁义服齐之民，故不忍急攻而至于此也。夫以齐人苦湣王之暴，乐毅苟退而休兵，治其政令，宽其赋役，反其田里，安其老幼，使齐人无复斗志，则田单者独谁与战哉！奈何以百万之师，相持而不决，此固所以使齐人得徐而为之谋也。

当战国时，兵强相吞者，岂独在我，以燕、齐之众压其城，而急攻之，可灭此而后食，其谁曰不可。呜呼！欲王则王，不王则审所处，无使两失焉而为天下笑也。

【解题】

本文论王者、霸者各有其道，杂用则必亡。如乐毅处战国之时，而欲行王道，其必不能胜。本文发论新颖，有理有据，颇能予人以启发。

荀卿论

尝读《孔子世家》，观其言语文章，循循莫不有规矩，不敢放言高论，言必称先王，然后知圣人忧天下之深也。茫乎不知其畔岸，而非远也；浩乎不知其津涯，而非深也。其所言者，匹夫匹妇之所共知；而所行者，圣人有所不能尽也。呜呼！是亦足矣。使后世有能尽吾说者，虽为圣人无难，而不能者，不失为寡过而已矣。子路之勇，子贡之辩，冉有之智，此三者，皆天下之所谓难能而可贵者也。然三子者，每不为夫子之所悦。颜渊默然不见其所能，若无以异于众人者，而夫子亟称之。且夫学圣人者，岂必其言之云尔哉？亦观其意之所向而已。夫子以为后世必有不能行其说者矣，必有窃其说而为不义者矣，是故其言平易正直，而不敢为非常可喜之论，要在于不可易也。

昔者常怪李斯事荀卿，既而焚灭其书，大变古先圣王之法，于其师之道，不啻若寇雠。及今观荀卿之书，然后知李斯之所以事秦者皆出于荀卿，而不足怪也。荀卿者，喜为异说而不让，敢为高论而不顾者也。其言愚人之所惊，小人之所喜也。子思、孟轲，世之所谓贤人君子也。荀卿独曰：“乱天下者，子思、孟轲也。”天下之人，如此其众也；仁人义士，如此其多也。荀卿独曰：“人性恶。桀、纣，性也；尧、舜，伪也。”由是观之，意其为人必也刚愎不逊，而自许太过。彼李斯者，又特甚者耳。

今夫小人之为不善，犹必有所顾忌，是以夏、商之亡，桀、纣之残暴，而先王之法度、礼乐、刑政，犹未至于绝灭而不可考者，是桀、纣犹有所存而不敢尽废也。彼李斯者，独能奋而不顾，焚烧夫子之六经，烹灭三代之诸侯，破坏周公之井田，此亦必有所恃者矣。彼见其师历诋天下之贤人，以自是其愚，以为古先圣王皆无足法者。不知荀卿特以快一时之论，而荀卿亦不知其祸之至于此也。

其父杀人报仇，其子必且行劫。荀卿明王道，述礼乐，而李斯以其学乱天下，其高谈异论有以激之也。孔、孟之论，未尝异也，而天下卒无有及者。苟天下果无有及者，则尚安以求异为哉！

【解题】

本文对荀子人性恶的观点及喜为异说的学风提出了严厉的批评，认为李斯之所以能破坏先王之法度，即是受了荀子的影响；而荀子之书为李斯所焚，亦是咎由自取。本文论点集中，批驳有力，文风畅快淋漓，势如破竹。

韩　非　论

圣人之所为恶夫异端尽力而排之者，非异端之能乱天下，而天下之乱所由出也。昔周之衰，有老聃、庄周、列御寇之徒，更为虚无淡泊之言，而治其猖狂浮游之说，纷纭颠倒，而卒归于无有。由其道者，荡然莫得其当，是以忘乎富贵之乐，而齐乎死生之分，此不得志于天下，高世远举之人，所以放心而无忧。虽非圣人之道，而其用意，固亦无恶于天下。自老聃之死百余年，有商鞅、韩非著书，言治天下无若刑名之贤。及秦用之，终于胜、广之乱，教化不足，而法有余，秦以不祀，而天下被其毒。后世之学者，知申、韩之罪，而不知老聃、庄周之使然。

何者？仁义之道，起于夫妇、父子、兄弟相爱之间；而礼法刑政之原，出于君臣上下相忌之际。相爱则有所不忍，相忌则有所不敢。夫不敢与不忍之心合，而后圣人之道得存乎其中。今老聃、庄周论君臣、父子之间，泛泛乎若萍浮于江湖而适相值也。夫是以父不足爱，而君不足忌。不忌其君，不爱其父，则仁不足以怀，义不足以劝，礼乐不足以化。此四者皆不足用，而欲置天下于无有。夫无有，岂诚足以治天下哉！商鞅、韩非求为其说而不得，得其所以轻天下而齐万物之术，是以敢为残忍而无疑。

今夫不忍杀人而不足以为仁，而仁亦不足以治民；则是杀人不足以为不仁，而不仁亦不足以乱天下。如此，则举天下唯吾之所为，刀锯斧钺，何施而不可。昔者夫子未尝一日敢易其言。虽天下之小物，亦莫不有所畏。今其视天下眇然若不足为者，此其所以轻杀人欤！太史迁曰："申子卑卑，施于名实。韩子引绳墨，切事情，明是非，其极惨核少恩，皆原于道德之意。"尝读而思之，事固有不相谋而相感者，庄、老之后，其祸为申、韩。由三代之衰至于今，凡所以乱圣人之道者，其弊固已多矣，而未知其所终，奈何其不为之所也。

【解题】

本文从儒家思想出发，严厉斥责了商鞅、韩非的刑名之学；并认为老庄思想动摇了君臣、父子等伦理政治秩序，使教化无由施行，才给残忍的刑名之术以存在的理由。

留侯论

古之所谓豪杰之士者，必有过人之节。人情有所不能忍者，匹夫见辱，拔剑而起，挺身而斗，此不足为勇也。天下有大勇者，卒然临之而不惊，无故加之而不怒，此其所挟持者甚大，而其志甚远也。

夫子房受书于圯上之老人也，其事甚怪，然亦安知其非秦之世有隐君子者出而试之？观其所以微见其意者，皆圣贤相与警戒之义。而世不察，以为鬼物，亦已过矣。且其意不在书。

当韩之亡，秦之方盛也，以刀锯鼎镬待天下之士，其平居无罪夷灭者，不可胜数，虽有贲育，无所复施。夫持法太急者，其锋不可犯，而其末可乘。子房不忍忿忿之心，以匹夫之力，而逞于一击之间。当此之时，子房之不死者，其间不能容发，盖亦已危矣。千金之子，不死于盗贼。何者？其身之可爱，而盗贼之不足以死也。子房以盖世之才，不为伊尹、太公之谋，而特出于荆轲、聂政之计，以侥幸于不死，此固圯上之老人所为深惜者也。是故倨傲鲜腆而深折之，彼其能有所忍也，然后可以就大事。故曰：孺子可教也。

楚庄王伐郑，郑伯肉袒牵羊以逆。庄王曰："其君能下人，必能信用其民矣。"遂舍之。勾践之困于会稽而归，臣妾于吴者，三年而不倦。且夫有报人之志，而不能下人者，是匹夫之刚也。夫老人者，以为子房才有余，而忧其度量之不足，故深折其少年刚锐之气，使之忍小忿而就大谋。何则？非有平生之素，卒然相遇于草野之间，而命以仆妾之役，油然而不怪者，此固秦皇之所不能惊，而项籍之所不能怒也。

观夫高祖之所以胜，而项籍之所以败者，在能忍与不能忍之间而已矣。项籍唯不能忍，是以百战百胜而轻用其锋。高祖忍之，养其全锋而待其弊。此子房教之也。当淮阴破齐而欲自王，高祖发怒，见于词色。由此观之，犹有刚强不忍之气，非子房其谁全之？

太史公疑子房以为魁梧奇伟，而其状貌乃如妇人女子，不称其志气。呜呼，此其所以为子房欤！

【解题】

本文一反常论，一谓黄石公为有见识之隐士而非鬼物，一谓授书意在折其锐气使之可忍。在此基础上，认为楚汉之争的成败在于能忍与否，而黄石公培养了张良“忍小忿而就大谋”的品质，张良又以之佐刘邦成就大业。此文连翻旧案，而言之成理，全篇以“忍”字为文眼，正反为说，纵横捭阖，气势夺人，颇能体现苏轼的论辩才能。

贾谊论

非才之难，所以自用者实难。惜乎！贾生王者之佐，而不能自用其才也。夫君子之所取者远，则必有所待，所就者大，则必有所忍。古之贤人，皆有可致之才，而卒不能行其万一者，未必皆其时君之罪，或者其自取也。

愚观贾生之论，如其所言，虽三代何以远过？得君如汉文，犹且以不用死，然则是天下无尧舜，终不可以有所为耶？仲尼圣人，历试于天下，苟非大无道之国，皆欲勉强扶持，庶几一日得行其道。将之荆，先之以子夏，申之以冉有。君子之欲得其君，如此其勤也。孟子去齐，三宿而后出昼，犹曰“王其庶几召我”。君子之不忍弃其君，如此其厚也。公孙丑问曰：“夫子何为不豫？”孟子曰：“方今天下，舍我其谁哉，而吾何为不豫？”君子之爱其身，如此其至也。夫如此而不用，然后知天下之果不足与有为，而可以无憾矣。若贾生者，非汉文之不用生，生之不能用汉文也。

夫绛侯亲握天子玺，而授之文帝，灌婴连兵数十万，以决刘、吕之雄雌。又皆高帝之旧将，此其君臣相得之分，岂特父子骨肉手足哉？贾生，洛阳之少年，欲使其一朝之间，尽弃其旧而谋其新，亦已难矣。为贾生者，上得其君，下得其大臣，如绛、灌之属，优游浸渍而深交之，使天子不疑，大臣不忌，然后举天下而唯吾之所欲为，不过十年，可以得志。安有立谈之间，而遽为人痛哭哉？观其过湘，为赋以吊屈原，纡郁愤闷，趯然有远举之志。其后卒以自伤哭泣，至于夭绝。是亦不善处穷者也。夫谋之一不见用，安知终不复用也。不知默默以待其变，而自残至此。呜呼！贾生志大而量小，才有余而识不足也。

古之人，有高世之才，必有遗俗之累。是故非聪明睿哲不惑之主，则不能全其用。古今称苻坚得王猛于草茅之中，一朝尽斥去其旧臣，而与之谋。彼其匹夫略有天下之半，其以此哉。

愚深悲贾生之志，故备论之。亦使人君得如贾谊之臣，则知其有狷介之操，一不见用，则忧伤病沮，不能复振；而为贾生者，亦慎其所发哉。

【解题】

本文亦为翻案文章。历来论汉文贾谊者，皆以汉文帝为非，而苏轼却以为贾谊不能用汉文帝：首先他不知如何巩固自己的地位，其次他不知处穷，故认为其志大量小，才高识浅。苏轼指出贾谊这类人才的悲剧性格，亦寄希望能为君主所理解、所进用，亦见其良苦用心。本文立论独特，而文气奔放，跌宕多姿，句式整齐而多变，使文章畅达而有宛转曲折之妙。

晁 错 论

天下之患，最不可为者，名为治平无事，而其实有不测之忧。坐观其变，而不为之所，则恐至于不可救。起而强为之，则天下狃于治平之安，而不吾信。唯仁人君子豪杰之士，为能出身为天下犯大难，以求成大功。此固非勉强期月之间，而苟以求名者之所能也。天下治平，无故而发大难之端，吾发之，吾能收之，然后有以辞于天下。事至而循循焉欲去之，使他人任其责，则天下之祸，必集于我。

昔者晁错尽忠为汉，谋弱山东之诸侯。山东诸侯并起，以诛错为名。而天子不察，以错为说。天下悲错之以忠而受祸，而不知错之有以取之也。古之立大事者，不唯有超世之才，亦必有坚忍不拔之志。昔禹之治水，凿龙门，决大河而放之海。方其功之未成也，盖亦有溃冒冲突可畏之患，唯能前知其当然，事至不惧，而徐为之所，是以得至于成功。夫以七国之强而骤削之，其为变岂足怪哉！错不于此时捐其身，为天下当大难之冲，而制吴楚之命，乃为自全之计，欲使天子自将，而己居守。且夫发七国之难者，谁乎？己欲求其名，安所逃其患。以自将之至危，与居守之至安，己为难首，择其至安，而遗天子以其至危，此忠臣义士所以愤惋而不平者也。当此之时，虽无袁盎，错亦不免于祸。何者？己欲居守，而使人主自将，以情而言，天子固已难之矣，而重违其议，是以袁盎之说，得行于其间。使吴、楚反，错以身任其危，日夜淬砺，东向而待之，使不至于累其君，则天子将恃之以为无恐，虽有百袁盎，可得而间哉！

嗟夫！世之君子，欲求非常之功，则无务为自全之计。使错自将而击吴楚，未必无功。唯其欲自固其身，而天子不悦，奸臣得以乘其隙。错之所以自全者，乃其所以自祸欤！

【解题】

本文论晁错得失及取死之由，颇出新见。苏轼认为，晁错的削藩之策是对的，但晁错既有勇气发端生事，就当主动承担责任，他的居安自固，使他不免于祸。

霍光论

古之人，惟汉武帝号知人。盖其平生所用文武将帅、郡国边鄙之臣，左右侍从、阴阳律历博学之士，以至钱谷小吏、治刑狱、使绝域者，莫不获尽其才，而各当其处。然此犹有所试，其功效著见，天下之所共知而信者。至于霍光，先无尺寸之功，而才气术数，又非有以大过于群臣。而武帝擢之于稠人之中，付以天下后世之事。而霍光又能忘身一心，以辅幼主，处于废立之际，其举措甚闲而不乱。此其故何也？

夫欲有所立于天下，击搏进取以求非常之功者，则必有卓然可见之才，而后可以有望于其成。至于捍社稷、托幼子，此其难者不在乎才，而在乎节，不在乎节，而在乎气。天下固有能办其事者矣，然才高而位重，则有侥幸之心，以一时之功，而易万世之患，故曰“不在乎才，而在乎节”。古之人有失之者，司马仲达是也。天下亦有忠义之士，可托以死生之间，而不忍负者矣。然狷介廉洁，不为不义，则轻死而无谋，能杀其身，则不能全其国，故曰“不在乎节，而在乎气”。古之人有失之者，晋荀息是也。夫霍光者，才不足而气节有余，此武帝之所为取也。

《书》曰：“如有一介臣，断断兮，无他技。其心休休焉，其如有容。人之有技，若已有之。人之彦圣，其心好之，不啻若自其口出，是能容之。以保我子孙黎民。”嗟夫，此霍光之谓欤！使霍光而有他技，则其心安能休休焉容天下之才，而乐天下之彦圣，不忌不克，若自己出哉！

才者，争之端也。夫惟圣人在上，驱天下之人各走其职，而争用其所长。苟以人臣之势，而居于廊庙之上，以捍卫幼冲之君，而以其区区之才，与天下争能，则奸臣小人有以乘其隙而夺其权矣。霍光以匹夫之微而操生杀之柄，威盖人主，而贵震于天下。其所以历事三主而终其身天下莫与争者，以其无他技，而武帝亦以此取之欤？

【解题】

本文论霍光“无尺寸之功，而才气数术，又非有以大过于群臣”，但却有气节，因此被汉武帝委以托孤护国之大任。苏轼认为这是汉武帝知人之处。无才故不争，有气节则能忠于职守，霍光正是以此保国全身、贵震天下的。

扬 雄 论

昔之为性论者多矣，而不能定于一。始孟子以为善，而荀子以为恶，扬子以为善恶混。而韩愈者又取夫三子之说，而折之以孔子之论，离性以为三品，曰：“中人可以上下，而上智与下愚不移。”以为三子者，皆出乎其中，而遗其上下。而天下之所是者，于愈之说为多焉。

嗟夫！是未知乎所谓性者，而以夫才者言之。夫性与才相近而不同，其别不啻若白黑之异也。圣人之所与小人共之，而皆不能逃焉，是真所谓性也。而其才固将有所不同。今夫木，得土而后生，雨露风气之所养，畅然而遂茂者，是木之所同也，性也。而至于坚者为毂，柔者为轮，大者为楹，小者为桷。桷之不可以为楹，轮之不可以为毂，是岂其性之罪耶？天下之言性者，皆杂乎才而言之，是以纷纷而不能一也。

孔子所谓中人可以上下，而上智与下愚不移者，是论其才也。而至于言性，则未尝断其善恶，曰“性相近也，习相远也”而已。韩愈之说，则又有甚者，离性以为情，而合才以为性。是故其论终莫能通。彼以为性者，果泊然而无为耶，则不当复有善恶之说。苟性而有善恶也，则夫所谓情者，乃吾所谓性也。人生而莫不有饥寒之患，牝牡之欲。今告乎人曰：饥而食，渴而饮，男女之欲，不出于人之性也，可乎？是天下知其不可也。圣人无是，无由以为圣；而小人无是，无由以为恶。圣人以其喜怒哀惧爱恶欲七者御之，而之乎善；小人以是七者御之，而之乎恶。由此观之，则夫善恶者，性之所能之，而非性之所能有也。且夫言性者，安以其善恶为哉！虽然，扬雄之论，则固已近之。曰：“人之性善恶混。修其善则为善人，修其恶则为恶人。”此其所以为异者，唯其不知性之不能以有夫善恶，而以为善恶之皆出乎性也而已。

夫太古之初，本非有善恶之论，唯天下之所同安者，圣人指以为善；而一人之所独乐者，则名以为恶。天下之人，固将即其所乐而行之，孰知夫圣人唯其一人之独乐不能胜天下之所同安，是以有善恶之辨。而诸子之意，将以善恶为圣人之私说，不已疏乎！而韩愈又欲以书传之所闻昔人之事迹，而折夫三子之论，区区乎以后稷之岐嶷，文王之不勤，瞽、鲧、管、蔡之迹而明之！圣人之论性也，将以尽万物之天理，与众人之所共知者，以折天下之疑。而韩愈欲以一人之才，定天下之性，且其言曰“今之言性者，皆杂乎佛、老。”愈之说，以为性之无与乎情，而喜怒哀乐皆非性者，是愈流入于佛、老而不自知也。

【解题】

本文辨性与才。认为性即人的自然欲求，本无善恶之分，而其所行则可为善、可为恶。文章对扬雄“人性善恶混”之论表示大致认可，而对孟子、荀子，尤其是韩愈的人性学说提出了批评，认为他们所论实是才，而非性。韩愈以“道统”自居，苏轼却说他论性分三品已陷入了佛、老之说，因为他否认了性与情的关系。

诸葛亮论

取之以仁义，守之以仁义者，周也。取之以诈力，守之以诈力者，秦也。以秦之所以取取之，以周之所以守守之者，汉也。仁义诈力杂用以取天下者，此孔明之所以失也。

曹操因衰乘危，得逞其奸。孔明耻之，欲信大义于天下。当此时，曹公威震四海，东据许、兖，南收荆、豫，孔明之恃以胜之者，独以其区区之忠信，有以激天下之心耳。夫天下廉隅节概慷慨死义之士，固非心服曹氏也，特以威劫而强臣之，闻孔明之风，宜其千里之外有响应者。如此则虽无措足之地，而天下固为之用矣。且夫杀一不辜而得天下，有所不为，而后天下忠臣义士乐为之死。刘表之丧，先主在荆州，孔明欲袭杀其孤，先主不忍也。其后刘璋以好逆之至蜀，不数月，扼其吭，拊其背，而夺之国。此其与曹操异者几希矣。曹、刘之不敌，天下之所共知也。言兵不若曹操之多，言地不若曹操之广，言战不若曹操之能，而有以一胜之者，区区之忠信也。孔明迁刘璋，既已失天下义士之望，乃始治兵振旅，为仁义之师，东向长驱，而欲天下响应，盖亦难矣。

曹操既死，子丕代立，当此之时，可以计破也。何者？操之临终，召丕而属之植，未尝不以谭、尚为戒也。而丕与植，终于相残如此。此其父子兄弟且为寇雠，而况能以得天下英雄之心哉！此有可间之势，不过捐数十万金，使其大臣骨肉内自相残，然后举兵而伐之，此高祖所以灭项籍也。孔明既不能全其信义，以服天下之心，又不能奋其智谋，以绝曹氏之手足，宜其屡战而屡却哉！故夫敌有可间之势而不间者，汤、武行之为大义，非汤、武而行之为失机。此仁人君子之大患也。吕温以为孔明承桓、灵之后，不可强民以思汉，欲其播告天下之民，且曰“曹氏利汝吾事之，害汝吾诛之”。不知蜀之与魏，果有以大过之乎！苟无以大过之，而又决不能事魏，则天下安肯以空言竦动哉？呜呼！此书生之论，可言而不可用也。

【解题】

诸葛亮之忠心、谋略，历来为后人所称颂，而此文对诸葛亮颇有异议，亦是翻案文章。苏轼认为夺刘璋之国，诸葛亮失其仁义；不能乘机破魏，诸葛亮乏其谋略。因此，诸葛亮屡战屡败也是理所当然。

韩 愈 论

圣人之道，有趋其名而好之者，有安其实而乐之者。珠玑犀象，天下莫不好。奔走悉力，争斗夺取，其好之不可谓不至也。

然不知其所以好之之实。至于粟米蔬肉，桑麻布帛，天下之人内之于口，而知其所以为美；被之于身，而知其所以为安，此非有所役乎其名也。

韩愈之于圣人之道，盖亦知好其名矣，而未能乐其实。何者？其为论甚高，其待孔子、孟轲甚尊，而拒杨、墨、佛、老甚严。此其用力，亦不可谓不至也。然其论至于理而不精，支离荡佚，往往自叛其说而不知。

昔者宰我、子贡、有若更称其师，以为生民以来未有如夫子之盛，虽尧舜之贤，亦所不及。其尊道好学，亦已至矣。然而君子不以为贵，曰：宰我、子贡、有若，智足以知圣人之污而已矣。若夫颜渊，岂亦云尔哉！盖亦曰“夫子循循焉善诱人”。由此观之，圣人之道，果不在于张而大之也。韩愈者，知好其名，而未能乐其实者也。

愈之《原人》曰：“天者，日月星辰之主也。地者，山川草木之主也。人者，夷狄禽兽之主也。主而暴之，不得其为主之道矣。是故圣人一视而同仁，笃近而举远。”夫圣人之所为异乎墨者，以其有别焉耳。今愈之言曰“一视而同仁”，则是以待人之道待夷狄，待夷狄之道待禽兽也，而可乎？教之使有能，化之使有知，是待人之仁也。不薄其礼而致其情，不责其去而厚其来，是待夷狄之仁也。杀之以时，而用之有节，是待禽兽之仁也。若之何其一之！儒墨之相戾，不啻若胡越；而其疑似之间，相去不能以发。宜乎愈之以为一也。孔子曰：“泛爱众而亲仁。”仁者之为亲，则是孔子不兼爱也。“祭如在，祭神如神在。”神不可知，而祭者之心，以为如其存焉，则是孔子不明鬼也。

儒者之患，患在于论性，以为喜怒哀乐皆出于情，而非性之所有。夫有喜有怒，而后有仁义；有哀有乐，而后有礼乐。以为仁义礼乐皆出于情而非性，则是相率而叛圣人之教也。老子曰：“能婴儿乎？”喜怒哀乐，苟不出乎性而出乎情，则是相率而为老子之“婴儿”也。

儒者或曰《老》、《易》，夫《易》，岂老子之徒欤？而儒者至有以《老子》说《易》，则是离性以为情者，其弊固至此也。嗟夫，君子之为学，知其人之所长而不知其蔽，岂可谓善学耶？

【解题】

韩愈自居道统，对儒家思想多有阐发，而苏轼每不以为然。本文即据韩愈《原人》论其与孔子之教的貌合神离；文章还对以韩愈为代表一些儒者人性观上的一些错误进行了批评。本文对名实之辨析极为细致，逻辑推理亦十分清晰，为苏轼论学文章代表作之一。

王者不治夷狄论

夷狄不可以中国之治治也。譬若禽兽然，求其大治，必至于大乱。先王知其然，是故以不治治之。治之以不治者，乃所以深治之也。《春秋》书“公会戎于潜”。何休曰：“王者不治夷狄。录戎来者不拒，去者不追也。”夫天下之至严，而用法之至详者，莫过于《春秋》。

凡《春秋》之书公、书侯、书字、书名，其君得为诸侯，其臣得为大夫者，举皆齐、晋也。不然，则齐、晋之与国也。其书州、书国、书氏、书人，其君不得为诸侯，其臣不得为大夫者，举皆秦、楚也。不然，则秦、楚之与国也。夫齐、晋之君所以治其国家拥卫天子而爱养百姓者，岂能尽如古法哉，盖亦出于诈力，而参之以仁义，是亦未能纯为中国也。秦、楚者，亦非独贪冒无耻肆行而不顾也，盖亦有秉道行义之君焉。是秦、楚亦未至于纯为夷狄也。齐、晋之君不能纯为中国，而《春秋》之所予者常向焉。有善则汲汲而书之，惟恐其不得闻于后世；有过则多方而开赦之，惟恐其不得为君子。秦、楚之君，未至于纯为夷狄，而《春秋》之所不予者常在焉。有善则累而后进，有恶则略而不录，以为不足录也。是非独私于齐、晋，而偏疾于秦、楚也。以见中国之不可以一日背，而夷狄之不可以一日向也。其不纯者，足以寄其褒贬，则其纯者可知矣。故曰：天下之至严，而用法之至详者，莫如《春秋》。

夫戎者，岂特如秦、楚之流入于戎狄而已哉！然而《春秋》书之曰“公会戎于潜”，公无所贬而戎为可会，是独何欤？夫戎之不能以会礼会公亦明矣，此学者之所以深疑而求其说也。故曰：王者不治夷狄，录戎来者不拒，去者不追也。夫以戎之不可以化诲怀服也，彼其不悍然执兵，以与我从事于边鄙，则已幸矣，又况乎知有所谓会者，而欲行之，是岂不足以深嘉其意乎？不然，将深责其礼，彼将有所不堪，而发其愤怒，则其祸大矣。仲尼深忧之，故因其来而书之以“会”，曰若是足矣。是将以不治深治之也。由是观之，《春秋》之疾戎狄者，非疾纯戎狄者，疾夫以中国而流入于戎狄者也。

【解题】

本文作于宋嘉祐六年（1061）。是年，苏轼经欧阳修等推荐，参加了秘阁的制科考试，此下六篇俱为苏轼在制科考试中所作。本文强调中华夷狄之分，主张对夷狄采取“不治之治”的方法。全文自《春秋》中只言片语生发开去，论述集中，论点鲜明，具有很强的说服力。

刘恺丁鸿孰贤论

君子之为善，非特以适已自便而已。其取于人也，必度其人之可以与我也。其予人也，必度其人之可以受于我也。我可以取之，而其人不可以与我，君子不取。我可以予之，而其人不可受，君子不予。既为己虑之，又为人谋之，取之必可予，予之必可受。若己为君子，而使人为小人，是亦去小人无几耳。

东汉刘恺让其弟封而诏听之。丁鸿亦以阳狂让其弟，而其友人鲍骏责之以义，鸿乃就封。其始，自以为义而行之，其终也，知其不义而复之。以其能复之，知其始之所行非诈也，此范氏之所以贤鸿而下恺也。其论称太伯、伯夷未始有其让也。故太伯称至德，伯夷称贤人。及后世徇其名而昧其致，于是诡激之行兴矣。若刘恺之徒让其弟，使弟受非服，而己受其名，不已过乎？丁鸿之心，主于忠爱，何其终悟而从义也。范氏之所贤者，固已得之矣，而其未尽者，请得毕其说。

夫先王之制，立长所以明宗，明宗所以防乱，非有意私其长而沮其少也。天子与诸侯皆有太祖，其有天下、有一国，皆受之太祖，而非己之所得专有也。天子不敢以其太祖之天下与人，诸侯不敢以其太祖之国与人，天下之通义也。夫刘恺、丁鸿之国，不知二子所自致耶，将亦受之其先祖耶？受之其先祖，而传之于所不当立之人，虽其弟之亲，与涂人均耳。夫吴太伯、伯夷，非所以为法也，太伯将以成周之王业，而伯夷将以训天下之让，而为是诡时特异之行，皆非所以为法也。今刘恺举国而让其弟，非独使弟受非服之为过也，将以坏先王防乱之法，轻其先祖之国，而独为是非常之行，考之以礼，绳之以法，而恺之罪大矣。

然汉世士大夫多以此为名者，安、顺、桓、灵之世，士皆反道矫情，以盗一时之名。盖其弊始于西汉之世。韦玄成以侯让其兄，而为世主所贤，天下高之，故渐以成俗。履常而蹈易者，世以为无能而摈之。则丁鸿之复于中道，尤可以深嘉而屡叹也。

【解题】

《后汉书》卷三十七《桓荣丁鸿列传》记丁鸿不袭父爵，让与弟丁盛，不报，乃逃亡在外，经友鲍骏劝，乃就国。卷三十九

《刘赵淳于刘周赵列传》记刘恺让爵与弟刘宪，经数十年，才获准让国与弟。此文认为后汉士大夫多“反道矫情，以盗一时之名”，丁鸿知过能改优于刘恺的“诡激之行”。

礼义信足以成德论

有大人之事，有小人之事。愈大则身愈逸而责愈重，愈小则身愈劳而责愈轻。綦大而至天子，綦小而至农夫，各有其分，不可乱也。责重者不可以不逸，不逸则无以任天下之重；责轻者不可以不劳，不劳则无以逸夫责重者。二者譬如心之思虑于内，而手足之动作步趋于外也。是故不耕而食，不蚕而衣，君子不以为愧者，所职大也。自尧舜以来，未之有改。

后世学衰而道弛，诸子之智，不足以见其大，而窃见其小者之一偏，以为有国者，皆当恶衣粝食，与农夫并耕而治，一人之身，而自为百工。盖孔子之时则有是说矣。夫樊迟亲受业于圣人，而犹惑于是说，是以区区焉欲学稼于孔子。孔子知是说之将蔓延于天下也，故极言其失，而深折其词。以为：“上好礼，则民莫敢不敬；上好义，则民莫敢不服；上好信，则民莫敢不用情。夫如是，则四方之民襁负其子而至矣，安用稼？”而解者以为礼义与信足以成德。

夫樊迟之所为汲汲于学稼者，何也？是非以谷食不足，而民有苟且之心以慢其上为忧乎？是非以人君独享其安荣，而使民劳苦独贤为忧乎？是非以人君不身亲之，则空言不足劝课百姓为忧乎？是三忧者，皆世俗之私忧过计也。君子以礼治天下之分，使尊者习于尊，卑者安为卑，则夫民之慢上者，非所忧也。君子以义处天下之宜，使禄之一国者，不自以为多，抱关击柝者，不自以为寡，则夫民之劳苦独贤者，又非所忧也。君子以信一天下之惑，使作于中者，必形于外，循其名者，必得其实，则夫空言不足以劝课者，又非所忧也。此三者足以成德矣。故曰：三忧者，皆世俗之私忧过计也。

【解题】

本文认为天下之事，“有大人之事，有小人之事”，礼、义、信是“天下大事”：礼能使尊卑有序，义使人各安其位，信使人名实相符，这样才能成就大业。

形势不如德论

《传》有之：“天时不如地利，地利不如人和。”此言形势之不如德也。而吴起亦云：“在德不在险。”太史公以为形势虽强，要以仁义为本。儒者之言兵，未尝不以藉其口矣。请拾其遗说而备论之。

凡形势之说有二：有以人为形势者，三代之封诸侯是也。天子之所以系于天下者，至微且危也。欢然而合，合而不去，则为君臣。其善可得而赏，其恶可得而罚，其谷米可得而食，其功力可得而役使。当此之时，君臣之势甚固。及其一旦溃然而去，去而不返，则为寇雠。强者起而见攻，智者起而见谋。彷徨四顾，而不知其所恃。当是时，君臣之势甚危。先王知其固之不足恃，而危之不可以忽也，故大封诸侯，错置亲贤，以示天下形势。刘颂所谓“善为国者，任势而不任人。郡县之察，小政理而大势危；诸侯为邦，近多违而远虑固”。此以人为形势者也。然周之衰也，诸侯肆行而莫之禁，自平王以下，其去亡无几也，是则德衰而人之形势不足以救也。有以地为形势者，秦、楚之建都是也。秦之取天下，非天下心服而臣之也。较之以富，搏之以力，而犹不服，又以诈囚其君，虏其将，然后仅得之。今之臣服而朝贡，皆昔之暴骨于原野之子孙也。则吾安得泰然而长有之？汉之取天下，虽不若秦之暴，然要之皆不本于仁义也。当此之时，不大封诸侯，则无以答功臣之望，诸侯大而京师不安，则其势不得不以关中之固而临之，此虽尧、舜、汤、武，亦不能使其德一日而信于天下，荀卿所谓合其参者。此以地为形势者也。然及其衰也，皆以大臣专命，危自内起，而关中之形势，曾不及施，此亦德衰而地之形势不能救也。

夫三代、秦、汉之君，虑其后世而为之备患者，不可谓不至矣，然至其亡也，常出于其所不虑。此岂形势不如德之明效欤？《易》曰："神而明之，存乎其人。"人存则德存，德存则无诸侯而安、无障塞而固矣。

【解题】

本文从古代经典出发，并以历史经验为据，论述封赏诸侯和地理形势皆不足以使天下长治久安，君王治国当以立德为本，才能永保不衰。

礼以养人为本论

三代之衰，至于今且数千岁，豪杰有意之主，博学多识之臣，不可以胜数矣。然而礼废乐坠，则相与咨嗟发愤而卒于无成者，何也？是非其才之不逮，学之不至，过于论之太详，畏之太甚也？夫礼之初，始诸人情，因其所安者，而为之节文，凡人情之所安而有节者，举皆礼也，则是礼未始有定论也。然而不可以出于人情之所不安，则亦未始无定论也。执其无定以为定论，则涂之人皆可以为礼。

今儒者之论则不然，以为礼者，圣人之所独尊，而天下之事最难成者也。牵于繁文，而拘于小说，有毫毛之差，则终身以为不可。论明堂者，惑于《考工》、《吕令》之说；议郊庙者，泥于郑氏、王肃之学。纷纷交错者，累岁而不决。或因而遂罢，未尝有一人果断而决行之。此皆论之太详而畏之太甚之过也。夫礼之大意，存乎明天下之分，严君臣、笃父子、形孝弟而显仁义也。今不幸去圣人远，有如毫毛不合于三代之法，固未害其为明天下之分也，所以严君臣、笃父子、形孝弟而显仁义者犹在也。今使礼废而不修，则君臣不严，父子不笃，孝弟不形，义不显，反不足重乎？昔者西汉之书，始于仲舒，而至于刘向，悼礼乐之不兴，故其言曰："礼以养人为本。如有过差，是过而养人也。刑罚之过，或至杀伤。今吏议法，笔则笔，削则削，而至礼乐则不敢。是敢于杀人，而不敢于养人也。"而范晔以为"乐非夔、襄而新音代作，律谢皋、苏而制令亟易"。而至于礼，独何难欤？

夫法者，末也。又加以惨毒繁难，而天下常以为急。礼者，本也。又加以和平简易，而天下常以为缓。如此而不治，则又从而尤之，曰，是法未至也。则因而急之。甚矣，人之惑也！平居治气养生，宣故而纳新，其行之甚易，其过也无大患，然皆难之而不为。悍药毒石，以搏去其疾，则皆为之。此天下之公患也。呜呼！王者得斯说而通之，礼乐之兴，庶乎有日矣。

【解题】

本文指出法对治国是次要的，礼是主要的。但由于法的"惨毒繁难"，有一时的急效，故反为天下人所推重；而礼由于"和平简易"，却为天下人所疏忽。本文议论典雅，文末以"宣故纳新"比喻礼治，以"悍药毒石"比喻法治，皆十分恰当、形象，极具感染力。

《既醉》备五福论

君子之所以大过人者，非以其智能知之，强能行之也。以其功兴而民劳，与之同劳；功成而民乐，与之同乐，如是而已矣。富贵安逸者，天下之所同好也，然而君子独享焉。享之而安，天下以为当然者，何也？天下知其所以富贵安逸者，凡以庇覆我也。贫贱劳苦者，天下之所同恶也，而小人独居焉。居之而安，天下以为当然者，何也？天下知其所以贫贱劳苦者，凡以生全我也。夫然，故独享天下之大利而不忧，使天下为己劳苦而不怍，耳听天下之备声，目视天下之备色，而民犹以为未也，相与祷祠而祈祝曰：使吾君长有吾国也。又相与咏歌而称颂之，被于金石，溢于竹帛，使其万世而不忘也。

呜呼，彼君子者，独何修而得此于民哉？岂非始之以至诚，中之以不欲速，而终之以不懈欤？视民如视其身，待其至愚者如其至贤者，是谓至诚。至诚无近效，要在于自信而不惑，是谓不欲速。不欲速则能久，久则功成，功成则易懈，君子济之以恭，是谓不懈。行此三者，所以得之于民也。三代之盛，不能加毫末于此矣。

《既醉》者，成王之诗也。其序曰："《既醉》，太平也，醉酒饱德，人有士君子之行焉。"而说者以为是诗也，实具五福。其诗曰"君子万年"，寿也；"介尔景福"，富也；"室家之壶"，康宁也；"高明有融"，攸好德也；"高明令终"，考终命也。凡言此者，非美其有是五福也，美其全享是福，兼有是乐，而天下安之，以为当然也。

夫诗者，不可以言语求而得，必将深观其意焉。故其讥刺是人也，不言其所为之恶，而言其爵位之尊、车服之美而民疾之，以见其不堪也。"君子偕老，副笄六珈"、"赫赫师尹，民具尔瞻"是也。其颂美是人也，不言其所为之善，而言其冠佩之华、容貌之美而民安之，以见其无愧也。"缁衣之宜兮，敝，予又改为兮"、"服其命服，朱芾斯皇"是也。故《既醉》者，非徒享是五福而已，必将有以致之。不然，民将盻盻焉疾视而不能平，又安能独乐乎？是以孟子言王道不言其他，而独言民之闻其作乐见其田猎而欣欣者，此可谓知本矣。

【解题】

本文由《诗经·大雅·既醉》论起，认为君子、小人各有所安，君子之所以能致五福，是因为君子能至诚、不欲速、不懈。《书·洪范》“五福，一曰寿，二曰富，三曰康宁，四曰攸好德，五曰考终命。”

御试制科策一道　并策问

皇帝若曰：朕承祖宗之大统，先帝之休烈，深惟寡昧，未烛于理，志勤道远，治不加进，夙兴夜寐，于兹三纪。朕德有所未至，教有所未孚，阙政尚多，和气或盭。田野虽辟，民多无聊。边境虽安，兵不得撤。利入已浚，浮费弥广。军冗而未练，官冗而未澄。庠序比兴，礼乐未具。户罕可封之俗，士忽胥让之节。此所以讼未息于虞、芮，刑未措于成、康。意在位者不以教化为心，治民者多以文法为拘。禁防繁多，民不知避。叙法宽滥，吏不知惧。累系者众，愁叹者多。仍岁以来，灾异数见。六月壬子，日食于朔。淫雨过节，暖气不效。江河溃决，百川腾溢。永思厥咎，深切在予。变不虚生，缘政而起。五事之失，六沴之作，刘向所传，吕氏所纪，五行何修而得其性，四时何行而顺其令？非正阳之月，伐鼓救变，其合于经乎？方盛夏之时，论囚报重，其考于古乎？京师，诸夏之表则，王教之渊源，百工淫巧无禁，豪右僭差不度。治当先内，或曰，何以为京师？政在擿奸，或曰，不可挠狱市。推寻前世，探观治迹：孝文尚老子，而天下富殖；孝武用儒术，而海内虚耗。道非有弊，治奚不同？王政所由，形于诗道：周公《豳》诗，王业也，而系之《国风》；宣王北伐，大事也，而载之《小雅》。周以冢宰制国用，唐以宰相兼度支。钱谷，大计也；兵师，大众也。何陈平之对，谓当责之内史？韦洪质之言，不宜兼于宰相？钱货之制，轻重之相权；命秩之差，虚实之相养；水旱蓄积之备；边陲守御之方；圜法有九府之名；乐语有五均之义。富人强国，尊君重朝。弭灾致祥，改薄从厚。此皆前世之急政，而当今之要务。子大夫其悉意以陈，毋悼后害。

臣谨对曰：臣闻天下无事，则公卿之言轻于鸿毛；天下有事，则匹夫之言重于泰山。非智有所不能，而明有所不察，缓急之势异也。方其无事也，虽齐桓之深信其臣，管仲之深得其君，以握手丁宁之间，将死深悲之言，而不能去其区区之三竖。及其有事且急也，虽唐代宗之庸，程元振之用事，柳伉之贱且疏，而一言以入之，不终朝而去其腹心之疾。夫言之于无事之世者，足以有所改为，而常患于不信。言之于有事之世者，易以见信，而常患于不及改为。此忠臣志士之所以深悲，天下之所以乱亡相寻，而世主之所以不悟也。今陛下处积安之时，乘不拔之势，拱手垂裳，而天下向风；动容变色，而海内震恐。虽有一事之失常，一物之不获，固未足以忧陛下也。所谓亲策贤良之士者，以应故事而已。岂以臣言为真足以有感于陛下耶？虽然，君以名求之，臣以实应之。陛下为是名也，臣敢不为是实也。

伏惟制策有念祖宗先帝大业之重，而自处于寡昧，以为“志勤道远，治不加进”。臣窃以为陛下即位以来，岁历三纪，更于事变，审于情伪，不为不熟矣。而“治不加进”，虽臣亦疑之。然以为“志勤道远”，则虽臣至愚，亦未敢以明诏为然也。夫志有不勤而道无远。陛下苟知勤矣，则天下之事，粲然无不毕举，又安以访臣为哉？今也犹以道远为叹，则是陛下未知勤也。

臣请言勤之说。夫天以日运，故健；日月以日行，故明；水以日流，故不竭；人之四肢以日动，故无疾；器以日用，故不蠹。天下者，大器也。久置而不用，则委靡废放，日趋于弊而已矣。陛下深居法宫之中，其忧勤而不息耶？臣不得而知也。其宴安而无为耶？臣不得而知也。然所以知道远之叹由陛下之不勤者，诚见陛下以天下之大，欲轻赋税则财不足，欲威四夷则兵不强，欲兴利除害则无其人，欲敦世厉俗则无其具，大臣不过遵用故事，小臣不过谨守簿书，上下相安，以苟岁月。此世所以妄论陛下之不勤也。

臣又窃闻之，自顷岁以来，大臣奏事，陛下无所诘问，直可之而已。臣始闻而大惧，以为不信，及退而观其效见，则臣亦不敢谓不信也。何则？人君之言，与士庶不同。言脱于口，而四方传之，捷于风雨。故太祖、太宗之世，天下皆讽诵其言语，以为耸动之具。今陛下之所震怒而赐谴者，何人也？合于圣意诱而进之者，何人也？所与朝夕论议深言者，何人也？越次躐等召而问讯之者，何人也？四者，臣皆未之闻焉。此臣所以妄论陛下之不勤也。

臣又窃闻之，自顷岁以来，大臣奏事，陛下无所诘问，直可之而已。臣始闻而大惧，以为不信，及退而观其效见，则臣亦不敢谓不信也。何则？人君之言，与士庶不同。言脱于口，而四方传之，捷于风雨。故太祖、太宗之世，天下皆讽诵其言语，以为耸动之具。今陛下之所震怒而赐谴者，何人也？合于圣意诱而进之者，何人也？所与朝夕论议深言者，何人也？越次躐等召而问讯之者，何人也？四者，臣皆未之闻焉。此臣所以妄论陛下之不勤也。

臣愿陛下条天下之事，其大者有几，可用之人有几。某事未治，某人未用，鸡鸣而起，曰，吾今日为某事，用某人。他日又曰，吾所为某事，其事果济矣乎？所用某人，其人果才矣乎？如是孜孜焉不违于心，屏去声色，放远善柔，亲近贤达，远览古今，凡此者勤之实也，而道何远乎！

伏惟制策有“夙兴夜寐，于今三纪。德有所未至，教有所未孚，阙政尚多，和气或盭，田野虽辟，民多无聊。边境虽安，兵不得撤。利入已浚，浮费弥广。军冗而未练，官冗而未澄。庠序比兴，礼乐未具。户罕可封之俗，士忽胥让之节。此所以讼未息于虞、芮，刑未措于成、康。意在位者不以教化为心，治民者多以文法为拘。禁防繁多，民不知避。叙法宽滥，吏不知惧。累系者众，愁叹者多”。凡此陛下之所忧数十条者，臣皆能为陛下历数而备言之。然而未敢为陛下道也。何者？陛下诚得御臣之术而固执之，则向之所忧数十条者，皆可以捐之大臣，而己不与。今陛下区区以向之数十条为己忧者，则是陛下未得御臣之术也。

天下所谓贤者，陛下既得而用之矣。方其未用也，常若有余；而其既用也，则常若不足。是岂其才之有变乎！古之用人者，日夜提策之。武王用太公，其相与问答百余万言，今之《六韬》是也。桓公用管仲，其相与问答，亦百余万言，今之《管子》是也。古之人君，其所以反覆穷究其臣者若此。今陛下默默而听其所为，则夫向之所忧数十条者无时而举矣。古之忠臣，其受任也，必先自度曰，吾能办是矣乎？度能办是也，则又曰，吾君能忘己而任我乎？能无以小人间我乎？度其能忘己而任我也，能无以小人间我也，然后受之。既已受之矣，则以身任天下之责而不辞，享天下之利而不愧。今也内不度己，外不度君，而轻受之。受之，而众不与也，则引身而求去。陛下又为美辞而遣之，加之重禄而慰之。夫引身而求退者，非果廉节而有让也，是邀君以自固也，是自明其非我之欲留以逃谤也，是不能办其事而以其患遗后人也。陛下奈何听之。臣故曰：陛下未得御臣之术也。

若夫“德有所未至，教有所未孚”者，此实不至也。德之，必有以著其德之之形；教之，必有以显其教之之状。德之之形，莫著于轻赋；教之之状，莫显于去杀。此二者，今皆未能焉。故曰；实不至也。

夫以选举之重，而不取才行；官吏之众，而不行考课；农末之相倾，而平籴之法不立；贫富之相役，而占田之数无限。天下之阙政，则莫大乎此。而和气安得不鳌乎？

“田野辟”者，民之所以富足之道也。其所以无聊，则吏政之过也。然臣闻天下之民，常偏聚而不均。吴、蜀有可耕之人，而无其地；荆、襄有可耕之地，而无其人。由此观之，则田野亦未可谓尽辟也。夫以吴、蜀、荆、襄之相形，而饥寒之民，终不能去狭而就宽者，世以为怀土而重迁，非也。行者无以相群，则不能行，居者无以相友，则不能居，若辈徙饥寒之民，则无不听矣。

“边境已安，而兵不得撤”者，有安之名，而无安之实也。臣欲小言之，则自以为愧，大言之，则世俗以为笑，臣请略言之。古之制北狄者，未始不通西域。今之所以不能通者，是夏人为人障也。朝廷置灵武于度外，几百年矣。议者以为绝域异方，曾不敢近，而况于取之乎！然臣以为事势有不可不取者。不取灵武，则无以通西域。西域不通，则契丹之强，未有艾也。然灵武之所以不可取者，非以数郡之能抗吾中国，吾中国自困而不能举也。其所以自困而不能举者，以不生不息之财，养不耕不战之兵，块然如巨人之病腽，非不枵然大矣，而手足不能以自举。欲去是疾也，则莫若捐秦以委之，使秦人断然如战国之世，不待中国之援，而中国亦若未始有秦者。有战国之全利，而无战国之患，则夏人举矣。其便莫如稍徙缘边之民不能战守者于空闲之地，而以其地益募民为屯田，屯田之兵稍益，则向之戍卒可以稍减，使数岁之后，缘边之民，尽为耕战之夫，然后数出兵以苦之，要以使之厌战而不能支，则折而归吾矣。如此，而北狄始有可制之渐，中国始有息肩之所。不然，将济师之不暇，而又何撤乎？

所谓“利入已浚而浮费弥广”者，臣窃以为外有不得已之二虏，内有得已而不已之后宫。后宫之费，不下一敌国。金玉锦绣之工，日作而不息，朝成夕毁，务以相新。主帑之吏，日夜储其精金良帛而别异之，以待仓卒之命，其为费岂可胜计哉！今不务去此等，而欲广求利之门，臣知所得之不如所丧也。

“军冗而未练”者，臣尝论之，曰：此将不足恃之过也。然以其不足恃之故，而拥之以多兵，不蒐去其无用，则多兵适所以为败也。

“官冗而未澄”者，臣尝论之，曰，此审官吏部与职司无法之过也。夫审官吏部，是古者考绩黜陟之所也。而特以日月为断。今纵未能复古，可略分其郡县，不以远近为差，而以难易为等，第其人之所堪，而别异之。才者常为其难，而不才者常为其易。及其当迁也，难者常速，而易者常久。然而为此者固有待也。使审官吏部，与外之职司，常相关通。而为职司者，不惟举有罪，察有功而已。必使尽第其属吏之所堪，以诏审官吏部。审官吏部常从内等其任使之难易，职司常从外第其人之优劣。才者常用，不才者常闲，则冗官可澄矣。

“庠序兴而礼乐未具”者，臣盖以为庠序者，礼乐既兴之所用，非所以兴礼乐也。今礼乐鄙野而未完，则庠序不知所以为教，又何以兴礼乐乎？如此而求其可封，责其胥让，将以息讼而措刑者，是却行而求前也。夫上之所向者，下之所趋也，而况从而赏之乎？上之所背者，下之所去也，而况从而罚之乎？陛下责在位者不务教化，而治民者多拘文法，臣不知朝廷所以为赏罚者，何也？无乃或以教化得罪而多以文法受赏欤？夫禁防未至于繁多，而民不知避者，吏以为市也。叙法不为宽滥，而吏不知惧者，不论其能否，而论其久近也。累系者众，愁叹者多，凡以此也。

伏惟制策有“仍岁以来，灾异数见，乃六月壬子，日食于朔。淫雨过节，暖气不效。江河溃决，百川腾溢。永思厥咎，深切在予。变不虚生，缘政而起”。此岂非陛下厌闻诸儒牵合之论，而欲闻其自然之说乎？臣不敢复取《洪范传》、《五行志》以为对，直以意推之。夫日食者，是阳气不能履险也。何谓阳气不能履险？臣闻五月二十三分月之二十，是为一交，交当朔则食。交者，是行道之险者也。然而或食或不食，则阳气之有强弱也。今有二人并行而犯雾露，其疾者，必其弱者也。其不疾者，必其强者也。道之险一也，而阳气之强弱异。故夫日之食，非食之日而后为食，其亏也久矣，特遇险而见焉。陛下勿以其未食也为无灾，而其既食而复也为免咎。臣以为未也，特出于险耳。夫淫雨大水者，是阳气融液汗漫而不能收也。诸儒或以为阴盛。臣请得以一理折之。夫阳动而外，其于人也为嘘，嘘之气温然而为湿。阴动而内，其于人也为噏，噏之气冷然而为燥。以一人推天地，天地可见也。故春夏者，其一嘘也。秋冬者，其一噏也。夏则川泽洋溢，冬则水泉收缩，此燥湿之效也。是故阳气汗漫融液而不能收，则常为淫雨大水，犹人之嘘而不能噏也。今陛下以至仁柔天下，兵骄而益厚其赐，戎狄桀傲而益加其礼，荡然与天下为咻呴温暖之政，万事惰坏而终无威刑以坚凝之，亦如人之嘘而不能噏，此淫雨大水之所由作也。天地告戒之意，阴阳消复之理，殆无以易此矣！

而制策又有“五事之失，六沴之作，刘向所传，吕氏所纪，五行何修而得其性，四时何行而顺其令？非正阳之月，伐鼓救变，其合于经乎？方盛夏之时，论囚报重，其考于古乎”？此陛下畏天恐惧求端之过，而流入于迂儒之说，此皆愚臣之所学于师而不取者也。夫五行之相沴，本不至于六。六沴者，起于诸儒欲以六极分配五行，于是始以皇极附益而为六。夫皇极者，五事皆得。不极者，五事皆失。非所以与五事并列而别为一者也。是故有眊而又有蒙，有极而无福，曰五福皆应，此亦自知其疏也。吕氏之时令，则柳宗元之论备矣，以为有可行者，有不可行者。其可行者，皆天事也。其不可行者，皆人事也。若夫禜社伐鼓，本非有益于救灾，特致其尊阳之意而已。《书》曰：“乃季秋月朔，辰弗集于房，瞽奏鼓，啬夫驰，庶人走。”由此言之，则亦何必正阳之月而后伐鼓救变如《左氏》之说乎？盛夏报囚，先儒固已论之，以为仲尼诛齐优之月，固君子之所无疑也。

伏惟制策有“京师诸夏之表则，王教之渊源，百工淫巧无禁，豪右僭差不度”，此在陛下身率之耳。后宫有大练之饰，则天下以罗纨为羞。大臣有脱粟之节，则四方以膏粱为污。虽无禁令，又何忧乎。

伏惟制策有“治当先内，或曰，何以为京师？政在擿奸，或曰，不可挠狱市”。此皆一偏之说，不可以不察也。夫见其一偏而辄举以为说，则天下之说，不可以胜举矣。自通人而言之，则曰“治内所以为京师也，不挠狱市，所以为擿奸也”。如使不挠狱市而害其为擿奸，则夫曹参者，是为逋逃主也。

伏惟制策有“推寻前世，探观治迹：孝文尚老子，而天下富殖；孝武用儒术，而海内虚耗。道非有弊，治奚不同”。臣窃以为不然。孝文之所以为得者，是儒术略用也。其所以得而未尽者，是儒术略用而未纯也。而其所以为失者，则是用老也。何以言之？孝文得贾谊之说，然后待大臣有礼，御诸侯有术，而至于兴礼乐，系单于，则曰未暇。故曰“儒术略用而未纯”也。若夫用老之失，则有之矣。始以区区之仁，坏三代之肉刑，而易之以髡笞，髡笞不足以惩其罪，则又从而杀之。用老之失，岂不过甚矣哉！且夫孝武亦不可谓用儒之主也。博延方士，而多兴妖祠，大兴宫室，而甘心远略。此岂儒者教之。今夫有国者徒知徇其名而不考其实，见孝文之富殖，而以为老子之功，见孝武之虚耗，而以为儒者之罪，则过矣。此唐明皇之所以溺于宴安，撤去禁防，而为天宝之乱也。

伏惟制策有“王政所由，形于诗道：周公《豳》诗，王业也，而系之《国风》；宣王北伐，大事也，而载之《小雅》”。臣窃闻《豳》诗言后稷、公刘，所以致王业之艰难者也。其后累世而至文王，文王之时，则王业既已大成矣，而其诗为《二南》，《二南》之诗犹列于《国风》，而至于《豳》，独何怪乎！昔季札观周乐，以为《大雅》曲而有直体，《小雅》思而不贰，怨而不言。夫曲而有直体者，宽而不流也。思而不贰，怨而不言者，狭而不迫也。由此观之，则《大雅》、《小雅》之所以异者，取其辞之广狭，非取其事之大小也。

伏惟制策有“周以冢宰制国用，唐以宰相兼度支。钱谷，大计也；兵师，大众也。何陈平之对，谓当责之内史，韦洪质之言，不宜兼于宰相”。臣以为宰相虽不亲细务，至于钱谷兵师，固当制其赢虚利害。陈平所谓责之内史者，特以宰相不当治其簿书多少之数耳。昔唐之初，以郎官领度支而职事以治。及兵兴之后，始立使额，参佐既众，簿书益繁，百弊之源，自此而始。其后裴延龄、皇甫镈，皆以剥下媚上，至于希世用事。以宰相兼之，诚得防奸之要。而韦洪质之议，特以其权过重欤？故李德裕以为贱臣不当议令，臣常以为有宰相之风矣。

伏惟制策有“钱货之制，轻重之相权；命秩之差，虚实之相养；水旱蓄积之备；边陲守御之方；圜法有九府之名；乐语有五均之义”。此六者，亦方今之所当论也。昔召穆公曰：“民患轻，则多作重以行之。若不堪重，则多作轻以行之。亦不废重。”轻可改而重不可废。不幸而过，宁失于重。此制钱货之本意也。命者，人君之所擅，出于口而无穷。秩者，民力之所供，取于府而有限。以无穷养有限，此虚实之相养也。水旱蓄积之备，则莫若复隋、唐之义仓。边陲守御之方，则莫若依秦、汉之更卒。周官有太府、天府、泉府、玉府、内府、外府、职内、职金、职币，是谓九府。太公之所行以致富。古者天子取诸侯之士，以为国均，则市不二价，四民常均，是谓五均，献王之所致以为法，皆所以均民而富国也。凡陛下之所以策臣者，大略如此。

而于其末复策之曰“富人强国，尊君重朝。弭灾致祥，改簿从厚。此皆前世之急政，而当今之要务”。此臣有以知陛下之圣意，以为向之所以策臣者，各指其事，恐臣不得尽其辞，是以复举其大体而概问焉。又恐其不能切至也，故又诏之曰“悉意以陈而无悼后害”。臣是以敢复进其狷狂之说。夫天下者，非君有也，天下使君主之耳。陛下念祖宗之重，思百姓之可畏，欲进一人，当同天下之所欲进，欲退一人，当同天下之所欲退。今者每进一人，则人相与诽曰，是进于某也，是某之所欲也。每退一人，则又相与诽曰，是出于某也，是某之所恶也。臣非敢以此为举信也。然而致此言者，则必有由矣。今无知之人，相与谤于道曰：圣人在上，而天下之所以不尽被其泽者，便嬖小人附于左右，而女谒盛于内也。为此言者固妄矣，然而天下或以为信者，何也？徒见谏官御史之言，矻矻乎难以入，以为必有间之者也。徒见蜀之美锦，越之奇器，不由方贡而入于官也。如此而向之所谓急政要务者，陛下何暇行之。臣不胜愤懑，谨复列之于末。惟陛下宽其万死，幸甚幸甚！谨对。

【解题】

嘉祐六年（1061）八月，宋仁宗于崇政殿考试所举贤良，苏轼以此文获评为最高等级——三等。文中对皇帝和时政进行了激烈的抨击，他大胆指责仁宗皇帝无所作为，后宫奢糜过度，批评了朝廷对内对外的各项政策，并提出了一些修正措施。所言皆能深刻地针砭弊政，充分显示了苏轼的见识和胆略。

思　治　论

方今天下何病哉！其始不立，其卒不成，惟其不成，是以厌之而愈不立也。凡人之情，一举而无功则疑，再则倦，三则去之矣。今世之士，所以相顾而莫肯为者，非其无有忠义慷慨之志也，又非其才术谋虑不若人也，患在苦其难成而不复立。不知其所以不成者，罪在于不立也，苟立而成矣。

今世有三患而终莫能去，其所从起者，则五六十年矣。自宫室祷祠之役兴，钱币茶盐之法坏，加之以师旅，而天下常患无财。五六十年之间，下之所以游谈聚议，而上之所以变政易令以求丰财者，不可胜数矣，而财终不可丰。自澶渊之役，北虏虽求和，而终不得其要领，其后重之以西羌之变，而边陲不宁，二国益骄。以战则不胜，以守则不固，而天下常患无兵。五六十年之间，下之所以游谈聚议，而上之所以变政易令以求强兵者，不可胜数矣，而兵终不可强。自选举之格严，而吏拘于法，不志于功名，考功课吏之法坏，而贤者无所劝，不肖者无所惧，而天下常患无吏。五六十年之间，下之所以游谈聚议，而上之所以变政易令以求择吏者，不可胜数矣，而吏终不可择。财之不可丰，兵之不可强，吏之不可择，是岂真不可耶？故曰：其始不立，其卒不成，惟其不成，是以厌之而愈不立也。

夫所贵于立者，以其规摹先定也。古之君子，先定其规摹，而后从事，故其应也有候，而其成也有形。众人以为是汗漫不可知，而君子以为理之必然，如炊之无不熟，种之无不生也。是故其用力省而成功速。

昔者子太叔问政于子产。子产曰："政如农功，日夜以思之，思其始而图其终，朝夕而行之，行无越思，如农之有畔。"子产以为不思而行，与凡行而出于思之外者，如农之无畔也，其始虽勤，而终必弃之。今夫富人之营宫室也，必先料其赀财之丰约，以制宫室之大小，既内决于心，然后择工之良者而用一人焉。必告之曰："吾将为屋若干，度用材几何？役夫几人？几日而成？土石材苇，吾于何取之？"其工之良者必告之曰："某所有木，某所有石，用材役夫若干，某日而成。”主人率以听焉。及期而成，既成而不失当，则规摹之先定也。

今治天下则不然。百官有司，不知上之所欲为也，而人各有心。好大者欲王，好权者欲霸，而偷者欲休息。文吏之所至，则治刑狱；而聚敛之臣，则以货财为急。民不知其所适从也。及其发一政，则曰：姑试行之而已，其济与否，固未可知也。前之政未见其利害，而后之政复发矣。凡今之所谓新政者，听其始之议论，岂不甚美而可乐哉。然而布出于天下，而卒不知其所终。何则？其规摹不先定也。用舍系于好恶，而废兴决于众寡。故万全之利，以小不便而废者有之矣；百世之患，以小利而不顾者有之矣。所用之人无常责，而所发之政无成效。此犹适千里不赍粮而假丐于涂人；治病不知其所当用之药，而百药皆试，以侥幸于一物之中。欲三患之去，不可得也。

昔者太公治齐，周公治鲁，至于数十世之后，子孙之强弱，风俗之好恶，皆可得而逆知之。何者？其所施专一，则其势固有以使之也。管仲相桓公，自始为政而至于霸，其所施设，皆有方法。及其成功，皆知其所以然。至今可覆也。咎犯之在晋，范蠡之在越，文公、勾践尝欲用其民，而二臣皆以为未可，及其以为可用也，则破楚灭吴，如寄诸其邻而取之。此无他，见之明而策之熟也。

夫今之世，亦与明者熟策之而已。士争言曰：如是而财可丰，如是而兵可强，如是而吏可择。吾从其可行者而规摹之，发之以勇，守之以专，达之以强，日夜以求合于其所规摹之内，而无务出于其所规摹之外。其人专，其政一，然而不成者，未之有也。财之不丰，兵之不强，吏之不择，此三者，存亡之所从出，而天下之大事也。夫以天下之大事，而有一人焉，独擅而兼言之，则其所以治此三者之术，其得失固未可知也。虽不可知，而此三者决不可不治者可知也。是故不可以无术。其术非难知而难听，非难听而难行，非难行而难收。孔子曰："好谋而成。"使好谋而不成，不如无谋。盖世有好剑者，聚天下之良金，铸之三年而成，以为吾剑天下莫敌也，剑成而狼戾缺折不可用，何者？是知铸而不知收也。今世之举事者，虽其甚小，而欲成之者常不过数人，欲坏之者常不可胜数。可成之功常难形，若不可成之状常先见。上之人方且眩瞀而不自信，又何暇及于收哉？

古之人，有犯其至难而图其至远者，彼独何术也，且非特圣人而已。商君之变秦法也，撄万人之怒，排举国之说，势如此其逆也。苏秦之为从也，合天下之异以为同，联六姓之疏以为亲，计如此其迂也。淮阴侯请于高帝，求三万人，愿以北举燕、赵，东击齐，南绝楚之粮道，而西会于荥阳。耿弇亦言于世祖，欲先定渔阳，取涿郡，还收富平而东下齐，世祖以为落落难合。此皆越人之都邑而谋人国，功如此其疏也，然而四子者行之若易然。出于其口，成于其手，以为既已许吾君，则亲挈而还之。今吾以自有之天下，而行吾所得为之事，其事又非有所拂逆于天下之意也，非有所待于人而后具也，如有财而自用之，有子而自教之耳。然而政出于天下，有出而无成者，五六十年于此矣。是何也？意者知出而不知收欤？非不知收，意者汗漫而无所收欤？故为之说曰：先定其规摹而后从事。先定者，可以谋人。不先定者，自谋常不给，而况于谋人乎？

且今之世俗，则有所可患者，士大夫所以信服于朝廷者不笃，而皆好议论以务非其上，使人眩于是非，而不知其所从。从之，则事举无可为者；不从，则其所行者常多故而易败。夫所以多故而易败者，人各持其私意以贼之，议论胜于下，而幸其无功者众也。富人之谋利也常获，世以为福，非也。彼富人者，信于人素深，而服于人素厚，所为而莫或害之，所欲而莫或非之，事未成而众已先成之矣。夫事之行也有势，其成也有气。富人者，乘其势而袭其气也。欲事之易成，则先治其所以信服天下者。

天下之事，不可以力胜；力不可胜，则莫若从众。从众者，非从众多之口，而从其所不言而同然者，是真从众也。众多之口非果众也，特闻于吾耳而接于吾前，未有非其私说者也。于吾为众，于天下为寡。彼众之所不言而同然者，众多之口，举不乐也。以众多之口所不乐，而弃众之所不言而同然，则乐者寡而不乐者众矣。古之人，常以从众得天下之心，而世之君子，常以从众失之。不知夫古之人，其所从者，非从其口，而从其所同然也。何以明之？世之所谓逆众敛怨而不可行者，莫若减任子。然不顾而行之者，五六年矣，而天下未尝有一言。何则？彼其口之所不乐，而心之所同然也。从其所同然而行之，若犹有言者，则可以勿恤矣。

故为之说曰：发之以勇，守之以专，达之以强。苟知此三者，非独为吾国而已，虽北取契丹可也。

【解题】

此文嘉祐八年（1063）作于凤翔。苏轼认为国家积弱的原因在于财不丰、兵不强、吏不择，而这三患产生的原因在于不能事先做好规划。因此苏轼提出执行计划要“发之以勇，守之以专，达之以强”，要真正地“从众”，这样才能成就大事。本文针对宋初诸多改革之“不立”而发。文章纵横捭阖，引类设喻，反复申述，论证严密。

学士院试孔子从先进论

君子之欲有为于天下，莫重乎其始进也。始进以正，犹且以不正继之，况以不正进者乎！古之人有欲以其君王者也，有欲以其君霸者也，有欲以强其国者也，是三者其志不同，故其术有浅深，而其成功有巨细。虽其终身之所为，不可逆知，而其大节必见于其始进之日。何者？其中素定也。未有进以强国而能霸者也，未有进以霸而能王者也。

伊尹之耕于有莘之野也，其心固曰使吾君为尧舜之君，而吾民为尧舜之民也。以伊尹为以滋味说汤者，此战国之策士，以己度伊尹也，君子疾之。管仲见桓公于累囚之中，其所言者，固欲合诸侯攘夷狄也。管仲度桓公足以霸，度其身足以为霸者之佐，是故上无侈说，下无卑论。古之人其自知明也如此。商鞅之见孝公也，三说而后合。甚矣，鞅之怀诈挟术以欺其君也。彼岂不自知其不足以帝且王哉？顾其刑名惨刻之学，恐孝公之不能从，是故设为高论以衒之。君既不能是矣，则举其国惟吾之所欲为。不然，岂其负帝王之略，而每见辄变以徇人乎？商鞅之不终于秦也，是其进之不正也。

圣人则不然，其志愈大，故其道愈高，其道愈高，故其合愈难。圣人视天下之不治，如赤子之在水火也。其欲得君以行道，可谓急矣。然未尝以难合之故而少贬焉者，知其始于少贬，而其渐必至陵迟而大坏也。故曰：“先进于礼乐，野人也；后进于礼乐，君子也。如用之，则吾从先进。”

孔子之世，其诸侯卿大夫，视先王之礼乐，犹方圆冰炭之不相入也。进而先之以礼乐，其不合必矣。是人也，以道言之，则圣人也。以世言之，则野人也。若夫君子之急于有功者则不然，其未合也，先之以世俗之所好，而其既合也，则继以先王之礼乐。其心则然，然其进不正，未有能继以正者也。故孔子不从。而孟子亦曰：“枉尺直寻者，以利言也。如以利，则枉寻直尺而利，亦可为欤？”君子之得其君也，既度其君，又度其身。君能之而我不能，不敢进也；我能之而君不能，不可为也。不敢进而进，是易其君；不可为而为，是轻其身。是二人者，皆有罪焉。

故君子之始进也，曰：“君苟用我矣，我且为是，君曰能之，则安受而不辞，君曰不能，天下其独无人乎！”至于人君亦然，将用是人也，则告之以己所欲为，要其能否而责成焉。其曰“姑用之而试观之者”，皆过也。后之君子，其进也无所不至，惟恐其不合也，曰：“我将权以济道。”既而道卒不行焉，则曰：“吾君不足以尽我也。”始不正其身，终以谤其君。是人也，自以为君子，而孟子之所谓贼其君者也。

【解题】

治平二年（1065），苏轼自凤翔罢任还朝，英宗欲召其入翰林知制诰，被韩琦劝止，令其参加二月的学士院考试。苏轼以三等的成绩获直史馆职。此下二文皆苏轼参加考试的答题。本文以《论语·先进篇》为依据，论述了为臣应“始进于正”即“先进于礼乐”。

学士院试《春秋》定天下之邪正论

为《谷梁》者曰：“成天下之事业，定天下之邪正，莫善于《春秋》。”请因其说而极言之。夫《春秋》者，礼之见于事业者也。孔子论三代之盛，必归于礼之大成，而其衰，必本于礼之渐废。君臣、父子、上下，莫不由礼而定其位，至以为有礼则生，无礼则死。故孔子自少至老，未尝一日不学礼而不治其他。以之出入周旋，乱臣强君莫能加焉。知天下莫之能用也，退而治其纪纲条目，以遗后世之君子。则又以为不得亲见于行事，有其具而无其施设措置之方，于是因鲁史记为《春秋》，一断于礼。凡《春秋》之所褒者，礼之所与也，其所贬者，礼之所否也。《记》曰：礼者，所以别嫌、明疑、定犹豫也。而《春秋》一取断焉。故凡天下之邪正，君子之所疑而不能决者，皆至于《春秋》而定。非定于《春秋》，定于礼也。故太史公曰：“《春秋》者，礼义之大宗也。为人君父而不知《春秋》者，前有谗而不见，后有贼而不知。为人臣子而不知《春秋》者，守经事而不知其宜，遭变事而不知其权。夫礼义之失，至于君不君，臣不臣，父不父，子不子，其意皆以善为之，而不知其义，是以被之空言而不敢辞。”

夫邪正之不同也，不啻若黑白。使天下凡为君子者皆如颜渊，凡为小人者皆如桀跖，虽微《春秋》，天下其孰疑之？天下之所疑者，邪正之间也。其情则邪，而其迹若正者有之矣；其情以为正，而不知其义以陷于邪者有之矣。此《春秋》之所以丁宁反覆于其间也。

宋襄公，疑于仁者也。晋荀息，疑于忠者也。襄公不修德，而疲弊其民以求诸侯，此其心岂汤武之心也哉？而独至于战，则曰“不禽二毛，不鼓不成列”。非有仁者之素，而欲一旦窃取其名以欺后世，苟《春秋》不为正之，则世之为仁者，相率而为伪也。故其书曰：“冬十一月乙巳朔，宋公及楚人战于泓，宋师败绩。”《春秋》之书战，未有若此其详也。君子以为其败固宜，而无有隐讳不忍之辞焉。荀息之事君也，君存不能正其过，没又成其邪志而死焉。荀息而为忠，则凡忠于盗贼、死于私昵者皆忠也，而可乎？故其书曰：“及其大夫荀息。”不然，则荀息、孔父之徒也，而可名哉！

【解题】

本文指出《春秋》分辨邪正，其所褒贬，皆以礼为本；尤其是事有疑虑，邪正难辨之时，《春秋》更是洞若观火。

拟进士对御试策　并引状问

右臣准宣命差赴集英殿编排举人试卷。窃见陛下始革旧制，以策试多士，厌闻诗赋无益之语，将求山林朴直之论，圣听广大，中外欢喜。而所试举人不能推原上意，皆以得失为虑，不敢指陈阙政，而阿谀顺旨者又卒据上第。陛下之所以求于人至深切矣，而下之报上者如此，臣窃深悲之。夫科场之文，风俗所系，所收者天下莫不以为法，所弃者天下莫不以为戒。昔祖宗之朝，崇尚辞律，则诗赋之士，曲尽其巧。自嘉祐以来，以古文为贵，则策论盛行于世，而诗赋几至于熄。何者？利之所在，人无不化。今始以策取士，而士之在甲科者，多以谄谀得之。天下观望，谁敢不然。臣恐自今以往，相师成风，虽直言之科，亦无敢以直言进者。风俗一变，不可复返，正人衰微，则国随之，非复诗赋策论迭兴迭废之比也。是以不胜愤懑，退而拟进士对御试策一道。学术浅陋，不能尽知当世之切务，直载所闻。上将以推广圣言，庶有补于万一；下将以开示四方，使知陛下本不讳恶切直之言，风俗虽坏，犹可以少救。其所撰策，谨缮写投进，干冒天威，臣无任战恐待罪之至。

问。朕德不类，托于士民之上，所与待天下之治者，惟万方黎献之求，详延于廷，诹以世务，岂特考子大夫之所学，且以博朕之闻。盖圣王之御天下也，百官得其职，万事得其序。有所不为，为之而无不成；有所不革，革之而无不服。田畴辟，沟洫治，草木畅茂，鸟兽鱼鳖无不得其性。其富足以备礼，其和足以广乐，其治足以致刑。子大夫以谓何施而可以臻此？方今之弊，可谓众矣。救之之术，必有本末，所施之宜，必有先后。子大夫之所宜知也。生民以来，所谓至治，必曰唐虞成周之时，诗书所称，其迹可见。以至后世贤明之君，忠智之臣，相与忧勤，以营一代之业，虽未尽善，要其所以成就，亦必有可言者。其详著之，朕将亲览焉。

对。臣伏见陛下发德音，下明诏，以天下安危之至计，谋及于布衣之士，其求之不可谓不切，其好之不可谓不笃矣。然臣私有所忧者，不知陛下有以受之欤？《礼》曰：“甘受和，白受采。”故臣愿陛下先治其心，使虚一而静，然后忠言至计可得而入也。今臣窃恐陛下先入之言，已实其中；邪正之党，已贰其听；功利之说，已动其欲，则虽有皋陶、益稷之谋，亦无自入矣，而况于疏远愚陋者乎！此臣之所以大惧也。若乃尽言以招祸，触讳以忘躯，则非臣之所恤也。

圣策曰“圣王之御天下也，百官得其职，万事得其序”。臣以为陛下未知此也，是以所为颠倒失序如此。苟诚知之，曷不尊其所闻而行其所知欤？百官之所以得其职者，岂圣王人人而督责之？万事之所以得其序者，岂圣王事事而整齐之哉？亦因能以任职，因职以任事而已。官有常守谓之职，施有先后谓之序。今陛下使两府大臣侵三司财利之权，常平使者乱职司守令之治。刑狱旧法，不以付有司，而取决于执政之意；边鄙大虑，不以责帅臣，而听计于小吏之口。百官可谓失其职矣。王者之所宜先者德也，所宜后者刑也，所宜先者义也，所宜后者利也。而陛下易之，万事可谓失其序矣。然此犹其小者。其大者，则中书失其政也。宰相之职，古者所以论道经邦，今陛下但使奉行条例司文书而已。昔邴吉为丞相，萧望之为御史大夫，望之言阴阳不和，咎在臣等，而宣帝以为意轻丞相，终身薄之。今政事堂忿争相诟，流传都邑，以为口实，使天下何观焉。故臣愿陛下首还中书之政，则百官之职，万事之序，以次而得矣。

圣策曰“有所不为，为之而无不成；有所不革，革之而无不服”。陛下之及此言，是天下之福也。今日之患，正在于未成而为之，未服而革之耳。夫成事在理不在势，服人以诚不以言。理之所在，以为则成，以禁则止，以赏则劝，以言则信。古之人所以鼓舞天下，绥之斯来，动之斯和者，盖循理而已。今为政不务循理，而欲以人主之势，赏罚之威，胁而成之！夫以斧析薪，可谓必克矣，然不循其理，则斧可缺，薪不可破。是以不论尊卑，不计强弱，理之所在则成，理所不在则不成可必也。今陛下使农民举息，与商贾争利，岂理也哉，而何怪其不成乎？《礼》曰："微之显，诚之不可掩也如此夫。"陛下苟诚心乎为民，则虽或谤之而人不信。苟诚心乎为利，则虽自解释而人不服。且事有决不可欺者，吏受贿枉法，人必谓之赃，非其有而取之，人必谓之盗。苟有其实，不敢辞其名。今青苗有二分之息，而不谓之放债取利，可乎？凡人为善，不自誉而人誉之；为恶，不自毁而人毁之。如使为善者必须自言而后信，则尧、舜、周、孔亦劳矣。今天下以为利，陛下以为义；天下以为害，陛下以为仁；天下以为贪，陛下以为廉。不胜其纷纭也，则使二三臣者，极其巧辩，以解答千万人之口。附会经典，造为文书，以晓告四方之人。四方之人，岂如婴儿鸟兽，而可以美言小数眩惑之哉。且夫未成而为之，则其弊必至于不敢为；未服而革之，则其弊必至于不敢革。盖世有好走马者，一为坠伤，则终身徒行。何者？慎重则必成，轻发则多败，此理之必然也。陛下若出于慎重，则屡作屡成，不惟人信之，陛下亦自信而日以勇矣。若出于轻发，则每举每败，不惟人不信，陛下亦自不信而日以怯矣。文宗始用训、注，其志岂浅也哉，而一经大变，则忧沮丧气，不能复振。文宗亦非有失德，徒以好作而寡谋也。慎重者始若怯，终必勇。轻发者始若勇，终必怯。乃者横山之人，未尝一日而忘汉，虽五尺之童子知其可取，然自庆历以来，莫之敢发者，诚未有以善其后也。近者边臣不计其后，而遽发之，一发不中，则内帑之费以数百万计，而关辅之民困于飞挽者，三年而未已。虽天下之勇者，敢复为之欤？为之固不可，敢复言之欤？由此观之，则横山之功，是边臣欲速而坏之也。近者青苗之政，助役之法，均输之策，并军蒐卒之令，卒然轻发，又甚于前日矣。虽陛下不恤人言，持之益坚，而势穷事碍，终亦必变。他日虽有良法美政，陛下能复自信乎？人君之患，在于乐因循而惮改作，今陛下春秋鼎盛，天锡勇智，此万世一时也。而群臣不能济之以慎重，养之以敦朴，譬如乘轻车，驭骏马，冒险夜行，而仆夫又从后鞭之，岂不殆哉！臣愿陛下解辔秣马，以须东方之明，而徐行于九轨之道，甚未晚也。

圣策曰“田畴辟，沟洫治，草木畅茂，鸟兽鱼鳖莫不各得其性”者，此百工有司之事也，曾何足以累陛下。陛下操其要，治其本，恭己无为，而物莫不尽其理，以生以死。若夫百工有司之事，自宰相不屑为之，而况于陛下乎！

圣策曰“其富足以备礼，其和足以广乐，其治足以致刑，何施而可以臻此”。孔子曰：“百姓足，君孰与不足。”兔首瓠叶，可以行礼。扫地而祭，可以事天。礼之不备，非贫之罪也。管子曰：“仓廪实而知礼节。”臣不知陛下所谓富者，富民欤，抑富国欤？陆贾曰：“将相和调则士豫附。”刘向曰：“众贤和于朝，则万物和于野。”今朝廷可谓不和矣。其咎安在？陛下不返求其本，而欲以力胜之。力之不能胜众也久矣。古者刀锯在前，鼎镬在后，而士犹犯之，今陛下躬蹈尧舜，未尝诛一无罪。欲弭众言，不过斥逐异议之臣而更用人。必不忍行亡秦偶语之禁，起东汉党锢之狱，多士何畏而不言哉？臣恐逐者不已，而争者益多，烦言交攻，愈甚于今日矣。欲望致和而广乐，岂不疏哉？古之求治者，将以措刑也。今陛下求治则欲致刑，此又群臣误陛下也。臣知其说矣，是出于荀卿。荀卿喜为异论，至以人性为恶，则其言治世刑重亦宜矣。而说者又以为《书》称唐虞之隆，刑故无小，而周之盛时，群饮者杀。臣请有以诘之。夏禹之时，大辟二百，周公之时，大辟五百，岂可谓周治而禹乱耶？秦为法及三族，汉除肉刑，岂可谓秦治而汉乱耶？致之言极也。天下幸而未治，使一日治安，陛下将变今之刑而用其极欤？天下几何其不叛也，徒闻其语而惧者已众矣。臣不意异端邪说惑误陛下，至于如此。且夫宥过无大，刑故无小，此用刑之常理也，至于今守之。岂独唐虞之隆而周之盛时哉！所以诛群饮者，意其非独群饮而已。如今之法所谓夜聚晓散者，使后世不知其详，而徒闻其语，则凡夜相过者，皆执而杀之，可乎？夫人相与饮酒而辄杀之，虽桀纣之暴，不至于此，而谓周公行之欤？

圣策曰“方今之弊，可谓众矣，救之之术，必有本末，施之之宜，必有先后”。臣请论其本与其所宜先者，而陛下择焉。方今救弊之道，必先立事；立事之本，在于知人。则所施之宜，当先观大臣之知人与否耳。古之欲立非常之功者，必有知人之明。苟无知人之明，则循规矩，蹈绳墨，以求寡过。二者皆审于自知，而安于才分者也。道可以讲习而知，德可以勉强而能，惟知人之明不可学，必出于天资。如萧何之识韩信，此岂有法而可传者哉！以诸葛孔明之贤，而知人之明，则其所短，是以失之于马谡。而孔明亦审于自知，是以终身不敢用魏延。我仁祖之在位也，事无大小，一付之于法，人无贤不肖，一付之于公议。事已效而后行，人已试而后用，终不求非常之功者，诚以当时大臣不足以与于知人之明也。古之为医者，聆音察色，洞视五脏，则其治疾也，有剖胸决脾，洗濯胃肾之变。苟无其术，不敢行其事。今无知人之明，而欲立非常之功，解纵绳墨以慕古人，则是未能察脉而欲试华佗之方，其异于操刀而杀人者几希矣。房琯之称刘秩，关播之用李元平是也。至今以为笑矣。陛下观今之大臣，为知人欤？为不知人欤？乃者擢用众才，皆其造室握手之人，要结审固而后敢用，盖以为其人可与戮力同心，共致太平。曾未安席，而交口攻之者，如猬毛而起。陛下以此验之，其不知人也亦审矣。幸今天下无事，异同之论，不过渎乱圣听而已。若边隅有警，盗贼窃发，俯仰成败，呼吸变动，而所用之人，皆如今日，乍合乍散，临事解体，不可复知，则无乃误社稷欤？华佗不世出，天下未尝废医。萧何不世出，天下未尝废治。陛下必欲立非常之功，请待知人之佐。若犹未也，则亦诏左右之臣安分守法而已。

圣策曰“生民以来，称至治者必曰唐虞成周之世，诗书所称，其迹可见。以至后世贤明之君，忠智之臣，相与忧勤，以营一代之业，虽未尽善，然要其所成就，亦必有可言者。其详著之”。臣以为此不可胜言也。其施设之方，各随其时而不可知。其所可知者，必畏天，必从众，必法祖宗。故其言曰：“戒之戒之。天惟显思。命不易哉。”又曰：“稽于众，舍己从人。”又曰：“丕显哉，文王谟。丕承哉，武王烈。”诗书所称，大略如此。未尝言天命不足畏，众言不足从，祖宗之法不足用也。苻坚用王猛，而樊世、仇腾、席宝不悦；魏郑公劝太宗以仁义，而封伦不信。凡今之人，欲陛下违众而自用者，必以此藉口。而陛下所谓贤明忠智者，岂非意在于此等欤？臣愿考二人之所行，而求之于今，王猛岂尝设官而牟利，魏郑公岂尝贷钱而取息欤？且其不悦者，不过数人，固不害天下之信且服也。今天下有心者怨，有口者谤，古之君臣相与忧勤以营一代之业者，似不如此。古语曰：“百人之聚，未有不公。”而况天下乎！今天下非之，而陛下不回，臣不知所税驾矣。《诗》曰：“譬彼舟流，不知所届。心之忧矣，不遑假寐。”区区之忠，惟陛下察之。臣谨昧死上对。

【解题】

本文作于熙宁三年（1070）三月。当时，吕惠卿任速试策考官，苏轼为编排官。因不满吕惠卿等贬抑批评新法的人，苏轼特作此文，一以指责当时的阿谀之风，鼓励极言直谏；一以表达对新政的不同意见。文章在很多方面批评了皇帝及朝政，言辞激烈，慷慨激昂，极具气势。

文与可字说

乡人皆好之，何如？曰：“未可也。”乡人皆恶之，何如？曰：“未可也。不如乡人之善者好之，其不善者恶之。”善者好之，不善者恶之，足以为君子乎？曰："未也。孔子为问者言也，以为贤于所问者而已。君子之居乡也，善者以劝，不善者以耻，夫何恶之有。君子不恶人，亦不恶于人。子夏之于人也，可者与之，其不可者拒之。子张曰：'君子尊贤而容众，嘉善而矜不能。'我之大贤欤，于人何所不容。我之不贤欤，人将拒我，如之何其拒人也。子张之意，岂不曰与其可者，而其不可者自远乎？"使不可者而果远也，则其为拒也甚矣，而子张何恶于拒也？曰："恶其有意于拒也。"夫苟有意于拒，则天下相率而去之，吾谁与居？然则孔子之于孺悲也，非拒欤？曰："孔子以不屑教诲为教诲者也，非拒也。夫苟无意于拒，则可者与之，虽孔子、子张皆然。"

吾友文君名同，字与可。或曰："为子夏者欤？"曰："非也。取其与，不取其拒，为子张者也。"与可之为人也，守道而忘势，行义而忘利，修德而忘名，与为不义，虽禄之千乘不顾也。虽然，未尝有恶于人，人亦莫之恶也。故曰：与可为子张者也。

【解题】

本文认为君子当用自己的品行赢得善者的爱戴，同时也使恶人自惭并敬而远之。苏轼以此论"与可"二字的含义，并赞扬文与可的君子品质。本文作于熙宁八年（1075）四月。

日　　喻

生而眇者不识日，问之有目者。或告之曰："日之状如铜槃。"扣槃而得其声。他日闻钟，以为日也。或告之曰："日之光如烛。"扪烛而得其形。他日揣籥，以为日也。

日之与钟、籥亦远矣，而眇者不知其异，以其未尝见而求之人也。道之难见也甚于日，而人之未达也，无以异于眇。达者告之，虽有巧譬善导，亦无以过于槃与烛也。自槃而之钟，自烛而之籥，转而相之，岂有既乎！故世之言道者，或即其所见而名之，或莫之见而意之，皆求道之过也。

然则道卒不可求欤？苏子曰："道可致而不可求。"何谓致？孙武曰："善战者致人，不致于人。"子夏曰："百工居肆以成其事，君子学以致其道。"莫之求而自至，斯以为致也欤？

南方多没人，日与水居也，七岁而能涉，十岁而能浮，十五而能浮没矣。夫没者，岂苟然哉，必将有得于水之道者。日与水居，则十五而得其道。生不识水，则虽壮，见舟而畏之。故北方之勇者，问于没人，而求其所以没，以其言试之河，未有不溺者也。故凡不学而务求道，皆北方之学没者也。

昔者以声律取士，士杂学而不志于道。今者以经术取士，士求道而不务学。渤海吴君彦律，有志于学者也，方求举于礼部，作《日喻》以告之。

【解题】

本文作于元丰元年（1078）十月。苏轼认为掌握客观规律，必须要通过亲身实践。文中以眇者辨日和南人没水两个形象的比喻，生动地说明了任何道听途说，脱离实践的方法，只能得出可笑的、错误的结论。本文取譬巧妙，说理清晰，极富情趣，是苏轼散文名篇。

商君功罪

商君之法，使民务本力农，勇于公战，怯于私斗，食足兵强，以成帝业。然其民见刑而不见德，知利而不知义，卒以此亡。故帝秦者商君也，亡秦者亦商君也。其生有南面之福，既足以报其帝秦之功矣；而死有车裂之祸，盖仅足以偿其亡秦之罚。理势自然，无足怪者。后之君子，有商君之罪，而无商君之功；飨商君之福，而未受其祸者，吾为之惧矣。元丰三年九月十五日，读《战国策》书。

【解题】

本文自儒家德治观点出发，评价了法家代表人物商鞅的功过。

评杨氏所藏欧蔡书

自颜、柳氏没，笔法衰绝，加以唐末丧乱，人物凋落磨灭，五代文采风流，扫地尽矣。独杨公凝式笔迹雄杰，有二王、颜、柳之余，此真可谓书之豪杰，不为时世所汩没者。国初，李建中号为能书，然格韵卑浊，犹有唐末以来衰陋之气，其余未见有卓然追配前人者。独蔡君谟书，天资既高，积学深至，心手相应，变态无穷，遂为本朝第一。然行书最胜，小楷次之，草书又次之，大字又次之，分、隶小劣。又尝出意作飞白，自言有翔龙舞凤之势，识者不以为过。欧阳文忠公书，自是学者所共仪刑，庶几如见其人者。正使不工，犹当传宝，况其精勤敏妙，自成一家乎？杨君畜二公书，过黄州，出以相示，偶为评之。

【解题】

本文作于元丰三年（1080）。文中纵论唐以来的书法家，尤其推崇时人蔡襄和欧阳修。苏轼于此恣意指点人物，文风洒脱，意气昂扬。

上初即位论治道二首

道　德

人君以至诚为道，以至仁为德。守此二言，终身不易，尧舜之主也。至诚之外，更行他道，皆为非道；至仁之外，更作他德，皆为非德。

何谓至诚？上自大臣，下至小民，内自亲戚，外至四夷，皆推赤心以待之，不可以丝毫伪也。如此，则四海之内，亲之如父子，信之如心腹，未有父子相图、心腹相欺者。如此而天下之不治，未之有也。丝毫之伪，一萌于心，如人有病，先见于脉，如人饮酒，先见于色。声色动于几微之间，而猜阻行于千里之外，强者为敌，弱者为怨，四海之内，如盗贼之憎主人，鸟兽之畏弋猎，则人主孤立而危亡至矣。何谓至仁？视臣如手足，视民如赤子，戢兵，省刑，时使，薄敛，行此六事而已矣。祸莫逆于好用兵，怨莫大于好起狱，灾莫深于兴土功，毒莫深于夺民利。此四者，陷民之坑阱，而伐国之斧钺也。去此四者，行彼六者，而仁不可胜用矣。《传》曰："至诚如神。"又曰："至仁无敌。"审能行之，当获四种福。以人事言之，则主逸而国安；以天道言之，则享年永而卜世长。此必然之理，古今已试之效也。

去圣益远，邪说滋炽，厌常道而求异术，文奸言以济暴行。为申、商之学者，则曰"人主不可以不学术数"；人主，天下之父也，为人父而用术于其子，可乎？为庄、老之学者，则曰"圣人不仁，以百姓为刍狗"；欲穷兵黩武，则曰"吾以威四夷而安中国"；欲烦刑多杀，则曰"吾以禁奸慝而全善人"；欲虐使厚敛，则曰"吾以强兵革而诛暴乱，虽若不仁而卒归于仁"。此皆亡国之言也，秦二世、王莽尝用之矣，皆以经术附会其说。

《书》曰：“惟辟作福，惟辟作威。”此言威福不可移于臣下也。欲威福不移于臣下，则莫若舍己而从众。众之所是，我则与之，众之所非，我则去之。夫众未有不公，而人君者，天下公议之主也，如此，则威福将安归乎？今之说者则不然，曰：“人主不可以不作威福。”于是违众而用己。己之耳目，终不能遍天下，要必资之于人，爱憎喜怒，各行其私，而浸润肤受之说行矣。然后从而赏罚之，虽名为人主之威福，而其实左右之私意也。奸人窃吾威福，而卖之于外，则权与人主侔矣。

《书》曰：“威克厥爱允济，爱克厥威允罔功。”威者，畏威之谓也；爱者，怀私之谓也。管仲曰：“畏威如疾，民之上也；从怀如流，民之下也。畏威之心，胜于怀私，则事无不成。”今之说者则不然，曰：“人君当使威刑胜于惠爱。”如是则予不如夺，生不如杀，尧不如桀，而幽、厉、桓、灵之君长有天下。此不可不辨也。

刑　政

《书》曰：“临下以简，御众以宽。”此百世不易之道也。昔汉高帝约法三章，萧何定律九篇而已。至于文、景，刑措不用。历魏至晋，条目滋章，断罪所用，至二万六千二百七十二条，而奸益不胜，民无所措手足。唐及五代止用律令，国初加以注疏，情文备矣。今《编敕》续降，动若牛毛，人之耳目所不能周，思虑所不能照，而法病矣。

臣愚谓当熟议而少宽之。人主前旒蔽明，黈纩塞聪，耳目所及，尚不敢尽，而况察人于耳目之外乎。今御史六察，专务钩考簿书，擿发细微，自三公九卿，救过不暇。夫详于小，必略于大；其文密者，其实必疏。故近岁以来，水旱盗贼，四民流亡，边鄙不宁，皆不以责宰相，而尚书诸曹，文牍繁重，穷日之力，书纸尾不暇，此皆苛察之过也，不可以不变。

《易》曰：“理财正辞，禁民为非曰义。”先王之理财也，必继之以正辞，其辞正则其取之也义。三代之君食租衣税而已，是以辞正而民服。自汉以来，盐铁酒茗之禁，称贷榷易之利，皆心知其非而冒行之，故辞曲而民为盗。今欲严刑妄赏以去盗，不若捐利以予民，衣食足而盗贼自止。

夫兴利以聚财者，人臣之利也，非社稷之福。省费以养财者，社稷之福也，非人臣之利。何以言之？民者国之本，而刑者民之贼。兴利以聚财，必先烦刑以贼民，国本摇矣，而言利之臣，先受其赏。近岁宫室城池之役，南蛮、西夏之师，车服器械之资，略计其费，不下五千万缗，求其所补，卒亦安在？若以此积粮，则沿边皆有九年之蓄，西夷北边，望而不敢近矣。赵充国有言：“湟中谷斛八钱。吾谓籴三百万斛，羌人不敢动矣。”不待烦刑贼民，而边鄙以安。然为人臣之计，则无功可赏。故凡人臣欲兴利而不欲省费者，皆为身谋，非为社稷计也。人主不察，乃以社稷之深忧，而徇人臣之私计，岂不过甚矣哉！

【解题】

本文作于元丰八年（1085）五月。是年三月，哲宗即位，苏轼时往任汝州团练副使，本文是代吕公著所作。文章以儒家仁政思想为出发点，劝导皇帝待臣民以诚心、爱心，省刑薄敛，使民安居乐业，这样才能永保社稷。

汉高祖赦季布唐屈突通不降高祖

轼以谓汉高祖、唐高祖皆创业之贤君，季布、屈突通皆一时之烈丈夫。惟烈丈夫，故能以身殉主，有死无二；惟贤君，故能推至公之心不以私怨杀士。此可以为万世臣主之法。

【解题】

本文作于元祐二年（1087）八月。文中论君臣当相互信任。苏轼于此年七月兼侍读之职，当时给皇帝授课在迩英阁举行，此文即迩英进读文章。苏轼在教授皇帝时，常通过史实、经典等将儒家思想以及自己的政治观点宣传给皇帝，以求达到培养圣君的目的。

汉宣帝诘责杜延年治郡不进

轼以谓古者贤君用人，无内外轻重之异，故虽杜延年名卿，不免出为边吏。治效不进，则诘责之，既进，则褒赏之。所以历试人才、考核事功盖如此。孝宣之治，优于孝文者以此也。马周谏唐太宗，亦以为言。治天下者，不可不知也。

【解题】

本文是迩英进读文章，作于元祐二年（1087）十一月。文中指出，君王要根据臣的业绩给予赏罚。

叔孙通不能致二生

轼以谓叔孙通制礼，虽不能如三代，然亦因时施宜，有补于世者。鲁二生非之，其言未必皆当，通以谓不知时变，亦宜矣。然谨按扬子《法言》：昔齐鲁有大臣，史失其名，或曰，如何其大也？曰，叔孙通欲制君臣之仪，聘先生于齐鲁，所不能致者二人。由此观之，大臣以道事君，不可则止，然后可以托六尺之孤，可以寄百里之命。若与时上下，随人俯仰，虽或适用于一时，何足谓之大臣为社稷之卫哉！

【解题】

本文为迩英进读文章，作于元祐三年（1088）三月。文章认为鲁国二位儒士虽未必通于时变，但却是正道直行，可以保卫社稷的大臣。

乐苦说

乐事可慕，苦事可畏，此是未至时心耳。及苦乐既至，以身履之，求畏慕者初不可得。况既过之后，复有何物比之，寻声捕影，系风趁梦，此四者犹有仿佛也。如此推究，不免是病，且以此病对治彼病，彼此相磨，安得乐处，当以至理语君，今则不可。元祐三年八月五日书。

【解题】

本文论不必将苦乐置于心上，尤其是事过之后，更不应以苦乐之感受来折磨自己。文章反映了苏轼敢于面对挫折，能够自我超脱的旷放情怀。

狄山论匈奴和亲

轼谨按，汉制，博士秩皆六百石耳。然朝廷有大事，必与丞相御史九卿列侯同议可否，盖亲儒臣，尊经术，不以小臣而废其言。故狄山得与张汤争议上前。此人臣之所甚难，而人主之所欲闻也。温颜以来之，虚怀以受之，犹恐不敢言，又况如武帝作色凭怒，致之于死乎？故汤之用事，至使盗贼半天下，而汉室几乱，盖起于狄山之不容也。

【解题】

本文为迩英进读文章，作于元祐三年（1088）八月。文章认为治国当纯用儒术，尊重儒士。

桓范奔曹爽

司马懿讨曹爽，桓范往奔之。懿谓蔡济曰："智囊往矣。"济曰："范则智矣，驽马恋栈豆，必不能用也。"范说爽移车驾幸许昌，招外兵，爽不从。范曰："所忧在兵食，而大司农印在吾许。"爽不能用。陈宫、吕布既擒，曹操谓宫曰："公台平生自谓智有余，今日何如?"宫曰："此子不用宫言，不然，未可知也。"

仆尝论此二人，吕布、曹爽何人也，而为之用，尚何言智乎？臧武仲曰："抑君似鼠，此之谓智。"元祐三年九月十八日书。

【解题】

本文感慨智士常不能受到赏识。而桓范、陈宫所托非人，亦不可谓智。桓范、陈宫事见《三国志》。

文骥字说

马之于德，力尽于蹄啮，智尽于窃衔诡辔。以蹄啮之力为千里，以窃诡之智为道迷。此之谓骥。文与可学士之孙，逸民秀才之子，苏子由侍郎之外孙，小名骥孙，因名之曰骥，不称其力称其德，字之曰元德。元祐三年外伯翁东坡居士书。

东坡居士言：骥孙才五岁，入吾家，见先府君画像，曰，我尝见于大慈寺中和院。试呼出相之，骨法已奇，神气沉稳。此儿一日千里，吾辈犹及见之。他日学问，知骥之在德不在力，尚不辜东坡之言。元祐三年十月癸酉门下后省书。

【解题】

苏轼以“元德”为文骥取字，寄希望于文骥能德才兼备，一日千里。

文宗访郑公后得魏谟

轼观唐文宗览贞观事而思魏郑公之后，亦有意于善治矣。虽然，唐室凌迟，未易兴起，非高才伟人，无足以图之。而信训、注之狂谋，几陨宗社。良可叹已。至于奖魏谟之极谏，愿处于无过之地，亦贤君之用心也。

【解题】

本文为迩英进读文章，作于元祐三年（1088）十一月。文中认为君王应当重用能直言极谏的臣下。

评诗人写物

诗人有写物之功。“桑之未落，其叶沃若。”他木殆不可以当此。林逋《梅花》诗云：“疏影横斜水清浅，暗香浮动月黄昏。”决非桃、李诗。皮日休《白莲》诗云：“无情有恨何人见，月晓风清欲堕时。”决非红莲诗。此乃写物之功。若石曼卿《红梅》诗云：“认桃无绿叶，辨杏有青枝。”此至陋语，盖村学中体也。元祐三年十二月六日，书付过。

【解题】

此言诗人咏物，不仅要写其独特之物态，亦要写出其独特之风韵，方为佳作。

张九龄不肯用张守珪牛仙客

轼窃谓士大夫砥砺名节，正色立朝，不务雷同以固禄位，非独人臣之私义，乃天下国家所恃以安者也。若名节一衰，忠信不闻，乱亡随之，捷如影响。西汉之末，敢言者惟王章、朱云二人，章死而云废，则公卿持禄保妻子如张禹、孔光之流耳。故王莽以斗筲穿窬之才，恣取神器如反掌。唐开元之末，大臣守正不回，惟张九龄一人。九龄既已忤旨罢相，明皇不复闻其过以致禄山之乱。治乱之机，可不慎哉！

【解题】

本文为迩英进读文章，作于元祐四年（1089）二月。文中强调忠心敢谏的大臣对朝廷的兴亡起着重大的作用。

淳于髡一石亦醉

淳于髡言一斗既醉，一石亦醉。至于州闾之会，男女杂坐，几于劝矣，而何讽之有。以吾观之，盖有微意。以多少之无常，知饮酒之知我，观变识妄，而平生之嗜，亦少衰矣。是以托于放荡之言，而能规荒主长夜之饮，世未有识其趣者。元祐六年六月十三日，偶读《史记》，书此。

【解题】

淳于髡，战国齐人，以博学、滑稽、善辩著称，曾以隐语讽谏齐威王罢长夜之饮。

颜真卿守平原以抗安禄山

轼以谓古者任人，无内外轻重之异，故虽汉宣之急贤，萧望之之得君，犹更出治民，然后大用。非独以历试人材，亦所以维持四方，均内外之势也。唐开元、天宝间，重内轻外，当时公卿名臣，非以罪责不出守郡，虽藩镇帅守，自以为不如寺监之僚佐，故郡县多不得人。禄山之乱，河北二十四郡一朝降贼，独有一颜真卿，而明皇初不识也。此重内轻外之弊，不可不为鉴。

【解题】

本文为迩英进读文章，作于元祐六年（1091）八月。苏轼认为应把部分重臣派到外地去任职，以维全国的安定。

朱晖非张林均输说

东汉肃宗时，谷贵，经用不足，尚书张林请以布帛为租，官自煮盐，且行均输。独朱晖文季以为不可。事既寝，而陈事者复以为可行，帝颇然之。晖复独奏曰：“王制，天子不言有无，诸侯不言多寡，食禄之家，不与百姓争利。今均输之法，与贾贩无异。盐利归官，则下人穷怨。布帛为租，则吏多奸盗。皆非明主所当行。”帝方以林言为然，发怒，切责诸尚书。晖等皆自系狱。三日，诏出之，曰：“国家乐闻驳议，黄发无愆，诏书过也，何故自系？”晖等因称病笃，尚书令以下惶怖，谓晖曰：“今林得谴，奈何称病，其祸不细！”晖曰：“行年八十，蒙恩得在机密，当以死报。若心知不可，而顺指雷同，负臣子之义。今耳目无所闻见，伏待死命。”遂闭口不复言。诸尚书不知所为，乃共劾奏晖等。帝意解，寝其事。后数日，诏使直事郎问晖起居状，太医视疾，太官赐食，晖乃起。

元祐七年七月二十一日，偶读《后汉书·朱文季传》，感叹不已。肃宗号称长者，诏书既已引罪而谢文季矣，诸尚书何怖之甚也。文季于此时强立不足多贵，而诸尚书为可笑也。云“其祸不细”，不知以何等为祸，盖以帝不悦后不甚进用为莫大之祸也。悲夫！

【解题】

本文赞赏朱晖不与民争利的观点，并对尚书令等人的言行表示鄙夷。朱晖事见《后汉书·朱晖传》。

柳子厚论伊尹

圣人之所以能绝人者，不可以常情疑其有无。孔子为鲁司寇，堕郈、堕费，三桓不疑其害已。非孔子，能之乎？伊尹去亳适夏，既丑有夏，复归于亳。伊尹为政于商，既贰于夏矣，以桀之暴戾，处其执政而不疑，往来两国之间，而商人父师之。非圣人，能如是乎？是以废太甲，太甲不怨；复其位，太甲不疑。皆不可以常情断其有无也。后世惟诸葛孔明近之。玄德将死之言，乃真实语也。使孔明据刘禅位，蜀人岂有异词哉！

元祐八年，读柳宗元《五就桀赞》，终篇皆妄，伊尹往来两国之间，岂其有意欲教诲桀而全其国耶？不然，汤之当王也久矣，伊尹何疑焉！桀能改过而免于讨，可庶几也。能用伊尹而得志于天下，虽至愚知其不然，宗元意欲以此自解其从王叔文之罪也。

【解题】

本文论圣人襟怀坦白，处事周虑，不使人疑心。文中驳斥了柳宗元关于伊尹有意教诲夏桀的论断，并对柳宗元追随王叔文提出批评。伊尹，商汤臣，名挚，佐汤伐桀，被尊为阿衡（宰相），后又为了商汤法制的延续，放逐并迎回帝太甲。被后世视为圣人。

汉武帝唐太宗优劣

轼以谓古之贤君，知直臣之难得，忠言之难闻，故生尽其用，殁思其言，想见其人，形于梦寐，亦可谓乐贤好德之主矣。汉武帝雄材大略，不减太宗。汲黯之贤，过虞世南。世南已死，太宗思之。汲黯尚存，武帝厌之。故太宗之治，几至刑措，而武帝之政，盗贼半天下，由此也夫！

【解题】

本文为迩英进读文章，作年不详。文中把能否任用、信任直谏之臣看作是区分君王优劣的标准，意在劝谏，用心极为良苦。

问供养三德为善

对。《易》者，圣人所以尽人情之变，而非所以求神于卜筮也。自孔子没，学者惑乎异端之说，而左丘明之论尤为可怪，使夫伏羲、文王、孔子之所尽心焉者，流而入于卜筮之事，甚可悯也。

若夫季友、竖牛之事，若亲见而指言之，固君子之所不取矣。虽然，南蒯之说，颇为近正。其卦遇《坤》之《比》，而其繇曰“黄裳元吉”。“黄者，中之色也；裳者，下之饰也；元者，善之长也”。夫以中庸之道，守之以谦抑之心，而行之以体仁之德，以为文王之兆，无以过此矣。虽然，君子视其人，观其德，而吉凶生焉。故南蒯之筮也，遇《坤》之《比》，而不祥莫大焉。且夫负贩之夫，朝而作，暮而息，其望不过一金之储。使之无故而得千金，则狂惑而丧志。夫以南蒯而得文王之兆，安得不狂惑而丧志哉。故曰："供养三德为善。"又曰："参成可筮。"而南蒯无以当之，所以使后世知夫卜筮之不可恃也。穆姜筮于东宫，遇《艮》之《八》。史曰："是谓《艮》之《随》。"其繇曰"元亨利贞"。而穆姜亦知其无以当之。

故左氏之论《易》，唯南蒯、穆姜之事为近正。而其余者，君子之所不取也。杜预之论得之矣，以为《洪范》稽疑之说，通龟筮以同卿士之数。学者观夫左氏之书，而正之以杜氏之说，庶乎其可也。谨对。

【解题】

本文与下九文皆苏轼在京任侍读时，为皇帝讲解《春秋》所作，其中《左传》、《公羊传》各三篇，《谷梁传》四篇。本文论《易》非卜筮求神之书，人之吉凶，当以其德行为依据。针对《春秋·昭公十二年》内容而作。

问《小雅》周之衰

对。《诗》之中，唯周最备，而周之兴废，于《诗》为详。盖其道始于闺门父子之间，而施及乎君臣之际，以被冒乎天下者，存乎《二南》。后稷、公刘、文、武创业之艰难，而幽、厉失道之渐，存乎《二雅》。成王纂承文、武之烈，而礼乐文章之备，存乎《颂》。其愈衰愈削而至夷于诸侯者，存乎《王·黍离》。盖周道之盛衰，可以备见于此矣。

《小雅》者，言王政之小，而兼陈乎其盛衰之际者也。夫幽、厉虽失道，文、武之业未坠，而宣王又从而中兴之，故虽怨刺并兴，而未列于《国风》者，以为犹有王政存焉。故曰：《小雅》者，兼乎周之盛衰者也。昔之言者，皆得其偏，而未备也。季札观周乐，歌《小雅》，曰："思而不贰，怨而不言，其周之衰乎？"文中子曰："《小雅》乌乎衰？其周之盛乎！"札之所谓衰者，盖其当时亲见周道之衰，而不睹乎文、武、成、康之盛也。文中子之所谓盛者，言文、武之余烈，历数百年而未忘，虽其子孙之微，而天下犹或宗周也。故曰：二子者，皆得其偏而未备也。太史公曰："《国风》好色而不淫，《小雅》怨诽而不乱。"当周之衰，虽君子不能无怨，要在不至于乱而已。文中子以为周之全盛，不已过乎。故通乎二子之说，而《小雅》之道备矣。谨对。

【解题】

本文论《诗经·小雅》，认为《小雅》既反映了周文王、周武王的兴盛仍然在当时有着极大的影响，也反映了周代正在走向衰亡。针对《春秋·襄公博二十九年》内容作。

问君子能补过

对。甚哉，圣人待天下之通且恕也！朝而为盗跖，暮而为伯夷，圣人不弃也。孟僖子之过也，其悔亦晚矣，虽然，圣人不弃也，曰：犹愈乎卒而不知悔者也。

孟僖子之过，可悲也已。仲尼之少也贱，天下莫知其为圣人。鲁人曰："此吾东家丘也。"又曰："此邹人之子也。"楚之子西，齐之晏婴，皆当时之所谓贤人君子也，其言曰："孔丘之道，迂阔而不可用。"况夫三桓之间，而孰知夫有僖子之贤哉！僖子之病也，告其子曰："孔丘，圣人之后也。其先正考甫三命益恭。而弗父何以有宋而授厉公。华父督之乱无罪而绝于宋。其后必有圣人。今孔丘博学而好礼，殆其是欤。尔必往师之以学礼。”呜呼，孔子用于鲁三月，而齐人畏其霸。以僖子之贤，而知夫子之为圣人也，使之未亡而授之以政，则鲁作东周矣，故曰孟僖子之过，可悲也已。虽然，夫子之道充乎天下者，自僖子始。敬叔学乎仲尼，请于鲁君而与之车，使适周而观礼焉，而圣人之业，然后大备。僖子之功，虽不能用之于未亡之前，而犹能救之于已没之后。左丘明惧后世不知夫僖子之功也，故丁宁而称之，以为补过之君子。昔仲虺言汤之德曰：“改过不吝。”

夫以圣人而不称其无过之为能，而称其改过之为善，然则补过者，圣人之徒欤？孟僖子者，圣人之徒也。谨对。

【解题】

本文论孟僖子生前知孔子为圣人，而不能用孔子，这是他的错误。但孟僖子临终却能醒悟，教其子向孔子学礼，使天下认识了孔子，这是孟僖子悔过的表现。苏轼认为，只要知过能改，仍然可以称为“圣人之徒”。针对《春秋·昭公七年》内容而作。

问侵伐土地分民何以明正

对。《三传》侵伐之例，非正也。《左氏》有钟鼓曰伐，无曰侵。《公羊》粗曰侵，精曰伐。《谷梁》包人民驱牛马曰侵，斩树木坏宫室曰伐。愚以谓有隙曰侵，有辞曰伐。齐桓公侵蔡，隙也。蔡溃，遂伐楚，辞也。司马九伐之法，负固不服则侵之，贼贤害民则伐之。然则负固不服者近乎隙，贼贤害民者近乎辞。

周之衰也，诸侯相吞，而先王之疆理城郭盖坏矣，故侵伐之间，夫子尤谨而书之。盖古者有分土而无分民，诸侯之侵地者，犹不容于《春秋》，而况包人民驱牛马哉！桓公侵蔡，不书所侵之地者，侵之无辞也。楚子入陈，乡取一人，谓之夏州。《春秋》略而不书，以谓驱民之非正也。呜呼，春秋之际，非独诸侯之相侵也，晋侯取天子之田，而阳樊之人不服，愚又知春秋之不忍书乎此也。谨对。

【解题】

本文辨别侵与伐之本意，颇有新意。文中还谴责了春秋时诸侯相互侵夺土地，尤其是掳掠人民的霸行。针对《春秋·僖公四年》内容而作。

问鲁犹三望

对。先儒论书“犹”之义，可以已也。愚以为不然。《春秋》之所以书“犹”者二，曰如此而犹如此者，甚之之辞也。“公子遂如齐，至黄乃复。辛巳，有事于太庙，仲遂卒于垂。壬午，犹绎，万入去籥”是也。曰不如此而犹如此者，幸之之辞也。“闰月不告月，犹朝于庙”、“不郊，犹三望”是也。夫子伤周道之衰，礼乐文章之坏，而莫或救之也。故区区焉掇拾其遗亡，以为其全不可得而见矣，得见一二斯可矣，故“闰月不告月犹朝于庙”者，悯其不告月而幸其犹朝于庙也。“不郊犹三望”者，伤其不郊而幸其犹三望也。夫郊祀者，先王之大典，而夫子不得亲见之于周也，故因鲁之所行郊祀之礼而备言之耳。《春秋》之书三望者，皆为不郊而书也。或“卜郊，不从，乃免牲，犹三望”，或“郊牛之口伤，改卜牛，牛死。乃不郊，犹三望”，或“鼷鼠食郊牛角，改卜牛，鼷鼠又食其角，乃免牛。不郊，犹三望”。《谷梁传》曰：“乃者，亡乎人之辞也。犹者，可以已之辞也。”且夫鲁虽不郊而犹有三望者存焉，此夫子之所以存周之遗典也。若曰可以已，则是周之遗典绝矣。

或曰：鲁郊，僭也。而夫子何存焉！曰：鲁郊，僭也。而夫子不讥。夫子之所讥者，当其罪也。赐鲁以天子之礼乐者，成王也。受天子之礼乐者，伯禽也。《春秋》而讥鲁郊也，上则讥成王，次则讥伯禽。成王、伯禽不见于经，而夫子何讥焉。故曰“犹三望”者，所以存周之遗典也。范宁以三望为海、岱、淮。《公羊》以为太山、河、海。而杜预之说最备，曰：分野之星，及国中山川，皆因郊而望祭之。此说宜可用。谨对。

【解题】

本文释《春秋》“犹”字用法，并推论《春秋》鼓励鲁国举行望祀之礼，是期望周之遗典不至于绝灭。针对《春秋·僖公三十一年》及《宣公三年》、《成公七年》内容而作。

问鲁作丘甲

对。先王之为天下也，不求民以其所不为，不强民以其所不能，故其民优游而乐易。周之盛时，其所以赋取于民者，莫不有法，故民不告劳，而上不阙用。及其衰也，诸侯恣行，其所以赋取于民者，唯其所欲，而刑罚随之，故其民至于穷而无告。

夫民之为农，而责之以工也，是犹居山者而责之以舟楫也。鲁成公作丘甲，而《春秋》讥焉。《谷梁传》曰：“古者农工各有职。甲，非人人之所能为也。丘作甲，非正也。”而杜预以为古者四丘为甸，甸出长毂一乘，戎马四匹，牛十二头，甲士三人，步卒七十二人，而鲁使丘出之也。夫四丘而后为甸，鲁虽重敛，安至于四倍而取之哉！哀公用田赋，曰二吾犹不足。而夫子讥其残民之甚。未有四倍而取者也。且夫变古易常者，《春秋》之所讥也。故书作三军、舍中军、初税亩、作丘甲、用田赋者，皆所以讥政令之所由变也。而《谷梁》、杜氏之说如此之相戾，安得不辨其失而归之正哉！故愚曰《谷梁》之说是。谨对。

【解题】

本文论君王当从百姓的实际情况考虑，不可强百姓所难。认为杜预对“作丘甲”的解释是错误的，当以《谷梁传》为准。本文系针对《春秋·成公元年》内容而作。

问雩月何以为正

经之书雩者二十一，传之发例者有三，其略见于僖十一年、成七年，其详则见于定元年。

对。雩者，先王所以存夫爱民之心而已也。天之应乎人君者，以其德，不以其言也。人君修其德，使之无愧乎其中，而又何祷也。虽然，当岁之旱也，圣王不忍安坐而视民之无告，故为之雩。雩者，先王之所以存夫爱人之心而已也。为传者不达乎此，而为是非纷纷之论，亦可笑矣。《谷梁传》曰：“月雩，正也。秋大雩，非正也。冬大雩，非正也。月雩之为正，何也？其时穷，人力尽，是月不雨，则无及矣。雩之必待其时穷，人力尽，何也？雩者，为旱请也。古人之重请。以为非让也。”呜呼，为民之父母，安视其急，而曰毛泽未尽，人力未竭，以行其区区之让哉！愚以为凡书雩者，记旱也。一月之旱，故雩书月。一时之旱，故雩书时。书雩之例，时、月而不日。唯昭公之末年，七月，上辛，大雩。季辛，又雩。而昭公之雩，非旱雩也。《公羊》以为又雩者，聚众以逐季氏。然则旱雩之例，亦可见矣。《传例》曰：“凡灾异，历日者月、历月者时、历时者加日。”又：“雩，记旱也。旱，记灾也。”故愚以此为例。谨对。

【解题】

本文认为《春秋》记“雩”，并不是鼓励人君祷祭求雨，而是褒扬人君体谅民心。而记“雩”实际目的乃在于记载旱情。

问大夫无遂事

对。《春秋》之书遂一也，而有善恶存焉，君子观其当时之实而已矣。利害出于一时，而制之于千里之外，当此之时而不遂，君子以为固。上之不足以利国，下之不足以利民，可以复命而后请，当此之时而遂，君子以为专。专者，固所贬也，而固者，亦所讥也。故曰：《春秋》之书遂一也，而有善恶存焉，君子观其当时之实而已矣。

公子结媵陈人之妇于鄄，遂及齐侯、宋公盟。《公羊传》曰：“媵不书，此何以书？以其有遂事书。大夫无遂事，此其言遂何？大夫出疆，有可以安国家、利社稷，则专之可也。”公子遂如周，遂如晋。《公羊》亦曰：“大夫无遂事。此其言遂何？公不得为政也。”其书遂一也，而善恶如此之相远，岂可以不察其实哉。

《春秋》者，后世所以学为臣之法也。谓遂之不讥，则愚恐后之为臣者，流而为专。谓遂之皆讥，则愚恐后之为臣者，执而为固。故曰：观乎当时之实而已矣。西汉之法，有矫诏之罪，而当时之名臣，皆引此以为据。若汲黯开仓以赈饥民，陈汤发兵以诛郅支，若此者，专之可也。不然，获罪于《春秋》矣。谨对。

【解题】

本文论臣子行事当据实际情况，不得已时可以越权。针对《春秋·庄公十九年》及《僖公三十年》内容而作。

问定何以无正月

对。始终授受之际，《春秋》之所甚谨也。无事而书首时，事在二月而书王二月，事在三月而书王三月者，例也。至于公之始年，虽有二月、三月之书，而又特书正月。隐元年："春王正月；三月，公及邾仪父盟于蔑。"庄元年："春王正月；二月，夫人孙于齐。"所以揭天子之正朔，而正诸侯之始也。《公羊传》曰："缘民臣之心，不可一日无君。缘始终之义，一年不二君。不可旷年无君。"故诸侯皆逾年即位而书正月。

定公元年书曰："王三月，晋人执宋仲几于京师。"先儒疑焉，而未得其当也。尝试论之。《春秋》十有二公，其得终始之正而备即位之礼者四，文公、成公、襄公、哀公也。摄而立，不得备即位之礼者一，隐公也。先君不以其道终，而已不得备即位之礼者六，桓公、庄公、闵公、僖公、宣公、昭公也。先君不以其道终而又在外者二，庄公、定公也。在外逾年而后至者一，定公也。且夫先君虽在外不以其道终，然未尝有逾年而后至者，则是二百四十二年未尝一日无君，而定公之元年鲁之统绝者自正月至于六月而后续也。正月者，正其君也。昭公未至，定公未立，季氏当国，而天子之正朔将谁正耶？此定之所以无正月也。《公羊传》曰："正月者，正即位也。定无正月者，即位后也。定、哀多微辞。"而何休以为昭公出奔，国当绝，定公不得继体奉正，故讳为微词。呜呼，昭公绝而定公又不得立，是鲁遂无君矣。《谷梁》以为昭无正终，故定无正始。观庄公元年书正，则不言而知其妄矣。谨对。

【解题】

本文解释《春秋》在记鲁定公即位时，何以不言"王正月”。苏轼认为当时鲁国昭公未至，定公未立，季氏掌握国柄达半年之久，国统未继，无国君定正朔，因此不记正月。针对《春秋·定公元年》内容而作。

问初税亩

对。古者公田曰藉，藉，借也，言其借民力以治此也。《诗》曰：“雨我公田，遂及我私。”言民之必先公田也。《传》曰：“私田稼不善，则非吏，公田稼不善，则非民。”言上之必恤私田也。民先其公，而上恤其私，故民不劳而上足用也。

宣公无恩信于民，民不肯尽力于公田，故按行择其善亩而税之。《公羊传》曰：“税亩者何？履亩而税也。”夫民不尽力于公田者，上之过也。宣公不责己悔过，而择其善亩而税之，宜其民之谤讟而灾异之作也。

税亩之明年冬，蝝生。《公羊传》曰：“蝝生不书，此何以书？幸之也，犹曰受之云尔。上变古易常，应是而有天灾，其诸则宜于此焉变矣。”何休以为宣公惧灾复古，故其后大有年。愚以为非也。按《春秋》书“作三军”，后又书“舍中军”。书“跻僖公”，后又书“从祀先公”。事之复正，未尝不书。宣公而果复古也，《春秋》当有不税亩之书。故何休之说，愚不信也。谨对。

【解题】

本文认为鲁宣公废除藉田制，实行税亩制度，是他无恩信于民的结果。文中批评了宣公不责己悔过，却剥夺百姓的行为，反映了苏轼的民本思想。

《易》解

四营为一变，三变而一爻，六爻为十八变也。三变之余而四数之，得九为老阳，得六为老阴，得七为少阳，得八为少阴。故曰乾之策二百一十有六，坤之策百四十有四，取老而言也。凡九六为老，七八为少，其说未之闻也。

或曰：阳极于九，其次则七也。极者为老，其次为少，则阴当老于十而少于八也。曰：阴不可加于阳，故十不用，十不用，犹当老于八而少于六也。则又曰：阳顺而上，其成数极于九，阴逆而下，其成数极于六。自下而上，阴阳均也，稚于子午，而壮于已亥，始于复姤，而终于乾坤者，阴犹阳也，曷尝有进阳而退阴与逆顺之别乎？且夫自然而然者，天地且不能知，而圣人岂得与于其间而制其予夺哉！

惟唐一行之学则不然。以为《易》固言之矣，曰十有八变而成卦，八卦而小成，则十有八变之间有八卦焉，人莫之思也。变之初，有多少。其一变也，不五则九。其二与三也，不四则八。八与九为多，五与四为少。多少者，奇耦之象也。三变皆少，则乾之象也。乾所以为老阳，而四数其余得九，故以九名之。三变皆多，则坤之象也，坤所以为老阴，而四数其余得六，故以六名之。三变而少者一，则震坎艮之象也，震坎艮所以为少阳，而四数其余得七，故以七名之。三变而多者一，则巽离兑之象也，巽离兑所以为少阴，而四数其余得八，故以八名之。故七八九六者，因余数以名阴阳，而阴阳之所以为老少者，不在是而在乎三变之间，八卦之象也。此唐一行之学也。

【解题】

本文疏解《周易》“十八变而成”，文中着重介绍了唐一行的观点。

三国名臣

西汉之士多智谋，薄于名义；东京之士尚风节，短于权略。兼之者，三国名臣也。而孔明巍然三代王者之佐，未易以世论也。绍圣元年四月二十四日书。

【解题】

本文称赞诸葛亮既有名节又多智谋，可当圣王之佐。此文作于绍圣元年（1094）四月。

事不能两立

乐天作庐山草堂，盖亦烧丹也。欲成而炉鼎败。明日，忠州刺史除书到。乃知世间、出世间事不两立也。仆有此志久矣，而终无成者，亦以世间事未败故也。今日真败矣。《书》曰："民之所欲，天必从之。"信而有征。绍圣元年十月二十二日。

【解题】

本文通过白居易烧丹不成之事，论人在出世与用世之间，只能取其一。时苏轼正贬往惠州，希望自己能就此抛开事功，彻底归隐，以了结夙愿。

论董秦

玉川子《月蚀》诗云："岁星主福德，官爵奉董秦。忍使黔娄生，覆尸无衣巾。”详味此句，则董秦当是无功而享厚禄者。董秦，本忠臣也。天宝末骁将，屡立战功。虽粗暴，亦颇知忠义。代宗时，吐蕃犯阙，征兵。秦即日赴难。或劝择日，答曰：“君父在难，乃择日耶?”后卒污朱泚伪命，诛。考其终始，非无功而享厚禄者。不知玉川子何以有此句?绍圣元年十一月二十三日。

【解题】

本文对卢仝诗提出疑问。卢仝，唐诗人，自号玉川子。

管幼安贤于荀孔

曹操既得志，士人靡然归之。荀文若盛名，犹为之经营谋虑，一旦小异，便为谋杀。程昱、郭嘉之流，不足数也。孔文举奇逸博闻，志大而才疏，每所论建，辄中操意，况肯为用，然终亦不免。桓温谓孟嘉曰：“人不可以无势，我能驾驭卿。”夫温之才，百倍于嘉，所以云尔者，自知其阴贼险狠，不为高人胜士所比数尔。

管幼安怀宝遁世，就闲海表，其视曹操父子，真穿窬斗筲而已。既不可得而用，其可得而杀乎！予以谓贤于文若、文举远矣。

绍圣二年十二月，与客饮，醉甚，归坐雕堂西阁，面仆案上。睡久惊觉，已三更矣。残烛耿然，偶取一册，视之，则《管幼安传》也。会有所感，不觉书此。眼花手软，不复成字。

【解题】

本文论管幼安能识破曹操父子阴险用心，避世自全，贤于荀文若、孔融。管幼安，名宁，三国魏人，汉末避乱居辽东，多次辞官不就。《三国志》有传。

试笔自书

吾始至南海，环视天水无际，凄然伤之，曰：“何时得出此岛耶?”已而思之，天地在积水中，九州在大瀛海中，中国在少海中，有生孰不在岛者？覆盆水于地，芥浮于水，蚁附于芥，茫然不知所济。少焉水涸，蚁即径去，见其类，出涕曰：“几不复与子相见，岂知俯仰之间，有方轨八达之路乎?”念此可以一笑。戊寅九月十二日，与客饮薄酒小醉，信笔书此纸。

【解题】

本文以“有生孰不在岛”开释自己凄惨的处境，思路奇特，境界阔大，充分显示了苏轼超脱现实，善于处穷的个性特点。此文作于元符元年（1098）。

阮　　籍

“世之所谓君子者，惟法是修，惟礼是克。手执圭璧，足履绳墨。行欲为目前检，言欲为无穷则。少称乡党，长闻邻国。上欲图三公，下不失九州牧。独不见夫群虱之处裈中乎？逃乎深缝，匿乎败絮，自以为吉宅也。行不敢离缝际，动不敢出裈裆，自以为得绳墨也。然炎丘火流，焦邑灭都，群虱处于裈中不能出也。君子之处域内，何异夫虱之处裈中乎”此阮籍之胸怀本趣也。

籍未尝臧否人物，口不及世事，然礼法之士，疾之如仇雠，独赖司马景王保持之尔，其去死无几。以此论之，亦虱之出入往来于衣裈中间者也，安能笑裈中之藏乎？吾故书之，以为将来君子一笑。戊寅冬至日。

【解题】

本文作于元符元年（1098）十一月。此为苏轼游戏之作。苏轼对阮籍独立特行，不与世同流合污的品行还是极为敬慕的。

臞仙贴

司马相如谄事武帝，开西南夷之隙，及病且死，犹草《封禅书》，此所谓死而不已者耶！列仙之隐居山泽间，形容甚臞，此殆得道人也。而相如鄙之，作《大人赋》，不过欲以侈言广武帝意耳。夫所谓大人者，相如孺子，何足以知之！若贾生《鹏赋》，真知大人者也。庚辰八月二十二日。

【解题】

本文作于元符三年（1100）八月。文中讥司马相如只知阿谀汉武帝，不识得道仙人。

儒者可与守成论

圣人之于天下也，无意于取也。譬之江海，百谷赴焉；譬之麟凤，鸟兽萃焉。虽欲辞之，岂可得哉？禹治洪水，排万世之患，使沟壑之地，疏为桑麻，鱼鳖之民，化为衣冠。契为司徒，而五教行，弃为后稷，而烝民粒，世济其德。至于汤武拯涂炭之民，而置之于仁寿之域，故天下相率而朝之。此三圣人者，盖推之而不可去，逃之而不能免者也。于是益修其政，明其教，因其民不易其俗。以是得之，以是守之，传数十世，而民不叛。岂有二道哉！

周室既衰，诸侯并起力征争夺者，天下皆是也。德既无以相过，则智胜而已矣；智既无以相倾，则力夺而已矣。至秦之乱，则天下荡然，无复知有仁义矣。汉高帝以三尺剑，起布衣，五年而并天下。虽稍辅以仁义，然所用之人，常先于智勇，所行之策，常主于权谋。是以战必胜，攻必取。天下既平，思所以享其成功，而安于无事，以为子孙无穷之计，而武夫谋臣，举非其人，莫与为者。故陆贾讥之曰："陛下以马上得之，岂可以马上治之！"叔孙通亦曰："儒者难以进取，可与守成。"于是酌古今之宜，兴礼乐之中，取其简而易知，近而易行者，以为朝觐会同冠昏丧祭之法。虽足以传数百年，上下相安，然终不若三代圣人取守一道源深而流长也。

夫武夫谋臣，譬之药石，可以伐病，而不可以养生。儒者譬之五谷，可以养生，而不可以伐病。宋襄公争诸侯，不擒二毛，不鼓不成列，以败于泓，身夷而国蹙，此以五谷伐病者也。秦始皇焚诗书，杀豪杰，东城临洮，北筑辽水，民不得休息，传之二世，宗庙芜灭，此以药石养生者也。善夫贾生之论曰："仁义不施，而攻守之势异也。"夫世俗不察，直以攻守为二道。故具论三代以来所以取守之术，使知禹、汤、文、武之威德亦儒者之极功，而陆贾、叔孙通之流，盖儒术之粗也。

【解题】

本篇下二文为程试文章，不知何次考试所作。苏轼在此文中将武夫谋臣比作药石，儒者比作五谷，以为前者长于进取，而后者则长于守成，期王皇帝区别对待。文章设喻巧妙，征诸史实，足以使人信服。不详作年。

物不可以苟合论

昔者圣人之将欲有为也，其始必先有所甚难，而其终也至于久远而不废。其成之也难，故其败之也不易；其得之也重，故其失之也不轻；其合之也迟，故其散之也不速。夫圣人之所为详于其始者，非为其始之不足以成，而忧其终之易败也；非为其始之不足以得，而忧其终之易失也；非为其始之不足以合，而忧其终之易散也。天下之事，如是足以成矣，如是足以得矣，如是足以合矣，而必曰未也，又从而节文之，绸缪委曲而为之表饰，是以至于今不废。及其后世，求速成之功，而倦于迟久，故其欲成也止于其足以成，欲得也止于其足以得，欲合也止于其足以合。而其甚者，又不能待其足。其始不详，其终将不胜弊。呜呼，此天下治乱、享国长短之所从出欤？圣人之始制为君臣、父子、夫妇、朋友也，坐而治政，奔走而执事，此足以为君臣矣。圣人惧其相易而至于相陵也，于是为之车服采章以别之，朝觐位著以严之。名非不相闻也，而见必以赞；心非不相信也，而出入必以籍。此所以久而不相易也。杖屦以为安，饮食以为养，此足以为父子矣。圣人惧其相亵而至于相怨也，于是制为朝夕问省之礼，左右佩服之饰。族居之为欢，而异宫以为别；合食之为乐，而异膳以为尊。此所以久而不相亵也。生以居于室，死以葬于野，此足以为夫妇矣。圣人惧其相狎而至于相离也，于是先之以币帛，重之以媒妁。不告于庙，而终身以为妾。昼居于内，而君子问其疾。此所以久而不相狎也。安居以为党，急难以相救，此足以为朋友矣。圣人惧其相渎而至于相侮也，于是戒其群居嬉游之乐，而严其射享饮食之节。足非不能行也，而待摈相之诏礼；口非不能言也，而待绍介之传命。此所以久而不相渎也。

天下之祸，莫大于苟可以为而止。夫苟可以为而止，则君臣之相陵，父子之相怨，夫妇之相离，朋友之相侮久矣。圣人忧焉，是故多为之饰。《易》曰："藉用白茅，无咎。苟错诸地而可矣，藉之用茅，何咎之有。"此古之圣人所以长有天下，而后世之所谓迂阔也。又曰："嗑者，合也。物不可以苟合，故受之以责。”尽矣。

【解题】

本文反对简率为事，认为简率虽易于成事，也易于败事，故强调为事之初必要慎重。文章由此论断，礼仪之于社会是十分必要的，它可以长久地维持人际关系、社会秩序。文章反映了辩证的观点。

禹之所以通水之法

自禹而下至于秦，千有余年，滨河之民，班白而不识濡足之患。自汉而下，至于今数千年，河之为患，绵绵而不绝。岂圣人之功烈，至汉而熄哉？方战国之用兵，国于河之壖者，三晋为多。而魏文侯时，白圭治水，最为有功，而孟子讥其以邻国为壑。自是之后，或决以攻，或沟以守，新防交兴，而故道旋失。然圣人之迹，尚可以访之于耆老。

秦不亟治而遗患于汉，汉之法又不足守。夫禹之时，四渎唯河最难治，以难治之水，而用不足守之法，故历数千年而莫能以止也。圣人哀怜生民，谋诸廊庙之上左右辅弼之臣，又访诸布衣之间，苟有所怀，孰敢不尽。盖陆人不能舟，而没人未尝见舟而便操之，亲被其患，知之宜详。当今莫若访之海滨之老民，而兴天下之水学。古者，将有决塞之事，必使通知经术之臣，计其利害，又使水工行视地势，不得其工，不可以济也。故夫三十余年之间，而无一人能兴水利者，其学亡也。

《禹贡》之说，非其详矣。然而高下之势，先后之次，水之大小，与其蓄泄之宜，而致力之多少，亦可以概见。大抵先其高而后低下，始于北之冀州，而东至于青、徐，南至于荆、扬，而西讫于梁、雍之间。江、河、淮、泗既平，而衡、漳、洚水，伊、洛、瀍、涧之属，亦从而治。浚畎浍，导九川，潴大野，陂九泽，而蓄泄之势便。兖州作十三载，而嵎夷既略，故其用力，各有多少之宜，此其凡也。孟子曰："禹之治水也，水由地中行。"此禹之所以通其法也。愚窃以为治河之要，宜推其理，而酌之以人情。河水湍悍，虽亦其性，然非堤防激而作之，其势不至如此。古者，河之侧无居民，弃其地以为水委。今也，堤之而庐民其上，所谓爱尺寸而忘千里也。故曰堤防省而水患衰，其理然也。

【解题】

本文论治水之法。认为当今首要之事是"访之海滨之老民，而兴天下之水学"，并提出了治水固堤的大略原则。此下五文皆为策论。此文作年不详。

修废官举逸民

古者民群而归君，君择臣而教其民，其初盖甚简也。唐虞以来，颇可见矣。历夏、商至周，法令日滋，而官亦随益，故其数三百六十，盖亦有不得已也。《书》曰："唐虞稽古，建官惟百。"又曰："夏商官倍，亦克用乂。"言其官虽多于古，而天下亦以治也。周之衰也，宣王振之，号为中兴。而重黎之后失其守，而为司马氏，陵迟至孔子之时，周公之典盖坏矣。卿世卿，大夫世大夫，而贤者无以进。孔子慨然而叹，欲修废官、举逸民，以归天下之心，行四方之政；而《春秋》亦讥世禄之臣，盖伤时之至也。自秦更三代之制，官秩一变，汉循其旧，往往增置，历世沿袭，以至于今，遂为大备。愚恐冗局之耗民，而未知废官之可举也。然古之官，其名存其实亡者多矣。司农卿不责以金谷之虚赢，尚书令不问以百官之殿最，此岂非王体之重欤？国家自天圣中，诏天下以经术古文为事，自是博学之君子，莫不群进于有司，然所以待之之礼未尽，故洁廉难合之士，尚未尽出。今优其礼，而天下之逸民至矣。且夫山岩林谷之士，虽有豪杰之才，固未知有簿书吏事也，而刚毅讦直，不识讳忌，故先王置之拾遗补阙之间，此其属任之方也。噫，自孔子没，世之君子安其富贵，而不复思念天下有废而不修之官，逸而不举之民，今明策丁宁而求之，以发孔子千载之长忧，此天下之幸也。

【解题】

本文认为应当重修上古官制，使职符其名；并用优礼召举天下洁廉之士，“置之拾遗补阙之间”，以辅佐君王。作年不详。

天子六军之制

《周礼》之言田赋夫家车徒之数，圣王之制也。其言五等之君，封国之大小，非圣人之制也，战国所增之文也。何以言之？按郑氏说，武王之时，周地狭小，故诸侯之封，及百里而止。周公征伐不服，斥大中国，故大封诸侯，而诸公之地至五百里。不知武王之时，何国不服，而周公之所征伐者谁也？东征之役，见于诗书，岂其廓地千里，而史不载耶？此甚可疑也。周之初，诸侯八百，春秋之世，存者无数十。郑子产有言：“古者大国百里，今晋、楚千乘，若无侵小，何以至此？”子产之博物，其言宜可信。先儒或以《周礼》为战国阴谋之书，亦有以也。《王制》，公侯百里，伯七十里，子男五十里，而孟子之说亦如此。此三代之通法。

鲁之车千乘，僭也。《春秋》大蒐、大阅，皆以讥书。言其车之多、徒之众，非鲁之所宜有，故曰大也。夫周之制，四丘为甸，甸出长毂一乘，鲁之无千甸之封亦明矣。然公车、千乘之见于《诗》，何也？孟子曰："说诗者不以文害辞，不以辞害意。"天子之马止于十二闲，而《诗》有"骒牝三千"，美其富不讥其僭，不害其为诗也。夫千乘之积，虽为七万五千人，而有羡卒处其半焉。故三万者，公徒而已。鲁襄公之十一年，初作三军，僖公之世，未至于三万。愚又疑夫诗人张而大之也。

【解题】

本文论上古封国、车乘制度及其在春秋战国时的演变。作年不详。

休兵久矣而国益困

中国之有夷狄之患，犹人之有手足之疾也。不忍药石之苦，针砭之伤，一旦流而入于骨髓，则愚恐其苦之不止于药石，而伤之不止于针砭也。

中国以禽兽视二虏，故每岁啖以厚利，使就羁绁。圣人之爱中国，而不欲残民之心，古未尝有矣。然夷狄贪婪，渐不可启，日富日骄，久亦难制。故自宝元以来，赋敛日繁，虽休兵十有余年，而民适以困者，潜削而不知也。昔先皇帝震怒，举大兵问罪匈奴，师不逾时，而丑虏就盟。西夏之役，边臣治兵振旅，不及数年，旋亦解甲。彼其时之费，与今无已之赂，不可以同日而语矣。

天子恭俭，过于文、景，百官奉法，无敢逾僭，而二虏者实残吾民，此天下雄俊英伟之士，所以扼腕而太息也。且夫举天下之大而诛数县之虏，故上下交足，而内外莫不欢欣；弃有限之财，而塞无厌之心，故取于民者愈多，而藏于国者愈急。此天下之所明知而易达之理，惟上之人实图之。

【解题】

本文对朝廷每岁向西夏和辽输送货币，以致百姓日益贫困表示不满，主张举兵讨伐西夏，以求和平。可参看《进策二十五首》之《策断》。此文作年不详。

关陇游民私铸钱与江淮漕卒为盗之由

三代之所以养民者备矣。农力耕而食，工作器而用，商贾资焉而通之于天下。其食无不义之食也，其器无不义之器也，商贾通之而不以不义资之也。夫以饮食器用之利，而皆以义得焉，使民之所以要利者，非义无由也。后之世，赋取无度，货币无法，义穷而诈胜。夫三代之民，非诚好义也，使天下之利，皆出于义，而民莫不好也。后之所以使民要利者，非诈无由也。是故法令日滋，而弊益烦，刑禁甚严，而奸不可止。呜呼！久矣，其如此也。治其本，朝令而夕从；救其末，百世不改也。

私铸之弊，始于钱轻，使钱之直若金之直，虽赏之不为也。今秦蜀之中，又裂纸以为币，符信一加，化土芥以为金玉，奈何其使民不奔而效之也。夫乐生而恶死者，天下之至情也。我且以死拘之，然犹相继而赴于市者，饥寒驱其中，而无以自生也。曰：等死耳，而或免焉。漕卒之慾，生于穷乏而无告，家乎舟楫之上，长子孙乎江淮之间，布褐不完，藜藿不给，大冬积雪，水之至涸，而龟手烂足者，累岁不得代，不为盗贼，无所逞志，若稍优其给而代其劳，宜亦衰息耳。

夫见利而不动者，伯夷、叔齐之事也；穷困而不为不义者，颜渊之事也。以伯夷、叔齐、颜渊之事而求之无知之民，亦已过矣。故夫廷尉、大农之所患者，非民之罪也，非兵之罪也，上之人之过也。

【解题】

本文论游民私自铸钱的原因在于铸钱之本和币值相差过大，

而漕卒为盗的原因在于累年劳苦而生活无望，并认为这两种弊病的根源在于朝廷。作年不详。

《易》论

《易》者，卜筮之书也。挟策布卦，以分阴阳而明吉凶，此日者之事，而非圣人之道也。圣人之道，存乎其爻之辞，而不在其数。数非圣人之所尽心也。然《易》始于八卦，至于六十四，此其为书，未离乎用数也。而世之人皆耻其言《易》之数，或者言而不得其要，纷纭迂阔而不可解，此高论之士所以不言欤？夫《易》本于卜筮，而圣人开言于其间，以尽天下之人情。使其为数纷乱而不可考，则圣人岂肯以其有用之言而托之无用之数哉？

今夫《易》之所谓九六者，老阴、老阳之数也。九为老阳而七为少阳，六为老阴而八为少阴。此四数者，天下莫知其所为如此者也。或者以为阳之数极于九，而其次极于七，故七为少而九为老。至于老阴，苟以为以极者而言也，则老阴当十，而少阴当八。今少阴八而老阴反当其下之六，则又为之说曰，阴不可以有加于阳，故抑而处之于下。使阴果不可以有加于阳也，而曷不曰老阴八而少阴六。且夫阴阳之数，此天地之所为也，而圣人岂得与于其间而制其予夺哉。此其尤不可者也。夫阴阳之有老少，此未尝见于他书也，而见于《易》。

《易》之所以或为老或为少者，为夫揲蓍之故也。故夫说者宜于其揲蓍焉而求之。揲蓍之法，曰挂一归奇。三揲之余而以四数之，得九而以为老阳，得八而以为少阴，得七而以为少阳，得六而以为老阴。然而阴阳之所以为老少者，不在乎七八九六也，七八九六徒以为识焉耳。

老者，阴阳之纯也；少者，阴阳之杂而不纯者也。阳数皆奇而阴数皆偶，故乾以一为之爻，而坤以二天下之物，以少为主。故乾之子皆二阴，而坤之女皆二阳。老阳老阴者，乾坤是也；少阴少阳者，乾坤之子是也。揲蓍者，其一揲也。少者五而多者九，其二其三少者四而多者八。多少者，奇偶之象也，一爻而三揲蓍，譬如一卦而三爻也。阴阳之老少，于卦见之于爻，而于爻见之于揲。使其果有取于七八九六，则夫此三揲者，区区焉分其多少而各为处，果何以为也？今夫三揲而皆少此，无以异于乾之三爻而皆奇也；三揲而皆多此，无以异于坤之三爻而皆偶也。三揲而少者一，此无以异于震坎艮之一奇而二偶也；三揲而多者一，此无以异于巽离兑之一偶而二奇也。若夫七八九六，此乃取以为识，而非其义之所在，不可以强为之说也。

【解题】

本文批评了时人关于《易》数的看法及其不求甚解的读书态度，并提出了自己的看法。文章气势极盛，辩驳有力，有说服力。作年不详。

《书》论

愚读《史记·商君列传》，观其改法易令，变更秦国之风俗，诛秦民之议令者以数千人，黥太子之师，杀太子之傅，而后法令大行，盖未尝不壮其勇而有决也。曰：嗟夫，世俗之人，不可以虑始而可乐成也。使天下之人，各陈其所知而守其所学，以议天子之事，则事将有格而不得成者。

然及观三代之《书》，至其将有以矫拂世俗之际，则其所以告谕天下者，常丁宁激切，亹亹而不倦，务使天下尽知其君之心，而又从而折其不服之意，使天下皆信以为如此而后从事。其言回曲宛转，譬如平人自相议论而诘其是非。愚始读而疑之，以为近于濡滞迂远而无决，然其使天下乐从而无黾勉不得已之意，其事既发而无纷纭异同之论，此则王者之意也。故常以为当尧舜之时，其君臣相得之心，欢然乐而无间，相与吁俞嗟叹唯诺于朝廷之中，不啻若朋友之亲。虽其有所相是非论辩以求曲直之际，当亦无足怪者。

及至汤武征伐之际，周旋反覆，自述其用兵之意，以明晓天下，此又其势然也。惟其天下既安，君民之势阔远而不同，天下有所欲为，而其匹夫匹妇私有异论于天下，以龃龉其上之画策，令之而不肯听。当此之时，刑驱而势胁之，天下夫谁敢不听从。而上之人，优游而徐譬之，使之信之而后从。此非王者之心，谁能处而待之而不倦欤？

盖盘庚之迁，天下皆咨嗟而不悦，盘庚为之称其先王盛德明圣，而犹五迁以至于今，今不承于古，恐天之断弃汝命，不救汝死。既又恐其不从也，则又曰，汝罔暨余同心，我先后将降尔罪，暨乃祖，先父亦将告我高后曰，作大戮于朕孙。盖其所以开其不悟之心，而谕之以其所以当然者，如此其详也。

若夫商君则不然，以为要使汝获其利，而何恤乎吾之所为，故无所求于众人之论，而亦无以告谕天下。然其事亦终于有成。是以后世之论，以为三代之治柔懦不决。然此乃王霸之所以为异也。

夫三代之君，惟不忍鄙其民而欺之，故天下有故，而其议及于百姓，以观其意之所向；及其不可听也，则又反覆而谕之，以穷极其说，而服其不然之心，是以其民亲而爱之。呜呼，此王霸之所为不同也哉！

【解题】

本文比较了《尚书》与《商君列传》中宣布政令时之不同语气，论述了上古三代君民相互亲爱，故君王能不惮繁难以教化百姓；而战国之际君民乖违，唯酷法得以通行。苏轼认为此是王道与霸道的重要区别。本文有浓郁的崇古思想。文章视角独特，以小节而立高远之意，举重若轻，有很高的技巧。作年不详。

《诗》论

自仲尼之亡，六经之道，遂散而不可解。盖其患在于责其义之太深，而求其法之太切。夫六经之道，惟其近于人情，是以久传而不废。而世之迂学，乃皆曲为之说，虽其义之不至于此者，必强牵合以为如此，故其论委曲而莫通也。夫圣人之为经，惟其《礼》与《春秋》合，然后无一言之虚而莫不可考，然犹未尝不近于人情。至于《书》出于一时言语之间，而《易》之文为卜筮而作，故时亦有所不可前定之说，此其于法度已不如《春秋》之严矣。而况《诗》者，天下之人，匹夫匹妇羁臣贱隶悲忧愉佚之所为作也。夫天下之人，自伤其贫贱困苦之忧，而自述其丰美盛大之乐，上及于君臣、父子，天下兴亡、治乱之迹，而下及于饮食、床笫、昆虫、草木之类，盖其中无所不具，而尚何以绳墨法度区区而求诸其间哉！此亦足以见其志之无不通矣。夫圣人之于《诗》，以为其终要入于仁义，而不责其一言之无当，是以其意可观，而其言可通也。

今之《诗传》曰“殷其雷，在南山之阳”、“出自北门，忧心殷殷”、“扬之水，白石凿凿”、“终朝采绿，不盈一掬”、“瞻彼洛矣，维水泱泱”，若此者，皆兴也。而至于“关关雎鸠，在河之洲”、“南有樛木，葛藟累之”、“南有乔木，不可休息”、“维鹊有巢，维鸠居之”、“喓喓草虫，趯趯阜螽”，若此者，又皆兴也。其意以为兴者，有所象乎天下之物，以自见其事。故凡《诗》之为此事而作，其言有及于是物者，则必强为是物之说，以求合其事，盖其为学亦已劳矣。

且彼不知夫《诗》之体固有比矣，而皆合之以为兴。夫兴之为言，犹曰其意云尔。意有所触乎当时，时已去而不可知，故其类可以意推，而不可以言解也。“殷其雷，在南山之阳”，此非有所取乎雷也，盖必其当时之所见而有动乎其意，故后之人不可以求得其说，此其所以为兴也。嗟夫，天下之人，欲观于《诗》，其必先知比、兴。若夫“关关雎鸠，在河之洲”，是诚有取于其挚而有别，是以谓之比而非兴也。嗟夫，天下之人，欲观于《诗》，其必先知夫兴之不可与比同，而无强为之说，以求合其当时之事。则夫《诗》之意，庶乎可以意晓而无劳矣。

【解题】

本文对学者牵强附会，刻意求深地索解《诗经》表示了不满，认为《诗经》是“匹夫匹妇羁臣贱隶悲忧愉佚之所为作也”，故未必皆牵合当时之事或有大义可求。这一见解是明智的，它也反映了宋学、汉学的区别。作年不详。

《礼》论

昔者商、周之际，何其为礼之易也。其在宗庙朝廷之中，笾豆、簠簋、牛羊、酒醴之荐，交于堂上，而天子、诸侯、大夫、卿、士周旋揖让献酬百拜，乐作于下，礼行于上，雍容和穆，终日而不乱。夫古之人何其知礼而行之不劳也？当此之时，天下之人，惟其习惯而无疑，衣服、器皿、冠冕、佩玉，皆其所常用也，是以其人入于其间，耳目聪明，而手足无所忤。其身安于礼之曲折，而其心不乱，以能深思礼乐之意，故其廉耻退让之节，睟然见于面而盎然发于其躬。夫是以能使天下观其行事，而忘其暴戾鄙野之气。

至于后世风俗变易，更数千年以至于今，天下之事已大异矣。然天下之人，尚皆记录三代礼乐之名，详其节目，而习其俯仰，冠古之冠，服古之服，而御古之器皿，伛偻拳曲劳苦于宗庙朝廷之中，区区而莫得其纪，交错纷乱而不中节，此无足怪也。其所用者，非其素所习也，而强使焉。甚矣夫，后世之好古也！

昔者上古之世，盖尝有巢居穴处，污樽抔饮，燔黍捭豚，蒉桴土鼓而以为是，足以养生送死而无以加之者矣。及其后世，圣人以为不足以大利于天下，是故易之以宫室，新之以笾豆鼎俎之器，以济天下之所不足，而尽去太古之法。惟其祭祀以交于鬼神，乃始荐其血毛，豚解而腥之，体解而爓之，以为是不忘本，而非以为后世之礼不足用也。是以退而体其犬豕牛羊，实其簠簋笾豆铏羹，以极今世之美，未闻其牵于上古之说，选愞而不决也。且方今之人，佩玉服黻冕而垂旒拱手而不知所为，而天下之人，亦且见而笑之，是何所复望于其有以感发天下之心哉！且又有所大不安者，宗庙之祭，圣人所以追求先祖之神灵，庶几得而享之，以安恤孝子之志者也。是以思其平生起居饮食之际，而设其器用，荐其酒食，皆从其生，以冀其来而安之。而后世宗庙之祭，皆用三代之器，则是先祖终莫得而安也。盖三代之时，席地而食，是以其器用，各因其所便，而为之高下大小之制。今世之礼，坐于床，而食于床上，是以其器不得不有所变。虽正使三代之圣人生于今而用之，亦将以为便安。

故夫三代之视上古，犹今之视三代也。三代之器，不可复用矣，而其制礼之意，尚可依仿以为法也。宗庙之祭，荐之以血毛，重之以体荐，有以存古之遗风矣。而其余者，可以易三代之器，而用今世之所便，以从鬼神之所安。惟其春秋社稷释奠释菜，凡所以享古之鬼神者，则皆从其器，盖周人之祭蜡与田祖也。吹苇籥，击土鼓，此亦各从其所安耳。

嗟夫，天下之礼宏阔而难言，自非圣人而何以处此。故夫推之而不明，讲之而不详，则愚实有罪焉。唯其近于正而易行，庶几天下之安而从之，是则有取焉耳。

【解题】

本文认为应在遵守三代制礼的原则的前提下，对礼器进行变革。礼器以适用为原则，当随着时代的变化而变化，不必刻意泥古。这一观点是较为通达的。作年不详。

《春秋》论

事有以拂乎吾心，则吾言忿然而不平；有以顺适乎吾意，则吾言优柔而不怒。天下之人，其喜怒哀乐之情，可以一言而知也。喜之言，岂可以为怒之言耶？此天下之人，皆能辨之。而至于圣人，其言丁宁反覆，布于方册者甚多，而其喜怒好恶之所在者，又甚明而易知也。

然天下之人，常患求而莫得其意之所主，此其故何也？天下之人，以为圣人之文章，非复天下之言也，而求之太过。是以圣人之言，更为深远而不可晓。且天下何不以己推之也？将以喜夫其人，而加之以怒之之言，则天下且以为病狂，而圣人岂有以异乎人哉？不知其好恶之情，而不求其言之喜怒，是所谓大惑也。昔者仲尼删《诗》于衰周之末，上自商、周之盛王，至于幽、厉失道之际，而下讫于陈灵。自诗人以来，至于仲尼之世，盖已数百余年矣。愚尝怪《大雅》《小雅》之诗，当幽、厉之时，而称道文、武、成、康之盛德；及其终篇，又不见幽、厉之暴虐，此谁知其为幽、厉之诗而非文、武、成、康之诗者！盖察其辞气，有幽忧不乐之意，是以系之幽、厉而无疑也。

若夫春秋二百四十二年之间，天下之是非，杂然而触乎其心，见恶而怒，见善而喜，则求其是非之际，又可以求诸其言之喜怒之间矣。今夫人之于事，有喜而言之者，有怒而言之者，有怨而言之者。喜而言之，则其言和而无伤；怒而言之，则其言厉而不温；怨而言之，则其言深而不泄，此其大凡也。《春秋》之于仲孙湫之来，曰“齐仲孙来”；于季友之归，曰“季子来归”，此所谓喜之之言也。于鲁、郑之易田，曰“郑伯以璧假许田”；于晋文之召王，曰“天王狩于河阳”，此所谓怒之之言也。于叔牙之杀，曰“公子牙卒”；于庆父之奔，曰“公子庆父如齐”，此所谓怨之之言也。夫喜之而和，怒之而厉，怨之而深，此三者，无以加矣。

至于《公羊》、《谷梁》之传则不然，日月土地，皆所以为训也。夫日月之不知，土地之不详，何足以为喜，而何足以为怒，此喜怒之所不在也。《春秋》书曰“戎伐凡伯于楚丘”，而以为“卫伐凡伯”；《春秋》书曰“齐仲孙来”，而以为“吴仲孙”，甚而至于变人之国。此又喜怒之所不及也。愚故曰《春秋》者，亦人之言而已，而人之言，亦观其辞气之所向而已矣。

【解题】

本文不满汉以来《春秋》之学，以为《公羊》、《谷梁》等过于追求《春秋》的微言大义，结果是不顾文中基本的感情倾向，使“圣人之言”“深远而不可晓”。苏轼提出，当从文中所表达的喜怒哀乐出发，去把握《春秋》的思想。作年不详。

论好德锡之福

昔圣人既陈五常之道，而病天下不能万世而常行也，故为之大中之教曰：“贤者无所过，愚者无所不及。”是之谓皇极。极之于人也，犹方之有矩也，犹圆之有规也，皆有以绳乎物者也。圣人安焉而入乎其中，贤者俯而就之，愚者跂而及之。圣人以为俯与跂者，皆非其自然，而犹有以强之者。故于皇极之中，又为之言曰；“苟有过与不及，而要其终可以归皇极之道者，是皇极而已矣。”故《洪范》曰：“凡厥庶民，有猷有为有守，汝则念之，不协于极，不罹于咎，皇则受之。”又悲天下有为善之心而不得为善之利也，有求中之志而不知求中之道也，故又为之言曰：“而康而色，曰予攸好德，汝则锡之福，时人斯其惟皇之极。”圣人之待天下如此其广也，其诱天下之人，不忍使之至于罪戾，如此其勤且备也。天下未有好德之实，而自言曰“予攸好德”，圣人以为是亦有好德之心矣，故受而爵禄之。天下之为善而未协于中也，则受而教诲之。又恐夫民之愚而不我从也，故逊其言卑其色以下之。如是而不从，然后知其终不可以教诲矣。故又为之言曰：“凡厥正人，既富方谷，汝弗能使有好于而家，时人斯其辜，于其无好德，汝虽锡之福，其作汝用咎。”且夫其始也，恐天下之人有可以至于皇极之道，而上之人不诱而教诲之也，故曰“予攸好德，汝则锡之福”。其终也，恐天下之以虚言而取其爵禄也，故曰“于其无好德，汝虽锡之福，其作汝用咎。”盖圣人之用心，忧其始之不幸，而惧其终之至于侥幸也，故其言如此之详备。

夫君子小人，不可以一道待也。故皇极之中，有待小人之道，不协于极，而犹受之。至于待君子之道，何其责之深也。曰：“无偏无党，无反无侧，无有作好，无有作恶。”而后可以合于皇极。然则先王御天下之术，盖用此欤？

【解题】

本文据《书·洪范》论圣人多方设教，务在鼓励人民遵道好德。五常即五伦、五教，五伦指君臣、父子、兄弟、夫妇、朋友之间的五种关系；五教即五种封建伦理道德：父义、母慈、兄友、弟恭、子孝。作年不详。

论郑伯克段于鄢

《春秋》之所深讥、圣人之所哀伤而不忍言者三：晋赵鞅帅师纳卫世子蒯聩于戚，齐国夏、卫石曼姑帅师围戚，而父子之恩绝；公与夫人姜氏遂如齐，而夫妇之道丧；郑伯克段于鄢，而兄弟之义亡。此三者，天下之大戚也。夫子伤之，而思其所以至此之由，故其言尤为深且远也。

且夫蒯聩之得罪于灵公，逐之可也；逐之而立其子，是召乱之道也。使辄上之不得从王父之言，下之不得从父之令者，灵公也。故书曰“晋赵鞅帅师纳卫世子蒯聩于戚”。蒯聩之不去世子者，是灵公不得乎逐之之道。灵公何以不得乎逐之之道？逐之而立其子也。鲁桓公千乘之君，而陷于一妇人之手，夫子以为文姜之不足讥，而伤乎桓公制之不以渐也，故书曰“公与夫人姜氏遂如齐”，言其祸自公作也。段之祸生于爱。郑庄公之爱其弟也，足以杀之耳。孟子曰；“舜封象于有庳，使之源源而来，不及以政。”孰知夫舜之爱其弟之深，而郑庄公贼之也。当太叔之据京城，取廪延以为己邑，虽舜复生，不能全兄弟之好，故书曰“郑伯克段于鄢”，而不曰“郑伯杀其弟段”。以为当斯时，虽圣人亦杀之而已矣。夫妇、父子、兄弟之亲，天下之至情也，而相残之祸至如此，夫岂一日之故哉！

《谷梁》曰：“克，能也。能杀也。不言杀，见段之有徒众也。段不称弟，不称公子，贱段而甚郑伯也。于鄢，远也。犹曰取之其母之怀中而杀之云尔。甚之也。然则为郑伯宜奈何，缓追逸贼，亲亲之道也。”呜呼！以兄弟之亲，至交兵而战，固亲亲之道绝已久矣。虽缓追逸贼，而其存者几何，故曰于斯时也，虽圣人亦杀之而已矣。然而圣人固不使至此也。《公羊传》曰：

“母欲立之，己杀之，如勿与而已矣。”而又区区于当国内外之言，是何思之不远也。《左氏》以为段不弟，故不称弟，如二君故曰克，称郑伯讥失教，求圣人之意，若《左氏》可以有取焉。

【解题】

本文从父子、夫妇、兄弟三种基本伦常出发，批评了郑伯没有尽到兄长的责任，对《左传》的解释表示赞同。因为父子、夫妇、兄弟的亲爱关系是封建政治伦理秩序赖以存在的基础，故苏轼对此问题十分看重。系针对《春秋·隐公元年》内容而作。作年不详。

论郑伯以璧假许田

郑伯以璧假许田，先儒之论多矣，而未得其正也。先儒皆知夫《春秋》立法之严，而不知其甚宽且恕也；皆知其讥不义，而不知其讥不义之所由起也。

郑伯以璧假许田者，讥隐而不讥桓也。始其谋以周公之许田而易泰山之祊者，谁也？受泰山之祊而入之者，谁也？隐既已与人谋而易之，又受泰山之祊而入之，然则为桓公者，不亦难乎！夫子知桓公之无以辞于郑也，故讥隐而不讥桓。何以言之？《隐·八年》书曰“郑伯使宛来归祊”，又曰“庚寅，我入祊”。入祊云者，见鲁之果入泰山之祊也。则是隐公之罪既成而不可变矣，故《桓·元年》书曰“郑伯以璧假许田”而已。夫许田之入郑，犹祊之入鲁也。书鲁之入祊，而不书郑之入许田，是不可以不求其说也。“郑伯使宛来归祊”、“庚寅我入祊”，见郑之来归，而鲁之入之也。“郑伯以璧假许田”者，见郑之来请，不见鲁之与之也。见郑之来请而不见鲁之与之者，见桓公之无以辞于郑也。呜呼，作而不义，使后世无以辞焉，则夫子之罪隐深矣。

夫善观《春秋》者，观其意之所向而得之，故虽夫子之复生，而无以易之也。《公羊》曰："曷为系之许？近许也，讳取周田也。"《谷梁》曰："假不言以，以，非假也。非假而曰假，讳易地也。"春秋之所为讳者三，为尊者讳敌，为亲者讳败，为贤者讳过。鲁，亲者也，非败之为讳，而取易之为讳，是夫子之私鲁也。

【解题】

本文论《春秋》笔法，以为《春秋》讽刺鲁隐公不讲信义，且又为之讳，体现了孔子作《春秋》"宽且恕"的笔法。针对《春秋·桓公元年》内容而作。作年不详。

论取郜大鼎于宋

孔子何为而作《春秋》哉？举三代全盛之法，以治侥幸苟且之风，而归之于至正而已矣。三代之盛时，天子秉至公之义，而制诸侯之予夺，故勇者无所加乎怯，弱者无所畏乎强，匹夫怀璧而千乘之君莫之敢取焉。此王道之所由兴也。周衰，诸侯相并，而强有力者制其予夺，郑、莒、滕、薛之君，惴惴焉保其首领之不暇，而齐、晋、秦、楚有吞诸侯之心。孔子慨然叹曰："久矣，诸侯之恣行也，后世将有王者作而不遇焉，命也。"故《春秋》之法，皆所以待后世王者之作而举行之也。钟鼎龟玉，天子之所以分诸侯，使诸侯相传而世守也。

《桓·二年》："取郜大鼎于宋。戊申，纳于太庙。"且夫鼎也，不幸使齐挈而有之，是齐鼎也，是百传而不易，未可知也。仲尼曰不然。是鼎也，何为而在鲁之太庙？曰，取之宋。宋安得之？曰，取之郜。故书曰郜鼎。郜之得是鼎也，得之天子，宋以不义取之，而又以与鲁也。后世有王者作，举《春秋》之法而行之，鲁将归之宋，宋将归之郜，而后已也。昔者子路问孔子所以为政之先，子曰："必也正名乎！"故《春秋》之法，尤谨于正名，至于一鼎之微而不敢忽焉，圣人之用意盖深如此！

夫以区区之鲁无故而得器，是召天下之争也。楚王求鼎于周，王曰："周不爱鼎，恐天下以器雠楚也。"鼎入宋而为宋，入鲁而为鲁，安知夫秦、晋、齐、楚之不动其心哉！故书曰郜鼎，明鲁之不得有以塞天下之争也。《谷梁传》曰："纳者，内弗受也。"以为周公不受也。又曰："号从中国，名从主人。"而《左氏》记臧哀伯之谏。愚于《公羊》有取焉，曰："器从名，地从主人。宋始以不义取之，故谓之郜鼎。至于地之与人则不然，俄而可以为其有矣。"善乎斯言，吾有取之。

【解题】

本文以鲁取宋之郜鼎为例，论《春秋》实为后世有德而王天下者制定大法之作。苏轼于此接受了公羊学的思想。针对《春秋·桓公二年》内容而作。作年不详。

论齐侯卫侯胥命于蒲

荀卿有言曰："《春秋》善胥命，《诗》非屡盟，其心一也。"敢试论之。

谨按《桓·三年》书"齐侯、卫侯胥命于蒲"，说《春秋》者均曰近正。所谓近正者，以其近古之正也。古者相命而信，约言而退，未尝有歃血之盟也。今二国之君，诚信协同，约言而会，可谓近古之正者已。何以言之？《春秋》之时，诸侯竞骛，争夺日寻，拂违王命，糜烂生聚，前日之和好，后日之战攻，曾何正之尚也。观二国之君胥命于蒲，自时厥后，不相侵伐，岂与夫前日之和好、后日之战攻者班也，故圣人于《春秋》止一书胥命而已。荀卿谓之善者，取诸此也。

然则齐也、卫也，圣人果善之乎？曰，非善也，直讥尔。曷讥尔？讥其非正也。《周礼》大宗伯掌六礼以诸侯见王为文，乃有春朝、夏宗、秋觐、冬遇、时会、众同之法，言诸侯非此六礼，罔得逾境而出矣。不识齐、卫之君，以春朝相命而出耶？以夏宗相命而出耶？或以秋觐相命而出耶？以冬遇相命而出耶？抑以时会相命而出耶？众同相命而出耶？非春朝、夏宗、秋觐、冬遇、时会、众同而出，则私相为会耳。私相为会，匹夫之举也。以匹夫之举，而谓之正，其可得乎？宜乎圣人大一王之法而诛之也。然而圣人之意，岂独诛齐、卫之君而已哉，所以正万世也。荀卿不原圣人书经之法，而徒信传者之说，以谓"《春秋》善胥命"，失之远矣。且《春秋》二百四十二年间，诸侯之贤者，固亦鲜矣，奚待于齐、卫之君而善其胥命耶？信斯言也，则奸人得以劝也，未尝闻圣人作《春秋》而劝奸人也。

【解题】

本文对齐侯、卫侯信守约定表示赞赏，但又对此二君不以周礼订约进行了严厉的批评。本文以荀子之言为纲绳，先扬后抑，收束及时、有力，可谓利落之至。针对《春秋·桓公三年》内容而作。作年不详。

论禘于太庙用致夫人

甚哉，去圣之久远，三《传》纷纷之不同，而莫或折之也。"禘于太庙用致夫人。"《左氏》曰："禘而致哀姜，非礼也。凡夫人不薨于寝，不殡于庙，不赴于同，不祔于姑，则弗致也。"《公羊》曰："夫人何以不氏，讥以妾为妻也。盖聘于楚而胁于齐，媵女之先至者也。"《谷梁》曰成风也，"言夫人而不言氏姓，非夫人也，立妾之词，非正也。”

夫人之，我可以不夫人乎？夫人卒葬之，我可以不卒葬之乎？一则以宗庙临之而后贬焉，一则以外之弗夫人而见正焉。三家之说，《左氏》疏矣。夫人与公，一体也。有曰，公曰夫人既葬，公以谥配公，夫人以谥配氏，此其不易之例也。盖有既葬称谥，而不称夫人者矣。天王使宰咺来归惠公仲子之赗，秦人来归僖公成风之禭，而未有不称谥而称夫人也。《公羊》之说，又非人情，无以信于后世。以齐楚之强，齐能胁鲁使以其媵女为夫人，而楚乃肯安然使其女降为妾哉？此甚可怪也。且夫成风之为夫人，非正也。《春秋》以为非正而不可以废焉，故与之不足之文而已矣。方其存也，不可以不称夫人而去其氏，及其没也，不可以不称谥而去其夫人。皆所以示不足于成风也。况乎禘周公而“用致”焉，则其罪固已不容于贬矣。故《公羊》曰：“用者不宜用者也，致者不宜致者也。禘用致夫人，非礼也。”

【解题】

本文辩《春秋》三传对“禘于太庙用致夫人”一句解释之得失。针对《春秋·僖公八年》内容而作。作年不详。

论闰月不告朔犹朝于庙

《春秋》之文同，其所以为文异者，君子观其意之所在而已矣。先儒之“论闰月不告朔”者，牵乎“犹朝于庙”之说而莫能以自解也。《春秋》之所以书“犹”者二：曰如此而犹如此者，甚之之词也。“辛巳有事于太庙，仲遂卒于垂，壬午犹绎”是也。曰不如此而犹如此者，幸之之词也。“不郊犹三望闰月”、“不告朔犹朝于庙”是也。

夫子伤周道之残缺，而礼乐文章之坏也。故区区焉掇拾其遗亡，以为其全不可得而见矣，得见一二斯可矣。故书曰“犹朝于庙”者，伤其不告朔而幸其犹朝于庙也。夫子之时，告朔之礼亡矣，而有饩羊者存焉。夫子犹不忍去，以志周公之典，则其朝于庙者，乃不如饩羊之足存欤！《公羊传》曰：“曷为不言告朔？天无是月也。”《谷梁传》曰：“闰月者，附月之余日也。天子不以告朔而丧事不数也。”而皆曰“犹者，可以已也”。是以其幸之之词而为甚之之词，宜其为此异端之说也。且夫天子诸侯之所为告朔听政者，以为天欤为民欤？天无是月而民无是月欤？彼其孝子之心，不欲因闰月以废丧纪，而人君乃欲假此以废政事欤？

夫周礼乐之衰，岂一日之故，有人焉开其端而莫之禁，故其渐遂至于扫地而不可救。《文·十六年》：“夏六月，公四不视朔。”《公羊传》曰：“公有疾也。何言乎公有疾不视朔？自是公无疾不视朔也。”故夫有疾而不视朔者，无疾而不视朔之原也。闰月而不告朔者，常月而不告朔之端也。圣人忧焉，故谨而书之，所以记礼之所由废也。

《左氏传》曰：“闰以正时，时以作事，事以厚生，生民之道于是乎在。不告闰朔，弃时政也，何以为民？”而杜预以为虽朝于庙，则如勿朝，以释经之所书“犹”之意，是亦曲而不通矣。

【解题】

本文意在探寻《春秋》作者隐于“闰月不告朔，犹朝于庙”一句之后的褒贬态度，认为前半句表示了不满，而后半句表示了庆幸，而这两种态度，都是意在维护周之礼制。针对《春秋·文公六年》内容而作。作年不详。

论用郊

先儒之论，或曰鲁郊僭也，《春秋》讥焉，非也。鲁郊僭也，而《春秋》之所讥者，当其罪也。赐鲁以天子之礼乐者，成王也。受天子之礼乐者，伯禽也。《春秋》之讥鲁郊也，上则讥成王，次则讥伯禽。成王、伯禽不见于《春秋》，而夫子无所致其讥也。无所致其讥而不讥焉，《春秋》之所以求信于天下也。夫以鲁而僭天子之郊，其罪恶如此之著也。夫子以为无所致其讥而不讥焉，则其讥之者，固天下之所用而信之也。

郊之书于《春秋》者，其类有三。书卜郊不从乃免牲者，讥卜常祀而不讥郊也。鼷鼠食郊牛角，郊牛之口伤改卜牛者，讥养牲之不谨而不讥郊也。书四月、五月、九月郊者，讥郊之不时而不讥郊也。非卜常祀、非养牲之不谨、非郊之不时则不书，不书则不讥也。禘于太庙者，为致夫人而书也。有事于太庙者，为仲遂卒而书也。《春秋》之书郊者，犹此而已。故曰不讥郊也。

郊祀者，先王之大典，而夫子不得见之于周也。故因鲁之所有天子之礼乐，而记郊之变焉耳。《成·十七年》："九月辛丑，用郊。"《公羊传》曰："用者，不宜用者也，九月非所用郊也。"《谷梁传》曰："夏之始，犹可以承春。以秋之末，承春之始，盖不可矣。"且夫郊未有至九月者也。曰"用"者，著其不时之甚也。杜预以为用郊从史文，或说用然后郊者，皆无取焉。

【解题】

本文针对《春秋·成公十七年》内容而作，认为《春秋》记鲁之郊祀，并非讥刺鲁国僭用周天子之郊礼，而是讥刺其不能完善、正确地进行郊祀。作年不详。

论会于澶渊宋灾故

春秋之时，忠信之道缺，大国无厌而小国屡叛，朝战而夕盟，朝盟而夕会，夫子盖厌之矣。观周之盛时，大宗伯所制朝觐、会同之礼，各有远近之差，远不至于疏而相忘，近不至于数而相渎。春秋之际，何其乱也，故曰春秋之盟，无信盟也，春秋之会，无义会也。虽然，纷纷者，天下皆是也。夫子将讥之，而以为不可以胜讥之也，故择其甚者而讥焉。桓二年会于稷，以成宋乱。襄三十年会于澶渊，宋灾故。皆以深讥而切责之也。

《春秋》之书会多矣，书其所会而不书其所以会。书其所以会，桓之稷、襄之澶渊而已矣。宋督之乱，诸侯将讨之，桓公平之，不义孰甚焉？宋之灾，诸侯之大夫会，以谋归其财，既而无归，不信孰甚焉？非不义不信之甚，《春秋》之讥不至于此也。《左氏》之论，得其正矣。

皆诸侯之大夫，而书曰某人某人会于澶渊，宋灾故，尤之也。不书鲁大夫，讳之也。且夫见邻国之灾，匍匐而救之者，仁人君子之心也。既言而忘之，既约而背之，委巷小人之事也。故书其始之为君子仁人之心，而后可以见后之为委巷小人之事。《春秋》之意，盖明白如此。而《公羊传》曰："会未有言其所为者，此言其所为何？录伯姬也。"且《春秋》为女子之不得其所而死，区区焉为人之死录之，是何夫子之志不广也！《谷梁》曰："不言灾故，则无以见其为善；澶渊之会，中国不侵夷狄，夷狄不入中国，无侵伐八年，善之也，晋赵武、楚屈建之力也。"如《谷梁》之说，宋之盟可谓善矣，其不曰息兵故，何也？呜呼！《左氏》得其正矣。

【解题】

本文针对《春秋·襄公三十年》内容而作，赞同《左传》关于"会于澶渊，宋灾故"一句的解释，并作了进一步的申说。作年不详。

论黑肱以滥来奔

诸侯之义，守先君之封土，而不敢有失也；守天子之疆界，而不敢有过也。故夫以力而相夺，以兵而相侵者，《春秋》之所谓暴君也。侵之虽不以兵，夺之虽不以力，而得之不义者，《春秋》之所谓污君也。郑伯以璧假许田，晋侯使韩穿来言汶阳之田归之于齐，此诸侯之以不义而取鲁田者也。邾庶其以漆闾丘来奔，莒牟夷以防兹来奔，黑肱以滥来奔，此鲁之以不义而取诸侯之田者也。诸侯以不义而取鲁田，鲁以不义而取诸侯之田，皆不容于《春秋》者也。

夫子之于庶其、牟夷、黑肱也责之薄，而于鲁也罪之深。彼其窃邑叛君为穿窬之事，市人屠沽且羞言之，而安足以重辱君子之讥哉？夫鲁，周公之后，守天子之东藩，招聚小国叛亡之臣，与之为盗窃之事，孔子悲伤而悼痛之，故于三叛之人，具文直书而无隐讳之词，盖其罪鲁之深也。先儒之说，区区于叛人之过恶，其论固已狭矣。且夫《春秋》岂为穿窬窃盗之人而作哉？使天下之诸侯，皆莫肯容夫如此之人，而穿窬盗窃之事，将不禁而自绝，此《春秋》之所以用意于其本也。《左氏》曰："或求名而不得，或欲盖而名彰。书齐豹盗，三叛人名。"而《公羊》之说，最为疏谬，以为叔术之后而通滥于天下，故不系黑肱于邾。呜呼，谁谓孔子而贤叔术耶？

盖尝论之。黑肱之不系邾也，意其若栾盈之不系于晋欤？栾盈既奔齐，而还入曲沃以叛，故书曰"栾盈入于晋"。黑肱或者既绝于邾，而归窃其邑以叛欤？当时之简牍既亡，其详不可得而闻矣。然以类而求之，或亦然欤？《谷梁》曰："不言邾，别乎邾也；不言滥子，非天子之所封也。"此尤迂阔而不可用矣。

【解题】

本文针对《春秋·昭公三十一年》内容而作，认为《春秋》“黑肱以滥来奔”一句，是圣人对鲁国通过不义的手段获取其他诸侯田地的讽刺，《公羊传》、《谷梁传》之说尤为疏谬。作年不详。

论《春秋》变周之文

三家之传，迂诞奇怪之说，《公羊》为多，而何休又从而附成之。后之言《春秋》者，黜周王鲁之学与夫谶纬之书者，皆祖《公羊》。《公羊》无明文，何休因其近似而附成之。愚以为何休，《公羊》之罪人也。凡所谓《春秋》变周之文从商之质者，皆出于何氏，愚未尝观焉。

滕侯、薛侯来朝，齐侯使其弟年来聘。何休曰：质家亲亲。故先滕侯而加录齐侯之母弟。且夫亲亲者，周道也。先宗盟而后异姓者，周制也。郑忽出奔卫。《公羊传》曰：“忽何以名？春秋伯、子、男一也。词无所贬。”何休曰：商爵三等，春秋变周五等之爵而从焉。《记》曰：“诸侯失地名。”而文十二年郕伯来奔，《公羊》亦曰：“何以不名？兄弟词也。”忽之出奔，其为失国，岂不甚明，而《春秋》独无贬焉。虽然，《公羊》何为而为此说也？《春秋》未逾年之君皆称子，而忽独不然，此《公羊》之所以为此说也。且《春秋》之书，夫岂一概。卫宣未葬，而嗣子称侯以出会，书曰“及宋公卫侯燕人战”。郑忽外之无援，内之无党，一夫作难，奔走无告，郑人贱之，故赴以名，书曰“郑忽出奔卫”。卫侯未逾年之君也，郑忽亦未逾年之君也，因其自侯而侯之，因其自名而名之，皆所以变常而示讥也。且夫以例而求《春秋》者，乃愚儒之事也。

孔子行夏之时，乘殷之辂，服周之冕，又曰“郁郁乎文哉，吾从周”。由此观之，夫子皆有取于三代，而周居多焉。况乎采周公之集以作《春秋》，而曰变周之文者，吾不信也。

【解题】

本文认为孔子作《春秋》主要依据的是周代的礼制，而不是如何休所说的那样，改用了较为质朴的商代的礼制。作年不详。

宋襄公论

鲁僖公二十二年冬十一月一日，己巳，朔，宋公及楚人战于泓，宋师败绩。苏子曰：《春秋》书战，未有若此之严而尽也。宋公，天子之上公。宋，先代之后，于周为客，天子有事膰焉，有丧拜焉，非列国诸侯之所敢敌也。而曰“及楚人战于泓”。楚，夷狄之国，人微者之称。以天子之上公，而当夷狄之微者，至于败绩，宋公之罪，盖可见矣。而《公羊传》以为文王之战不过此，学者疑焉。故不可以不辩。

宋襄公非独行仁义而不终者也，以不仁之资，盗仁者之名尔。齐宣有牵牛而过堂下者，曰：“牛何之?”曰：“将以衅钟。”王曰：“舍之，吾不忍其觳觫，若无罪而就死地。”夫舍一牛，于德未有所损益者，而孟子与之以王。所谓以不忍人之心，行不忍人之政，三代之所共也。而宋襄公执鄫子用于次睢之社，君子杀一牛犹不忍，而宋公戕一国君若犬豕然，此而忍为之，天下孰有不忍者耶！泓之役，身败国衄，乃欲以不重伤、不禽二毛欺诸侯。人能紾其兄之臂以取食，而能忍饥于壶餐者，天下知其不情也。襄公能忍于鄫子，而不忍于重伤二毛，此岂可谓其情也哉?桓文之师，存亡继绝，犹不齿于仲尼之门，况用人于夷鬼以求霸，而谓王者之师可乎？使鄫子有罪而讨之，虽声于诸侯而戮于社，天下不以为过。若以喜怒兴师，则秦穆公获晋侯，且犹释之，而况敢用诸淫昏之鬼乎？以愚观之，宋襄公，王莽之流。襄公以诸侯为可以名得，王莽以天下为可以文取也。其得丧小大不同，其不能欺天下则同也。其不鼓不成列，不能损襄公之虐。其抱孺子而泣，不能盖王莽之篡。使莽无成则宋襄公。使襄公之得志，亦一莽也。

古人有言："图王不成，其弊犹足以霸。"襄公行王者之事，犹足以当桓公之师，一战之余，救死扶伤不暇。此独妄庸耳。齐桓、晋文得管仲、子犯而兴，襄公有一子鱼不能用，岂可同日而语哉。自古失道之君，如是者多矣，死而论定。未有如宋襄公之欺于后世者也。

【解题】

本文认为宋襄公在与楚国作战时，不忍重伤二毛，实为欺世盗名之举。文章列举了宋襄公用鄫子作为牺牲以祭鬼之事，证明其向无不忍之心，而所谓不伤二毛亦是虚伪矫作。文章通过正反面的比较，深刻地揭露了宋襄公的真实面目，笔调辛辣，痛快淋漓，充分显示了苏轼的卓越见识和高超的行文技巧。作年不详。

士　燮　论

料敌势强弱，而知师之胜负，此将帅之能也。不求一时之功，爱君以德，而全其宗嗣，此社稷之臣也。鄢陵之役，楚晨压晋师而陈，诸将请从之，范文子独不欲战。晋卒败楚，楚子伤目，子反殒命。范文子疑若懦而无谋者矣。然不及一年，三郤诛，厉公弑，胥童死，栾书、中行偃几不免于祸，晋国大乱。鄢陵之功，实使之然也。

有非常之人，然后有非常之功。非常之功，圣人所甚惧也。夜光之珠，明月之璧，无因而至前，匹夫犹或按剑，而况非常之功乎？故圣人必自反曰：此天之所以厚于我乎，抑天之祸余也？故虽有大功，而不忘戒惧。中常之人，锐于立事，忽于天戒，日寻干戈而残民以逞，天欲全之，则必折其萌芽，挫其锋芒，使其知所悔。天欲亡之，以美利诱之以得志，使之有功以骄士，玩于寇雠，而侮其民人，至于亡国杀身而不悟者，天绝之也。呜呼，小民之家，一朝而获千金，非有大福，必有大咎。何则？彼之所获者，终日勤劳，不过数金耳。所得者微，故所用者狭。无故而得千金，岂不骄其志而丧其所守哉？由是言之，有天下者，得之艰难，则失之不易；得之既易，则失之亦然。汉高皇帝之得天下，亲冒矢石与秦、楚争，转战五年，未尝得志。既定天下，复有平城之围。故终其身不事远略，民亦不劳。继之文、景不言兵。唐太宗举晋阳之师，破窦建德，虏王世充，所过者下，易于破竹。然天下始定，外攘四夷，伐高昌，破突厥，终其身师旅不解，几至于乱者，以其亲见取天下之易也。

故兵之胜负，不足以为国之强弱，而足以为治乱之兆。盖有战胜而亡，有败而兴者矣。会稽之栖，而勾践以霸；黄池之会，而夫差以亡。有以使之也夫。昔虢公败戎于桑田，晋卜偃知其必亡，曰："是天夺之鉴而益其疾也。"晋果灭虢。此范文子所以不得不谏。谏而不纳，而又有功，敢逃其死哉！使其不死，则厉公逞志，必先图于范氏，赵盾之事可见矣。赵盾虽免于死，而不免于恶名，则范文子之智，过于赵宣子也远矣。

【解题】

本文论胜败得失相互转化的道理，认为其间的关键在于残民、侮民，还是爱民。

续欧阳子朋党论

欧阳子曰："小人欲空人之国，必进朋党之说。"呜呼，国之将亡，此其征欤？祸莫大于权之移人，而君莫危于国之有党。有党则必争，争则小人者必胜，而权之所归也，君子安得不危哉！何以言之？君子以道事君，人主必敬之而疏；小人唯予言而莫予违，人主必狎之而亲。疏者易间，而亲者难睽也。而君子者，不得志则奉身而退，乐道不仕。小人者，不得志则侥倖复用，唯怨之报。此其所以必胜也。

盖尝论之：君子如嘉禾也，封殖之甚难，而去之甚易；小人如恶草也，不种而生，去之复蕃。世未有小人不除而治者也，然去之为最难。斥其一则援之者众，尽其类则众之致怨也深。小者复用而肆威，大者得志而窃国。善人为之扫地，世主为之屏息。譬断蛇不死，刺虎不毙，其伤人则愈多矣。齐田氏、鲁季孙是已。齐、鲁之执事，莫非田、季之党也，历数君不忘其诛，而卒之简公弑，昭、哀失国。小人之党，其不可除也如此。而汉党锢之狱，唐白马之祸，忠义之士，斥死无余。君子之党，其易尽也如此。使世主知易尽者之可戒，而不可除者之可惧，则有瘳矣。

且夫君子者，世无若是之多也；小人者，亦无若是之众也。凡才智之士，锐于功名而嗜于进取者，随所用耳。孔子曰："仁者安仁，智者利仁。"未必皆君子也。冉有从夫子则为门人之选，从季氏则为聚敛之臣。唐柳宗元、刘禹锡使不陷叔文之党，其高才绝学，亦足以为唐名臣矣。昔栾怀子得罪于晋，其党皆出奔，乐王鲋谓范宣子曰："盍反州绰、邢蒯？勇士也。"宣子曰："彼栾氏之勇也，余何获焉！"王鲋曰："子为彼栾氏，乃亦子之勇也。"呜呼，宣子蚤从王鲋之言，岂独获二子之勇，且安有曲沃之变哉！

愚以谓治道去泰甚耳。苟黜其首恶而贷其余，使才者不失富贵，不才者无所致憾，将为吾用之不暇，又何怨之报乎？人之所以为盗者，衣食不足耳。农夫市人，焉保其不为盗，而衣食既足，盗岂有不能返农夫市人也哉？故善除盗者，开其衣食之门，使复其业；善除小人者，诱以富贵之道，使隳其党。以力取威胜者，盖未尝不反为所噬也。

曹参之治齐曰："慎无扰狱市。"狱市，奸人之所容也。知此，亦庶几于善治矣。奸固不可长，而亦不可不容也。若奸无所容，君子岂久安之道哉！牛、李之党遍天下，而李德裕以一夫之力，欲穷其类而致之必死，此其所以不旋踵而罹仇人之祸也。奸臣复炽，忠义益衰。以力取威胜者，果不可耶！愚是以续欧阳子之说，而为君子小人之戒。

【解题】

本文论朋党之争，常使小人得志，君子遭殃；小人或"肆威"，或"窃国"，而很多才智之士，又必为小人所用，使君危国险。因此，治国之道要慎待小人，勿使结党。欧阳子，即欧阳修，作有《朋党论》。

屈到嗜芰论

屈到嗜芰，有疾，召其宗老而属之，曰："祭我必以芰。"及祥，宗老将荐芰，屈建命去之。君子曰：违而道。唐柳宗元非之曰："屈子以礼之末，忍绝其父将死之言。且《礼》有：'斋之日，思其所乐，思其所嗜。'子木去芰，安得为道？"

甚矣，柳子之陋也。子木，楚卿之贤者也。夫岂不知为人子之道，事死如事生，况于将死丁宁之言，弃而不用，人情之所忍乎！是必有大不忍于此者而夺其情也。夫死生之际，圣人严之。薨于路寝，不死于妇人之手，至于结冠缨、启手足之末，不敢不勉，其于死生之变亦重矣。父子平日之言，可以恩掩义。至于死生至严之际，岂容以私害公乎？

曾子有疾，称君子之所贵乎道者三。孟僖子卒，使其子学礼于仲尼。管仲病，劝桓公去三竖。夫数君子之言，或主社稷，或勤于道德，或训其子孙，虽所趣不同，然皆笃于大义，不私其躬也如是。今赫赫楚国，若敖氏之贤，闻于诸侯，身为正卿，死不在民，而口腹是忧，其为陋亦甚矣。使子木行之，国人诵之，太史书之，天下后世不知夫子之贤，而唯陋是闻，子木其忍为此乎？故曰：是必有大不忍者而夺其情也。

然《礼》之所谓"思其所乐，思其所嗜"，此言人子追思之道也。曾晰嗜羊枣，而曾子不忍食。父没而不能读父之书，母没而不能执母之器，皆人子之情自然也，岂待父母之命耶？今荐芰之事，若出于子则可，自其父命，则为陋耳。岂可以饮食之故而成父莫大之陋乎？

曾子寝疾，曾元难于易箦。曾子曰："君子之爱人也以德，细人之爱人也以姑息。"若以柳子之言为然，是曾元为孝子，而曾子顾礼之末易箦于病革之中，为不仁之甚也。中行偃死，视不可含，范宣子盥而抚之曰："事吴敢不如事主！"犹视。栾怀子曰："主苟终，所不嗣事于齐者，有如河。"乃瞑。呜呼，范宣子知事吴为忠于主，而不知报齐以成夫子忧国之美，其为忠则大矣。

古人以爱恶比之美疢药石，曰："石犹生我，疢之美者，其毒滋多。"由是观之，柳子之爱屈到，是疢之美。子木之违父命，药石也哉。

【解题】

本文对屈到之子遵大义而未执行父亲遗嘱之事表示赞赏，并驳斥了柳宗元对此事的指责。作年不详。

论 武 王

武王克殷，以殷遗民封纣子武庚禄父，使其弟管叔鲜、蔡叔度相禄父治殷。武王崩，禄父与管、蔡作乱，成王命周公诛之，而立微子于宋。

苏子曰：武王，非圣人也。昔者孔子盖罪汤、武。顾自以为殷之子孙而周人也，故不敢，然数致意焉，曰：“大哉，巍巍乎舜禹也，禹吾无间然。”其不足于汤、武也，亦明矣。曰：“《武》尽美矣，未尽善也。”又曰：“三分天下有其二，以服事殷，周之德，其可谓至德也已矣。”伯夷、叔齐之于武王也，盖谓之弑君，至耻之不食其粟，而孔子予之。其罪武王也甚矣，此孔氏之家法也。

世之君子，苟自孔氏，必守此法。国之存亡，民之死生，将于是乎在，其孰敢不严！而孟轲始乱之，曰：“吾闻武王诛独夫纣，未闻弑君也。”自是学者，以汤、武为圣人之正，若当然者，皆孔氏之罪人也。使当时有良史如董狐者，南巢之事，必以叛书；牧野之事，必以弑书。而汤、武仁人也，必将为法受恶。周公作《无逸》曰：“殷王中宗、高宗及祖甲，及我周文王，兹四人迪哲。”上不及汤，下不及武王，亦以是哉。文王之时，诸侯不求而自至，是以受命称王，行天子之事。周之王不王，不计纣之存亡也。使文王在，必不伐纣，纣不见伐，而以考终，或死于乱，殷人立君以事周，命为二王后以祀殷，君臣之道，岂不两全也哉？武王观兵于孟津而归，纣若不改过，则殷人改立君，武王之待殷，亦若是而已矣。天下无王，有圣人者出，而天下归之，圣人所不得辞也。而以兵取之，而放之，而杀之，可乎？汉末大乱，豪杰并起。荀文若，圣人之徒也，以为非曹操莫与定海内，故起而佐之；所以与操谋者，皆王者之事也。文若岂教操反者哉，以仁义救天下，天下既平，神器自至，将不得已而受之，不至，不取也。此文王之道，文若之心也。及操谋九锡，则文若死之。故吾尝以文若为圣人之徒者，以其才似张子房，而道似伯夷也。

杀其父，封其子，其子非人也，则可；使其子而果人也，则必死之。楚人将杀令尹子南，子南之子弃疾为王驭士，王泣而告之。既杀子南，其徒曰："行乎？"曰："吾与杀吾父，行将焉入？""然则臣王乎？'曰："弃父事雠，吾弗忍也。"遂缢而死。武王亲以黄钺斩纣，使武庚受封而不叛，岂复人也哉？故武庚之必叛，不待智者而后知也。武王之封武庚，盖亦不得已焉耳。

殷有天下六百年，贤圣之君六七作，纣虽无道，其故家遗民未尽灭也，三分天下有其二，殷不伐周，而周伐之，诛其君，夷其社稷，诸侯必有不悦者，故封武庚以慰之，此岂武王之意哉。故曰：武王非圣人也。

【解题】

本文论武王克殷及封纣子武庚皆非圣人之行，因为前者为弑君，后者则致纣子为非人。文章以儒家圣王之道为准的，不免有书生之论。作年不详。

论　养　士

春秋之末，至于战国，诸侯卿相皆争养士，自谋夫说客、谈天雕龙、坚白同异之流，下至击剑、扛鼎、鸡鸣、狗盗之徒，莫不宾礼。靡衣玉食以馆于上者，何可胜数。越王勾践，有君子六千人；魏无忌、齐田文、赵胜、黄歇、吕不韦，皆有客三千人；

而田文招致任侠奸人六万家于薛；齐稷下谈者亦千人；魏文侯、燕昭王、太子丹，皆致客无数。下至秦、汉之间，张耳、陈余号多士，宾客厮养，皆天下豪俊。而田横亦有士五百人。其略见于传记者如此，度其余当倍官吏而半农夫也。此皆奸民蠹国者，民何以支，而国何以堪乎？

苏子曰：此先王之所不能免也。国之有奸，犹鸟兽之有鸷猛，昆虫之有毒螫也。区处条理，使各安其处，则有之矣，锄而尽去之，则无是道也。吾考之世变，知六国之所以久存，而秦之所以速亡者，盖出于此，不可以不察也。夫智、勇、辩、力此四者，皆天民之秀杰也。类不能恶衣食以养于人，皆役人以自养者也。故先王分天下之富贵，与此四者共之。此四者不失职，则民靖矣。四者虽异，先王因俗设法，使出于一。三代以上，出于学。战国至秦，出于客。汉以后，出于郡县吏。魏、晋以来，出于九品中正。隋、唐至今，出于科举。虽不尽然，取其多者论之。六国之君，虐用其民，不减始皇、二世，然当是时，百姓无一人叛者，以凡民之秀杰者，多以客养之，不失职也。其力耕以奉上，皆椎鲁无能为者，虽欲怨叛，而莫为之先，此其所以少安而不即亡也。

始皇初欲逐客，用李斯之言而止。既并天下，则以客为无用，于是任法而不任人，谓民可以恃法而治，谓吏不必才取，能守吾法而已。故堕名城，杀豪杰，民之秀异者散而归田亩，向之食于四公子、吕不韦之徒者，皆安归哉！不知其能槁项黄馘而老死于布褐乎？抑将辍耕叹息以俟时也？秦之乱，虽成于二世，然使始皇知畏此四人者，有以处之，使不失职，秦之亡，不至若此之速也。纵百万虎狼于山林而饥渴之，不知其将噬人，世以始皇为智，吾不信也。

楚、汉之祸生民尽矣，豪杰宜无几，而代相陈豨，从车千乘，萧、曹为政，莫之禁也。至文、景、武帝之世，法令至密矣，然吴王濞、淮南、梁王、魏其、武安之流，皆争致宾客，世主不问也。岂惩秦之祸，以为爵禄不能尽縻天下之士，故少宽之，使得或出于此也耶？

若夫先王之政，则不然，曰："君子学道则爱人，小人学道则易使也。"呜呼，此岂秦、汉之所及也哉！

【解题】

本文认为士有智、勇、辩、力四种品质，若放之民间，使其贫困，则将祸国；若或奉养，或授职，或科举，使士不失职，则于国有利。此文对养士持赞成态度，并将其与后世科举相联系，见解较新颖。作年不详。

论　　秦

秦始皇十八年，取韩；二十二年，取魏；二十五年，取赵，取楚；二十六年，取燕，取齐，初并天下。

苏子曰：秦并天下，非有道也，特巧耳，非幸也。然吾以谓巧于取齐，而拙于取楚，其不败于楚者幸也。呜呼，秦之巧，亦创于智伯而已。魏、韩肘足接而智伯死。秦知创智伯，而诸侯终不知师魏、韩。秦并天下，不亦宜乎！

齐湣王死，法章立，君王后佐之，秦犹伐齐也。法章死，王建立六年而秦攻赵，齐、楚救之，赵乏食，请粟于齐，而齐不予，秦遂围邯郸，几亡赵，赵虽未亡，而齐之亡形成矣，秦人知之，故不加兵于齐者四十余年。夫以法章之才而秦伐之，建之不才而秦不伐，何也？太史公曰："君王后事秦谨，故不被兵。"夫秦欲并天下耳，岂以谨故置齐也哉？吾故曰"巧于取齐"者，所以大慰齐之心，而解三晋之交也。

齐、秦不两立，秦未尝须臾忘齐也，而四十余年不加兵者，岂其情乎？齐人不悟而与秦合，故秦得以其间取三晋。三晋亡，齐盖岌岌矣。方是时，犹有楚与燕也。三国合，犹足以拒秦。秦大出兵伐楚，伐燕，而齐不救，故二国亡，而齐亦虏不阅岁，如晋取虞、虢也，可不谓巧乎？二国既灭，齐乃发兵守西界，不通秦使。呜呼，亦晚矣。秦初遣李信以二十万人取楚，不克，乃使王翦以六十万攻之，盖空国而战也。使齐有中主具臣，知亡之无日，而扫境以伐秦。以久安之齐，而入厌兵空虚之秦，覆秦如反掌也。吾故曰“拙于取楚”。

然则奈何？曰：古之取国者必有数。如取龆齿也，必以渐，故齿脱而儿不知。今秦易楚，以为是龆齿也可拔，遂抉其口，一拔而取之，儿必伤，吾指必啮。故秦之不亡，幸也，非数也。吴为三军，迭出以肄楚，三年而入郢。晋之平吴，隋之平陈，皆以是物也。惟苻坚不然。使坚知出此，以百倍之众，为迭出之计，虽韩、白不能支，而况谢玄、牢之之流乎！吾以是知二秦之一律也。始皇幸胜而坚不幸耳。

【解题】

本文分析了战国末年之形势及秦之用心，认为秦之并天下，一以巧取，一以侥幸，并对齐国失却良机，终于灭亡而感到惋惜。作年不详。

论鲁隐公

鲁隐公元年：“不书即位，摄也。”欧阳子曰：“隐公非摄也，使隐而果摄也，则《春秋》不书为公。《春秋》书为公，则隐非摄无疑也。”

苏子曰：非也。《春秋》，信史也。隐摄而桓弑，著于史也详矣。周公摄而克复子者也。以周公薨，故不称王。隐公摄而不克复子者也。以鲁公薨，故称公。史有谥，国有庙，《春秋》独得不称公乎？然则隐公之摄也，礼欤？曰：礼也。何自闻之？曰：闻之孔子。曾子问曰："君薨而世子生，如之何?"孔子曰："卿、大夫、士从摄主，北面于西阶南。"何谓摄主？曰：古者天子、诸侯、卿、大夫、士之世子未生，而死，则其弟若兄弟之子次当立者为摄主。子生而女也，则摄主立；男也，则摄主退。此之谓摄主。古之人有为之者，季康子是也。季桓子且死，命其臣正常曰："南孺子之子男也，则以告而立之。女也，则肥也可。"桓子卒，康子即位。既葬，康子在朝，南氏生男。正常载以如朝，告曰："夫子有遗言，命其圉臣曰：'南氏生男，则以告于君与大夫而立之。'今生矣，男也，敢告。"康子请退。康子之谓摄主，古之道也。孔子行之。

自秦、汉以来，不修是礼，而以母后摄。孔子曰："惟女子与小人为难养也。"使与闻外事且不可，曰"牝鸡之晨，惟家之索"，而况可使摄位而临天下乎？女子为政而国安，惟齐之君王后，吾宋之曹、高、向也。盖亦千一矣。自东汉马、邓，不能无讥。而汉吕后、魏胡武灵、唐武氏之流，盖不胜其乱。王莽、杨坚遂因以易姓。由是观之，岂若摄主之庶几乎！使母后而可信也，则摄主何为而不可信。若均之不可信，则摄主取之，犹吾先君之子孙也，不犹愈于异姓之取哉！

或曰：君薨，百官总己以听于冢宰三年，安用摄主？曰：非此之谓也。嗣天子长矣，宅忧而未出令，则以礼从冢宰。若太子未生，生而弱未能君也，则三代之礼，孔子之学，决不以天下付异姓，其付之摄主也，夫岂非礼，而周公行之欤？故隐公亦摄主也。

郑玄，儒之陋者也。其传摄主也，曰："上卿代君听政者也。"使子生而女，则上卿岂继世者乎？苏子曰：摄主，先王之令典，孔子之法言也，而世不知；习见母后之摄也，而以为当然。故吾不可不论，以待后世之君子。

【解题】

本文自鲁隐公摄王位，论古代摄主制度，并认为其比后妃摄政更有其合理性。文章立论新颖，论证翔实，很有学术价值。作年不详。

论鲁隐公里克李斯郑小同王允之

公子翚请杀桓公以求太宰。隐公曰："为其少故也，吾将授之矣。使营菟裘，吾将老焉。"翚惧，反谮公于桓公而杀之。

苏子曰：盗以兵拟人，人必杀之。夫岂独其所拟，涂之人皆捕击之矣。涂之人与盗非仇也，以为不击，则盗且并杀己也。隐公之智，曾不若涂之人，哀哉！隐公，惠公继室之子也。其为非嫡，与桓均耳，而长于桓。隐公追先君之志，而授国焉，可不谓仁乎？惜乎其不敏于智也。使隐公诛翚而让桓，虽夷、齐何以尚兹。

骊姬欲杀申生而难里克，则施优来之。二世欲杀扶苏而难李斯，则赵高来之。此二人之智，若出一人，而受祸亦不少异。里克不免于惠公之诛，李斯不免于二世之戮，皆无足哀者。吾独表而出之，以为世戒。君子之为仁义也，非有计于利害。然君子之所为，义利常兼，而小人反是。李斯听赵高之谋，非其本意，独畏蒙氏之夺其位，故勉而听高。使斯闻高之言，即召百官、陈六师而斩之，其德于扶苏，岂有既乎，何蒙氏之足忧？释此不为，而具五刑于市，非下愚而何？

呜呼，乱臣贼子，犹蝮蛇也。其所螫草木，犹足以杀人，况其所噬啮者欤。郑小同为高贵乡公侍中，尝诣司马师。师有密疏未屏也。如厕还，问小同："见吾疏乎？"曰："不见。"师曰：

“宁我负卿，无卿负我。”遂鸩之。王允之从王敦夜饮，辞醉先寝。敦与钱凤谋逆，允之已醒，悉闻其言，虑敦疑己，遂大吐，衣面皆污。敦果照视之，见允之卧吐中，乃已。哀哉小同，殆哉岌岌乎允之也。孔子曰：“危邦不入，乱邦不居。”有以也夫。

吾读史得鲁隐公、晋里克、秦李斯、郑小同、王允之五人，感其所遇祸福如此，故特书其事。后之君子，可以览观焉。

【解题】

本文通过鲁隐公、里克、李斯的遭遇，说明对待奸人，虽暂不害己，亦当立即除去，否则必留后患。并通过郑小同、王允之故事，告诫人们当远离阴谋，以免遭祸。作年不详。

论　管　仲

郑太子华言于齐桓公，请去三族而以郑为内臣。公将许之，管仲不可。公曰：“诸侯有讨于郑，未捷，苟有衅，从之，不亦可乎？”管仲曰：“君若绥之以德，加之以训辞，而率诸侯以讨郑，郑将覆亡之不暇，岂敢不惧。若总其罪人以临之，郑有辞矣。”公辞子华，郑伯乃受盟。

苏子曰：大哉，管仲之相桓公也。辞子华之请，而不违曹沫之盟，皆盛德之事也。齐可以王矣。恨其不学道，不自诚意正身以刑其国，使家有三归之病，而国有六嬖之祸，故桓公不王。而孔子小之，然其予之也亦至矣。曰：“桓公九合诸侯，不以兵车，管仲之力也。如其仁，如其仁。”曰“仲尼之徒，无道桓、文之事者”，孟子盖过矣。吾读《春秋》以下史，得七人焉，皆盛德之事，可以为万世法。又得八人焉，皆反是，可以为万世戒。故具论之。

太公之治齐也，举贤而尚功。周公曰：“后世必有篡弑之臣。”天下诵之，齐其知之矣。田敬仲之始生也，周史筮之，其奔齐也，齐懿氏卜之，皆知其当有齐国。篡弑之疑，盖萃于敬仲矣。然桓公、管仲不以是废之，乃欲以为卿，非盛德能如此乎？故吾以谓楚成王知晋之必霸，而不杀重耳。汉高祖知东南之必乱，而不杀吴王濞。晋武帝闻齐王攸之言，而不杀刘元海。苻坚信王猛，而不杀慕容垂。唐明皇用张九龄，而不杀安禄山。皆盛德之事也。

而世之论者，则以谓此七人者，皆失于不杀以启乱。吾以谓不然。七人者，皆自有以致败亡，非不杀之过也。齐景公不繁刑重赋，虽有田氏，齐不可取。楚成王不用子玉，虽有晋文公，兵不败。汉景帝不害吴太子，不用晁错，虽有吴王濞，无自发。晋武帝不立孝惠，虽有刘元海，不能乱。苻坚不贪江左，虽有慕容垂，不敢叛。明皇不用李林甫、杨国忠，虽有安禄山，亦何能为。秦之由余，汉之金日磾，唐之李光弼、浑瑊之流，皆蕃种也，何负于中国哉，而独杀元海、禄山乎。且夫自今而言之，则元海、禄山，死有余罪；自当时言之，则不免为杀无罪。岂有天子杀无罪，而不得罪于天下者？上失其道，涂之人皆敌国也。天下豪杰，其可胜既乎！

汉景帝以鞅鞅而杀周亚夫，曹操以名重而杀孔融，晋文帝以卧龙而杀嵇康，晋景帝亦以名重而杀夏侯玄，宋明帝以族大而杀王彧，齐后主以谣言而杀斛律光，唐太宗以谶而杀李君羡，武后亦以谣言而杀裴炎，世皆以为非也。此八人者，当时之虑，岂非忧国备乱，与忧元海、禄山者同乎？久矣，世之以成败为是非也。

故凡嗜杀人者，必以邓侯不杀楚子为口实。以邓之微，无故杀大国之君，使楚人举国而仇之，其亡不愈速乎！吾以谓为天下如养生，忧国备乱如服药。养生者，不过慎起居饮食、节声色而已。节慎在未病之前，而服药在已病之后。今吾忧寒疾而先服乌喙，忧热疾而先服甘遂，则病未作而药已杀人矣。彼八人者，皆未病而服药者也。

【解题】

本文告诫为君王者，为保其社稷，当自谨其所作所为，不可因疑忌而乱杀大臣。文末以节慎、服药为喻，极其确切、生动。作年不详。

论孔子

鲁定公十二年，孔子言于公曰：“臣无藏甲，大夫无百雉之城。”使仲由为季氏宰，将堕三都。于是叔孙氏先堕郈。季氏将堕费，公山弗狃、叔孙辄率费人袭公，公与三子入于季氏之宫。孔子命申句须、乐颀下伐之，费人北，二子奔齐。遂堕费。将堕成，公敛处父以成叛。公围成，弗克。或曰：殆哉，孔子之为政也，亦危而难成矣。孔融曰：“古者王畿千里，寰内不以封建诸侯。”曹操疑其论建渐广，遂杀融。融特言之耳，安能为哉。操以为天子有千里之畿，将不利己，故杀之不旋踵。季氏亲逐昭公，公死于外，从公者皆不敢入，虽子家羁亦亡，季氏之忌克忮害如此，虽地势不及曹氏，然君臣相猜，盖不减操也。孔子安能以是时堕其名都，而出其藏甲也哉！考于《春秋》，方是时，三桓虽若不悦，然莫能违孔子也。以为孔子用事于鲁，得政与民，而三桓畏之欤？则季桓子之受女乐也，孔子能却之矣。彼妇之口，可以出走，是孔子畏季氏，季氏不畏孔子也。夫孔子盍姑修其政刑，以俟三桓之隙也哉？

苏子曰：此孔子之所以圣也。盖田氏、六卿不服，则齐、晋无不亡之道；三桓不臣，则鲁无可治之理。孔子之用于世，其政无急于此者矣。彼晏婴者亦知之，曰：“田氏之僭，惟礼可以已之。在礼，家施不及国，大夫不收公利。”齐景公曰：“善哉。吾今而后知礼之可以为国也。”婴能知之，而莫能为之。婴非不贤也，其浩然之气，以直养而无害，塞乎天地之间者，不及孔、孟也。孔子以羁旅之臣，得政期月，而能举治世之礼，以律亡国之臣，堕名都，出藏甲，而三桓不疑其害己，此必有不言而信，不怒而威者矣。孔子之圣，见于行事，至此为无疑也。婴之用于齐也，久于孔子，景公之信其臣也，愈于定公，而田氏之祸不少衰。吾是以知孔子之难也。孔子以哀公十六年卒，十四年，陈恒弑其君，孔子沐浴而朝，告于哀公，请讨之。吾是以知孔子之欲治列国之君臣，使如《春秋》之法者，至于老且死而不忘也。

或曰：孔子知哀公与三子之必不从，而以礼告也欤？曰：否。孔子实欲伐齐。孔子既告公。公曰：“鲁为齐弱久矣，子之伐之，将若之何？”对曰：“陈恒弑其君，民之不与者半。以鲁之众，加齐之半，可克也。”此岂礼告而已哉！哀公患三桓之逼，尝欲以越伐鲁而去之。夫以蛮夷伐国，民不与也，皋如、出公之事，断可见矣。岂若从孔子而伐齐乎？若从孔子而伐齐，则凡所以胜齐之道，孔子任之有余矣。既克田氏，则鲁之公室自张，三桓不治而自服矣。此孔子之志也。

【解题】

本文论孔子为鲁相隳大夫之城事，认为孔子能以治世之礼律亡国之臣，而使其不疑，足以显示孔子的信、威等人格力量，也足以显示孔子为圣人。作年不详。

论周东迁

太史公曰：学者皆称周伐纣，居洛邑。其实不然。武王营之，成王使召公卜居之，居九鼎焉而周复都丰、镐。至犬戎败幽王，周乃东徙于洛。

苏子曰：周之失计，未有如东迁之缪者也。自平王至于亡，非有大无道者也。髭王之神圣，诸侯服享，然终以不振，则东迁之过也。昔武王克商，迁九鼎于洛邑，成王、周公复增营之。周公既没，盖君陈、毕公更居焉，以重王室而已，非有意于迁也。周公欲葬成周，而成王葬之毕，此岂有意于迁哉。

今夫富民之家，所以遗其子孙者，田宅而已，不幸而有败，至于乞假以生可也，然终不敢议田宅。今平王举文、武、成、康之业，而大弃之，此一败而鬻田宅者也。夏、商之王，皆五六百年，其先王之德，无以过周，而后王之败，亦不减周幽、厉，然至于桀、纣而后亡。其未亡也，天下宗之，不如东周之名存而实亡也。是何也？则不鬻田宅之效也。

盘庚之迁也，复殷之旧也。古公迁于岐。方是时，周人如狄人也，逐水草而居，岂所难哉。卫文公东徙渡河，恃齐而存耳。齐迁临淄，晋迁于绛、于新田，皆其盛时，非有所畏也。其余避寇而迁都，未有不亡；虽不即亡，未有能复振者也。

春秋之时，楚大饥，群蛮叛之，申息之北门不启，楚人谋徙于阪高。蒍贾曰："不可。我能往，寇亦能往。"于是乎以秦人、巴人灭庸，而楚始大。苏峻之乱，晋几亡矣，宗庙宫室，尽为灰烬。温峤欲迁都豫章，三吴之豪欲迁会稽，将从之矣，独王导不可，曰："金陵，王者之都也。王者不以丰俭移都。若弘卫文大帛之冠，何适而不可，不然，虽乐土为墟矣。且北寇方强，一旦示弱，窜于蛮越，望实皆丧矣。"乃不果迁，而晋复安。贤哉导也，可谓能定大事矣。嗟夫，平王之初，周虽不如楚之强，顾不愈于东晋之微乎。使平王有一王导，定不迁之计，收丰镐之遗民，而修文、武、成、康之政，以形势临东诸侯，齐、晋虽强，未敢贰也，而秦何自霸哉！

魏惠王畏秦，迁于大梁；楚昭王畏吴，迁于都；顷襄王畏秦，迁于陈；考烈王畏秦，迁于寿春，皆不复振，有亡征焉。东汉之末，董卓劫帝迁于长安，汉遂以亡。近世李景迁于豫章亦亡。吾故曰：周之失计，未有如东迁之缪者也。

【解题】

本文论周在犬戎败幽王之时，东迁洛邑，而周之东迁，失其根本，使周名存实亡，实为亡国之策。作年不详。

论范蠡

越既灭吴，范蠡以为勾践为人长颈鸟喙，可与共患难，不可与同安乐，乃以其私徒属浮海而行。至齐，以书遗大夫种曰："蜚鸟尽，良弓藏；狡兔死，走狗烹。子可以去矣。"

苏子曰：范蠡独知相其君而已，以吾相蠡，蠡亦鸟喙也。夫好货，天下之贱士也。以蠡之贤，岂聚敛积实者，何至耕于海滨，父子力作，以营千金，屡散而复积，此何为者哉？岂非才有余而道不足，故功成、名遂、身退，而心终不能自放者乎！使勾践有大度，能始终用蠡，蠡亦非清净无为以老于越者也。吾故曰：蠡亦鸟喙者也。

鲁仲连既退秦军，平原君欲封连，以千金为寿。连笑曰："所贵于天下士者，为人排难解纷而无所取也。即有取，是商贾之事，连不忍为也。"遂去，终身不复见，逃隐于海上，曰："吾与其富贵而诎于人，宁贫贱而轻世肆志焉。"使范蠡之去如鲁仲连，则去圣人不远矣。呜呼，春秋以来用舍进退未有如范蠡之全者也，而不足于此，吾是以累叹而深悲焉。

【解题】

本文对范蠡去国后不安贫贱而聚敛营作颇有指责，认为是不符圣人之道。作年不详。

论伍子胥

楚平王既杀伍奢、伍尚，而伍子胥亡入吴，事吴王阖闾。及楚平王卒，子昭王立后，子胥与孙武兴兵及唐、蔡伐楚，夹汉水而阵，楚大败。于是吴王乘胜而前，五战遂至郢。楚昭王出亡。吴兵入郢。子胥求昭王，既不得，乃掘平王墓，出其尸，鞭之五百，以报父兄之雠。

苏子曰：子胥、种、蠡皆人杰，而扬雄曲士也，欲以区区之学，疵瑕此三人者。以三谏不去，鞭尸籍馆，为子胥之罪。以不强谏勾践，而栖之会稽，为种、蠡之过。雄闻古有三谏当去之说，即欲以律天下士，岂不陋哉！

三谏而去，为人臣交浅者言之，如宫之奇、泄冶乃可耳。至于子胥，吴之宗臣，与国存亡者也，去将安往哉？百谏不听，继之以死可也。孔子去鲁，未尝一谏，又安用三。父受诛，子复雠，礼也。生则斩首，死则鞭尸，发其至痛，无所择也。是以昔之君子，皆哀而恕之，雄独非人子乎？至于籍馆，阖闾与群臣之罪，非子胥意也。勾践困于会稽，乃能用二子。若先战而强谏以死之，则雄又当以子胥之罪罪之矣。此皆儿童之见，无足论者。不忍三子之见诬，故为一言。

【解题】

本文驳扬雄之论伍子胥，认为三谏吴王而不去、鞭楚王尸、籍馆事，或合乎礼，或不得已，或非其所为，皆不得为伍子胥之罪。作年不详。

论 商 鞅

商鞅用于秦，变法定令，行之十年，秦民大悦，道不拾遗，山无盗贼，家给人足，民勇于公战，怯于私斗，秦人富强，天子致胙于孝公，诸侯毕贺。

苏子曰：此皆战国之游士邪说诡论，而司马迁暗于大道，取以为史。吾尝以为迁有大罪二，其先黄老后六经，退处士进奸雄，盖其小小者耳。所谓大罪二，则论商鞅、桑弘羊之功也。自汉以来，学者耻言商鞅、桑弘羊，而世主独甘心焉，皆阳讳其名，而阴用其实，甚者则名实皆宗之，庶几其成功，此司马迁之罪也。

秦固天下之强国，而孝公亦有志之君也，修其政刑十年，不为声色畋游之所败，虽微商鞅，有不富强乎！秦之所以富强者，孝公敦本力穑之效，非鞅流血刻骨之功也。而秦之所以见疾于民，如豺虎毒药，一夫作难，而子孙无遗种，则鞅实使之。至于桑弘羊，斗筲之才，穿窬之智，无足言者。而迁之言曰“不加赋而上用足”。善乎，司马光之言也，曰：“天下安有此理。天地所生财货百物，止有此数，不在民则在官。譬如雨泽，夏涝则秋旱。不加赋而上用足，不过设法阴夺民利，其害甚于加赋也。”二子之名在天下，如蛆蝇粪秽也，言之则污口舌，书之则污简牍。二子之术，用于世者，灭国残民，覆族亡躯者，相踵也。而世主独甘心焉，何哉？乐其言之便己也。

夫尧、舜、禹、汤，世主之父师也。谏臣弼士，世主之药石也。恭敬慈俭，勤劳忧畏，世主之绳约也。今使世主日临父师而亲药石，履绳约，非其所乐也。故为商鞅、桑弘羊之术者，必先鄙尧笑舜而陋禹也。曰，所谓贤主者，专以天下适己而已。此世主所以人人甘心而不悟也。

世有食钟乳、乌喙而纵酒色以求长年者，盖始于何晏。晏少而富贵，故服寒食散以济其欲，无足怪者。彼之所为，足以杀身灭族者，日相继也，得死于服寒食散，岂不幸哉。而吾独何为效之？世之服寒食散疽背呕血者，相踵也，用商鞅、桑弘羊之术破国亡宗者，皆是也。然而终不悟者，乐其言之美便，而忘其祸之惨烈也。

【解题】

本文对司马迁推崇商鞅、桑弘羊深表不满，认为秦国之强盛乃秦孝公之功，与商鞅无涉。本文反对严刑厉法、与民争财等治国方略，反映了作者的仁政思想。作年不详。

论封建

秦初并天下，丞相绾等言，燕、齐、荆地远，不置王无以填之，请立诸子。始皇下其议，群臣皆以为便。廷尉斯曰："周文、武所封子弟同姓甚众，然后属疏远，相攻击如仇雠，诸侯更相诛伐，天子弗能禁止。今海内赖陛下神灵一统，皆为郡县，诸子功臣以公赋税重赏赐之，甚足易制。天下无异意，则安宁之术也。置诸侯不便。"始皇曰："天下共苦战斗不休，以有侯王。赖宗庙，天下初定，又复立国，是树兵也，而求其宁息，岂不难哉！廷尉议是。"分天下为三十六郡，郡置守、尉、监。

苏子曰：圣人不能为时，亦不失时。时非圣人之所能为也，能不失时而已。三代之兴，诸侯无罪，不可夺削，因而君之，虽欲罢侯置守，可得乎？此所谓不能为时者也。周衰，诸侯相并，齐、晋、秦、楚皆千余里，其势足以建侯树屏，至于七国，皆称王行天子之事，然终不封诸侯，不立强家世卿者，以鲁三桓、晋六卿、齐田氏为戒也。久矣，世之畏诸侯之祸也，非独李斯、始皇知之。始皇既并天下，分郡邑，置守宰，理固当然，如冬裘夏葛，时之所宜，非人之私智独见也，所谓不失时者。

而学士大夫多非之。汉高又欲立六国后，张子房以为不可，世未有非之者。李斯之论，与子房何异？世特以成败为是非耳。高帝闻子房之言，吐哺骂郦生，知诸侯之不可复明矣。然卒王韩、彭、英、卢。岂独高帝，子房亦与焉。故柳宗元曰："封建非圣人意也，势也。"

昔之论封建者，曹元首、陆机、刘颂及唐太宗时魏征、李百药、颜师古，其后则刘秩、杜佑、柳宗元。宗元之论出，而诸子之论废矣。虽圣人复起，不能易也。故吾取其说而附益之。曰：凡有血气，必争，争必以利，利莫大于封建。封建者，争之端而乱之始也。自书契以来，臣弑其君，子弑其父，父子兄弟相贼杀，有不出于袭封而争位者乎？自三代圣人以礼乐教化天下，至刑措不用，然终不能已篡弑之祸。至汉以来，君臣父子相贼虐者，皆诸侯王子孙。其余卿士大夫不世袭者，盖未尝有也。近世无复封建，则此祸几绝。仁人君子，忍复开之欤！故吾以李斯、始皇之言，柳宗元之论，当为万世法也。

【解题】

本文为苏轼著名政论作品。文中总结了李斯、柳宗元等有关分封制的理论，并以前世盛衰之迹为根据，指出"封建者，争之端而乱之始也"，强调郡县制代替封建制之历史必然性。本文论点鲜明，笔力雄健，文气极盛。作年不详。

论始皇、汉宣、李斯

秦始皇时，赵高有罪，蒙毅按之当死，始皇赦而用之。长子扶苏好直谏，上怒，使监蒙恬兵于上郡。始皇东游会稽，并海走琅琊，少子胡亥、李斯、蒙毅、赵高从。道病，使蒙毅还祷山川，未及还，上崩。李斯、赵高矫诏立胡亥，杀扶苏、蒙恬、蒙毅，卒以亡秦。

苏子曰：始皇制天下轻重之势，使内外相形，以禁奸备乱者，可谓密矣。蒙恬将三十万人，威震北方，扶苏监其军，而蒙毅侍帷幄为谋臣，虽有大奸贼，敢睥睨其间哉！不幸道病，祷祠山川，尚有人也，而遣蒙毅，故高、斯得成其谋。始皇之遣毅，毅见始皇病，太子未立，而去左右，皆不可以言智。然天之亡人国，其祸败必出于智所不及。圣人为天下，不恃智以防乱，恃吾无致乱之道耳。始皇致乱之道，在用赵高。夫阉尹之祸，如毒药猛兽，未有不裂肝碎首者也。自书契以来，惟东汉吕强、后唐张承业二人，号称良善，岂可望一二于千万，以徼必亡之祸哉。然世主皆甘心而不悔，如汉桓、灵，唐肃、代，犹不足深怪。始皇、汉宣皆英主，亦湛于赵高、恭、显之祸。彼自以为聪明人杰也，奴仆薰腐之余何能为，及其亡国乱朝，乃与庸主不异。吾故表而出之，以戒后世人主如始皇、汉宣者。

或曰：李斯佐始皇定天下，不可谓不智。扶苏亲始皇子，秦人戴之久矣。陈胜假其名，犹足以乱天下，而蒙恬持重兵在外，使二人不即受诛，而复请之，则斯、高无遗类矣。以斯之智而不虑此，何哉？苏子曰：呜呼，秦之失道，有自来矣，岂独始皇之罪？自商鞅变法，以殊死为轻典，以参夷为常法，人臣狼顾胁息，以得死为幸，何暇复请。方其法之行也，求无不获，禁无不止，鞅自以为轶尧舜而驾汤武矣。及其出亡而无所舍，然后知为法之弊。夫岂独鞅悔之，秦亦悔之矣。荆轲之变，持兵者熟视始皇环柱而走莫之救者，以秦法重故也。李斯之立胡亥，不复忌二人者，知法令之素行，而臣子之不敢复请也。二人之不敢复请，亦知始皇之鸷悍而不可回也，岂料其伪也哉？

周公曰：“平易近民，民必归之。”孔子曰：“有一言而可以终身行之者，其恕矣乎？”夫以忠恕为心，而以平易为政，则上易知而下易达，虽有卖国之奸，无所投其隙，仓卒之变，无自发焉。然其令行禁止，盖有不及商鞅者矣。而圣人终不以彼易此。鞅立信于徙木，立威于弃灰，刑其亲戚师傅，积威信之极。以至始皇，秦人视其君如雷电鬼神，不可测也。古者，公族有罪，三宥然后寘刑。今至使人矫杀其太子而不忌，太子亦不敢请，则威信之过也。故夫以法毒天下者，未有不反中其身及其子孙者也。汉武、始皇，皆果于杀者也。故其子如扶苏之仁，则宁死而不请，如戾太子之悍，则宁反而不诉。知诉之必不察也。戾太子岂欲反者哉，计出于无聊也。故为二君之子者，有死与反而已。李斯之智，盖足以知扶苏之必不反也。吾又表而出之，以戒后世人主之果于杀者！

【解题】

本文论秦覆亡之原因，一在于用宦者，二在于施酷刑；并希望后世君主以此为戒。作年不详。

论项羽、范增

汉用陈平计，间疏楚君臣，项羽疑范增与汉有私，稍夺其权。增大怒曰：“天下事大定矣，君王自为之。愿赐骸骨归卒伍。”未至彭城，疽发背死。

苏子曰：增之去善矣，不去，羽必杀增。独恨其不早耳。然则当以何事去？增劝羽杀沛公，羽不听，终以此失天下。当于是去耶？曰：否。增之欲杀沛公，人臣之分也；羽之不杀，犹有君人之度也。增曷为以此去哉！《易》曰：“知几其神乎？”《诗》曰：“相彼雨雪，先集维霰。”增之去，当于羽杀卿子冠军时也。

陈涉之得民也，以项燕、扶苏。项氏之兴也，以立楚怀王孙心；而诸侯叛之也，以弑义帝。且义帝之立，增为谋主矣，义帝之存亡，岂独为楚之盛衰，亦增之所与同祸福也。未有义帝亡而增独能久存者也。羽之杀卿子冠军也，是弑义帝之兆也。其弑义帝，则疑增之本也，岂必待陈平哉。物必先腐也，而后虫生之；人必先疑也，而后谗入之。陈平虽智，安能间无疑之主哉。

吾尝论：义帝，天下之贤主也。独遣沛公入关，而不遣项羽，识卿子冠军于稠人之中，而擢以为上将，不贤而能如是乎？羽既矫杀卿子冠军，义帝必不能堪，非羽弑帝，则帝杀羽，不待智者而后知也。增始劝项梁立义帝，诸侯以此服从，中道而弑之，非增之意也。夫岂独非其意，将必力争而不听也。不用其言，而杀其所立，羽之疑增，必自是始矣。

方羽杀卿子冠军，增与羽比肩而事义帝，君臣之分未定也。为增计者，力能诛羽则诛之，不能则去之，岂不毅然大丈夫也哉？增年已七十，合则留，不合则去，不以此时明去就之分，而欲依羽以成功，陋矣。虽然，增，高帝之所畏也，增不去，项羽不亡。呜呼，增亦人杰也哉！

【解题】

本文论范增进退事。认为范增与义帝的命运相连，项羽杀卿子冠军，即为弑义帝之兆，范增当于此时离项羽而去，才可保住节概。作年不详。

乃言底可绩

巧言令色，帝之所畏也。故以言取人，自孔子不能无失。然圣贤之在下也，其道不效于民，其才不见于行事，非言无自出之。故以言取人者，圣人之所不能免也。

纳之以言，试之以功，自尧舜以来，未之有改也。尧将禅舜也，曰："询事考言，乃言底可绩。"底之为言极也。《易》曰："穷理尽性，以至于命。"可谓极矣。君子之于事物也，原其始不要其终，知其一不知其二，见其偏不见其全，则利害相夺，华实相乱，乌能得事之真、见物之情也哉！故言可听而不可行，事可行而功不可成，功可成而民不可安，是功未始成也。舜、禹、皋陶之言，皆功成而民安之者也。呜呼！极之为至德也久矣。

箕子谓之皇极，子思谓之中庸。极则非中也，中则非极也，此昧者之论也。故世俗之学，以中庸为处可否之间，无过与不及之病而已，是近于乡原也。若夫达者之论则不然。曰："喜怒哀乐未发谓之中，发而皆中节谓之和，致中和，天地位焉，万物育焉。"非舜、禹、皋陶之成功，其孰能与于此哉！故愚以谓穷理尽性，然后得事之真，见物之情。以之事天则天成，以之事地则地平，以之治人则人安。此舜、禹、皋陶之言，可以底绩者也。

【解题】

本文论言语行事，应当做彻底，才能穷理尽性，才能完成事功。文中批评了那些借口中庸而首鼠两端，对事对人不肯负责的乡愿态度。此下十篇皆是对《尚书》语句的阐释发挥，题目用《尚书》原话。作年不详。

堲谗说殄行

《书》云："朕堲谗说殄行。"传曰：君子之所为，为可传、为可继也。凡行之不可传、继者，皆殄行也。尧舜之所堲也。

世衰道丧，士贵苟难而贱中庸，故邪慝者进焉。齐桓公欲用竖刁、易牙、开方三子。管仲曰："三子者自刑以近君，去亲杀子以求合，皆非人情，难近。"桓公不听，卒以乱齐。齐桓，贤主也。管仲，信臣也。夫以贤主而不用信臣之言，岂非三子者似忠而难知也欤？甚矣，似之乱真也！故曰“恶紫”：谓其夺朱也；“恶莠”：谓其乱苗也；“恶乡原”：谓其乱德也。孟子忧之，故曰：“君子反经而已矣。”君子之所贵，必其可传、可继者也。是以谓之经。经者，常也。君子苟常之为贵，则彼苟难殄行，无为为之矣。苟难者无所获，殄行者无所利，则庶民并兴，巧者不能独进，拙者可以自效。吾虚心而察之，贤者可事，能者可使，而天下治矣。

【解题】

本文教导君王要认真辨别忠臣和佞臣。作年不详。

视远惟明听德惟聪

甚矣，耳目之为天下祸福也。《洪范》五事，为皇极之用，治乱之所由出，狂圣之所由分，风雨之所由作，五福六极之所由致。故颜渊问仁，孔子曰：“非礼勿视，非礼勿听，非礼勿言，非礼勿动。”夫视听期于聪明而已，何与于礼。非礼勿视，非礼勿听，是礼也，何与于仁。曰：视听不以礼，则聪明之害物也甚于聋瞽。何以言之？明之过也，则无所不视，掩人之私，求人之所不及；聪之过也，则无所不听，浸润之谮，肤受之诉或行焉。此其害，岂特聋瞽而已哉！故圣人一之于礼，君臣上下，各视其所当视，各听其所当听，而仁不可胜用也。

太甲之复辟也，伊尹戒之曰：“视远惟明，听德惟聪。”何谓远？何谓德？孔子曰：“文武之道，未坠于地。在人贤者识其大者，不贤者识其小者。”夫惟小之为知，又乌能及远哉。探夜光于东海者，不为鲵桓而回网罗；求合抱于邓林者，不以径寸而枉斧斤。苟志于远，必略近矣。故子张问明，孔子既告之以明，又告之以远。由此观之，视不及远者，不足为明也。梁惠王问利于孟子，孟子告以仁义。曰：“王何必曰‘利’。”夫言利者，其言未必不中也，然君子不听，曰“言利者，必小人也”。听其言必行其事，行其事必近其人，小人日近，君子日疏，求国无危，不可得也。凡言苟出于利，虽中，小人也，况不中乎。苟出于德，虽失，犹君子也，况不失乎。由此观之，听不主于德者，非聪也。

【解题】

本文论“明”与“德”，当以礼为准则；君王视事，要能体察大道，以德为依据，不信小智，不求小利，才能保证国家长治久安。作年不详。

终始惟一时乃日新

《易》曰：“天下之动，正夫一者也。”夫动者，不安者也。夫惟不安，故求安者而托焉。惟一者为能安。天地惟能一，故万物资生焉。日月惟能一，故天下资明焉。天一于覆，地一于载，日月一于照，圣人一于仁，非有二事也。

昼夜之代谢，寒暑之往来，风雨之作止，未尝一日不变也。变而不失其常，晦而不失其明，杀而不害其生，岂非所谓一者常存而不变故耶！圣人亦然。以一为内，以变为外。或曰：圣人固多变也欤？不知其一也，惟能一故能变。伊尹戒太甲曰：“今嗣王新服厥命，惟新厥德，终始惟一，时乃日新。”新与一，二者疑若相反然。请言其辨。物之无心者必一，水与鉴是也。水、鉴惟无心，故应万物之变。物之有心者必二，目与手是也。目、手惟有心，故不自信而托于度量权衡。己且不自信，又安能应物无方日新其德也哉。

齐人为夹谷之会，曰：孔丘儒者也，可劫以兵。不知其戮齐优如杀犬豕。此岂有二道哉，一于仁而已矣。孟子曰：“天下定于一。孰能一之？曰：不嗜杀人者。”愚故曰圣人一于仁。

【解题】

本文论守于“一”才能应万物之变，因此君王当以“仁”为指导思想，才能使德行功业日新月异。作年不详。

王省惟岁

论尧、舜之德者，必曰无为。考之于经，质之于史，尧、舜之所为，卓然有见于世者，盖不可胜计也，其曰无为，何哉？古人有言曰：“除日无岁。”又曰：“日一日劳考载曰功。”若尧、舜者，可谓功矣。

岁者，月之积也。月者，日之积也。举岁则兼月，举月则兼日矣。日别而数之，则月不见；月别而数之，则岁不见。此岂日月之外，复有岁哉。日月之各一，人臣之劳也；岁之并考，人君之功也。故《书》曰：“王省惟岁，卿士惟月，师尹惟日。”此上下之分，烦简之宜也。

禹之平水土，稷为之殖百谷，契为之敷五教，伯夷为之典三礼，皋陶为之平五刑，羲和为之历日月。尧舜果何为哉？今夫三百有六旬，分之以四时，配之以六甲，位之以十二子，散之以二十四气，裂之以七十二候，昼不可以并夜，寒不可以兼暑，则气果安在哉？惟其无在而不可名，寄之于人而已，不有此，所以为王省之功也。

日不立则月不建，月不建则岁不成，师尹不官，则卿士不治，卿士不治，则王功废矣。故曰：“庶民惟星。”星者，日月之所舍。所因以为寒暑风雨者也。民者，上之所托，所因以为号令赏罚者也。日月不自为风雨寒暑，因星而为节；君不自为号令赏罚，因民而为节。上执其要，下治其详，所谓岁月日时无易也。文王不兼庶狱，陈平不治钱谷，邴吉不问斗伤，此所为不易者也。秦皇衡石程书，光武以吏事责三公，此易岁月而乱日时者也。治乱之效，亦可以概见矣。

【解题】

本文自君王以岁计功，臣民以月日计劳出发，论君王治理天下当执其大要，具体的事则应放手交给臣下去做，并能信任他们。作年不详。

作周恭先作周孚先

周之将兴，必有继天之王，建都邑，立藩辅，以定天命而宅民心，为子孙之师。亦必有命世之臣，考礼乐，修法令，以定国是而正风俗，为卿大夫之宗。然后可以世世垂拱仰成，虽有中主弱辅，而不至于乱。故曰："孺子来相宅，其大惇典商献民，乱为四方新辟，作周恭先。""予旦以多才。越御事，笃前人成烈，答其师，作周孚先。"

国之所恃者，法与人也。《诗》曰："虽无老成人，尚有典刑。"故周公以谓惇典而用贤，可以定国，后之言恭者必稽焉。傅说有言："事不师古，以克永世，匪说攸闻。"今不师古，后不师今。故周公以谓我当与卿大夫士笃前人成烈，以答众心，则后之言信者必师焉。

夫以成王之贤，周公之圣，其所以为后世先者，不过于恭与信而已。《诗》曰；"自古在昔，先民有作。温恭朝夕，执事有恪。"闵马父曰："古之称恭者，曰自古，曰在昔，曰先民，其严如是。"愚以是知恭之大者，盖尧之允恭，孔子之温恭，非独恭世子之恭、楚共王之恭也。成王以是为后世先也，不亦宜乎。“大有上吉。履信思乎顺。又以尚贤也，是以自天祐之，吉无不利”。又曰：“自古皆有死，民无信不立。”信之为德也，重于兵而急于食，周公以是为后世先也，不亦宜乎！

【解题】

本文论治理国家，必以恭信，恭即用贤，信即服众人之心，这二条是治国保国之根本所在。作年不详。

惟圣罔念作狂，惟狂克念作圣

毫末之木，有合抱之资；滥觞之水，有稽天之势。不可谓无是理也。理固有是，而物未必然。此众人之所以不信也。子思有言：“君子之道，始于夫妇之所能，其至也，虽圣人有不能。”故孟子曰：“人皆可以为尧舜。”人之能为尧舜，历千载而无有，故孟子之言，世未必信也。众人以迹求之，故未必信，君子以理推之，故知其有必然者矣。

孔子曰：“惟上智与下愚不移。”而《书》曰：“惟圣罔念作狂，惟狂克念作圣。”此二言者，古今所不能一，而学者之所深疑也。请试论之。滥觞可以稽天，东海可以桑田，理有或然者，此狂圣念否之说也。江湖不可以徒涉，尺水不可以舟行，事有必然者，此愚智必然之辨也。夫言各有当也，达者不以失一害一，此之谓也。太甲既立，不明，伊尹放之。使太甲粗可以不乱者，伊尹不废也。至于废，则其狂也审矣。然卒于为商宗。周公曰：“兹四人迪哲。”盖太甲与文王均焉。明皇开元之治，至于刑措，与夫三代何远。林甫之专，禄山之乱，民在涂炭，岂特狂者而已哉。由此观之，圣狂之相去，殆不容发矣。

【解题】

本文论圣与狂之间的区别仅在于一念之差。作年不详。

庶言同则绎

《书》曰："出入自尔师虞，庶言同则绎。"虞之为言度也，出纳之际，庶言之所在也，必得我师焉。夫言有同异，则听者有所考：言其利也，必有为利之道；言其害也，必有致害之理。反复论辩廷议，而众决之。长者必伸，短者必屈焉；真者必遂，伪者必窒焉。故邪正之相攻，是非之相稽，非君子之所患。君子之所患者，庶言同而已。

考同者莫若绎，古者谓䌷绎，䌷丝者必求其端，究其所终。《太甲》曰："有言逆于汝心，必求诸道；有言逊于汝志，必求诸非道。"《君陈》之所谓绎者，《太甲》之所谓求也。孙宝有言："周公大圣，召公大贤，犹不相说，著于经典，两不相损。"晋王导辅政，每与客言，举坐称善。而王述责之曰："人非尧舜，安得每事尽善。"导亦敛衽谢之。古之君子，其畏同也如此。同而不绎，其患有不可胜言者矣。

【解题】

本文论人君当特别警惕那些附和自己、赞同自己的言论，不同观点的言论，只有在反复辩论中才能得出真理。作年不详。

唐虞稽古，建官惟百，夏商官倍，亦克用乂

天下之事，古略而今详；天下之官，古寡而今众。圣人非有意于其间，势则然也。火化之始，燔黍捭豚，以为靡矣。至周而醯醢之属至百二十瓮。栋宇之始，茅茨采椽，以为泰矣。至周九尺之室，山节藻棁。圣人随世而为之节文，岂得已哉。《周书》

曰：“唐虞稽古，建官惟百，夏商官倍，亦克用乂。”圣人不以官之众寡论治乱者，以为治乱在德，而不在官之众寡也。《礼》曰：“夏后氏官五十，商二百，周三百。”与周官异，学者盖不取焉。夫唐虞建官百，简之至也。夏后氏安能减半而办，此理之必不然也。孔安国曰：“禹、汤建官二百，不及唐虞之清要。”荣古而陋今，学者之病也。自夏、商观之，则以官百为清要。自唐虞而上云鸟纪官之世而观之，则官百为陋矣。夫岂然哉。愚闻之叔向曰：“昔先王议事以制，不为刑辟。”故子产铸《刑书》，而叔向非之。夫子产之《刑书》，末世之先务也。然且得罪于叔向。是以知先王之法亦简矣。先王任人而不任法，劳于择人而佚于任使，故法可以简。法可以简，故官可以省。古人有言，省官不如省事，省事不如清心，至矣。

【解题】

本文从发展的眼光出发，批评了盲目崇古的观点，认为国家治乱与否，不在官的多少，而在于任人是否适当，只有清心省事才能达到天下大治。此文反映了儒家德政思想和黄老无为而治的思想。作年不详。

道有升降政由俗革

武王克商，武庚禄父不诛矣，而列为诸侯。周公相成王，武庚禄父叛，殷之顽民，相率为乱，不诛也，而迁之洛邑。武王、周公，其可谓至德也已矣。曰：“群饮，汝勿佚，尽执拘以归于周，予其杀。商之工臣，乃湎于酒，勿庸杀之，姑惟教之。”非至德能如是乎？是以商之臣子心服而日化，至康王之世三十余年矣。世变风移，士君子出焉。故命毕公曰：“道有升降，政由俗革，不臧厥臧，民罔攸劝。”始则迁其顽者而教之，终则择其善者而用之。周之于商人也，可谓无负矣。

夫道何常之有，应物而已矣。物隆则与之偕升，物污则与之偕降。夫政何常之有，因俗而已矣。俗善则养之以宽，俗顽则齐之以猛。自尧、舜以来，未之有改也。故齐太公因俗设教，则三月而治。鲁伯禽易俗变礼，则五月而定。三月之与五月，未足为迟速也，而后世之盛衰出焉。以伯禽之贤，用周公之训，而犹若是，苟不逮伯禽者，其变易之患可胜言哉！

【解题】

本文论政令教化当随着形势的变化而变化。作年不详。

观过斯知仁矣

孔子曰："人之过也，各于其党，观过斯知仁矣。"自孔安国以下，解者未有得其本指者也。《礼》曰："与仁同功，其仁未可知也。与仁同过，然后其仁可知也。"闻之于师曰：此《论语》之义疏也。请得以论其详。

人之难知也，江海不足以喻其深，山谷不足以配其险，浮云不足以比其变。扬雄有言："有人则作之，无人则辍之。"夫苟见其作，而不见其辍，虽盗跖为伯夷可也。然古有名知人者，其效如影响，其信如蓍龟，此何道也。故彼其观人也，亦多术矣。委之以利，以观其节；乘之以猝，以观其量；伺之以独，以观其守；惧之以敌，以观其气。故晋文公以壶飧得赵衰，郭林宗以破甑得孟敏，是岂一道也哉。夫与仁同功而谓之仁，则公孙之布被与子路之缊袍何异，陈仲子之螬李与颜渊之箪瓢何辨。何则？功者人所趋也，过者人所避也。审其趋避而真伪见矣。古人有言曰："钼麑违命也，推其仁可以托国。"斯其为观过知仁也欤！

【解题】

本文认为要想真正了解一个人，尤其是一个人的优秀品质，必须要在承担风险，甚至在他失败时看他的行为出处。此下二文是对《论语》语句的疏解，题目出自《论语》。作年不详。

君使臣以礼

君以利使臣，则其臣皆小人也。幸而得其人，亦不过健于才而薄于德者也。君以礼使臣，则其臣皆君子也。不幸而非其人，犹不失廉耻之士也。其臣皆君子，则事治而民安。士有廉耻，则临难不失其守。小人反是。故先王谨于礼。

礼以钦为主，宜若近于弱；然而服暴者，莫若礼也。礼以文为饰，宜若近于伪；然而得情者，莫若礼也。哀公问君使臣臣事君如之何？孔子曰："君使臣以礼，臣事君以忠。"不有爵禄刑罚也乎，何为其专以礼使臣也！以爵禄而至者，贪利之人也，利尽则逝矣。以刑罚而用者，畏威之人也，威之所不及，则解矣。故莫若以礼。礼者，君臣之大义也，无时而已也。汉高祖以神武取天下，其得人可谓至矣。然恣慢而侮人，洗足箕踞，溺冠跨项，可谓无礼矣。故陈平论其臣，皆嗜利无耻者，以是进取可也，至于守成，则殆矣。高帝晚节不用叔孙通、陆贾，其祸岂可胜言哉。吕后之世，平、勃背约，而王诸吕几危刘氏，以廉耻不足故也。武帝踞厕而见卫青，不冠不见汲黯。青虽富贵，不改奴仆之姿，而黯社稷臣也，武帝能礼之而不能用，可以太息矣。

【解题】

本文论君王当以礼来对待臣下，才能招致有气节的忠臣，排斥贪利、畏威之小人。作年不详。

以佚道使民，以生道杀民

使民为农，民曰："是食我之道也。"使民为兵，民曰："是卫我之道也。"使民为城郭沟池，民曰："是域我之道也。"虽劳而不怨也。曰："盘庚之民，何以怨?""民可与乐成而不可与虑始，盖终于不怨也。"《诗》曰："昼尔于茅，宵尔索绹，亟其乘屋，其始播百谷。"可谓劳矣。然民岂不思之，曰："上之人果谁为也哉!"若夫田猎之娱，宴好之奉，上之人所自为为之者，君子盖不以劳民也。古者水衡少府，天子之私藏。大司农钱，不以给共养劳费，共养劳费一出少府，为是也。孟子曰："以佚道使民，劳而不怨，以生道杀民，虽死不怨杀者。"以佚道使民，可也，以生道杀民，君子盖难言之。《易》曰："古之聪明睿智神武而不杀。"季康子曰："如杀无道，以就有道，何如?"孔子曰："子为政，焉用杀?"夫杀无道就有道，先王之所不免也，孔子讳之。然则杀者，君子之所难言也。

【解题】

本文疏解《孟子》。认为君王当为民生着想，不能以一己之利困扰百姓。题目出自《孟子》作年不详。

《广成子》解

黄帝立为天子，十九年，令行天下，闻广成子在于崆峒之山，故往见之。曰："我闻吾子达于至道。敢问至道之精。吾欲取天地之精，以佐五谷，以养民人，吾又欲官阴阳，以遂群生，为之奈何?"

道固有是也。然自是为之，则道不成。

广成子曰："而所欲问者，物之质也；而所欲官者，物之残也。

得道者不问，问道者未得也。得道者无物无我，未得者固将先我而后物。夫苟得道，则我有余而物自足，岂固先之耶。今乃舍己而问物，恶其不情也。故曰"而所欲问者，物之质也，而所欲官者，物之残也"。言其情在于欲己长生，而外托于养民人、遂群生也。夫长生不死，岂非物之实，而所谓养民人、遂群生，岂非道之余乎？

"自而治天下也，云气不待族而雨，草木不待黄而落，日月之光，益以荒矣。

天作时雨，山川出云。云行雨施，而山川不以为劳者，以其不得已而后雨，非雨之也。春夏发生，秋冬黄落，而草木不以为病者，以其不得已而后落，非落之也。今云不待族而雨，草木不待黄而落，虽天地之精，不能供此有心之耗，故荒亡之符，先见于日月，以一身占之，则耳目先病矣。

"而佞人之心，翦翦者，又奚足以语至道？"

真人之与佞人，犹谷之与稗也。所种者谷，虽瘠土堕农，不生稗也。所种者稗，虽美田疾耕，不生谷也。今始学道，而问已不情。佞伪之种，道何从生！

黄帝退，捐天下，筑特室，席白茅，闲居三月，复往邀之。广成子南首而卧，黄帝顺下风，膝行而进，再拜稽首而问曰："闻吾子达于至道，敢问治身奈何而可以长久？"

弃世独居，则先物后己之心，无所复施，故其问也情。

广成子蹶然而起曰："善哉问乎！来，吾语汝至道。

广成子至此，始以道语黄帝乎？曰：否。人如黄帝而不足以语道，则天下无足语者矣。吾观广成子之拒黄帝也，其语至道已悉矣。是以闲居三月而复往见，蹶然为之变，其受道岂始于此乎？

“至道之精，窈窈冥冥，至道之极，昏昏默默。

窈窈冥冥者，其状如登高望远，察千里之毫末，如临深俯幽，玩万仞之藏宝也。昏昏默默者，其状如枯木死灰，无可生可然之道也。曰：道止于此乎？曰：此窈冥昏默之状，乃致道之方也。如指以为道，则窈冥昏默者，可得谓之道乎？人能弃世独居，体窈冥昏默之状，以入于精极之渊，本有不得于道者也。学道者患其散且伪也，故窈窈冥冥者，所以致一也，昏昏默默者，所以全真也。

“无视无听，抱神以静，形将自正。必静必清，无劳汝形，无摇汝精，乃可以长生。目无所见，耳无所闻，心无所知，汝神恃守形，形乃长生。慎汝内，闭汝外，多知为败。

自此以上，皆真实语，广成子提耳画一以教人者。无视无听，抱神以静，则无为也。心无所知，则无思也。必静必清，无劳汝形，无摇汝精，则无欲也。三者具而形神一，形神一而长生矣。内不慎，外不闭，二者不去，而形神离矣。或曰：广成子之于道，若是数数欤？曰：谷之不为稗，在种者一粒耳，何数不数之有。然力耕疾耘，不可废也。

“我为汝遂于大明之上矣，至彼至阳之原也，为汝入于窈冥之门矣，至彼至阴之原也。

窈冥昏默，长生之本。长生之本既立，亦必有坚凝之者。二者如日月水火之用。所以修练变化，坚气而凝物者也，盖必有方矣。然皆必至其极，不极不化也。

“天地有官，阴阳有藏。

广成子以窈冥昏默立长生之本，以无思无为无欲去长生之害，又以至阴至阳坚凝之，吾事足于此矣。天地有官，自为我治之，阴阳有藏，自为我蓄之。为之者在我，成之者在彼。

“慎守汝身，物将自壮。

言长生可必也，物岂有稚而不壮者哉。

“我守其一，以处其和。故我修身千二百岁矣，吾形未尝衰。”黄帝再拜稽首曰：“广成子之谓天矣。”广成子曰：“来，余语汝。彼其物无穷，而人皆以为终，彼其物无测，而人皆以为极。

物本无终极，其分也成也，其成也毁也。物未尝有死，故长生者物之固然，非我独能。我能守一而处和，故不见其分成与毁尔。

“得吾道者，上为皇而下为王。失吾道者，上见光而下见土。

皇者其精也，王者其粗也，生者明，死者幽，幽者不知明，明者不知幽。

“今夫百昌皆生于土，而反于土。故余将去汝，入无穷之门，以游无极之野。

盖将有以示化去世形解入土之意也欤？

“吾与日月参光，吾与天地为常，当我缗乎，远我昏乎，人其尽死而我独存乎！”

南荣趎挟三人以见老子，老子诃之，则矍然自失，人我皆丧。夫挟人以往固非也，人我皆丧亦非也。故学道能尽死其人独存其我者寡矣。可见、可言、可取、可去者，皆人也，非我也。不可见、不可言、不可取、不可去者，是真我也。近是则智，远是则愚，得是则得道矣。故人其尽死而我独存者，此之谓也。古今语异，吾不知缗之所谓也。以文意求之，其犹曰明也欤？

【解题】

本文为疏解《庄子·在宥》黄帝见广成子故事而作。仿宋字体为《庄子》原文。作年不详。

辩曾参说

孔子曰："参乎，吾道一以贯之。"曾子曰："唯。"子出。门人曰："何谓也？"曰："夫子之道，忠恕而已矣。"师弟子答问，未尝不"唯"，而曾子之"唯"，独记于《论语》。一"唯"之外，口耳俱丧，而门人方欲问其所谓，此系风捕影之流也，何足实告哉！

释天性

孟子曰："形色天性也。"惟圣人然后可以践形，中虽不然，犹知强之于外。此所以为天性也。

【解题】

此二文为发挥《论语》、《孟子》语意而作。作年不详。

历代世变

秦以暴虐，焚诗书而亡。汉兴鉴其弊，必尚宽德，崇经术之士，故儒者多。虽未知圣人，然学宗经师，有识义理者众。故王莽之乱，多守节之士。世祖继起，不得不废经术，褒尚名节之士。故东汉之士，多名节，知名节而不能接之以礼，遂至于苦节。苦节之士，有视死如归者。苦节既极，故晋、魏之士，变而为旷荡，尚浮虚而亡礼法。礼法既亡，与夷狄同。故五胡乱华，夷狄之乱已甚，必有英雄出而平之。故隋、唐混一天下。隋不可谓一天下，第能驱除耳。唐有天下，如贞观、开元间，虽号治平，然亦有夷狄之风。三纲不正，无父子、君臣、夫妇，其原始于太宗也。故其后世子孙，皆不可使。玄宗才使肃宗，便叛。肃宗才使永王璘，便反。君不君，臣不臣，故藩镇不宾，权臣跋扈，陵夷有五代之乱。汉之治过于唐矣，汉有纲正。因客有问十世可知，遂推此数论。

【解题】

本文论秦汉以来学风、世风的流变，及其对王朝兴衰的影响。文中推崇儒家经典和纲常观念，认为这是立国之本。作年不详。

尧逊位于许由

司马迁曰："夫学者载籍极博，尤考信于六艺。《诗》、《书》虽缺，然虞、夏之文可知也。尧将逊位于虞舜，舜、禹之间，岳牧咸荐，乃试之于位，典职数十年，功用既兴，然后授政。示天下重器，王者大统，传天下若斯之难也。而说者谓尧让天下于许由，许由不受，耻之逃隐。及夏之时，有卞随、务光者，此何以称焉？"东坡先生曰：士有箪食豆羹见于色者，自吾观之，亦不足信也。

巢由不可废

巢、由不受尧禅，尧、舜不害为至德。夷、齐不食周粟，汤、武不失为至仁。孔子不废是说，曰："《武》尽美矣，未尽善也。"扬雄者独何人，乃敢废此，曰："允哲尧禅舜，则不轻于由矣。”陋哉斯言！使夷、齐不经孔子，雄亦且废之矣。世主诚知揖逊之水，尚污牛腹，则干戈之粟，岂能溷夷、齐之口乎？于以知圣人以位为械，以天下为牢，庶乎其不骄士矣！

尧不诛四凶

《史记·舜本纪》：“舜归而言于帝，请流共工于幽陵，以变北狄；放驩兜于崇山，以变南蛮；迁三苗于三危，以变西戎；殛鲧于羽山，以变东夷。”太史公多见先秦古书，故其言时有可考，以正自汉以来儒者之失。四族者，若皆穷奸极恶，则必见诛于尧之世，不待舜而后诛，明矣。屈原有云：“鲧悻直以忘身。”则鲧盖刚而犯上者耳。若四族者，诚皆小人也，则安能用之以变四夷之俗哉！由此观之，则四族之诛，皆非诛死，亦不废弃，但迁之远方为要荒之君长耳。如《左氏》之所言，皆后世流传之过。若尧之世有大奸在朝而不能去，则尧不足为尧矣。

尧桀之民

尧之民，比屋可封；桀之民，比屋可诛。若信此说，则尧时诸侯满天下，桀时大辟遍四海也。

商人赏罚

《礼》云：“商人先罚而后赏。”而汉武策董仲舒云：“商人执五刑以督奸，伤肌肤以惩恶。”此百王之所同而独云尔者，汉儒之学，固有以商为厚于威而薄于恩也耶？

管仲分君谤

宋君夺民时以为台，而民非之，无忠臣以掩其过也。子罕释相而为司空，民非子罕而善其君。齐桓公宫中七市，女闾七百，国人非之，管仲故为三归之家，以掩桓公。此《战国策》之言也。苏子曰：管仲仁人也，《战国策》之言，庶几是乎！然世未有以为然者也。虽然，管仲之爱其君亦陋矣，不谏其过，而务分谤焉。或曰："管仲不可谏也。"苏子曰：用之则行，舍之则藏。谏而不听，不用而已矣。故孔子曰："管仲之器小哉！"

管仲无后

《左氏》云："管仲之世祀也宜哉！"谓其有礼也。而管子之后不复见于齐者。予读其书，大抵以鱼盐富齐耳。予然后知管子所以无后于齐者。孔子曰："管仲相桓公，九合诸侯，一匡天下。微管仲，吾其被发左衽矣。"又曰："桓公九合诸侯，不以兵车，管仲之力也。如其仁！如其仁！"夫以孔子称其仁，丘明称其有礼，然不救其无后，利之不可与民争也如此。桑弘羊灭族，韦坚、王鉷、杨慎矜、王涯之徒，皆不免于祸，孔循诛死，有以也夫。

楚子玉以兵多败

蒍贾论子玉，过三百乘必败。而郤克自谓不如先大夫，请八百乘。将以用寡为胜，抑以将多为贤也？如淮阴侯言多多益办，是用众亦不易。古人以兵多败者，不可胜数。如王寻、苻坚、哥舒翰者多矣。子玉刚而无礼，少与之兵，或能戒惧而不败耶？

孔子诛少正卯

孔子为鲁司寇，七日而诛少正卯。或以为太速。此叟盖自知其头方命薄，必不得久在相位，故汲汲及其未去发之。使更迟疑两三日，已为少正卯所图矣。

颜回箪瓢

孔子称颜回屡空，至于箪食瓢饮，其为造物者费亦省矣，犹且不免于夭折。使回吃得两箪食几瓢饮，当更不活得二十九岁。然造物者辄支盗跖两日禄料，便足为回七十余年粮矣，但恐回不肯要耳。

宰我不叛

李斯上书谏二世，其略曰；“田常为简公臣，布惠施德，下得百姓，上得群臣，阴取齐国，杀宰予于庭。”是宰予不从田常乱而灭其族。太史公载宰我为临淄大夫，与田常作乱，以夷其族，孔子耻之。李斯事荀卿，去孔子不远，宜知其实。盖传者妄也。予尝病太史公言宰我与田常作乱夷其族，使吾先师之门乃有叛臣焉。天下通祀者容叛臣其间，岂非千载不蠲之惑也耶？近令儿子迈考阅旧书，究其所因，则宰我不叛，其验甚明。太史公固陋承疑，使宰我负冤千载，而吾师与蒙其诟，自兹一洗，亦古今之大快也。

司马穰苴

《史记》："司马穰苴，齐景公时人也。"其事至伟。而《左氏》不载，予尝疑之。《战国策》："司马穰苴，为政者也，闵王杀之，大臣不亲。"则其去景公也远矣。太史公取《战国策》作《史记》当以《战国策》为信。凡《史记》所书大事，而《左氏》无有者，皆可疑。如程婴、杵臼之类是也。穰苴之事不可诬，抑不在春秋之世，当更徐考之。

孟尝君宾礼狗盗

孟尝君所宾礼者至于狗盗，皆以客礼食之，其取士亦陋矣。然微此二人，几不脱于死。当是时，虽道德礼义之士，无所用之。然道德礼义之士，当救之于未危，亦无用此士也。

颜蠋巧贫

颜蠋与齐王游，食必太牢，出必乘车，妻子衣服丽都。蠋辞去，曰："玉生于山。制则破焉，非不宝贵也，然而太璞不完。士生于鄙野，推选则禄焉，非不尊达也，然而形神不全。蠋愿得归，晚食以当肉，安步以当车，无罪以当贵，清净贞正以自娱。"

嗟乎，战国之士，未有如鲁连、颜蠋之贤者也，然而未闻道也。曰“晚食以当肉，安步以当车”，是犹有意于肉与车也。夫晚食自美，安步自适，取于美与适足矣，何以当肉与车为哉。虽然，蠋可谓巧于居贫者也。未饥而食，虽八珍犹草木也。使草木如八珍，惟晚食为然。蠋固巧矣，然非我之久于贫，不知蠋之巧也。

田单火牛

田单使人食必祭，以致乌鸢。又设为神师。皆近儿戏，无益于事。盖先以疑似置齐人心中，则夜见火牛龙文，足以骇动取一时之胜。此其本意也。

夏侯玄论乐毅

《魏氏春秋》云：“夏侯玄著《乐毅》、《张良》及《本无肉刑论》，辞旨通远，传于世。”然以予观之，燕师之伐齐，犹未及桓文之举也，而以为几汤武，岂不过甚矣乎？初，玄好老、庄道德之言，与何晏等皆有盛名。然玄陷曹爽党中。玄亦不免李丰之祸。晏目玄以《易》之所谓深者，而玄目晏以神。及其遇祸，深与神皆安在乎？群儿妄作名字，自相刻画，类如此，可以发千载一笑。

汉高祖封羹颉侯

高祖微时，尝避事，时时与宾客过其丘嫂食。嫂厌叔与客来，阳为羹尽轑釜，客以故去。已而视其釜中有羹，由是怨嫂。及立齐、代王，而伯子独不侯。太上皇以为言。高祖曰：“非敢忘之也，为其母不长者。”封其子信为羹颉侯。高祖号为大度不记人过者，然不置轑釜之怨，独不畏太上皇缘此记分杯之语乎？

相如长门赋

陈皇后废处长门宫，闻司马相如工为文，奉百金为相如、文君取酒。相如为作《长门赋》，以悟主上。皇后复得幸。予观汉武雄猜忍暴，而相如乃敢以微词亵慢及宫闱间。太史公一说李陵事，以为意沮贰师，遂下蚕室。陈皇后得罪，止坐卫子夫，子夫之爱，不减李夫人，岂区区贰师所能比乎？而于相如之赋，独不疑其有间于子夫者，岂非幸与不幸，固自有命欤？世以祸福论工拙，而以太史公不能保身于明哲者，皆非通论也。

张 仪 欺 楚

张仪欺楚王以商於之地六百里。既而曰：“臣有奉邑六里。”此与儿戏无异。天下莫不疾张子之诈，而笑楚王之愚也。夫六百里岂足道哉。而张子又非楚之臣，为秦谋耳，何足深过。若后世之臣欺其君者，曰：“行吾言，天下举安，四夷毕服，礼乐兴而刑罚措。”其君之所欲得者，非特六百里也，而卒无丝毫之获。岂惟无获，其所丧已不可胜言矣。则其所以事君者，乃不如张仪之事楚。因读《晁错传》，书此。

王翦用兵

善用兵者，破敌国，当如小儿毁齿，以渐摇撼，而后取之，虽小痛而能堪也。若不以渐，一拔而得齿，则取齿适足以杀儿。王翦以六十万人取荆，此一拔取齿之道也。秦亦惫矣，二世而败，坐此也夫。

荀子疏谬

荀子有云："青出于蓝，而青于蓝，冰生于水，而寒于水。"故世之言弟子胜师者，辄以此为口实。此无异醉梦中语。青，即蓝也。冰，即水也。今酿米以为酒，杀羊豕以为膳羞，而曰"酒甘于米，膳羞美于羊豕"，虽儿童必皆笑之。而荀卿乃以为辩，信其醉梦颠倒之言。至以性为恶，其疏谬，大率皆此类也。

陈平论全兵

匈奴围汉平城，陈平上言："胡者全兵，请令强弩傅两矢外向，徐行出围。"李奇注"全兵"云："惟弓矛，无杂仗也。"此说非是。使胡有杂仗，则傅矢外向之说，不得行欤！且奇何以知匈奴无杂仗也，匈奴特无弩尔。全兵者，言匈奴自战其地，不致死，不能与我行此危事也。

赵尧真刀笔吏

方与公谓周昌之吏赵尧，年虽少，然奇士，“君必异之，且代君”。昌笑曰：“尧刀笔吏耳，何至是!”居顷之，尧说高祖为赵王置贵强相，独昌为可。高祖用其策，尧竟代昌为御史大夫。吕后杀赵王，昌亦无能为，特谢病不朝耳。由是观之，尧特为此计规代昌耳，安能为高祖谋哉！其后，吕后怒尧为此计，亦抵尧罪。尧非独不能为高祖谋，其自谋亦不审矣。昌谓之刀笔吏，真不诬哉！

郦寄幸免

班固有言：“当孝文时，天下以郦寄为卖友。夫卖友者，谓见利而忘义也。若寄父为功臣而又执劫，摧吕禄，以安社稷，谊存君亲可也。”予曰：当是时，寄不得不卖友也。罪在于寄以功臣子而与国贼游，且相厚善也。石碏之子厚与州吁游，碏禁之不从，卒杀之。君子无所讥，曰“大义灭亲”。郦商之贤不及石碏，故寄得免于死，古之幸人也。而固又为洗卖友之秽，固之于义陋矣。

穆生去楚王戊

楚元王敬礼穆生，每置酒，常为穆生设醴。及王戊即位，常设，后忘设焉。穆生退，曰：“可以逝矣。醴酒不设，王之意怠。

楚人将钳我于市。”称疾卧。申公与白生强起之，曰：“独不念先王之德欤？今王一旦失小礼，何足至此？”穆生曰：“君子见几而作，不俟终日。先王所以礼吾三人者，为道之存故也。今而忽之，是忘道也。忘道之人，胡可与久处？岂为区区之礼哉!”遂谢病去。申公、白生独留。王戊稍淫暴，与吴通谋，二人谏不听，衣之赭衣，使杵臼舂于市。申公愧之，归鲁教授，不出门。已而赵绾、王臧言与武帝，复以安车蒲轮召，卒坐臧事，病免。死。穆生远引于未萌之前，而申公眷恋于既悔之后。谓祸福皆天不可避就者，未必然也。可书之座右，为士君子终身之戒。

汉武无秦穆之德

杞子自郑使告于秦，曰：“郑人使我掌其北门之管，若潜师以来，国可得也。”穆公访诸蹇叔。蹇叔曰：“劳师以袭远，非所闻也。师劳力竭，远主备之，勤而无取，必有悖心，且师行千里，其谁不知？”公辞焉。召孟明、西乞、白乙使出师于东门之外。蹇叔哭之，曰：“孟子，吾见师之出而不见其入也。”公使谓之，曰：“尔何知，中寿，尔墓之木拱矣。”蹇叔之子兴师，哭而送之，曰：“晋人御师必于殽，殽有二陵焉。其南陵，夏后皋之墓也；其北陵，文王之所避风雨也。必死是间，余收尔骨焉。”汉武帝违韩安国而用王恢，然卒杀恢。是有秦穆公违蹇叔之罪，而无用孟明之德也。

王 韩 论 兵

王恢与韩安国论击匈奴上前，至三乃复。安国初持不可击甚坚，后乃云："意者有他谬巧，可以擒之，则臣不可知也。"安国揣知上意所向，故自屈其议以信恢耳。不然，安国所论，殆天下所以存亡者，岂计于"谬巧'哉？安国少贬其论，兵连祸结，至汉几亡，可以为后世君子之戒。

西汉风俗谄媚

西汉风俗谄媚，不为流俗所移，惟汲长孺耳。司马迁至伉简。然作《卫青传》，不名青，但谓之大将军；贾谊何等人也，而云爱幸于河南太守吴公。此等语甚可鄙，而迁不知，习俗使然也。本朝太宗时，士大夫亦有此风，至今未衰。吾尝发策学士院，问两汉所以亡者，难易相反，意在此也。而答者不能尽，吾亦尝于上前论之。

卫青奴才

汉武无道，无足观者。惟踞厕见卫青，不冠不见汲黯，为可佳尔。若青奴才，雅宜舐痔，踞厕见之，正其宜也。

司马相如创开西南夷路

司马长卿始以污行不齿于蜀人，既而以赋得幸天子，未能有所建明立丝毫之善以自赎也。而创开西南夷逢君之恶，以患苦其父母之邦，乃复矜其车服节旄之美，使邦君负弩先驱，岂得诗人致恭桑梓、万石君父子下里门之义乎？卓王孙暴富迁虏也，故眩而喜耳。鲁多君子，何喜之有。

司马相如之谄死而不已

司马相如归临邛，令王吉谬为恭敬，日往朝相如，相如称病，使从者谢吉。及卓氏为具，相如又称病不往。吉自往迎相如。观吉意，欲与相如为率钱之会耳。而相如遂窃妻以逃，大可笑。其《谕蜀父老》，云以讽天子。以今观之，不独不能讽，殆几于劝矣。谄谀之意，死而不已，犹作《封禅书》。如相如，真可谓小人也哉！

窦婴田蚡

窦婴、田蚡俱好儒术，推毂赵绾、王臧。迎鲁申公，欲设明堂，令列侯就国，除关，以礼为服制，欲以兴太平。会窦太后不悦，绾、臧下吏，婴、蚡皆罢。观婴、蚡所为，其名亦善矣。然婴既沾沾自喜，蚡又专为奸利，太平岂可以文致力成哉。申公始不能用穆生言，为楚人所辱，亦可以少惩矣。晚乃为婴、蚡起，又可以一笑。凤凰翔于千仞，乌鸢弹射不去，诚非虚语也。

汉武帝巫蛊事

汉武帝讳巫蛊之事，疾如仇雠。盖夫妇、君臣、父子之间，嗷嗷然不聊生矣。然《史记·封禅书》云："丁夫人、雒阳虞初等，以方祠诅匈奴、大宛。"己且为巫蛊之魁，何以责其下？此最可笑云。

霍光疏昌邑王之罪

观昌邑王与张敞语，真风狂不慧者尔，乌能为恶？废则已矣，何至诛其从官二百余人？以吾观之，其中从官，必有谋光者，光知之，故立废贺，非专以淫乱故也。二百人方诛，号呼于市，曰："当断不断，反受其乱。"此其有谋明矣。特其事秘密，无缘得之。著此者，亦欲后人微见其意也。武王数纣之罪，孔子犹且疑之。光等疏贺之恶，可尽信耶？

赵充国用心可重

始予观充国策先零、匈奴情伪，曰："何其明也。"又观遣雕车行羌中告谕，阻辛武贤先攻罕、开，守便宜不出师。画屯田十二利，专务以恩信积谷招降，以谓此从容以义用兵，与夫逞诈谖疲人于一战者绝殊。最末，观其语将校曰："诸君皆便文自营尔，非为公家忠计也。"语郎中曰："是何言之不忠也？吾固以死守之。"语浩星赐曰："吾老矣，岂嫌伐一时事以欺明主哉！老臣不以余命为陛下言之，卒死，谁当复言之？"卒以其意白上云。呜呼，使有位君子皆用其心如充国，则古今天下岂有不治者哉！尝观于内，公卿士大夫之议曰："法当然，奈何！"观于外，将之议曰："诏如是，不当违诏也。"凡在我，一入一出，未有止障也。脱有能言一事，其言不用，则矜语于人曰："某事吾尝言之。上不我用也，我则无负。"终不更犯颜色，往复论也，况于以死守而不欺，岂复有哉！而以余命受禄位者，并肩立也。岂特才不及充国，忠又不如，可叹也。夫充国之用心，人臣常道尔。然与充国同时在汉廷人，未闻皆然，而充国独然，故可重也。噫，今之人，不及往时远矣，则充国益可重也。予既观充国而感今之人，又观宣帝与之上下议论，而格排群疑用之，遂无劳兵下羌寇，不知其能功名，亦遇主然也。噫，宣帝、充国可重也，况三代君臣间哉！下不肯有欺上，上其容有间然乎？而观扬子云赞，不及此区区论功尔。功古今岂无大者哉，不若原其心以励事君也。班固又不出语。山东气俗，故著云尔。

梁统议法

汉仍秦法，至重。高、惠固非虐主，然习所见以为常，不知其重也。至孝文始罢肉刑与参夷之诛，景帝复孥戮晁错，武帝暴戾有增无损，宣帝治尚严，因武帝之旧。至王嘉为相，始轻减法律，遂至东京，因而不改。班固不记其事，事见《梁统传》，固可谓疏略矣。嘉，贤相也。轻刑，又其盛德之事。可不记乎？统乃言高、惠、文、景、武、宣以重法兴，哀、平以轻法衰，因上言乞增重法律，赖当时不从其议。此如人少年时，不节酒色而安，老后虽节而病，便谓酒色可以延年，可乎？统亦东京名臣，然一出此言，遂获罪于天。其子松、竦皆死非命，冀卒灭族。呜呼悲夫，戒哉！疏而不漏，可不惧乎？

元成诏语

楚孝王嚣被疾，成帝诏云：“夫子所痛，‘蔑之，命矣夫！’”东平王宇不得于太后，元帝诏曰：“诸侯在位不骄，制节谨度，然后富贵离其身，而社稷可保。”皆与今《论语》、《孝经》小异。“离”，附丽之“离”也。今作“不离”，疑为俗儒所增也。

直不疑买金偿亡

乐正子春曰：“自吾母而不用吾情，吾安所用其情。”故不情者，君子之所甚恶也。虽若孝弟者，犹所不与。以德报怨，行之美者也。然孔子不取者，以其不情也。直不疑买金偿亡，不辨盗嫂，亦士之高行矣。然非人情。其所以蒙垢受诬，非不求名也，求名之至者也。太史公窥见之，故其赞曰：“塞侯微巧，周文处谄，君子讥之，为其近于佞也。”不疑蒙垢以求名，周文秽迹以求利。均以为佞。佞之为言智也。太史公之论，后世莫晓者。吾是以疏解之。

邳彤汉之元臣

王郎反河北，独钜鹿、信都为世祖坚守。世祖既得二郡，议者以谓可因二郡兵自送，还长安。惟邳彤不可，以为：若行此策，“岂徒空失河北，必更惊动三辅。公若无复征战之意，则虽信都之兵，犹难会也。何者？公既西，则邯郸之兵，不肯捐父母、背城主而千里送公，其离散逃亡可必也。”世祖感其言而止。苏子曰：此东汉兴亡之决，邳彤可谓汉之元臣也。景德契丹之役，群臣皆欲避狄江南、西蜀。莱公不可。武臣中独高琼与莱公意同耳。公既争之力，上曰：“卿文臣，岂能尽用兵之利？”莱公曰：“请召高琼。”琼至，乃言避狄为便。公大惊，以琼为悔也。已而徐言，避狄固为安全，但恐扈驾之士，中路逃亡，无与俱西南者耳。上乃大惊，始决意北征。琼之言，大略似邳彤，皆一代之雄杰也。

【解题】

以上三十九文皆为就《左传》、《史记》、《汉书》及《后汉书》等而发的短评，或献疑，或驳正，或解惑，或借史实以阐发自己的政治思想、人生态度。皆短小精干，一事一论，其中有不少独到的见解和体会，能给人以启发。

曹袁兴亡

魏武帝既胜乌桓，曰："吾所以胜者，幸也。前谏我者，万全之计也。"乃赏谏者，曰："后勿难言。"袁绍既败于官渡，曰："诸人闻吾败，必相哀，惟田别驾不然，幸其言之中也。"乃杀丰。为明主谋而不忠，不惟无罪，乃有赏。为庸主谋而忠，赏固不可得，而祸随之。今吾知孟德、本初所以兴亡者。

周瑜雅量

曹公闻周瑜年少有美才，谓可游说动也。乃密下扬州，遣九江蒋干往见瑜。干有仪容，以才辩见称，独步江淮之间。乃布衣葛巾，自托私行，诣瑜。瑜出迎之，立谓干曰："子翼良苦，远涉江湖，为曹公作说客耶?"干曰："吾与足下州里，中间隔别，遥闻芳烈，故来叙阔，并观雅规，而云'说客'，无乃逆诈矣乎?"瑜曰："吾虽不及夔、旷，闻弦赏音，足知雅曲。"

后三日，瑜请干同观营中，行视仓库军资器仗讫，还，饮燕，示之侍者服饰珍玩之物。因谓干曰："丈夫处世，遇知己之主，外托君臣之义，内结骨肉之恩，言行计从，祸福共之。假使苏、张更生，郦、陆复出，犹将抚其背而折其辞，岂足下小生所能移乎？”干笑而不言，遂称瑜雅量高致，非言辞所间。中州之士以此多之。

苏子曰：曹孟德所用，皆为人役者也。以子房待文若，然终不免杀之，岂能用公瑾之流度外之士哉！

贾充叛魏

司马景王既执王凌而归，过贾逵庙，大呼曰：“贾梁道，我大魏之忠臣也。”及景王病，见凌与逵共守，笞杀之。逵之子充乃叛魏事晋，首发成济之事。凌尝谓充，卿非贾梁道子耶？乃欲以国与人。由此观之，逵之忠于魏久矣，充岂不知也耶？予乃知小人嗜利，利之所在，不难反父，父且不顾，不知人主亦安用此物。故亡晋者，卒充也。予少时尝戏作小诗云：“嵇绍似康为有子，郗超叛鉴是无孙。而今更恨贾梁道，不杀公闾杀子元。”

唐　　彬

唐彬与王濬伐吴，为先驱，所至皆下，度孙皓必降。未至建邺二百里许，称疾不行。已而先到者争财，后到者争功，当时有识者，莫不高彬此举。

予读《晋书》至此，未尝不废卷太息也。然本传云：武帝欲以彬及杨宗为监军，以问文立。立云：“彬多财欲，而宗嗜酒。”帝曰：“财欲可足，酒不可改。”遂用彬。此言进退无据。岂有人如唐彬而贪财者？使诚贪财，乃远不如嗜酒，何可用也。

文立者，独何人斯，安知非蔽贤者耶？

阮籍求全

阮籍见张华《鷦鹩赋》，叹曰："此王佐才也。"观其志，独欲自全于祸福之间耳，何足为王佐才乎？华不从刘卞言，竟与贾氏之祸；畏八王之难，而不免伦、秀之害。此正求全之过，失《鷦鹩》之本意也。

刘伯伦非达

刘伯伦尝以锸自随，曰："死便埋我。"苏子曰：伯伦非达者也。棺椁衣衾，不害为达。苟为不然，死则已矣，何必更埋！

晋武娶妇

晋武帝欲为太子娶妇，卫瓘曰："贾氏女有五不可，青、黑、短、妒而无子。"竟为群臣所誉，取之，卒以亡晋。妇人黑、白、美、恶，人人知之，而爱其子，欲为娶好妇，且使多子者，人人同也。然至惑于众口，则颠倒错缪如此。俚语曰："证龟成鳖。"此未足怪也。以此观之，当谓"证龟为蛇"。小人之移人也，使龟蛇易位，而况邪正之在其心，利害之在岁月后者耶？

卫瓘拊床

晋惠帝为太子。卫瓘欲陈启废之言，未敢发。会燕陵云台，瓘托醉跪帝前曰："臣欲有所启。"欲言之而止者三，因以手拊床曰："此座可惜。"帝意乃悟，曰："公真大醉。"贾后由是怨瓘。此何等语，乃于众中言之，岂所谓"不密失身"者耶？以瓘之智，不宜暗此。此殆邓艾之冤，天夺其魄耳。

石崇婢知人

王敦至石崇家，如厕，脱故着新，意色不怍。厕中婢曰："此客必能作贼。"此婢乃知人，而崇令执事厕中，是殆无知耶？

裴颀之谄

晋武帝探策，当亦如签也耶？惠帝探策得一，盖神以实告。裴颀谄对，士君子耻之，而史以为美谈。鄙哉！惠、怀、愍皆不终，牛系马后，岂及二王乎？

王衍之死

王夷甫既降石勒，自解无罪，且劝僭号。其女惠风，为愍怀太子妃。刘曜陷洛，以惠风赐其将乔属，属将妻之。惠风拔剑大骂而死。乃知夷甫之死，非独惭见晋公卿，乃当羞见其女也。

孟嘉与谢安石相若

晋士浮虚无实用，然其间亦有不然者。如孟嘉平生无一事，然桓温谓嘉曰：“人不可以无势，我乃能驾驭卿。”桓温平生轻殷浩，岂妄许人者耶？乃知孟嘉若遇，当作谢安，谢安不遇，不过如孟嘉也。

贵 戚 专 杀

王济以人乳蒸豚。王恺使妓吹笛，小失声韵，便杀之；使美人行酒，客饮不尽，亦杀之。时武帝尚在，而贵戚敢如此，以此知晋室之乱也久矣。

王述谓子痴

王坦之为桓温长史。温欲为子求婚于坦之。及还家省父，而述爱之，虽长大，犹抱置膝上。坦之因言温意，述大怒，即排下，曰：“汝竟痴耶，讵可畏温面而以女妻兵也?”坦之乃辞以他故。温曰：“此尊君不肯耳。”乃止。若以辞婚得罪于温，以至狼狈，则见述痴。若以婚姻从桓温者，则见坦之之痴。王述年迫悬车，上疏乞骸骨，曰：“臣曾祖父魏司空昶白文皇帝曰：‘昔与南阳宗世林，共为东宫官属。世林少得好名，州里瞻敬。及其年老，汲汲自谋，遂见废弃，时人咸共笑之。若天假其寿，致仕之年，不为此公婆娑之事。’其言慷慨，乃实训戒。”

英雄自相服

桓温之所成，殆过于刘越石，而区区慕之者。英雄必自有以相服，初不以成败言耶？以此论之，光武之度，本不如玄德；唐文皇之英气，未必过刘寄奴也。

庾亮不从孔坦陶回言

庾亮召苏峻。孔坦与陶回共说王导：“及峻未至，宜急断阜陵之界，守江西当利诸口，彼少我众，一战决矣。若峻未来，可往逼其城。今不先往，峻必先入，有夺人之心。”导然之。亮以为峻若径来，是袭朝廷虚也，不从。及峻将至，回又说亮：“峻知石头有重戍，不敢直下，必向小丹阳南道步来。若以伏兵邀之，可一战而擒。”亮又不从。事见二人传。峻果由小丹阳，经秣陵，迷失道。逢郡人，执以为向导，夜行无部分。亮闻之，深悔。

吾以谓召峻固失计。然若从二人言，犹不至覆国几于灭亡也。晁错削七国，大类此。亚夫犹能速驰，行入梁楚之郊，故汉不败。吾尝谓晁错能容忍七国，待事发而发，固上策。若不能忍决欲发者，自可召王濞入朝，仍发大兵随之。吴若不朝，便可进讨，则疾雷不及掩耳。吴破，则诸侯服矣，又当独罪状吴而不及余国。如李文饶辅车之诏，或分遣使者发其兵，诸国虽疑，亦不能一旦合从俱反也。错知吴必反，不先未削为反备，既反而后调兵食，又一旦而削七国，以合诸侯之交，此妄庸人也。

郗方回郗嘉宾父子事

郗嘉宾既死，留其所与桓温密谋之书一箧，属其门生曰：“若吾家君眠食大减，即出此书。”方回见之，曰；“是儿死已晚矣。”乃不复念。予读而悲之曰：士之所甚好者，名也。而爱莫加于父子。今嘉宾以父之故，而暴其恶名；方回以君之故，而不念其子。嘉宾可谓孝子，方回可谓忠臣也。悲夫！或曰：嘉宾与桓温谋叛，而子以孝子称之，可乎？曰：“采葑采菲，无以下体。”嘉宾之不忠，不待诛绝而明者。其孝可废乎？王述之子坦之，欲以女与桓温。述怒排坦之曰：“汝真痴耶？乃欲以女与兵。”坦之是以不与桓温之祸。使郗氏父子能如此，吾无间然者矣。

郗超小人之孝

郗超虽为桓温腹心，以其父愔忠于王室，不令知之。将死，出一箱书，付门生，曰：“本欲焚之，恐公年尊，必以相伤为毙。我死后，公若大损眠食，可呈此箱。不尔，便烧之。”愔后果哀悼成疾。门生依旨呈之，则悉与温往返密计。愔大怒，曰：“小子死恨晚。”更不复哭。若方回者，可谓忠臣矣，当与石碏比。然郗超谓之不孝，可乎？使超知君子之孝，则不从温矣。东坡曰：小人之孝也。

晋宋之君与臣下争善

人君不得与臣下争善。同列争善犹以为妒，可以君父而妒臣子乎？晋、宋间，人主至与臣下争作诗写字，故鲍昭多累句，王僧虔用拙笔书以避祸。悲夫，一至于此哉！汉文帝言：“久不见贾生，自以为过之，今乃不及。”非独无损于文帝，乃所以为文帝之盛德也。而魏明乃不能堪，遂作汉文胜贾生之论。此非独求胜其臣，乃与异代之臣争善。岂惟无人君之度，正如妒妇不独禁忌其夫，乃妒人之妾也。

王僧虔胡广美恶

王僧虔居建康禁中里马粪巷，子孙皆笃实谦和，时人称马粪诸王为长者。《东汉·赞》论李固云：“视胡广、赵戒如粪土。”粪土云秽也，一经僧虔，便为佳号，而以比胡、赵，则粪有时而不幸。

宋杀王彧

宋明帝诏答王景文，其略曰：“有心于避祸，不若无心于任运。千仞之木，既摧于斧斤；一寸之草，亦悴于践蹋。晋将毕万，七战皆获，死于牖下；蜀将费祎，从容坐谈，毙于刺客。故甘心于履危，未必逢祸；从意于处安，未必全福。”此言近于达者。然明帝竟杀景文，哀哉！景文之死也，诏言：“朕不谓卿有罪，然吾不能独死，请子先之。”诏至，景文正与客棋，竟，敛子纳奁中，徐谓客曰：“有诏，见赐以死。”酒至，未饮，门生焦度在侧，取酒抵地，曰：“丈夫安能坐受死，州中文武，可以一奋。”景文曰：“知卿至心，若见念者，为我百口计。”乃谓客曰：“此酒不可相劝。”乃仰饮之。苏子曰：死生亦大矣，而景文安之，岂贪权窃国者乎？明帝可谓不知人者矣。

齐高帝欲等金土之价

齐高帝云：“吾当使金土同价。”意则善矣，然物岂有此理者哉。孟子曰：“物之不齐，物之情也。巨屦小屦同价，人岂为之哉！”而孟子亦自忘其言为菽粟如水火之论，金之不可使贱如土，犹土之不可使贵如金也。

刘沈认屐

《南史》：刘凝之为人认所着屐，即予之。此人后得所失屐，送还，不肯复取。沈麟士亦为邻人认所着屐，麟士笑曰：“是卿屐耶？”即予之。邻人后得所失屐，送还之。麟士曰：“非卿屐耶？”笑而受之。此虽小节，然人处世，当如麟士，不当如凝之也。

崔浩占星

天上失星，崔浩乃云：“当出东井。”已而果然。此所谓

“亿则屡中”者耶？汉十月，五星聚东井。金、水常附日不远。而十月，日在箕、尾。此浩所以疑其妄。以予度之，十月为正，则十月乃今之八月耳。八月而得七月节，则日犹在翼、轸间，则金、水聚于井，亦不甚远。方是时，沛公未得天下，甘、石何意谄之？浩之说，未足信也。

【解题】

上二十四文皆论魏晋南北朝人物。大多为苏轼读《三国志》、《晋书》、《南史》时的随感和评论。作年不详。

渊明无弦琴

旧说渊明不知音，蓄无弦琴以寄意，曰：“但得琴中趣，何劳弦上声。”此妄也。渊明自云“和以七弦”，岂得不知音，当是有琴而弦弊坏，不复更张，但抚弄以寄意，如此为得其真。其《自祭文》出妙语于纩息之余，岂死生之流乎？但恨其犹以生为寓，以死为真。嗟夫，先生岂真死独非寓乎？

渊明非达

陶渊明作《无弦琴》诗云：“但得琴中趣，何劳弦上声。”苏子曰：渊明非达者也。五音六律，不害为达，苟为不然，无琴可也，何独弦乎？

【解题】

此二文皆论陶渊明的“琴趣”，前文辨陶渊明知音乐，只是意不在乐而已；后文将陶渊明的旷达更推进一步，以为倘能自得其趣，有无寄托皆可。

陈隋好乐

吹笛、弹琵琶、五弦及歌舞之技，自齐文襄以来好之。河清已后尤甚。后主惟赏胡戎乐，耽爱无已，于是繁手淫声，争新哀怨。故曹妙达、安马驹之徒，至有封王开府者，遂服簪缨，而为伶人之事。后主亦能自度曲，亲执乐器，玩悦无倦，倚弦而歌，别采新声为《无愁曲》，音韵窈窕，极于哀思，使侍儿阉官辈齐唱和之，曲终乐阕，莫不殒涕。行幸道路，或时马上作之。乐往哀来，竟以亡国。

炀帝不解音律，略不关怀。后大制艳曲，词极淫绮。令乐正白明达造新声，创《万岁乐》、《藏钩乐》、《投壶乐》、《舞席同心髻》、《玉女行觞》、《神仙留客》、《掷砖续命》、《斗鸡子》、《斗百草》、《泛龙舟》、《还旧宫》、《长乐苑》及《十二时》等曲，掩抑摧藏，哀音断绝。帝悦之不已，谓幸臣曰："多弹曲者，如人多读书。读书多则能撰文，弹曲多则能造曲。"因语明达云："陈氏褊陋，曹妙达犹封王，况我天下大同乎?"宋武帝既受禅，朝廷未备音乐，殷仲文以为言。帝曰："日不暇给，且所不解。"仲文曰："屡听自解。"帝曰："政以解则好之，故不习。"观二主之言，兴亡之理，岂不明哉！

唐太宗借隋吏以杀兄弟

唐高祖起兵汾晋间，时子建成、元吉、楚哀王智云皆留河东护家。高祖起兵，乃密召之，隋购之急，建成、元吉能间道赴太原，智云幼，不能逃，为吏所诛。高祖以父子之故，不能少缓义师数日，以须建成等至乎？以此知为秦王所逼，高祖逼于裴寂乱宫之事，不暇复为三子性命计矣。太宗本谋于是时借隋吏以杀兄弟，其意甚明。新、旧史皆曲为太宗润饰杀兄弟事，然难以欺后世矣。建成、元吉之恶，亦孔子所谓下愚之归也欤？

褚遂良以飞雉入宫为祥

唐太宗时，飞雉数集宫中。上以问褚遂良。良曰："昔秦文公时，童子化为雉，雌鸣陈仓，雄鸣南阳。童子曰：'得雄者王，得雌者霸。'文公得其雌，遂雄诸侯。光武得其雄，起南阳，有四海。陛下本封秦，故雌雄并见，以告明德。"上悦曰："人不可以无学，遂良所谓多识君子哉。"予以谓秦雉，陈宝也，岂常雉乎？今见雉，即谓之宝，犹得白鱼，便自比武王，此谄佞之甚，愚瞽其君者，而太宗喜之，史不讥焉。野鸟无故数入宫中，此正灾异。使魏征在，必以高宗鼎耳之祥谏也。遂良非不知此，舍鼎耳而取陈宝，非忠臣也。

李靖李勣为唐腹心之病

昔袁盎论绛侯功臣，非社稷臣。此固有为而言也。然功臣、社稷之辨，不可不察也。汉之称社稷臣者，如周勃、汲黯、萧望之之流。三人者，非有长才也。勃以重厚安刘氏，黯以忠义弭淮南之谋，望之确然不夺于恭、显，孔子所谓大臣以道事君者耶？仆尝谓社稷之臣如腹心，功臣如手足。人有断一指与一足，未及于死也。腹心之病，则为膏肓，不可为也。

李靖、李勣可谓功臣，终始为唐之元勋也。然其所为，止卫、霍、韩、彭之流尔。疆场之事，夷狄内侮，能以少击众，使敌人望而畏之，此固任之有余矣。若社稷之寄，存亡之几，此两人者，盖懵不知焉。太宗欲伐高丽，靖已老矣，而自请将兵，以坚太宗黩武之志，几成不戢自焚之祸。高宗立武后，勣以陛下家事无问外人，武氏之祸，戮及襁褓，唐室不绝如线。则二人者，为腹心之病大矣。张释之戒啬夫之辨，使文帝终身为长者。魏元成折封伦之论，使太宗不失行仁义。孔子所谓有“一言而可以兴邦，一言而可以丧邦”者，岂其然乎？

房琯之败

房次律败于陈涛斜，杀四万人。悲哉！古之言兵者，或取《通典》。《通典》虽杜佑所集，然其源出于刘秩，陈涛斜之败，秩有力焉。次律云：“热洛河虽多，安能当我。”刘秩挟区区之辩，以待热洛河，疏矣。

韩愈优于扬雄

韩愈亦近世豪杰之士，如《原道》中言语，虽有疵病，然自孟子之后，能将许大见识，寻求古人，自亦难得。观其断曰：“孟子醇乎醇；荀、扬择焉而不精，语焉而不详。”若不是他有见识，岂千余年后便断得如此分明。如扬雄谓老子之言道德，则有取焉尔；至于搥提仁义，绝灭礼乐为无取。若以老子“剖斗折衡，而民不争，圣人不起，为救时反本”之言为无取，尚可恕；如老子言“失道而后德，失德而后仁，失仁而后义，失义而后礼”，则不识道已不成言语，却言其言道德则有取。扬子亦自不见此，其与韩愈相去远矣。

柳子厚诞妄

柳宗元敢为诞妄，居之不疑。吕温为道州、衡州，及死，二州之人，哭之逾月，客舟之道于永者，必呱呱然。虽子产不至此，温何以得之？其称温之弟恭，亦贤豪绝人者。又云：恭之妻，裴延龄之女也。孰有士君子肯为裴延龄婿者乎？宗元与伾、叔文为交，盖亦不羞于延龄姻也。恭为延龄婿，不见于史，宜表而出之。事见《宗元文集·恭墓志》云。

白乐天不欲伐淮蔡

吴元济以蔡叛，犯许、汝以惊东都，此不可不讨者也。当时议者欲置之，固为非策。然不得武、裴二杰士，事亦未易办也。白乐天岂庸人哉！然其议论，亦似欲置之者。其诗有“海图屏风”者，可见其意。且注云：“时方讨淮、蔡叛。”吾以是知仁人君子之于兵，盖不忍轻用如此。淮、蔡且欲以德怀，况欲弊所恃以勤无用乎？悲夫，此未易与俗士谈也。

乐天论张平叔

乐天作《张平叔户部侍郎判度支制词》云：“吾坐而决事，丞相以下，不过四五人，而主计之臣在焉。”以此知唐制，主计盖坐而论事也。不知四五人者悉何人？平叔议盐法，至为割剥，事见退之集。今乐天制词亦云:“计能析秋毫,吏畏如夏日。”度其人必小人也。

刘禹锡文过不悛

刘禹锡既败,为书自解,言:“王叔文实工言治道,能以口辩移人,既得用,所施为,人不以为当。太上久疾,宰相及用事者不得对。宫掖事秘,建桓立顺,功归贵臣,由是及贬。”《后汉·宦者传·论》云:“孙程定立顺之功,曹腾参建桓之策。”腾与梁冀比舍清河而立蠡吾,此汉之所以亡也,与广陵王监国事,岂可同日而语哉。禹锡乃敢以为比,以此知小人为奸,虽已败犹不悛也,其可复置之要地乎?因读《禹锡传》,有所感,书此。

唐制乐律

唐初,即用隋乐。武德九年,始诏祖孝孙、窦琎等定乐。初,隋用黄钟一宫,惟击七钟,其五悬而不击,谓之哑钟。张文收乃依古断竹为十二律,与孝孙等次调五钟,叩之而应。由是十二钟皆用。至肃宗时,山东人稷延陵得律,因李辅国奏之,云:“太常乐调,皆不合黄钟,请悉更制诸钟磬。”帝以为然。乃悉取诸乐器摩剡之,二十五日而成。然以汉律考之,黄钟乃太簇也。当时议者,以为非是。唐用肃宗乐,以后政日急,民日困,俗日偷,以至于亡。以理推之,其所谓下者,乃中声也。悲夫!

【解题】

上十一文论隋唐乐制及唐代人物。作年不详。

问 养 生

余问养生于吴子，得二言焉：曰和，曰安。何为和？曰：子不见天地之为寒暑乎？寒暑之极，至于折胶流金，而物不以为病，其变者微也。寒暑之变，昼与日俱逝，夜与月并驰。俯仰之间，屡变而人不知者，微之至，和之极也。使此二极者，相寻而狎至，则人之死久矣。何谓安？曰：吾尝自牢山浮海达于淮，遇大风焉，舟中之人，如附于桔槔，而与之上下，如蹈车轮而行，反逆眩乱不可止。而吾饮食起居如他日。吾非有异术也，惟莫与之争，而听其所为。故凡病我者，举非物也。食中有蛆，见者莫不呕也。其不知而食者，未尝呕也。请察其所从生。论八珍者必咽，言粪秽者必唾。二者未尝与我接也，唾与咽何从生哉？果生于物乎？果生于我乎？知其生于我也，则虽与之接而变，安之至也。安则物之感我者轻，和则我之应物者顺。外轻内顺，而生理备矣。吴子，古之静者也。其观于物也，审矣。是以私识其言，而时省观焉。

【解题】

本文论养生之道，一是渐进，一是心不为外物所动。文章有较强的辩证色彩，强调养生重在养心，反映了道家的思想。作年不详。

续 养 生 论

郑子产曰："火烈，人望而畏之；水弱，人狎而玩之。"翼奉论六情十二律，其论水火也，曰："北方之情好也，好行贪狼；

南方之情恶也，恶行廉贞。廉贞故为君子，贪狼故为小人。”予参二人之学，而为之说曰：火烈而水弱，烈生正，弱生邪，火为心，水为肾。故五脏之性，心正而肾邪。肾无不邪者，虽上智之肾亦邪。然上智常不淫者，心之官正而肾听命也。心无不正者，虽下愚之心亦正。然下愚常淫者，心不官而肾为政也。知此，则知铅汞龙虎之说矣。

何谓铅？凡气之谓铅，或趋或蹶，或呼或吸，或执或击。凡动者皆铅也。肺实出纳之。肺为金，为白虎，故曰铅，又曰虎。何谓汞？凡水之谓汞，唾涕脓血，精汗便利。凡湿者皆汞也。肝实宿藏之。肝为木，为青龙，故曰汞，又曰龙。古之真人论内丹者曰：“五行颠倒术，龙从火里出。五行不顺行，虎向水中生。”世未有知其说者也。方五行之顺行也，则龙出于水，虎出于火，皆死之道也。心不官而肾为政，声色外诱，邪淫内发，壬癸之英，下流为人，或为腐坏。是汞龙之出于水者也。喜怒哀乐皆出于心者也。喜则攫拿随之，怒则殴击随之，哀则擗踊随之，乐则抃舞随之。心动于内，而气应于外，是铅虎之出于火者也。汞龙之出于水，铅虎之出于火，有能出而复返者乎？故曰皆死之道也。

真人教之以逆行，曰：“龙当使从火出，虎当使从水生也。”其说若何？孔子曰：“思无邪。”凡有思皆邪也，而无思则土木也。孰能使有思而非邪，无思而非土木乎？盖必有无思之思焉。夫无思之思，端正庄栗，如临君师，未尝一念放逸。然卒无所思。如龟毛兔角，非作故无本性，无故是之谓戒。戒生定，定则出入息自住，出入息住则心火不复炎上。火在易为离。离，丽也。必有所丽，未尝独立，而水其妃也，既不炎上，则从其妃矣。水火合则壬癸之英，上流于脑，而益于玄膺，若鼻液而不咸，非肾出故也，此汞龙之自火出者也。长生之药，内丹之萌，无过此者矣。阴阳之始交，天一为水，凡人之始造形，皆水也。

故五行一曰水，得暖气而后生。故二曰火，生而后有骨。故三曰木，骨生而日坚。凡物之坚壮者，皆金气也。故四曰金，骨坚而后肉生焉，土为肉。故五曰土，人之在母也。母呼亦呼，母吸亦吸，口鼻皆闭，而以脐达。故脐者，生之根也。汞龙之出于火，流于脑，溢于玄膺，必归于根心，火不炎上，必从其妃，是火常在根也。故壬癸之英，得火而日坚，达于四支，洽于肌肤而日壮，究其极，则金刚之体也。此铅虎之自水生者也。龙虎生而内丹成矣。故曰顺行则为人，逆行则为道，道则未也，亦可谓长生不死之术矣。

【解题】

本文阐发五行及道教铅汞龙虎之说，并以此为养生之道。作年不详。

罪　　言

吾闻肉食之忧，非藿食者所宜虑也。府居之谋，非巷居者所宜处也。分之所不及，义之所弗出也。义之所弗出，利之所不释也。犯义者惑，维卒不自克，作《罪言》。

万夫之望，万夫所依，匪才尚之，而量包之。丘山之憾，一笑可散；芥蒂之雠，千河不收。呜呼！宁我容汝，岂汝不可，神之听之，终和而同乎？乘人之气，决之易耳；解忮触猜，是惟难哉。水激则旱，其伤淫夷；矢激则远，行将安追。呜呼！佐涉者湍，佐斗者呼。柴不立，其愚乃可以须。爱心之偏，其辞溢妍；恶心之厚，其辞溢丑。惟仁人之言，爱恶两捐，广大恬愉，上通于天。呜呼！善言未升，贫客瞰门，曷以寿我，公侯承之，天道好还，莫适后先。人事喜复，无常倚伏。前之所是，事定而偷；今之所是，后当焉如。呜呼！祸不在先，亦不在天，还隐其心，有万其全。疾恶过义，美恶易位；矫枉过直，美恶同则。如食宜饫，餍则为度；如酌孔取，剧则荒舞。呜呼！乃阴乃阳，神理所藏；一弛一张，人道之常。

【解题】

本文论人的言行往往偏颇，难以把握。作年不详。

梁贾说

梁民有贾于南者，七年而后返。茹杏实、海藻，呼吸山川之秀，饮泉之香，食土之洁，泠泠风气，如在其左右。朔易弦化，磨去风瘤，望之蝤蛴然，盖项领也。倦游以归，顾视形影，日有德色。倘徉旧都，踌躇乎四邻，意都之人与邻之人，十九莫己若也。入其闺，登其堂，视其妻，反惊以走；“是何怪耶?”妻劳之，则曰：“何关于汝!”馈之浆，则愤不饮。举案而饲之，则愤不食。与之语，则向墙而欷歔。披巾栉而视之，则唾而不顾。谓其妻曰：“若何足以当我，亟去之!”妻俛而怍，俯而叹，曰：“闻之，居富贵者，不易糟糠；有姬姜者，不弃憔悴。子以无瘿归，我以有瘿逐。呜呼，瘿邪，非妾妇之罪也!”妻竟出。于是贾归家。三年，乡之人憎其行，不与婚。而土地风气，蒸变其毛脉，啜菽饮水，动摇其肌肤，前之丑稍稍复故。于是还其室，敬相待如初。君子谓是行也，知贾之薄于礼义多矣。

居士曰：贫易主，贵易交，不常其所守，兹名教之罪人，而不知学术者，蹈而不知耻也。交战乎利害之场，而相胜于是非之境，往往以忠臣为敌国，孝子为格虏，前后纷纭，何独梁贾哉!

【解题】

本文讽刺背信弃义之人，并感慨官场之争常使人颠倒黑白，不分良莠。作年不详。

梁 工 说

梁工治丹灶有日矣。或有自三峰来，持淮南王书，欲授枕中奇秘坎离生养之法，阴阳九六之数，子女南北之位，或黄或白，生生而不穷。以是强兵，以是绪余以博施济众。而其始也，密室为场，空地为炉，外烬山木之上煮天一，坏父鼎母，养以既济，风火絪缊，而瓦铄化生。方士未毕其说，工悦之，然以为尽之矣。退试其术，逾月破灶，而黄金已芽矣。于是谢方士。方士曰："子得予之方，未得究其良，知其一不知其二。余弗邀利于子，后日不成，不以相仇，则子之惠也。"工重谢之曰："若之术殚于是矣，予固知之矣，岂若愚我者哉!"遂歌《骊驹》以遣送之。束书在于腰，长揖而去。工日治其诀，更增益剂量，其贪婪无厌。童东山之木，汲西江之水，夜火属月魄，昼火属日光，操之弥勤，而其术愈疏，为之不已，而其费滋甚。牛马销于铅汞，室庐尽于钳锤，券土田，质妻子，萧条褴褛，而其效不进。至老以死，终不悟。

君子曰：术之不慎，学之不至者然也，非师之罪也。居士曰：杇墙画墁，天下之贱工，而莫不有师。问之不下，思之不熟，与无师同。其师之不至，杇墙画墁之不若也。不至，则欺其中，亦以欺其外。欺其中者己穷，欺外者人穷。如梁工盖自穷，亦安能穷人哉!

【解题】

本文论学当虚心求教于师，一知半解就自以为是，只能是自欺欺人，一事无成。作年不详。

二 鱼 说

予读柳子厚《三戒》而爱之，又尝悼世之人，有妄怒而招悔，欲盖而弥彰者。游吴，得二事于海滨之人，亦似之。作《二鱼说》，非意乎续子厚者，亦聊以自警云。

河 之 鱼

河之鱼，有豚其名者。游于桥间，而触其柱，不知远去。怒其柱之触己也，则张颊植鬣，怒腹而浮于水，久之莫动。飞鸢过而攫之，磔其腹而食之。好游而不知止，因游以触物，而不知罪己，乃妄肆其忿，至于磔腹而死，可悲也夫！

海 之 鱼

海之鱼，有乌贼其名者。呴水而水乌，戏于岸间，惧物之窥己也，则呴水以蔽物。海乌疑而视之，知其鱼也而攫之。呜呼，徒知自蔽以求全，不知灭迹以杜疑，为识者之所窥，哀哉。

【解题】

本文告诫世人当息怒、隐迹，以免招祸。文章为寓言形式，极为生动贴切。作年不详。

乌 说

乌于人最黠，伺人音色有异，辄去不留，虽捷矢巧弹，不能得其便也。闽中民狃乌性，以谓物无不可以性取者。则之野，挈罂饭楮钱，阳哭冢间，若祭者然。哭竟，裂钱弃饭而去。乌则争下啄，啄尽，哭者复立他冢，裂钱弃饭如初。乌不疑其给也，益鸣争，乃至三四，皆飞从之。稍狎，迫于罗，因举获其乌焉。

今夫世之人，自谓智足以周身，而不知祸藏于所伏者，几何不见卖于哭者哉。其或不知周身之术，而以愚触死，则其为智，犹不若乌之始虚于弹。韩非作《说难》，死于秦，天下哀其以智死。楚人不知《说难》而谓之沐猴，天下哀其以愚死。二人者，其为愚智则异，其于取死则同矣。宁武子邦有道则智，邦无道则愚，观时而动，祸可及哉？

【解题】

本文以乌鸦设喻，讽刺世人自恃才智而追逐于社会，结果身死人手。文中推崇宁武子之智，以为朝政不清明，自可佯愚隐居，避祸全身。作年不详。

若稽古说

“若”稽古，其训曰顺。考古之所谓“若”，今之所谓“顺”也。古之所谓“诚”，今之所谓“真”也。非以若易顺，诚易真也。曰：惠亦顺也。方虞书时，未有云顺者耶？

【解题】

本文训释“若稽古”之“若”。此三字出于《尚书》。此下四篇皆为学术短评。作年不详。

八佾说

《宋书·乐志》：宋文帝元嘉十三年，给彭城王义康伎，相承给三十六人。太常傅隆以为《左传》诸侯用六，杜预以为三十六人，非是。舞以节八音，故必以八人为列。自天子至士，降杀以两，两，减其二列。若如预言，至士止有四人，岂得成乐。服虔注《左传》与隆同。又《春秋》：晋悼公纳郑女乐二八，晋以一八赐魏绛，此乐以八人为列之证也。予案，《说文》：佾从人，从㑊声。㑊，音许讫切，㑊，肉八声，其解云：振也。八无缘为㑊之声，疑古字从八从肉。

【解题】

本文解释古代八佾制度。八佾，古代一种乐舞。佾常释为舞列。作年不详。

蜡　　说

八蜡，三代之戏礼也。岁终聚戏，此人情之所不免也。因附以礼义。亦曰：“不徒戏而已矣。祭必有尸，无尸曰‘奠’，始死之奠与释奠是也。”今蜡祭谓之祭，盖有尸也。猫虎之尸，谁当为之？置鹿与女，谁当为之？非倡优而谁！葛带榛杖，以丧老物。黄笠草屦，以奠野服。皆戏之道也。子贡观蜡而不悦。孔子告之曰：“一弛一张，文武之道。”盖谓是也。

【解题】

本文论古蜡祭之礼是一种游戏性质的活动。通常认为，蜡祭是祭祀祖先或百神的。作年不详。

尸　　说

古人祭祀用尸，极有深意。盖人之意气既散，孝子求神而祭，无尸则不享，无主则不依，故《易》于《涣》、《萃》皆言

"王假有庙"，即涣散之时事也。魂气必求其类而依之，人与为类，骨肉又为一家之类。己与尸各心斋洁，至诚相通，以此求神，宜其享之。后人不知此道，直以尊卑之势，遂不行耳。

【解题】

本文解释古人祭祀时用尸的含义。尸，古代祭祀时代死者受祭、象征死者神灵的人，以臣下或死者的晚辈充任。作年不详。

畏威如疾

管仲有言："畏威如疾，民之上也；从怀如流，民之下也。"又曰："燕安鸩毒，不可怀也。"《礼》曰："君子庄敬日强，安肆日偷。"此语乃当书诸绅。故余以畏威如疾为私记。

常德必吉

伊尹云："德惟一动，罔不吉；德二三动，罔不凶。"贫贱人但有常德，非复富贵，即当得道。虽当大富贵，苟无常德，其后必败。予以此占之多矣。

【解题】

前文告戒君子当有庄严的仪表，后文论人有德行才有好结果。作年不详。

仁　说

孟子曰："仁者如射，发而不中，反求诸身。"吾尝学射矣，始也心志于中，目存乎鹄，手往从之，十发而九失，其一中者，幸也。有善射者，教吾反求诸身，手持权衡，足蹈规矩，四肢百体，皆有法焉。一法不修，一病随之。病尽而法完，则心不期中，目不存鹄，十发十中矣。四肢百体，一不如法，差于此者，在毫厘之内，而失于彼者，在寻丈之外矣。故曰：孟子之所谓“仁者如射”，则孔子之所谓“克己复礼”也。君子之志于仁，尽力而求之；有不获焉，退而求之身，莫若自克。自克而反于礼，一日足矣。何也？凡害于仁者尽也。害于仁者尽，则仁不可胜用矣。故曰：“非礼勿视，非礼勿听，非礼勿言，非礼勿动。”一不如礼，在我者甚微，而民有不得其死者矣。非礼之害，甚于杀不辜，不仁之祸，无大于此者也。

【解题】

本文借学射箭为喻，认为仁人君子必须要常常反省自己的行为，务必使其合乎礼义，免得行害民之事。作年不详。

赵德麟字说

宋有天下百余年，所与分天工治民事者，皆取之疏远侧微，而不私其亲。故宗室之贤，未有以勋名闻者。神宗皇帝实始慨然，欲出其英才与天下共之，增立教养选举之法，所以封植而琢磨之者甚备。行之二十年，而文武之器，彬彬稍见焉。

元祐六年，予自禁林出守汝南，始与越王之孙、华原公之子签书君令畤游。得其为人，博学而文，笃行而刚，信于为道，而敏于为政。予以为有杞梓之用，瑚琏之贵，将必显闻于天下，非特佳公子而已。昔汉武帝幸雍祠五畤，获白麟以荐上帝，作《白麟之歌》，而司马迁、班固书曰“获一角兽”，“盖麟云”。“盖”之为言疑之也。夫兽而一角，固麟矣，二子何疑焉。岂求之武帝而未见所以致麟者欤？汉有一汲黯，而武帝不能用，乃以白麟赤雁为祥，二子非疑之，盖陋之也。

今先帝立法以出宗室之贤，而主上虚己尽下，求人如不及，四方之符瑞皆抑而不闻，此真获麟者也。麟固不求获，不幸而有是德与是形，此麟之所病也。今君学道观妙，澹泊自守，以富贵为浮云，而文章议论，载其令名而驰之，既有麟之病矣，又可得逃乎。敬字君德麟，而为之说。

【解题】

本文认为，赵令畤德才兼备，必将受到朝廷的重用。作年不详。

张厚之忠甫字说

张厚之忠甫，乐全先生子也。美才而好学，信道而笃志，先生名之曰恕，而其客苏轼子瞻和仲推先生之意，字之曰厚之，又曰忠甫。且告之曰：事有近而用远，言有约而义博者。渴必饮，饥必食，食必五谷，饮必水。此夫妇之愚所共知，而圣人之智所不能易也。一言而可以终身行之者，恕也。仁者得之而后仁，智者得之而后智。施于君臣父子夫妇朋友之间，无所适而不可，是饥渴饮食之道也。故曾子曰："夫子之道，忠恕而已矣。"而孔子亦曰："如有周公之才之美，使骄且吝，其余不足观也已。"夫骄且吝，岂非不恕而已乎。人而能恕也，虽孔子可庶几；人而不能恕，虽周公不足观也。

先生之所以遗子者至矣，吾不能加毫末于此矣。然而曾子谓之忠恕，诗人谓之忠厚。以吾观之，忠与恕与厚，是三言者，圣人之所谓一道也。或谓之谷，或谓之米，或谓之饭，此岂二物也哉。然谓谷米谓米饭则不可。故吾愿子贯三言而并佩之。将有为也，将有言也，必反而求之曰："吾未恕乎？未厚乎？未忠乎？"自反而恕矣，厚矣，忠矣，然后从之。此孔子、曾子、诗人之意也，先生之意也。

【解题】

本文论恕为人的立身之本，而恕与忠，与厚，所表达的正是同一个意思。苏轼为张恕取厚之、忠甫为字，即希望其用恕、忠、厚三字来衡量自己的言行，成就圣人的品德。作年不详。

杨荐字说

杨君以其所名荐，请字于余。余字之尊，已而告之曰：古之君子，佩玉而服韨，戴冕而垂旒，一献之礼，宾主百拜，俯偻而后食。夫所为饮食者，为饱也，所为衣服者，为暖也。若直曰饱暖而已，则夫古之君子，其无乃为纷纷而无益，迂阔而过当耶。盖君子小人之分，，生于足与不足之间，若是足以已矣，而必为之节文。故其所以养其身者甚周，而其所以自居者甚高而可畏，凛乎其若处女之在闺也，兢兢乎其若怀千金之璧而行也。夫是以不仁者不敢至于其墙，不义者不敢过其门。惟其所为者，止于足以已矣之间，则人亦狎之而轻，加之以不义。

由此观之，凡世之所谓纷纷而无益、迂阔而过当者，皆君子之所以自尊也。《易》曰："藉用白茅，无咎。"孔子曰："苟错诸地而可矣。"藉之用茅，何咎之有，地非不足错也，而必茅之为藉，是君子之过以自尊也。予欲杨君之过以自尊，故因其名荐而取诸《易》以为之字。杨君有俊才，聪明果敢有过于人，而余独忧其所以自爱重者不至而已矣。

【解题】

苏轼认为古人所行各种礼仪，乃是为了自尊自重，以区别于小人，故以“尊”为杨荐取字。荐，有祭祀、进献祭品之意，为古代重要礼仪。作年不详。

江子静字序

友人江君以其名存之求字于予，予字之曰子静。夫人之动，以静为主。神以静舍，心以静充，志以静宁，虑以静明。其静有道，得己则静，逐物则动。以一人之身，昼夜之气，呼吸出入，未尝异也。然而或存或亡者，是其动静殊也。后之学者，始学也既累于仕，其仕也又累于进。得之则乐，失之则忧，是忧乐系于进矣。平旦而起，日与事交，合我则喜，忤我则怒，是喜怒系于事矣。耳悦五声，目悦五色，口悦五味，鼻悦芬臭，是爱欲系于物矣。以眇然之身，而所系如此，流行转徙，日迁月化，则平日之所养，尚能存耶？丧其所存，尚安明在己之是非与夫在物之真伪哉？故君子学以辨道，道以求性，正则静，静则定，定则虚，虚则明。物之来也，吾无所增，物之去也，吾无所亏，岂复为之欣喜爱恶而累其真欤？君齿少才锐，学以待仕，方且出而应物，所谓静以存性，不可不念也。能得吾性不失其在己，则何往而不适哉！

【解题】

本文释江存之何以得字“子静”。文中以“得己则静，逐物则动”为出发点，阐发静之于处身立世之重要意义，并将其与“存之”二字相联系起来。作年不详。

讲田友直字序

韩城田益字迁之，黄庭坚以谓不足以配名，更之曰友直。或曰：益者三友，何独取诸此？某曰：夫直者，刚者之长也。千夫诺诺，不如一士之谔谔。诚得直士与居，彼不资吾子之过，切磋琢磨，成子金玉，使子日知不足。虽然，取直友，犹有四物，有直而修于直者，有直而陷于曲者，有曲而盗名直者，有曲而遂其直者。邦有道无道如矢，此直而修于直者也。其父攘羊而子证之，此直而陷于曲者也。或乞醯焉，乞诸其邻，此曲而盗名直者也。子为父隐，此曲而遂其直者也。其二端可愿，其二端不可愿，为吾子择益友也，尝以是观之。

【解题】

本文借田益之字“友直”，论直士之可贵、四种真伪直士及取友之道。作年不详。

论《六祖坛经》

近读六祖《坛经》，指说法、报、化三身，使人心开目明，然尚少一喻。试以喻眼：见是法身，能见是报身，所见是化身。何谓“见是法身”？眼之见性，非有非无，无眼之人，不免见黑，眼枯睛亡，见性不灭，则是见性，不缘眼有无，无来无去，无起无灭。故云“见是法身”。何谓“能见是报身”？见性虽存，眼根不具，则不能见，若能安养其根，不为物障，常使光明洞彻，见性乃全。故云“能见是报身”。何谓“所见是化身”？根性既全，一弹指顷，所见千万，纵横变化，俱是妙用。故云“所见是化身”。此喻既立，三身愈明。如此是否？

【解题】

《六祖坛经》是禅宗名著。唐时禅宗六祖慧能所讲，由门人法海记录成书。苏轼晚年好佛，对禅宗多有研究，故能有所发挥。作年不详。

评七言丽句

七言之伟丽者。杜子美云："旌旗日暖龙蛇动，宫殿风微燕雀高。五更晓角声悲壮，三峡星河影动摇。"尔后寂寞无闻焉。直至欧阳永叔："沧波万古流不尽，白鹤双飞意自闲。万马不嘶听号令，诸蕃无事乐耕耘。"可以并驱争先矣。轼亦云："令严钟鼓三更月，野宿貔貅万灶烟。"又云："露布朝驰玉关塞，捷书夜到甘泉宫。"亦庶几焉尔。

评子美诗

子美自比稷与契，人未必许也。然其诗云："舜举十六相，身尊道益高。秦时用商鞅，法令如牛毛。"此自是契、稷辈人口中语也。又云："知名未足称，局促商山芝。"又云："王侯与蝼蚁，同尽随丘墟。愿闻第一义，回向心地初。"乃知子美诗外尚有事在也。

评韩柳诗

柳子厚诗在陶渊明下，韦苏州上。退之豪放奇险则过之，而温丽靖深不及也。所贵乎枯澹者，谓其外枯而中膏，似澹而实美，渊明、子厚之流是也。若中边皆枯澹，亦何足道。佛云："如人食蜜，中边皆甜。"人食五味，知其甘苦者皆是，能分别其中边者，百无一二也。

评杜默诗

石介作《三豪》诗，略云：曼卿豪于诗，永叔豪于文，杜默字师雄者豪于歌也。永叔亦赠默云："赠之三豪篇，而我滥一名。"默之歌，少见于世，初不知之。后闻其篇，云"学海波中老龙，圣人门前大虫"，皆此等语，甚矣，介之无识也。永叔不欲嘲笑之者，此公恶争名，且为介讳也。吾观杜默豪气，正是京东学究饮私酒食瘴死牛肉饱后所发者也。作诗狂怪，至卢仝、马异极矣，若更求奇，便作杜默。

【解题】

上四文是苏轼对诗歌的评论。他主张寄至味于淡泊，而对一些追求怪异的诗歌不以为然。作年不详。

论古文

文章至东汉始陵夷，至晋、宋间，句为一段，字作一处，其源出于崔、蔡。史载文姬两诗，特为俊伟，非独为妇人之奇，乃伯喈所不逮也。

【解题】

本文评论汉、魏、六朝诗文。作年不详。

自评文

吾文如万斛泉源，不择地而出，在平地滔滔汩汩，虽一日千里无难；及其与山石曲折，随物赋形，而不可知也。所可知者，常行于所当行，常止于不可不止，如是而已矣。其他虽吾亦不能知也。

【解题】

苏轼对自己文章甚为自负，本文的评价应该说是准确的。文章以水之奔流、变化为喻，说明一种信手挥洒、随物赋形，无可无不可的文章风格、意境，形象而确切。作年不详。

杂　评

杨凝式书，颇类颜行。李建中书，虽可爱，终可鄙，虽可鄙，终不可弃。李国士本无所得，舍险瘦，一字不成。宋宣献书，清而复寒，正类李留台重而复寒，俱不能济所不足。苏子美兄弟，俱太俊，非有余，乃不足也。蔡君谟为近世第一，但大字不如小字，草不如真，真不如行也。

【解题】

本文对当时颇享名气的书法家作出了自己的评论，语言精练，论述具体而深刻，颇能见出各人的特点。作年不详。

论　书

遇天色明暖，笔砚和畅，便宜作草书数纸，非独以适吾意，亦使百年之后，与我同病者，有以发之也。张长史、怀素得草书三昧，圣宋文物之盛，未有以嗣之，惟蔡君谟颇有法度，然而未放，止与东坡相上下耳。

论　　书

书必有神、气、骨、肉、血，五者阙一，不为成书也。

记与君谟论书

作字要手熟，则神气完实而有余韵，于静中自是一乐事。然常患少暇，岂于其所乐常不足耶？自苏子美死，遂觉笔法中绝。近年蔡君谟独步当世，往往谦让不肯主盟。往年，予尝戏谓君谟言，学书如溯急流，用尽气力，船不离旧处。君谟颇诺，以谓能取譬。今思此语已四十余年，竟如何哉？

论君谟书

欧阳文忠公论书云："蔡君谟独步当世。"此为至论。言君谟行书第一，小楷第二，草书第三。就其所长而求其所短，大字为小疏也。天资既高，辅以笃学，其独步当世，宜哉！近岁论君谟书者，颇有异论，故特明之。

自　评　字

昨日见欧阳叔弼。云："子书大似李北海。"予亦自觉其如此。世或以谓似徐书者，非也。

评　草　书

书初无意于佳，乃佳尔。草书虽是积学乃成，然要是出于欲速。古人云“匆匆不及，草书”，此语非是。若“匆匆不及”，乃是平时亦有意于学。此弊之极，遂至于周越仲翼，无足怪者。吾书虽不甚佳，然自出新意，不践古人，是一快也。

论沈传师书

传师虽学二王笔法，后欲破之自立，乃伤变主者也。近世人多学传师，又不至，但有小人跳篱蓦圈脚手，令人可憎，世人皆学，何哉?

【解题】

上七文是苏轼关于书法的理论和批评。君谟，即北宋著名书法家蔡襄。作年不详。

二　记叙

猪　母　佛

眉州青神县道侧，有小佛屋，俗谓之猪母佛。云百年前，有牝猪伏于此，化为泉。有二鲤鱼在泉中，云“盖猪龙也”。蜀人谓牝猪为母，而立佛堂其上，故以名之。

泉出石上，深不及二尺，大旱不竭，而二鲤鱼莫有见者。余一日偶见之，以告妻兄王愿。愿深疑之，意余诞也。余亦不平其见疑，因与愿祷于泉上曰：“余若不诞，鱼当复见。”已而鱼复出，愿大惊，再拜谢罪而去。

此地旧为灵异。青神人朱文及者，以父病求医，夜过其侧，有髽而负琴者，邀至室，文及辞以父病不可留，而其人苦留之，欲晓，乃遣去。行未数里，见道傍有劫杀贼，所杀人赫然未冷也。否者，文及亦不免矣。

泉在石仏镇南五里许，青神二十五里。

【解题】

本文约作于嘉祐三年（1058）时苏轼正为母服丧，居眉山。

诸葛亮八阵

诸葛亮造八阵图于鱼复平沙之上，垒石为八行，相去二丈。

桓温征谯纵，见之，曰："此常山蛇势也。"文武皆莫识。吾尝过之。自山上俯视，百余丈，凡八行，为六十四蕝。蕝上圜，不见凸凹处，如日中盖影耳。就视皆卵石，漫漫不可辨。甚可怪也。

【解题】

本文作于嘉祐四年（1059）十月。

喜雨亭记

亭以雨名，志喜也。古者有喜，则以名物，示不忘也。周公得禾，以名其书；汉武得鼎，以名其年；叔孙胜狄，以名其子。其喜之大小不齐，其示不忘一也。

余至扶风之明年，始治官舍，为亭于堂之北，而凿池其南，引流种树，以为休息之所。是岁之春，雨麦于岐山之阳，其占为有年。既而弥月不雨，民方以为忧。越三月乙卯，乃雨，甲子又雨，民以为未足，丁卯，大雨，三日乃止。官吏相与庆于庭，商贾相与歌于市，农夫相与抃于野，忧者以乐，病者以愈，而吾亭适成。

于是举酒于亭上以属客，而告之曰："五日不雨，可乎？"曰："五日不雨，则无麦。""十日不雨，可乎？"曰："十日不雨，则无禾。"无麦无禾，岁且荐饥，狱讼繁兴，而盗贼滋炽，则吾与二三子，虽欲优游以乐于此亭，其可得耶？今天不遗斯民，始旱而赐之以雨，使吾与二三子，得相与优游而乐于此亭者，皆雨之赐也。其又可忘耶？

既以名亭，又从而歌之，曰：使天而雨珠，寒者不得以为襦；使天而雨玉，饥者不得以为粟。一雨三日，繄谁之力。民曰太守，太守不有。归之天子，天子曰不然。归之造物，造物不自以为功。归之太空，太空冥冥，不可得而名，吾以名吾亭。

【解题】

本文作于嘉祐七年（1062）三月。文中记喜雨亭命名之经过，抒发了久旱得雨的喜悦心情，也表现了苏轼关心民瘼的可贵思想。文章笔态轻盈灵动，熔叙述、对话、歌吟为一炉，推波助澜，虚实相生，因小题而作大文，历来为人所传诵。

凤鸣驿记

始余丙申岁举进士，过扶风，求舍于馆人。既入，不可居而出，次于逆旅。其后六年，为府从事。至数日，谒客于馆，视客之所居，与其凡所资用，如官府，如庙观，如数世富人之宅，四方之至者，如归其家，皆乐而忘去。将去，既驾，虽马亦顾其皂而嘶。余召馆吏而问焉。吏曰："今太守宋公之所新也。自辛丑八月而公始至，既至逾月而兴功，五十有五日而成。用夫三万六千，木以根计，竹以竿计，瓦、甓、坯、钉各以枚计，稍以石计者二十一万四千七百二十有八，而民未始有知者。"余闻而心善之。

其明年，县令胡允文具石请书其事。余以为有足书者，乃书曰：古之君子不择居而安，安则乐，乐则喜从事，使人而皆喜从事，则天下何足治欤。后之君子，常有所不屑，使之居其所不屑，则躁，否则惰。躁则妄，惰则废，既妄且废，则天下之所以不治者，常出于此，而不足怪。今夫宋公计其所历而累其勤，使无龃龉于世，则今且何为矣，而犹为此官哉。然而未尝有不屑之心。其治扶风也，视其卼臲者而安植之，求其蒙茸者而疏理之，非特传舍而已，事复有小于传舍者，公未尝不尽心也。尝食刍豢者难于食菜，尝衣锦者难于衣布，尝为其大者不屑为其小，此天下之通患也。《诗》曰："岂弟君子，民之父母。"所贵乎岂弟者，岂非以其不择居而安，安而乐，乐而喜从事欤？夫修传舍，诚无足书者，以传舍之修，而见公之不择居而安，安而乐，乐而喜从事者，则是真足书也。

【解题】

本文作于嘉祐七年（1062）四月。文章记凤鸣驿站修缮前后状况，赞扬了凤翔知府宋选尽心为政的品德。

凌虚台记

国于南山之下，宜若起居饮食与山接也。四方之山，莫高于终南。而都邑之丽山者，莫近于扶风。以至近求最高，其势必得。而太守之居，未尝知有山焉。虽非事之所以损益，而物理有不当然者，此凌虚之所为筑也。

方其未筑也，太守陈公杖屦逍遥于其下，见山之出于林木之上者，累累如人之旅行于墙外而见其髻也，曰："是必有异。"使工凿其前为方池，以其土筑台，高出于屋之危而止。然后人之至于其上者，恍然不知台之高，而以为山之踊跃奋迅而出也。公曰："是宜名凌虚。"以告其从事苏轼，而求文以为记。

轼复于公曰："物之废兴成毁，不可得而知也。昔者荒草野田，霜露之所蒙翳，狐虺之所窜伏，方是时，岂知有凌虚台耶？废兴成毁相寻于无穷，则台之复为荒草野田，皆不可知也。尝轼与公登台而望，其东则秦穆之祈年、橐泉也，其南则汉武之长杨、五柞，而其北则隋之仁寿、唐之九成也。计其一时之盛，宏杰诡丽，坚固而不可动者，岂特百倍于台而已哉！然而数世之后，欲求其髣髴，而破瓦颓垣无复存者，既已化为禾黍荆棘丘墟陇亩矣，而况于此台欤？夫台犹不足恃以长久，而况于人事之得丧，忽往而忽来者欤？而或者欲以夸世而自足，则过矣。盖世有足恃者，而不在乎台之存亡也。”既已言于公，退而为之记。

【解题】

本文作于嘉祐八年（1063）夏。文章记凌虚台修建之缘起、四方景物，抒发了关于“废兴成败”的感想。本文以议论为主，有借题发挥之妙，其写景文字亦形象而具动势。

中和胜相院记

佛之道难成，言之使人悲酸愁苦。其始学之，皆入山林，践荆棘蛇虺，袒裸雪霜。或刲割屠脍，燔烧烹煮，以肉饲虎豹鸟乌蚊蚋，无所不至。茹苦含辛，更百千万亿年而后成。其不能此者，犹弃绝骨肉，衣麻布，食草木之实，昼日力作，以给薪水粪除，暮夜持膏火薰香，事其师如生。务苦瘠其身，自身口意莫不有禁，其略十，其详无数。终身念之，寝食见之，如是，仅可以称沙门比丘。虽名为不耕而食，然其劳苦卑辱，则过于农工远矣。计其利害，非侥幸小民之所乐，今何其弃家毁服坏毛发者之多也，意亦有所便欤？

寒耕暑耘，官又召而役作之，凡民之所患苦者，我皆免焉。吾师之所谓戒者，为愚夫未达者设也，若我何用是为。剟其患，专取其利，不如是而已，又爱其名。治其荒唐之说，摄衣升坐，问答自若，谓之长老。吾尝究其语矣，大抵务为不可知，设械以应敌，匿形以备败，窘则推堕滉漾中，不可捕捉，如是而已矣。吾游四方，见辄反覆折困之，度其所从遁，而逆闭其涂。往往面颈发赤，然业已为是道，势不得以恶声相反，则笑曰：“是外道魔人也。”吾之于僧，慢侮不信如此。今宝月大师惟简，乃以其所居院之本末，求吾文为记，岂不谬哉！

然吾昔者始游成都，见文雅大师惟度，器宇落落可爱，浑厚人也。能言唐末、五代事传记所不载者，因是与之游，甚熟。惟简则其同门友也。其为人，精敏过人，事佛齐众，谨严如官府。二僧皆吾之所爱，而此院又有唐僖宗皇帝像，及其从官文武七十五人。其奔走失国与其所以将亡而不遂灭者，既足以感慨太息，而画又皆精妙冠世，有足称者，故强为记之。

始居此者，京兆人广寂大师希让，传六世至度与简。简姓苏氏，眉山人，吾远宗子也，今主是院，而度亡矣。

【解题】

本文治平四年（1067）九月为僧惟简而作。胜相院在成都。文中发表了对佛教的看法，不似晚年之信奉也。

四菩萨阁记

始吾先君于物无所好，燕居如斋，言笑有时。顾尝嗜画，弟子门人无以悦之，则争致其所嗜，庶几一解其颜。故虽为布衣，而致画与公卿等。

长安有故藏经龛，唐明皇帝所建，其门四达，八板皆吴道子画，阳为菩萨，阴为天王，凡十有六躯。广明之乱，为贼所焚。有僧忘其名，于兵火中拔其四板以逃，既重不可负，又迫于贼，恐不能皆全，遂窍其两板以受荷，西奔于岐，而寄死于乌牙之僧舍，板留于是百八十年矣。客有以钱十万得之以示轼者，轼归其直，而取以献诸先君。先君之所嗜，百有余品，一旦以是四板为甲。

治平四年，先君没于京师。轼自汴入淮，溯于江，载是四板以归。既免丧，所尝与往来浮屠人惟简，诵其师之言，教轼为先君舍施必所甚爱与所不忍舍者。轼用其说，思先君之所甚爱轼之所不忍舍者，莫若是板，故遂以与之。且告之曰：“此明皇帝之所不能守，而焚于贼者也，而况于余乎！余视天下之蓄此者多矣，有能及三世者乎？其始求之若不及；既得，惟恐失之，而其子孙不以易衣食者，鲜矣。余惟自度不能长守此也，是以与子。子将何以守之？”简曰：“吾以身守之。吾眼可霍，吾足可刖，吾画不可夺。若是，足以守之欤？”轼曰：“未也。足以终子之世而已。”简曰：“吾又盟于佛，而以鬼守之。凡取是者与凡以是予人者，其罪如律。若是，足以守之欤？”轼曰：“未也。世有无佛而蔑鬼者。”“然则何以守之？”曰：“轼之以是予子者，凡以为先君舍也。天下岂有无父之人欤，其谁忍取之。若其闻是而不悛，不惟一观而已，将必取之然后为快，则其人之贤愚，与广明之焚此者一也。全其子孙难矣，而况能久有此乎！且夫不可取者存乎子，取不取者存乎人。子勉之矣，为子之不可取者而已，又何知焉。”

既以予简，简以钱百万度为大阁以藏之，且画先君像其上。轼助钱二十之一，期以明年冬阁成。熙宁元年十月二十六日记。

【解题】

本文作于熙宁元年（1068）十月。文中记录了吴道子所绘菩萨像历经兵乱，终以幸存，而归于其父苏洵之经过。苏轼为纪念亡父，将画像捐献佛门，文中反复叮咛，冀其永存于世，充分地表达了对父亲的怀念之情。

净因院画记

余尝论画，以为人禽宫室器用皆有常形。至于山石竹木，水波烟云，虽无常形，而有常理。常形之失，人皆知之；常理之不当，虽晓画者有不知。故凡可以欺世而取名者，必托于无常形者也。虽然，常形之失，止于所失，而不能病其全；若常理之不当，则举废之矣。以其形之无常，是以其理不可不谨也。世之工人，或能曲尽其形，而至于其理，非高人逸才不能辨。

与可之于竹石枯木，真可谓得其理者矣。如是而生，如是而死，如是而挛拳瘠蹙，如是而条达畅茂。根茎节叶，牙角脉缕，千变万化，未始相袭，而各当其处。合于天造，厌于人意。盖达士之所寓也欤。昔岁尝画两丛竹于净因之方丈，其后出守陵阳而西也，余与之偕别长老道臻师，又画两竹梢一枯木于其东斋。臻师方治四壁于法堂，而请于与可，与可既许之矣，故余并为记之。必有明于理而深观之者，然后知余言之不妄。熙宁三年端阳月八日眉山苏轼于净因方丈书。

【解题】

本文作于熙宁三年（1070）夏。文中主要述及自己对绘画的见解，他把绘画对象区分为“有常形”和“有常理”两种类型，并认为对“理”的把握才属艺术的境界。体现了中国艺术追求神韵，中国画看重写意的创作精神。

记铁墓厄台

旧游陈州，留七十余日，近城可游观者无不至。柳湖傍，有丘，俗谓之“铁墓”，云“陈胡公墓也”。城濠水注啮其趾，见有铁锢之。又有寺曰“厄台”，云：“孔子厄于陈、蔡所居者。”其说荒唐不可信。或曰：“东汉陈愍王宠教弩台以控扼黄巾者。”斯说为近之。

【解题】

本文作于熙宁四年（1071）七月，辩铁墓与厄台的来源。

盐官大悲阁记

羊豕以为羞，五味以为和，秫稻以为酒，麴蘖以作之，天下之所同也。其材同，其水火之齐均，其寒暖燥湿之候一也，而二人为之，则美恶不齐。岂其所以美者，不可以数取欤？然古之为方者，未尝遗数也。能者即数以得妙，不能者循数以得其略。其出一也，有能有不能，而精粗见焉。人见其二也，则求精于数外，而弃迹以逐妙，曰，我知酒食之所以美也。而略其分齐，舍其度数，以为不在是也，而一以意造，则其不为人之所呕弃者寡矣。

今吾学者之病亦然。天文、地理、音乐、律历、宫庙、服器、冠婚、丧祭之法，《春秋》之所去取，礼之所可，刑之所禁，历代之所以废兴，与其人之贤不肖，此学者之所宜尽力也。曰：是皆不足学，学其不可载于书而传于口者。子夏曰："日知其所亡，月无忘其所能，可谓好学也已。"古之学者，其所亡与其所能，皆可以一二数而日月见也。如今世之学，其所亡者果何物，而所能者果何事欤？孔子曰："吾尝终日不食，终夜不寝，以思，无益，不如学也。"由是观之，废学而徒思者，孔子之所禁，而今世之所尚也。

岂惟吾学者，至于为佛者亦然。斋戒持律，讲诵其书，而崇饰塔庙，此佛之所以日夜教人者也。而其徒或者以为斋戒持律不如无心，讲诵其书不如无言，崇饰塔庙不如无为。其中无心，其口无言，其身无为，则饱食而嬉而已，是为大以欺佛者也。

杭州盐官安国寺僧居则，自九岁出家，十年而得恶疾且死，自誓于佛，愿持律终身，且造千手眼观世音像，而诵其名千万遍。病已而力不给，则缩衣节口三十余年，铢积寸累，以迄于成。其高九仞，为大屋四重以居之，而求文以为记。

余尝以斯言告东南之士矣，盖仅有从者。独喜则之勤苦从事于有为，笃志守节，老而不衰，异夫为大以欺佛者，故为记之，且以风吾党之士云。

【解题】

本文作于熙宁五年（1072）十月，通过僧居则三十余年缩衣节食，终造成千手千眼观世音像的事迹，劝告为学者当循序渐进、铢积寸累，方能有成。文章对自恃聪明、不事学习之风气和“饱食而嬉”的僧徒进行了批评。

墨妙亭记

熙宁四年十一月，高邮孙莘老自广德移守吴兴。其明年二月，作墨妙亭于府第之北，逍遥堂之东，取凡境内自汉以来古文遗刻以实之。

吴兴自东晋为善地，号为山水清远。其民足于鱼稻蒲莲之利，寡求而不争。宾客非特有事于其地者不至焉。故凡守郡者，率以风流啸咏投壶饮酒为事。自莘老之至，而岁适大水，上田皆不登，湖人大饥，将相率亡去。莘老大振廪劝分，躬自抚循劳来，出于至诚。富有余者，皆争出谷以佐官，所活至不可胜计。当是时，朝廷方更化立法，使者旁午，以为莘老当日夜治文书，赴期会，不能复雍容自得如故事。而莘老益喜宾客，赋诗饮酒为乐，又以其余暇，网罗遗逸，得前人赋咏数百篇，以为《吴兴新集》，其刻画尚存而僵仆断缺于荒陂野草之间者，又皆集于此亭。是岁十二月，余以事至湖，周览叹息，而莘老求文为记。

或以谓余，凡有物必归于尽，而恃形以为固者，尤不可长，虽金石之坚，俄而变坏，至于功名文章，其传世垂后，乃为差久，今乃以此托于彼，是久存者反求助于速坏。此既昔人之惑，而莘老又将深檐大屋以锢留之，推是意也，其无乃几于不知命也夫。余以为知命者，必尽人事，然后理足而无憾。物之有成必有坏，譬如人之有生必有死，而国之有兴必有亡也。虽知其然，而君子之养身也，凡可以久生而缓死者无不用，其治国也，凡可以存存而救亡者无不为，至于不可奈何而后已。此之谓知命。是亭之作否，无足争者，而其理则不可以不辨。故具载其说，而列其名物于左云。

【解题】

本文作于熙宁五年（1072）十二月。文中记述了孙莘老赈灾救民的政绩，以及筑亭集碑的意义。以为物虽必归于尽，而不能委诸天命而不尽人事，由此而论及养生、治国亦当努力为之，观点较为积极。此文缘事论理，别求天地，竭尽小题之能事。孙莘老，即孙觉，与苏轼多有诗文往来。

书凤咮砚

建州北莼凤凰山，山如飞凤下舞之状。山下有石，声如铜铁，作砚至美，如有肤筠然，此殆玉德也。疑其太滑，然至益墨。

熙宁五年，国子博士王颐始知以为砚，而求名于余。余名之曰凤咮，且又戏铭其底云："坐令龙尾羞牛后。"歙人甚病此言。余尝使人求砚于歙，歙人云："何不只使凤咮石？"卒不得善砚。乃知名者物之累，争媢之所从出也。或曰："石不知，恶争媢也？"余曰："既不知恶争媢，则亦不知好美名矣。"

【解题】

本文作于熙宁五年（1072）。文中介绍了凤咮砚的特性，并由此砚之命名阐发“名者物之累”的道理。

书游灵化洞

予始与曾元恕入灵化洞，迫于日暮，而元恕又畏其险，故不果尽而还。及此，与吕穆仲游。穆仲勇发过我，遂相与至昔人之所未至，而惊世诡异之观，有不可胜谈者。余欲疏其一二，以告来者，又恐为造物者所愠，后有勇往如吾二人至吾之所至，当自知之。

【解题】

本文作于熙宁六年（1073）二月。灵化洞，在杭州天真院山顶，深百余步，直下，阔十余丈，幽深可观。

钱塘六井记

潮水避钱塘而东击西陵，所从来远矣。沮洳斥卤，化为桑麻之区，而久乃为城邑聚落。凡今州之平陆，皆江之故地。其水苦恶，惟负山凿井，乃得甘泉，而所及不广。

唐宰相李公长源始作六井，引西湖水以足民用。其后刺史白公乐天治湖浚井，刻石湖上，至于今赖之。始长源六井，其最大者，在清湖中，为相国井；其西为西井；稍西而北为金牛池；又北而西附城为方井，为白龟池；又北而东至钱塘县治之南为小方井。而金牛之废久矣。嘉祐中，太守沈公文通又于六井之南，绝河而东至美俗坊为南井。出涌金门，并湖而北，有水闸三，注以石沟贯城而东者，南井、相国、方井之所从出也。若西井，则相国之派别者也。而白龟池、小方井，皆为匿沟湖底，无所用闸。

此六井之大略也。

熙宁五年秋，太守陈公述古始至，问民之所病。皆曰：“六井不治，民不给于水。南井沟庳而井高，水行地中，率常不应。”公曰：“嘻，甚矣，吾在此，可使民求水而不得乎！”乃命僧仲文、子圭办其事。仲文、子圭又引其徒如正、思坦以自助，凡出力以佐官者二十余人。于是发沟易甃，完缉罅漏，而相国之水大至，坎满溢流，南注于河，千艘更载，瞬息百斛。以方井为近于浊恶而迁之少西，不能五步，而得其故基。父老惊曰：“此古方井也。民李甲迁之于此，六十年矣。”疏涌金池为上中下，使浣衣浴马不及于上池。而列二闸于门外，其一赴三池而决之河，其一纳之石槛，比竹为五管以出之，并河而东，绝三桥以入于石沟，注于南井。水之所从来高，则南井常厌水矣。凡为水闸四，皆垣墙扃鐍以护之。

明年春，六井毕修，而岁适大旱，自江淮至浙右井皆竭，民至以罂缶贮水相饷如酒醴。而钱塘之民肩足所任，舟楫所及，南出龙山，北至长河盐官海上，皆以饮牛马，给沐浴。方是时，汲者皆诵佛以祝公。余以为水者，人之所甚急，而旱至于井竭，非岁之所常有也。以其不常有，而忽其所甚急，此天下之通患也，岂独水哉？故详其语以告后之人，使虽至于久远废坏而犹有考也。

【解题】

本文作于熙宁六年（1073）三月。苏轼在杭州通判任上。本文记钱塘六井之历史、方位，对治井利民的几任官吏表示了赞赏，尤其是对熙宁五年（1072）之治井及其赈旱济民之功记述尤详，指出凡所兴建当防患于未然。全文记述平易，结构谨严，条理分明。

仁宗皇帝御飞白记

问世之治乱，必观其人。问人之贤不肖，必以世考之。《孟子》曰："诵其诗，读其书，不知其人，可乎？是以论其世也。"合抱之木，不生于步仞之丘。千金之子，不出于三家之市。

臣尝逮事仁宗皇帝，其愚不足以测知圣德之所至，独私窃览观四十余年之间，左右前后之人，其大者固已光明俊伟，深厚雄杰，不可窥较。而其小者，犹能敦朴恺悌，靖恭持重，号称长者。当是之时，天人和同，上下欢心。才智不用而道德有余，功业难名而福禄无穷。升遐以来十有二年，若臣若子，罔有内外，下至深山穷谷老妇稚子，外薄四海裔夷君长，见当时之人，闻当时之事，未有不流涕稽首者也，此岂独上之泽欤？凡在廷者，与有力焉。

太子少傅安简王公，讳举正，臣不及见其人矣，而识其为人。其流风遗俗可得而称者，以世考之也。熙宁六年冬，以事至姑苏，其子诲出庆历中所赐公端敏字二飞白笔一以示臣，且请臣记之，将刻石而传诸世。

臣官在太常，职在太史，于法得书。且以为抱乌号之弓，不若藏此笔；宝曲阜之履，不若传此书；考追蠡以论音声，不若推点画以究观其所用之意；存昌歜以追嗜好，不若因褒贬以想见其所与之人。或藏于名山，或流于四方，凡见此者，皆当耸然而作，如望旄头之尘，而听属车之音，相与勉为忠厚而耻为浮薄，或由此也夫？

【解题】

本文作于熙宁六年（1073）十一月。时苏轼在杭州通判任上，因赈饥过金阊，王诲出示仁宗旧赐其父王安简飞白"端敏"

二字。苏轼以“知人论世”为出发点，从仁宗时政通人和之盛况，推想太子少傅王安简之功德，写作视角很独特。

记公择天柱分桃

李公择与客游天柱寺还，过司命祠下，道傍见一桃，烂熟可爱，当往来之冲，而不为人之所得。疑其为真灵之瑞，分食之则不足，众以与公择，公择不可。时苏、徐二客皆有老母七十余，公择使二客分之，归遗其母，人人满意，过于食桃。此事不可不识也。

【解题】

本文作于熙宁七年（1074）九月。公择即李常，时任官湖州太守。

书许敬宗砚二首

一

都官郎中杜叔元君懿，有古风字砚，工与石皆出妙美。相传是许敬宗砚，初不甚信。其后杭人有网得一铜匣于浙江中者，有“铸成许敬宗”字，与砚适相宜，有容两足处，无毫发差，乃知真敬宗物也。

君懿尝语余：“吾家无一物，死，当以此砚作润笔，求君志吾墓也。”君懿死，其子沂归砚请志，而余不作墓志久矣，辞之。沂乃以砚求之于余友人孙莘老，莘老笑曰：“敬宗在，正堪斫以饲狗耳，何以其砚为。”

余哀此砚之不幸，一为敬宗所辱，四百余年矣，而垢秽不磨。方敬宗为奸时，砚岂知之也哉，以为非其罪，故乞之于孙莘老，为一洗之。匣今在唐氏，唐氏甚惜之，求之不可得。砚之美既不在匣，而上有敬宗姓名，盖不必蓄也。

二

杜叔元字君懿，为人文雅，学李建中书，作诗亦有可观。蓄一砚，云："家世相传，是许敬宗砚。"始亦不甚信之。其后官于杭州，渔人于浙江中网得一铜匣，其中有"铸成许敬宗"字。砚有两足，正方，而匣亦有容足处，不差毫毛，始知真敬宗物。

君懿与吾先君善，先君欲求其砚而不可。君懿既死，其子沂以砚遗余，求作墓铭。余平生不作此文，乃归其砚，不为作。沂乃以遗孙觉莘老，而得志文。余过高邮，莘老出砚示余曰："敬宗在，正好棒杀，何以其砚为。"余以谓憎而知其善，虽其人且不可废，况其砚。乃问莘老求而得。

砚，端溪紫石也，而滑润如玉，杀墨如风，其磨墨处微洼，真四百余年物也。匣今在唐諲处，终当合之。

【解题】

许敬宗，唐人，因媚事武则天，为后人所耻。后文作于熙宁七年（1074）十月。

雩　泉　记

常山在东武郡治之南二十里，不甚高大，而下临城中，如在山下，雉堞楼观，髣髴可数。自城中望之，如在城上，起居寝食，无往而不见山者。其神食于斯民，固宜也。东武滨海多风，而沟渎不留，故率常苦旱。祷于兹山，未尝不应。民以其可信而恃，盖有常德者，故谓之常山。熙宁八年春夏旱，轼再祷焉，皆应如响，乃新其庙。庙门之西南十五步，有泉汪洋折旋如车轮，清凉滑甘，冬夏若一，余流溢去，达于山下。兹山之所以能常其德，出云为雨，以信于斯民者，意其在此。而号称不立，除治不严，农民易之。乃琢石为井，其深七尺，广三之二。作亭于其上，而名之曰雩泉。

古者谓吁嗟而求雨曰雩。今民吁嗟其所不获，而呻吟其所疾痛，亦多矣。吏有能闻而哀之，答其所求，如常山雩泉之可信而恃者乎！轼以是愧于神，乃作《吁嗟》之诗，以遗东武之民，使歌以祀神而勉吏云。

吁嗟常山，东武之望。匪石岩岩，惟德之常。吁嗟雩泉，维山之滋。维水作聪，我民所噫。我歌云汉，于泉之侧。谁其尸之？涌溢赴节。堂堂在位，有号不闻。我愧于中，何以吁神。神尸其昧，我职其著。各率尔职，神不汝弃。酌山之泉，言采其蔬。跪以荐神，神其吐之。

【解题】

本文作于熙宁八年（1075）五月。苏轼为密州太守，境内大旱，祷于常山之神，雨后作此文。文中记常山、庙、雩泉之形势，及其出云为雨的利民之德，并勉励官吏能多关心民间疾苦，以不愧其职。

超然台记

凡物皆有可观。苟有可观，皆有可乐，非必怪奇玮丽者也。餔糟啜漓皆可以醉，果蔬草木皆可以饱。推此类也，吾安往而不乐？夫所为求福而辞祸者，以福可喜而祸可悲也。人之所欲无穷，而物之可以足吾欲者有尽。美恶之辨战乎中，而去取之择交乎前，则可乐者常少，而可悲者常多。是谓求祸而辞福。夫求祸而辞福，岂人之情也哉？物有以盖之矣。彼游于物之内，而不游于物之外。物非有大小也，自其内而观之，未有不高且大者也。彼挟其高大以临我，则我常眩乱反覆，如隙中之观斗，又乌知胜负之所在。是以美恶横生，而忧乐出焉。可不大哀乎！

余自钱塘移守胶西，释舟楫之安，而服车马之劳；去雕墙之美，而庇采椽之居；背湖山之观，而行桑麻之野。始至之日，岁比不登，盗贼满野，狱讼充斥，而斋厨索然，日食杞菊。人固疑余之不乐也。处之期年，而貌加丰，发之白者，日以反黑。余既乐其风俗之淳，而其吏民亦安予之拙也，于是治其园圃，洁其庭宇，伐安丘、高密之木以修补破败，为苟完之计。而园之北，因城以为台者旧矣，稍葺而新之。时相与登览，放意肆志焉。南望马耳、常山，出没隐见，若近若远，庶几有隐君子乎？而其东则卢山，秦人卢敖之所从遁也。西望穆陵，隐然如城郭，师尚父、齐桓公之遗烈，犹有存者。北俯潍水，慨然太息，思淮阴之功，而吊其不终。台高而安，深而明，夏凉而冬温。雨雪之朝，风月之夕，余未尝不在，客未尝不从。撷园蔬，取池鱼，酿秫酒，瀹脱粟而食之，曰：乐哉游乎！

方是时，余弟子由适在济南，闻而赋之，且名其台曰“超然”。以见余之无所往而不乐者，盖游于物之外也。

【解题】

本文作于熙宁八年（1075）十一月。文章以超然物外，无往而不乐为主旨，把叙事、议论、抒情紧密地结合在一起，逐层推进，首尾回护，收放自如。

成都大悲阁记

大悲者，观世音之变也。观世音由闻而觉。始于闻而能无所闻，始于无所闻而能无所不闻。能无所闻，虽无身可也；能无所不闻，虽千万亿身可也，而况于手与目乎！虽然，非无身无以举千万亿身之众，非千万亿身无以示无身之至。故散而为千万亿身，聚而为八万四千母陀罗臂、八万四千清净宝目，其道一尔。昔吾尝观于此，吾头发不可胜数，而身毛孔亦不可胜数。牵一发而头为之动，拔一毛而身为之变，然则发皆吾头，而毛孔皆吾身也。彼皆吾头而不能为头之用，彼皆吾身而不能具身之智，则物有以乱之矣。吾将使世人左手运斤，而右手执削，目数飞雁而耳节鸣鼓，首肯傍人而足识梯级，虽有智者，有所不暇矣，而况千手异执而千目各视乎？及吾燕坐寂然，心念凝默，湛然如大明镜。人鬼鸟兽，杂陈乎吾前，色声香味，交遘乎吾体。心虽不起，而物无不接，接必有道。即千手之出，千目之运，虽未可得见，而理则具矣。彼佛菩萨亦然。虽一身不成二佛，而一佛能遍河沙诸国。非有他也，触而不乱，至而能应，理有必至，而何独疑于大悲乎？

成都，西南大都会也。佛事最胜，而大悲之像，未睹其杰。有法师敏行者，能读内外教，博通其义，欲以如幻三昧为一方首，乃以大旃檀作菩萨像，庄严妙丽，具慈愍性。手臂错出，开合捧执，指弹摩拊，千态具备。手各有目，无妄举者。复作大阁以覆菩萨，雄伟壮峙，工与像称。都人作礼，因敬生悟。

余游于四方二十余年矣，虽未得归，而想见其处。敏行使其徒法震乞文，为道其所以然者。且颂之曰：

吾观世间人，两目两手臂。物至不能应，狂惑失所措。其有欲应者，颠倒作思虑。思虑非真实，无异无手目。菩萨千手目，与一手目同。物至心亦至，曾不作思虑。随其所当应，无不得其当。引弓挟白羽，剑盾诸械器，经卷及香花，盂水青杨枝，珊瑚大宝炬，白拂朱藤杖，所遇无不执，所执无有疑。缘何得无疑，以我无心故。若犹有心者，千手当千心。一人而千心，内自相攫攘，何暇能应物。千手无一心，手手得其处。稽首大悲尊，愿度一切众。皆证无心法，皆具千手目。

【题解】

本文作于熙宁八年（1075）。文中阐述了大悲菩萨像何以千手千目，并记敏行法师建佛像及大悲阁的经过。

刻秦篆记

秦始皇帝二十六年，初并天下。二十八年，亲巡东方海上，登琅琊台，观出日，乐之忘归，徙黔首三万家台下，刻石颂秦德焉。二世元年，复刻诏书其旁。今颂诗亡矣，其从臣姓名仅有存者，而二世诏书具在。

自始皇帝二十八年，岁在壬午，至今熙宁九年丙辰，凡千二百九十五年。而蜀人苏轼来守高密，得旧纸本于民间，比今所见，犹为完好，知其存者，磨灭无日矣。而庐江文勋适以事至密。勋好古善篆，得李斯用笔意，乃摹诸石，置之超然台上。

夫秦虽无道，然所立有绝人者。其文字之工，世亦莫及，皆不可废。后有君子，得以览观焉。正月七日甲子记。

【解题】

本文于熙宁九年（1076）正月作于密州太守任上。文中记文勋摹刻秦代石刻事，并对秦代石刻的书法成就给予很高的评价。

盖公堂记

始吾居乡，有病寒而欬者，问诸医，医以为蛊，不治且杀人。取其百金治之，饮以蛊药，攻伐其肾肠，烧灼其体肤，禁切其饮食之美者。期月而百疾作，内热恶寒，而欬不已，累然真蛊者也。又求于医，医以为热，授之以寒药，旦朝吐之，暮夜下之，于是始不能食。惧而反之，则钟乳、乌喙杂然并进，而瘭疽痈疥眩瞀之状，无所不至。三易医而疾愈甚。里老父教之曰："是医之罪，药之过也。子何疾之有！人之生也，以气为主，食为辅。今子终日药不释口，臭味乱于外，而百毒战于内，劳其主，隔其辅，是以病也。子退而休之，谢医却药而进所嗜，气完而食美矣，则夫药之良者，可以一饮而效。"从之，期月而病良已。

昔之为国者亦然。吾观夫秦自孝公以来，至于始皇，立法更制，以镌磨锻炼其民，可谓极矣。萧何、曹参亲见其斫丧之祸，而收其民于百战之余，知其厌苦憔悴无聊，而不可与有为也，是以一切与之休息，而天下安。始参为齐相，召长老诸先生问所以安集百姓，而齐故诸儒以百数，言人人殊，参未知所定。闻胶西有盖公，善治黄老言，使人请之。盖公为言治道贵清净而民自定，推此类具言之，参于是避正堂以舍盖公，用其言而齐大治。其后以其所以治齐者治天下，天下至今称贤焉。

吾为胶西守，知公之为邦人也，求其坟墓、子孙而不可得，慨然怀之。师其言，想见其为人，庶几复见如公者。治新寝于黄堂之北，易其弊陋，达其壅蔽，重门洞开，尽城之南北，相望如引绳，名之曰盖公堂。时从宾客僚吏游息其间，而不敢居，以待如公者焉。

夫曹参为汉宗臣，而盖公为之师，可谓盛矣。而史不记其所终，岂非古之至人得道而不死者欤？胶西东并海，南放于九仙，北属之牢山，其中多隐君子，可闻而不可见，可见而不可致，安知盖公不往来其间乎？吾何足以见之！

【解题】

本文作于熙宁九年（1076）正月。盖公堂是苏轼为纪念汉初盖公而作。文中推崇与民休息、无为而治的政治方针。

李氏山房藏书记

象犀珠玉怪珍之物，有悦于人之耳目，而不适于用；金石草木丝麻五谷六材，有适于用，而用之则弊，取之则竭。悦于人之耳目而适于用，用之而不弊，取之而不竭，贤不肖之所得，各因其才；仁智之所见，各随其分，才分不同，而求无不获者，惟书乎！

自孔子圣人，其学必始于观书。当是时，惟周之柱下史老聃为多书。韩宣子适鲁，然后见《易象》与《鲁春秋》。季札聘于上国，然后得闻《诗》之风、雅、颂。而楚独有左史倚相，能读《三坟》、《五典》、《八索》、《九丘》。士之生于是时，得见《六经》者盖无几，其学可谓难矣。而皆习于礼乐，深于道德，非后世君子所及。自秦、汉以来，作者益众，纸与字画日趋于简便，而书益多，士莫不有，然学者益以苟简，何哉？余犹及见老儒先生，自言其少时，欲求《史记》、《汉书》而不可得，幸而得之，皆手自书，日夜诵读，惟恐不及。近岁市人转相摹刻诸子百家之书，日传万纸，学者之于书，多且易致如此，其文词学术，当倍蓰于昔人；而后生科举之士，皆束书不观，游谈无根，此又何也？

余友李公择，少时读书于庐山五老峰下白石庵之僧舍。公择既去，而山中之人思之，指其所居为李氏山房。藏书凡九千余卷。公择既已涉其流，探其源，采剥其华实，而咀嚼其膏味，以为已有，发于文词，见于行事，以闻名于当世矣。而书固自如也，未尝少损。将以遗来者，供其无穷之求，而各足其才分之所当得。是以不藏于家，而藏于其故所居之僧舍，此仁者之心也。

余既衰且病，无所用于世，惟得数年之闲，尽读其所未见之书，而庐山固所愿游而不得者，盖将老焉。尽发公择之藏，拾其余弃以自补，庶有益乎？而公择求余文以为记，乃为一言，使来者知昔之君子见书之难，而今之学者有书而不读为可惜也。

【解题】

本文作于熙宁九年（1076）十一月。李氏，即李常，字公择。文章先述前人得书之难而读书之勤，今人得书之易而束书不观；再叙李常努力读书、藏书，表彰其将藏书“以遗来者”的仁人之心。

醉白堂记

故魏国忠献韩公作堂于私第之池上，名之曰醉白。取乐天《池上》之诗，以为醉白堂之歌，意若有羡于乐天而不及者。天下之士，闻而疑之，以为公既已无愧于伊、周矣，而犹有羡于乐天，何哉？

轼闻而笑曰：公岂独有羡于乐天而已乎？方且愿为寻常无闻之人而不可得者。天之生是人也，将使任天下之重，则寒者求衣，饥者求食，凡不获者求得。苟有以与之，将不胜其求。是以终身处乎忧患之域，而行乎利害之涂，岂其所欲哉！夫忠献公既已相三帝安天下矣，浩然将归老于家，而天下共挽而留之，莫释也。当是时，其有羡于乐天，无足怪者。然以乐天之平生而求之于公，较其所得之厚薄浅深，孰有孰无，则后世之论，有不可欺者矣。文致太平，武定乱略，谋安宗庙，而不自以为功。急贤才，轻爵禄，而士不知其恩。杀伐果敢，而六军安之。四夷八蛮想闻其风采，而天下以其身为安危。此公之所有，而乐天之所无也。乞身于强健之时，退居十有五年，日与其朋友赋诗饮酒，尽山水园池之乐。府有余帛，廪有余粟，而家有声伎之奉。此乐天之所有，而公之所无也。忠言嘉谋，效于当时，而文采表于后世；死生穷达，不易其操，而道德高于古人。此公与乐天之所同也。公既不以其所有自多，亦不以其所无自少，将推其同者而自托焉。方其寓形于一醉也，齐得丧，忘祸福，混贵贱，等贤愚，同乎万物，而与造物者游，非独自比于乐天而已。古之君子，其处己也厚，其取名也廉。是以实浮于名，而世诵其美不厌。以孔子之圣，而自比于老彭，自同于丘明，自以为不如颜渊。后之君子，实则不至，而皆有侈心焉。臧武仲自以为圣，白圭自以为禹，司马长卿自以为相如，扬雄自以为孟轲，崔浩自以为子房，然世终莫之许也。由此观之，忠献公之贤于人也远矣。

昔公尝告其子忠彦，将求文于轼以为记而未果。公薨既葬，忠彦以告，轼以为义不得辞也，乃泣而书之。

【解题】

本文作于熙宁九年（1076）十一月。醉白堂为韩琦所作堂名。本文自“醉白”二字出发，论韩琦与白居易之异同，颂扬了韩琦的治世之功和道德风采。

王平甫梦灵芝宫

王平甫熙宁癸丑岁，直宿崇文馆，梦有人邀之至海上。见海水中宫殿甚盛，其中作乐，笙箫鼓吹之伎甚众。题其宫曰灵芝宫。邀平甫，欲与之俱往。有人在宫侧，隔水止之曰：“时未至，且令去，它日当迎之。”至此，恍然梦觉。时禁中已钟鸣。平甫颇自负，为诗记之曰：“万顷波涛木叶飞，笙箫宫殿号灵芝。挥毫不似人间世，长乐钟来梦觉时。”

后四年，平甫病卒。其家哭讯之曰：“君尝梦往灵芝宫，信然乎？当以兆我。”是夕，暮奠，若有声音接于人者，其家复卜以钱。卜之曰：“往灵芝宫，其果然乎？”卜曰：“然。”

昔有人至海上蓬莱，见楼台中有待乐天之室，乐天自为诗以识其事，与平甫之梦实相似。盖二人者，皆天才逸发，则其精神所寓，必有异者。物理皆有之，而不可穷也。其家哭，请书其事，故为之书以慰其思。

【解题】

本文约作于熙宁十年（1077）三月。王平甫，名安国，王安石之弟，反对变法，早亡。

宝绘堂记

君子可以寓意于物，而不可以留意于物。寓意于物，虽微物足以为乐，虽尤物不足以为病。留意于物，虽微物足以为病，虽尤物不足以为乐。老子曰：“五色令人目盲，五音令人耳聋，五味令人口爽，驰骋田猎令人心发狂。”然圣人未尝废此四者，亦聊以寓意焉耳。

刘备之雄才也，而好结髦；嵇康之达也，而好锻炼；阮孚之放也，而好蜡屐。此岂有声色臭味也哉，而乐之终身不厌。凡物之可喜，足以悦人而不足以移人者，莫若书与画。然至其留意而不释，则其祸有不可胜言者。钟繇至以此呕血发冢，宋孝武、王僧虔至以此相忌，桓玄之走舸，王涯之复壁，皆以儿戏害其国，凶其身。此留意之祸也。

始吾少时，尝好此二者，家之所有，惟恐其失之；人之所有，惟恐其不吾予也。既而自笑曰：吾薄富贵而厚于书，轻死生而重于画，岂不颠倒错缪失其本心也哉？自是不复好。见可喜者虽时复蓄之，然为人取去，亦不复惜也。譬之烟云之过眼，百鸟之感耳，岂不欣然接之，然去而不复念也。于是乎二物者常为吾乐而不能为吾病。

驸马都尉王君晋卿虽在戚里，而其被服礼义，学问诗书，常与寒士角。平居攘去膏粱，屏远声色，而从事于书画，作宝绘堂于私第之东，以蓄其所有，而求文以为记。恐其不幸而类吾少时之所好，故以是告之，庶几全其乐而远其病也。熙宁十年七月二十二日记。

【解题】

本文于熙宁十年（1077）七月，应王晋卿之请而作。本文不自堂上措笔，而是荡开一步，论“寓意”与“留意”两种待物态度及其后果，命意高远不俗。

记徐州杀狗

今日厢界有杀狗公事。司法言，近勅书不禁杀狗。问其说，云：《礼·乡饮酒》：“烹狗于东方，乃不禁。”然则《礼》云：“宾客之牛角尺。”亦不当禁杀牛乎？孔子曰：“弊帷不弃，为埋马也。弊盖不弃，为埋狗也。”死犹当埋，不忍食其肉，况可得而杀乎？

【解题】

本文作于熙宁十年（1077）十二月。

思堂记

建安章质夫，筑室于公堂之西，名之曰思。曰：“吾将朝夕于是，凡吾之所为，必思而后行，子为我记之。”嗟夫！余，天下之无思虑者也。遇事则发，不暇思也。未发而思之，则未至。已发而思之，则无及。以此终身，不知所思。言发于心而冲于口，吐之则逆人，茹之则逆余。以为宁逆人也，故卒吐之。君子之于善也，如好好色；其于不善也，如恶恶臭。岂复临事而后思，计议其美恶，而避就之哉！是故临义而思利，则义必不果；临战而思生，则战必不力。若夫穷达得丧，死生祸福，则吾有命矣。少时遇隐者曰：“孺子近道，少思寡欲。”曰：“思与欲，若是均乎？”曰：“甚于欲。”庭有二盎以畜水，隐者指之曰：“是有蚁漏；是日取一升而弃之，孰先竭？”曰：“必蚁漏者。”思虑之贼人也，微而无间。隐者之言，有会于余心，余行之。且夫不思之乐，不可名也。虚而明，一而通，安而不懈，不处而静，不饮酒而醉，不闭目而睡。将以是记思堂，不亦缪乎。虽然，言各有当也。万物并育而不相害，道并行而不相悖。以质夫之贤，其所谓思者，岂世俗之营营于思虑者乎？《易》曰无思也，无为也，我愿学焉。《诗》曰思无邪，质夫以之。元丰元年正月二十四日记。

【解题】

本文作于元丰元年（1078）正月，苏轼在徐州太守任上。本文为思堂而作，而自始至终言不思之为美德，可谓别具匠心。文章表达了苏轼本人嫉恶如仇的品德，其中颇有身世之慨。章质夫，即章楶，《宋史》卷三百二十八有传。

奖谕敕记

敕苏轼。省京东东路安抚使司转运司奏，昨黄河水至徐州城下，汝亲率官吏，驱督兵夫，救护城壁，一城生齿并仓库庐舍得免漂没之害，遂得完固事。河之为中国患久矣，乃者堤溃东注，衍及徐方，而民人保居，城郭增固，徒得汝以安也。使者屡以言，朕甚嘉之。

熙宁十年七月十七日，河决澶州曹村埽。八月二十一日，水及徐州城下。至九月二十一日，凡二丈八尺九寸，东西北触山而上，皆清水无复浊流。水高于城中平地有至一丈九寸者，而外小城东南隅不沉者三版。父老云："天禧中，尝筑二堤。一自小市门外，绝壕而南，少西以属于戏马台之麓；一自新墙门外，绝壕而西，折以属于城下南京门之北。"遂起急夫五千人，与武卫奉化牢城之士，昼夜杂作堤。堤成之明日，水自东南隅入，遇堤而止。水窗六，先水未至，以薪刍土囊自城外塞之。水至而后，自城中塞者皆不足恃。城中有故取土大坑十五，皆与外水相应，井有溢者。三方皆积水，无所取土，取于州之南亚父冢之东。自城中附城为长堤，壮其址，长九百八十四丈，高一丈，阔倍之。公私船数百，以风浪不敢行，分缆城下，以杀河之怒。至十月五日，水渐退，城遂以全。

明年二月，有旨赐钱二千四百一十万，起夫四千二十三人，又以发常平钱六百三十四万，米一千八百余斛，募夫三千二十人，改筑外小城。创木岸四：一在天王堂之西，一在彭城楼之下，一在上洪门之西北，一在大城之东南隅。大坑十五皆塞之。已而澶州灵平埽成，水不复至。臣轼以谓黄河率常五六十年一决，而徐州最处汴泗下流，上下二百余里皆阻山，水尤深悍难落，不与他郡等，恐久远仓卒吏民不复究知，故因上之所赐诏书而记其大略，并刻诸石。若其详，则藏于有司，谓之《熙宁防河录》云。

【解题】

本文作于元丰元年（1078）二月。苏轼在前一年因率领徐州吏民抗洪有功，受到朝廷的嘉奖。苏轼遂作此文记载当时汛情及所采取的抗洪措施，以供后人治水作参考。苏辙《苏子瞻墓志铭》记此事甚详，可参看。

滕县公堂记

君子之仕也，以其才易天下之养也。才有大小，故养有厚薄。苟有益于人，虽厉民以自养不为泰。是故饮食必丰，车服必安，宫室必壮，使令之人必给，则人轻去其家而重去其国。如使衣食菲恶不如吾私，宫室弊陋不如吾庐，使令之人朴野不足不如吾僮奴，虽君子安之无不可者，然人之情所以去父母捐坟墓而远游者，岂厌安逸而思劳苦也哉！至于宫室，盖有所从受，而传之无穷，非独以自养也。今日不治，后日之费必倍。而比年以来，所在务为俭陋，尤讳土木营造之功，欹仄腐坏，转以相付，不敢擅易一椽，此何义也。

滕，古邑也，在宋、鲁之间，号为难治。庭宇陋甚，莫有葺者。非惟不敢，亦不暇。自天圣元年，县令太常博士张君太素，实始改作。凡五十有二年，而赞善大夫范君纯粹，自公府掾谪为令，复一新之。公堂吏舍凡百一十有六间，高明硕大，称子男邦君之居。而寝室未治，范君非嫌于奉已也，曰："吾力有所未暇而已。"昔毛孝先、崔季珪用事，士皆变易车服以求名，而徐公不改其常，故天下以为泰。其后世俗日以奢靡，而徐公固自若也，故天下以为啬。君子之度一也，时自二耳。元丰元年七月二十二日，尚书祠部员外郎直史馆权知徐州军事苏轼记。

【解题】

本文作于元丰元年（1078）七月，为滕县令范纯粹修缮公堂而作。文章先论后记，以为人情思安逸而厌劳苦，而宫室之壮可以鼓励离家为国之人，故对修缮持支持态度。文末对范纯粹未修自己寝室，又不居克己之名表示了赞赏。

放鹤亭记

熙宁十年秋，彭城大水，云龙山人张君天骥之草堂，水及其半扉。明年春，水落，迁于故居之东，东山之麓。升高而望，得异境焉，作亭于其上。彭城之山，冈岭四合，隐然如大环，独缺其西十二，而山人之亭适当其缺。春夏之交，草木际天；秋冬雪月，千里一色。风雨晦明之间，俯仰百变。山人有二鹤，甚驯而善飞。旦则望西山之缺而放焉，纵其所如，或立于陂田，或翔于云表，暮则傃东山而归。故名之曰放鹤亭。

郡守苏轼，时从宾客僚吏往见山人，饮酒于斯亭而乐之，揖山人而告之曰："子知隐居之乐乎？虽南面之君，未可与易也。《易》曰：'鸣鹤在阴，其子和之。'《诗》曰：'鹤鸣于九皋，声闻于天。'盖其为物，清远闲放，超然于尘垢之外，故《易》、《诗》人以比贤人君子隐德之士。狎而玩之，宜若有益而无损者，然卫懿公好鹤则亡其国。周公作《酒诰》，卫武公作《抑戒》，以为荒惑败乱无若酒者，而刘伶、阮籍之徒以此全其真而名后世。嗟夫，南面之君，虽清远闲放如鹤者犹不得好，好之则亡其国，而山林遁世之士，虽荒惑败乱如酒者犹不能为害，而况于鹤乎。由此观之，其为乐未可以同日而语也。"山人忻然而笑曰："有是哉。"乃作放鹤招鹤之歌曰：

鹤飞去兮，西山之缺。高翔而下览兮，择所适。翻然敛翼，婉将集兮，忽何所见，矫然而复击。独终日于涧谷之间兮，啄苍苔而履白石。鹤归来兮，东山之阴。其下有人兮，黄冠草履葛衣而鼓琴。躬耕而食兮，其余以汝饱。归来归来兮，西山不可以久留。元丰元年十一月初八日记。

【解题】

本文作于元丰元年（1078）十一月。文中记放鹤亭之地势及双鹤风姿，极力渲染了山林隐逸之趣，流露出对隐居生活的向往。本文如诗如画，动静相偕，造境闲适、优美，读之使人心旷神怡。

庄子祠堂记

庄子，蒙人也，尝为蒙漆园吏。没千余岁，而蒙未有祀之者。县令秘书丞王兢始作祠堂，求文以为记。

谨按《史记》，庄子与梁惠王、齐宣王同时，其学无所不窥，然要本归于老子之言。故其著书十余万言，大抵率寓言也。作《渔父》、《盗跖》、《胠箧》，以诋訾孔子之徒，以明老子之术，此知庄子之粗者。余以为庄子盖助孔子者，要不可以为法耳。楚公子微服出亡，而门者难之。其仆操棰而骂曰："隶也不力。"门者出之。事固有倒行而逆施者。以仆为不爱公子，则不可；以为事公子之法，亦不可。故庄子之言，皆实予，而文不予，阳挤而阴助之，其正言盖无几。至于诋訾孔子，未尝不微见其意。其论天下道术，自墨翟、禽滑厘、彭蒙、慎到、田骈、关尹、老聃之徒，以至于其身，皆以为一家，而孔子不与，其尊之也至矣。

然余尝疑《盗跖》、《渔父》，则若真诋孔子者。至于《让王》、《说剑》，皆浅陋不入于道。反复观之，得其《寓言》之终曰："阳子居西游于秦，遇老子。老子曰：'而睢睢，而盱盱，而谁与居。太白若辱，盛德若不足。'阳子居蹴然变容。其往也，舍者将迎其家，公执席，妻执巾栉，舍者避席，炀者避灶。其反也，舍者与之争席矣。"去其《让王》、《说剑》、《渔父》、《盗跖》四篇，以合于《列御寇》之篇，曰："列御寇之齐，中道而反，曰：'吾惊焉，吾食于十浆，而五浆先馈。'"然后悟而笑曰："是固一章也。"庄子之言未终，而昧者剿之以入其言。余不可以不辨。凡分章名篇，皆出于世俗，非庄子本意。元丰元年十一月十九日记。

【解题】

本文作于元丰元年（1078）十一月。文中论庄子尊孔、助孔，语多勉强，然颇能见苏轼博识多才。

眉州远景楼记

吾州之俗，有近古者三：其士大夫贵经术而重氏族，其民尊吏而畏法，其农夫合耦以相助。盖有三代、汉、唐之遗风，而他郡之所莫及也。始朝廷以声律取士，而天圣以前，学者犹袭五代之弊，独吾州之士，通经学古，以西汉文词为宗师。方是时，四方指以为迂阔。至于郡县胥史，皆挟经载笔，应对进退，有足观者。而大家显人，以门族相上，推次甲乙，皆有定品，谓之江乡。非此族也，虽贵且富，不通婚姻。其民事太守县令，如古君臣，既去，辄画像事之，而其贤者，则记录其行事以为口实，至四五十年不忘。商贾小民，常储善物而别异之，以待官吏之求。家藏律令，往往通念而不以为非，虽薄刑小罪，终身有不敢犯者。岁二月，农事始作。四月初吉，谷稚而草壮，耘者毕出。数十百人为曹，立表下漏，鸣鼓以致众。择其徒为众所畏信者二人，一人掌鼓，一人掌漏，进退作止，惟二人之听。鼓之而不至，至而不力，皆有罚。量田计功，终事而会之，田多而丁少，则出钱以偿众。七月既望，谷艾而草衰，则仆鼓决漏，取罚金与偿众之钱，买羊豕酒醴，以祀田祖，作乐饮食，醉饱而去，岁以为常。其风俗盖如此。

故其民皆聪明才智，务本而力作，易治而难服。守令始至，视其言语动作，辄了其为人。其明且能者，不复以事试，终日寂然。苟不以其道，则陈义秉法以讥切之，故不知者以为难治。

今太守黎侯希声，轼先君子之友人也。简而文，刚而仁，明而不苛，众以为易事。既满将代，不忍其去，相率而留之，上不夺其请。既留三年，民益信，遂以无事。因守居之北墉而增筑之，作远景楼，日与宾客僚吏游处其上。轼方为徐州，吾州之人以书相往来，未尝不道黎侯之善，而求文以为记。

嗟夫，轼之去乡久矣。所谓远景楼者，虽想见其处，而不能道其详矣。然州人之所以乐斯楼之成而欲记焉者，岂非上有易事之长，而下有易治之俗也哉！孔子曰："吾犹及史之阙文也。有马者借人乘之，今亡矣夫。"是二者，于道未有大损益也，然且录之。今吾州近古之俗，独能累世而不迁，盖耆老昔人岂弟之泽，而贤守令抚循教诲不倦之力也，可不录乎！若夫登临览观之乐，山川风物之美，轼将归老于故丘，布衣幅巾，从邦君于其上，酒酣乐作，援笔而赋之，以颂黎侯之遗爱，尚未晚也。元丰元年七月十五日记。

【解题】

本文作于元丰元年（1078）七月。远景楼位于眉州，为知眉州事黎希声所作。文中赞美了眉州民风纯朴古雅，以及黎希声在眉州的政绩。

密州通判厅题名记

始，尚书郎赵君成伯为眉之丹棱令，邑人至今称之。余其邻邑人也，故知之为详。君既罢丹棱，而余适还眉，于是始识君。其后余出官于杭，而君亦通守临淮，同日上谒辞，相见于殿门外，握手相与语。已而见君子临淮，剧饮大醉于先春亭上而别。

及移守胶西，未一年，而君来倅是邦。

余性不慎语言，与人无亲疏，辄输写腑脏，有所不尽，如茹物不下，必吐出乃已。而人或记疏以为怨咎，以此尤不可与深中而多数者处。君既故人，而简易疏达，表里洞然，余固甚乐之。而君又勤于吏职，视官事如家事，余得少休焉。

君曰："吾厅事未有壁记。"乃集前人之姓名以属于余。余未暇作也。及为彭城，君每书来，辄以为言，且曰："吾将托子以不朽。"昔羊叔子登岘山，谓从事邹湛曰："自有宇宙而有此山，登此远望，如我与卿者多矣，皆堙灭无闻，使人悲伤。"湛曰："公之名，当与此山俱传，若湛辈，乃当如公言耳。"夫使天下至今有邹湛者，羊叔子之贤也。今余顽鄙自放，而且老矣，然无以自表见于后世，自计且不足，而况能及于子乎！虽然，不可以不一言，使数百年之后，得此文于颓垣废井之间者，茫然长思而一叹也。

【解题】

本文当作于元丰元年（1078）前后，时苏轼在徐州任上。本文记述了密州通判赵成伯之为人、政绩。疏简流畅，平易可读。

游桓山记

元丰二年正月己亥晦，春服既成，从二三子游于泗之上。登桓山，入石室，使道士戴日祥鼓雷氏之琴，操《履霜》之遗音，曰："噫嘻悲夫，此宋司马桓魋之墓也。"或曰："鼓琴于墓，礼欤？"曰："礼也。季武子之丧，曾点倚其门而歌。仲尼，日月也，而魋以为可得而害也。且死为石椁，三年不成，古之愚人也。余将吊其藏，而其骨毛爪齿，既已化为飞尘，荡为冷风矣，而况于椁乎，况于从死之臣妾、饭含之贝玉乎？使魋而无知也，余虽鼓琴而歌可也。使魋而有知也，闻余鼓琴而歌知哀乐之不可常、物化之无日也，其愚岂不少瘳乎?”二三子喟然而叹，乃歌曰：“桓山之上，维石嵯峨兮。司马之恶，与石不磨兮。桓山之下，维水弥弥兮。司马之藏，与水皆逝兮。”歌阕而去。从游者八人：毕仲孙、舒焕、寇昌朝、王适、王遹、王肄、轼之子迈、焕之子彦举。

【解题】

本文作于元丰二年（1079）正月。桓山在徐州郊外泗水岸边。本文纯为议论，嘲讽了墓主司马桓魋的所作所为，表达了通达的生死观。司马桓魋，宋人，曾欲杀孔子，见于《论语》及《史记·孔子世家》。

灵壁张氏园亭记

道京师而东，水浮浊流，陆走黄尘，陂田苍莽，行者倦厌。凡八百里，始得灵壁张氏之园于汴之阳。其外修竹森然以高，乔木蓊然以深。其中因汴之余浸，以为陂池，取山之怪石，以为岩阜。蒲苇莲芡，有江湖之思；椅桐桧柏，有山林之气；奇花美草，有京洛之态；华堂厦屋，有吴蜀之巧。其深可以隐，其富可以养。果蔬可以饱邻里，鱼鳖笋茹可以馈四方之宾客。余自彭城移守吴兴，由宋登舟，三宿而至其下。肩舆叩门，见张氏之子硕。硕求余文以记之。

维张氏世有显人，自其伯父殿中君，与其先人通判府君，始家灵壁，而为此园，作兰皋之亭以养其亲。其后出仕于朝，名闻一时，推其余力，日增治之，于今五十余年矣。其木皆十围，岸谷隐然。凡园之百物，无一不可人意者，信其用力之多且久也。

古之君子，不必仕，不必不仕。必仕则忘其身，必不仕则忘其君。譬之饮食，适于饥饱而已。然士罕能蹈其义、赴其节。处者安于故而难出，出者狃于利而忘返。于是有违亲绝俗之讥，怀禄苟安之弊。今张氏之先君，所以为其子孙之计虑者远且周，是故筑室藝园于汴、泗之间，舟车冠盖之冲，凡朝夕之奉，燕游之乐，不求而足。使其子孙开门而出仕，则跬步市朝之上；闭门而归隐，则俯仰山林之下。于以养生治性，行义求志，无适而不可。故其子孙仕者皆有循吏良能之称，处者皆有节士廉退之行。盖其先君子之泽也。

余为彭城二年，乐其土风。将去不忍，而彭城之父老亦莫余厌也，将买田于泗水之上而老焉。南望灵壁，鸡犬之声相闻，幅巾杖屦，岁时往来于张氏之园，以与其子孙游，将必有日矣。元丰二年三月二十七日记。

【解题】

元丰二年（1079）三月，苏轼罢徐州任迁知湖州，途中游灵壁张氏园亭，为作此文。文章描绘了园亭地理之便、景致之美、物产之富；或散行，或偶句，音韵节奏谐和多变，轻快怡人。文中因园亭地理位置所引发的关于仕与隐的议论极为精彩，人视为两难，而苏轼以“不必”之心处之，则进退皆宜，由此可见苏轼旷达的胸怀。

文与可画筼筜谷偃竹记

竹之始生，一寸之萌耳，而节叶具焉。自蜩腹蛇蚹以至于剑拔十寻者，生而有之也。今画者乃节节而为之，叶叶而累之，岂复有竹乎！故画竹必先得成竹于胸中，执笔熟视，乃见其所欲画者，急起从之，振笔直遂，以追其所见，如兔起鹘落，少纵则逝矣。与可之教予如此。予不能然也，而心识其所以然。夫既心识其所以然而不能然者，内外不一，心手不相应，不学之过也。故凡有见于中而操之不熟者，平居自视了然，而临事忽焉丧之，岂独竹乎！子由为《墨竹赋》以遗与可曰：“庖丁，解牛者也，而养生者取之。轮扁，斫轮者也，而读书者与之。今夫夫子之托于斯竹也，而予以为有道者，则非耶?”子由未尝画也，故得其意而已。若予者，岂独得其意，并得其法。

与可画竹，初不自贵重，四方之人持缣素而请者，足相蹑于其门。与可厌之，投诸地而骂曰：“吾将以为韈材。”士大夫传之，以为口实。及与可自洋州还，而余为徐州。与可以书遗余曰：“近语士大夫，吾墨竹一派，近在彭城，可往求之。韈材当萃于子矣。”书尾复写一诗，其略曰：“拟将一段鹅溪绢，扫取寒梢万尺长。”予谓与可，竹长万尺，当用绢二百五十匹，知公倦于笔砚，愿得此绢而已。与可无以答，则曰：“吾言妄矣，世岂有万尺竹也哉。”余因而实之，答其诗曰；“世间亦有千寻竹，月落庭空影许长。”与可笑曰：“苏子辩则辩矣。然二百五十匹，吾将买田而归老焉。”因以所画筼筜谷偃竹遗予，曰：“此竹数尺耳，而有万尺之势。”筼筜谷在洋州，与可尝令予作《洋州三十咏》，筼筜谷其一也。予诗云：“汉川修竹贱如蓬，斤斧何曾赦箨龙。料得清贫馋太守，渭滨千亩在胸中。”与可是日与其妻游谷中，烧笋晚食，发函得诗，失笑喷饭满案。

元丰二年正月二十日，与可没于陈州。是岁七月七日，予在湖州曝书画，见此竹，废卷而哭失声。昔曹孟德《祭桥公文》，有“车过腹痛”之语，而予亦载与可畴昔戏笑之言者，以见与可于予亲厚无间如此也。

【解题】

元丰二年（1079）正月，文与可病逝；七月，苏轼于湖州曝晒书画，睹物思人，遂写下了这篇凄楚悱恻的回忆文章。本文首先对文与可“胸有成竹”的艺术实践和艺术理论作了极为精辟的阐释；接着，回忆了两人充满才气和逸兴的书信酬答；最后陡转笔锋，言己悲悼之情。或洒脱，或谐谑，或哀切，气随势转，唯意所之，而俱出于性情之真。

书杜君懿藏诸葛笔

杜叔元君懿善书，学李建中法。为宣州通判。善待诸葛氏，如遇士人，以故为尽力，常得其善笔。余应举时，君懿以二笔遗余，终试笔不败。其后二十五年，余来黄州，君懿死久矣，而见其子沂，犹蓄其父在宣州所得笔也，良健可用。君懿胶笔法，每一百枝，用水银粉一钱，上皆以沸汤调研如稀糊。乃以研墨，胶笔永不蠹，且润软不燥也。非君懿善藏，亦不能如此持久也。

【解题】

本文作于元丰三年（1080）四月。诸葛笔，唐宋时名笔，宣州诸葛氏世为制笔名匠，其笔为世人所宝。

记　樊　山

自余所居临皋亭下，顺流而西，泊于樊山，为樊口。或曰“燔山”。岁旱燔之，起龙致雨。或曰樊氏居之。不知孰是？

其上为卢洲，孙仲谋汎江，遇大风，柂师请所之。仲谋欲往卢洲，其仆谷利以刀拟拖师，使泊樊口。遂自樊口凿山通路归武昌，今犹谓之“吴王岘”。有洞穴，土紫色，可以磨镜。循山而南，至寒谿寺。上有曲山，山顶即位坛、九曲亭，皆孙氏遗迹。西山寺，泉水白而甘，名菩萨泉。泉所出石，如人垂手也。山下有陶母庙。陶公治武昌，既病登舟，而死于樊口。寻绎故迹，使人凄然。仲谋猎于樊口，得一豹，见老母，曰："何不逮其尾?"忽然不见。今山中有圣母庙。予十五年前过之，见彼板仿佛有"得一豹"三字，今亡矣。

【解题】

本文作于元丰三年（1080）六月。

秦太虚题名记　并题名

元丰二年中秋后一日，余自吴兴道杭，东还会稽。龙井有辩才大师，以书邀余入山。比出郭，日已夕。航湖至普宁，遇道人参寥，问龙井所遣篮舆，则曰，以不时主去矣。是夕天宇开霁，林间月明，可数毫发。遂弃舟从参寥杖策并湖而行，出雷峰，度南屏，濯足于惠因涧，入灵石坞，得支径，上风篁领，憩于龙井亭，酌泉据石而饮之。自普宁凡经佛寺十五，皆寂不闻人声，道傍庐舍，或灯火隐显，草木深郁，流水激激悲鸣，殆非人间之境。行二鼓矣，始至寿圣院，谒辩才于潮音堂，明日乃还。高邮秦观题。

览太虚题名，皆予昔时游行处。闭目想之，了然可数。始予与辩才别五年，乃自徐州迁于湖。至高邮，见太虚、参寥，遂载与俱。辩才闻予至，欲扁舟相过，以结夏未果。太虚、参寥又相与适越，云秋尽当还。而予仓卒去郡，遂不复见。

明年予谪居黄州，辩才、参寥遣人致问，且以题名相示。时去中秋不十日，秋潦方涨，水面千里，月出房、心间，风露浩然。所居去江无十步，独与儿子迈棹小舟至赤壁，西望武昌，山谷乔木苍然，云涛际天，因录以寄参寥，使以示辩才，有便至高邮，亦可录以寄太虚也。

【解题】

本文当作于元丰三年（1080）八月，苏轼在此年八月所作

《与参寥书》中有相似文字。秦太虚，即秦观。此文有感于秦观之题名，并描写了黄州秋景，欲与参寥、辩才、秦观分享这一份怡然自乐的心情。

记 赤 壁

黄州守居之数百步为赤壁，或言即周瑜破曹公处，不知果是否？

断崖壁立，江水深碧，二鹘巢其上。上有二蛇，或见之。遇风浪静，辄乘小舟至其下。舍舟登岸，入徐公洞。非有洞穴也，但山崦深邃耳。《图经》云是徐邈。不知何时人，非魏之徐邈也。岸多细石，往往有温莹如玉者，深浅红黄之色，或细纹如人手指螺纹也。既数游，得二百七十枚，大者如枣栗，小者如芡实。又得一古铜盆，盛之，注水粲然，有一枚如虎豹首，有口鼻眼处，以为群石之长。

【解题】

本文记赤壁景物，语言简练平易，文风纯朴明净，与前后《赤壁赋》不同。本文作于元丰三年（1080）九月。

赵先生舍利记

赵先生棠本蜀人，孟氏节度使廷隐之后，今为南海人。仕至幕职，官南海。有潘冕者，阳狂不测，人谓之潘盎。南海俚人谓心风为盎。盎尝与京师言法华偈颂往来。言云：“盎，日光佛也。”先生弃官从盎游，盎以谓尽得我道。盎既隐去，不知其所终，而先生亦坐化。焚其身，得舍利数升。轼与先生之子昶游，故得此舍利四十八粒。盎与先生异迹极多，张安道作先生墓志，具载其事。昶今为大理寺丞，知藤州。元丰三年十一月十五日，以舍利授宝月大师之孙悟清，使持归本院供养。赵郡苏轼记。

【解题】

本文作于元丰三年（1080）十一月。记潘盎、赵棠隐逸修持成佛之事。

画　水　记

古今画水，多作平远细皱，其善者不过能为波头起伏，使人至以手扪之，谓有洼隆，以为至妙矣。然其品格，特与印板水纸争工拙于毫厘间耳。

唐广明中，处士孙位始出新意，画奔湍巨浪，与山石曲折，随物赋形，画水之变，号称神逸。其后蜀人黄筌、孙知微，皆得其笔法。始，知微欲于大慈寺寿宁院壁作湖滩水石四堵，营度经岁，终不肯下笔。一日，仓皇入寺，索笔墨甚急，奋袂如风，须臾而成。作输泻跳蹙之势，汹汹欲崩屋也。知微既死，笔法中绝五十余年。

近岁成都人蒲永昇，嗜酒放浪，性与画会，始作活水，得二孙本意。自黄居寀兄弟、李怀衮之流，皆不及也。王公富人或以势力使之，永昇辄嘻笑舍去。遇其欲画，不择贵贱，顷刻而成。尝与余临寿宁院水，作二十四幅，每夏日挂之高堂素壁，即阴风袭人，毛发为立。永昇今老矣，画益难得，而世之识真者亦少。如往时董羽，近日常州戚氏画水，世或传宝之。如董、戚之流，可谓死水，未可与永昇同年而语也。元丰三年十二月十八日夜，黄州临皋亭西斋戏书。

【解题】

本文作于元丰三年（1080）十二月，题目又作《书蒲永升画后》。文中评论了唐宋以来画家画水的实践，对能“随物赋形”的“活水”给予了很高的评价。文中叙写孙知微与蒲永升作画情态，皆绘声绘色，气氛浓烈，使人如临其境，极具感染力。

石氏画苑记

石康伯，字幼安，蜀之眉山人，故紫微舍人昌言之幼子也。举进士不第，即弃去，当以荫得官，亦不就，读书作诗以自娱而已，不求人知。独好法书、名画、古器、异物，遇有所见，脱衣辍食求之，不问有无。居京师四十年，出入闾巷，未尝骑马。在稠人中，耳目谡谡然，专求其所好。长七尺，髯而黑，如世所画道人剑客，而徒步尘埃中，若有所营，不知者以为异人也。又善滑稽，巧发微中，旁人抵掌绝倒，而幼安淡然不变色。与人游，知其急难，甚于为己。有客于京师而病者，辄舁置其家，亲饮食之，死则棺敛之，无难色。凡识幼安者，皆知其如此。而余独深知之。幼安识虑甚远，独口不言耳。今年六十二，状貌如四十许人，须三尺，郁然无一茎白者，此岂徒然者哉。为亳州职官与富郑公俱得罪者，其子夷庚也。

其家书画数百轴，取其毫末杂碎者，以册编之，谓之石氏画苑。幼安与文与可游，如兄弟，故得其画为多。而余亦善画古木丛竹，因以遗之，使置之苑中。子由尝言：“所贵于画者，为其似也。似犹可贵，况其真者。吾行都邑田野所见人物，皆吾画笥也。所不见者，独鬼神耳，当赖画而识，然人亦何用见鬼。”此言真有理。今幼安好画，乃其一病，无足录者，独著其为人之大略云尔。元丰三年十二月二十日赵郡苏轼书。

【解题】

本文主要叙写书画收藏家石伯康痴于求书画、侠义助人的品行。

书清悟墨

川僧清悟，遇异人传墨法，新有名。江淮间人，未甚贵之。予与王文甫各得十丸，用海东罗文麦光纸，作此大字数纸，坚韧异常，可传五六百年，意使清悟托此以不朽也。

【解题】

本文作于元丰三年（1080）十二月。

书黄州古编钟

黄州西北百余里，有欧阳院。院僧蓄一古编钟，云得之耕者。发其地，获四钟，劚破其二，一为铸铜者取去，独一在此耳。其声空笼，然颇有古意，虽不见韶濩之音，犹可想见其髣髴也。

【解题】

本文作于元丰三年（1080）十二月。

胜相院经藏记

元丰三年，岁在庚申，有大比丘惟简，号曰宝月，修行如幻，三摩钵提，在蜀成都大圣慈寺故中和院，赐名胜相，以无量宝、黄金丹砂、琉璃真珠、旃檀众香，庄严佛语及菩萨语，作大宝藏。涌起于海，有大天龙，背负而出，及诸小龙，纠结环绕。

诸化菩萨，及护法神，镇守其门。天魔鬼神，各执其物，以御不祥。是诸众宝，及诸佛子，光色声香，自相磨激，璀璨芳郁，玲珑宛转，生出诸相，变化无穷。不假言语，自然显见，苦空无我，无量妙义。凡见闻者，随其根性，各有所得。如众饥人，入于太仓，虽未得食，已有饱意。又如病人，游于药市，闻众药香，病自衰减。更能取米，作无碍饭，恣食取饱，自然不饥。又能取药，以疗众病，众病有尽，而药无穷，须臾之间，无病可疗。以是因缘，度无量众，时见闻者，皆争舍施，富者出财，壮者出力，巧者出技，皆舍所爱，及诸结习，而作佛事，求脱烦恼，浊恶苦海。

有一居士，其先蜀人，与是比丘，有大因缘。去国流浪，在江淮间，闻是比丘，作是佛事，即欲随众，舍所爱习。周视其身，及其室庐，求可舍者，了无一物。如焦谷芽，如石女儿，乃至无有，毫发可舍。私自念言，我今惟有，无始已来，结习口业，妄言绮语，论说古今，是非成败。以是业故，所出言语，犹如钟磬，黼黻文章，悦可耳目。如人善博，日胜日贫，自云是巧，不知是业。今舍此业，作宝藏偈。愿我今世，作是偈已，尽未来世，永断诸业，客尘妄想，及诸理障。一切世间，无取无舍，无憎无爱，无可无不可。时此居士，稽首西望，而说偈言。

我游多宝山，见山不见宝。岩谷及草木，虎豹诸龙蛇，虽知宝所在，欲取不可得。复有求宝者，自言已得宝，见宝不见山，亦未得宝故。譬如梦中人，未尝知是梦，既知是梦已，所梦即变灭。见我不见梦，因以我为觉，不知真觉者，觉梦两无有。我观大宝藏，如以蜜说甜。众生未谕故，复以甜说蜜。甜蜜更相说，千劫无穷尽。自蜜及甘蔗，查梨与橘柚，说甜而得酸，以及咸辛苦。忽然反自味，舌根有甜相，我尔默自知，不烦更相说。我今说此偈，于道亦云远，如眼根自见，是眼非我有。当有无耳人，听此非舌言，于一弹指顷，洗我千劫罪。

【解题】

本文于元丰三年（1080），为成都胜相院作大宝藏而作，旨在赞美诸佛、阐发佛理。文章借鉴了颂赞体形式。

王翊救鹿

黄州岐亭有王翊者，家富而好善。梦于水边，见一人为人所殴伤，几死，见翊而号，翊救之得免。明日，偶至水边，见一鹿为猎人所得，已中几枪。翊发悟，以数千钱赎之。鹿随翊起居，未尝一步舍翊。

又翊所居后有茂林果木，一日，有村妇林中见一桃，过熟而绝大，独在木杪，乃取而食之。翊适见，大惊。妇人食已，弃其核，翊取而剖之，得雄黄一块，如桃仁，乃嚼而吞之，甚甘美。自是断荤肉，斋居一食，不复杀生，亦可谓异事也。

【解题】

本文作于元丰四年（1081）正月。

子姑神记

元丰三年正月朔日，予始去京师来黄州。二月朔至郡。至之明年，进士潘丙谓予曰："异哉，公之始受命，黄人未知也。有神降于州之侨人郭氏之第，与人言如响，且善赋诗。曰，苏公将至，而吾不及见也。已而，公以是日至，而神以是日去。"

其明年正月，丙又曰："神复降于郭氏。"予往观之，则衣草木为妇人，而置箸手中，二小童子扶焉。以箸画字曰："妾，寿阳人也，姓何氏，名媚，字丽卿。自幼知读书属文，为伶人妇。唐垂拱中，寿阳刺史害妾夫，纳妾为侍妾，而其妻妒悍甚，见杀于厕。妾虽死不敢诉也，而天使见之，为直其冤，且使有所职于人间。盖世所谓子姑神者，其类甚众，然未有如妾之卓然者也。公少留而为赋诗，且舞以娱公。”诗数十篇，敏捷立成，皆有妙思，杂以嘲笑。问神仙鬼佛变化之理，其答皆出于人意外。坐客抚掌，作《道调梁州》，神起舞中节，曲终再拜以请曰：“公文名于天下，何惜方寸之纸，不使世人知有妾乎？”

余观何氏之生，见掠于酷吏，而遇害于悍妻，其怨深矣。而终不指言刺史之姓名，似有礼者。客至逆知其平生，而终不言人之阴私与休咎，可谓智矣。又知好文字而耻无闻于世，皆可贤者。粗为录之，答其意焉。

【解题】

本文约作于元丰四年（1081）正月。文中所记神异事，类似于扶乩。子姑神，又作紫姑神。唐以来有祭赛紫姑的风俗，于正月十五日画其图形，以问祸福。

应梦罗汉记

元丰四年正月二十一日，予将往岐亭。宿于团封，梦一僧破面流血，若有所诉。明日至岐亭，过一庙，中有阿罗汉像，左龙右虎，仪制甚古，而面为人所坏，顾之惘然，庶几畴昔所见乎！遂载以归，完新而龛之，设于安国寺。

四月八日，先妣武阳君忌日，饭僧于寺，乃记之。责授黄州团练副使眉山苏轼记。

【解题】

本文作于元丰四年（1081）四月，记梦验之事。

杂书琴事十首　赠陈季常

家藏雷琴

余家有琴，其面皆作蛇蚹纹，其上池铭云："开元十年造，雅州灵关村。"其下池铭云："雷家记八日合。"不晓其"八日合"为何等语也？其岳不容指，而弦不敂，此最琴之妙，而雷琴独然。求其法不可得，乃破其所藏雷琴求之。琴声出于两池间，其背微隆，若薤叶然，声欲出而隘，徘回不去，乃有余韵，此最不传之妙。

欧阳公论琴诗

"昵昵儿女语，恩怨相尔汝。划然变轩昂，勇士赴敌场。"此退之《听颖师琴》诗也。欧阳文忠公尝问仆："琴诗何者最佳？"余以此答之。公言此诗固奇丽，然自是听琵琶诗，非琴诗。余退而作《听杭僧惟贤琴》诗云："大弦春温和且平，小弦廉折亮以清。平生未识宫与角，但闻牛鸣盎中雉登木。门前剥啄谁扣门，山僧未闲君勿嗔。归家且觅千斛水，净洗从前筝笛耳。"诗成欲寄公，而公薨，至今以为恨。

张子野戏琴妓

尚书郎张先子野，杭州人。善戏谑，有风味。见杭妓有弹琴者，忽抚掌曰："异哉，此筝不见许时，乃尔黑瘦耶！"

琴非雅声

世以琴为雅声，过矣。琴正古之郑、卫耳。今世所谓郑、卫者，乃皆胡部，非复中华之声。自天宝中坐立部与胡部合，自尔莫能辨者。或云，今琵琶中有独弹，往往有中华郑、卫之声，然亦莫能辨也。

琴贵桐孙

凡木，本实而末虚，惟桐反之。试取小枝削，皆坚实如蜡，而其本皆中虚空。故世所以贵孙枝者，贵其实也，实，故丝中有木声。

戴安道不及阮千里

阮千里善弹琴，人闻其能，多往求听。不问贵贱长幼，皆为弹之，神气冲和，不知何人所在。内兄潘岳每命鼓琴，终日达夜无忤色，识者叹其恬澹，不可荣辱。戴安道亦善鼓琴，武陵王晞使人召之。安道对使者破琴曰：“戴安道不为王门伶人。”余以谓安道之介，不如千里之达。

琴鹤之祸

卫懿公好鹤，以亡其国；房次律好琴，得罪至死。乃知烧煮之士，亦自有理。

天阴弦慢

或对一贵人弹琴者，天阴声不发。贵人怪之，曰：“岂弦慢故?”或对曰：“弦也不慢。”

桑叶揩弦

琴弦旧则声暗，以桑叶揩之，辄复如新，但无如其青何耳。

文与可琴铭

文与可家有古琴，予为之铭曰；“攫之幽然，如水赴谷。醳之萧然，如叶脱木。按之噫然，应指而长言者似君。置之枵然，遗形而不言者似仆。”与可好作楚词，故有“长言似君”之句。“醳”、“释”同。邹忌论琴云：“攫之深，醳之愉。”此言为指法之妙尔。

元丰四年六月二十三日，陈季常处士自岐亭来访予，携精笔佳纸妙墨求予书。会客有善琴者，求予所蓄宝琴弹之，故所书皆琴事。轼。

【解题】

上十文内容杂驳，当非一时所作，而皆有关琴事，辑于元丰四年（1081）六月。

书郑君乘绢纸

仆谪居黄州，郑元舆君乘亦官于黄。一日，以此纸一轴，求仆书云：“有故人孟阳，酷好君书，属于多为求之。”仍出孟君书数纸。其人亦善用笔，落笔洒然，虽仆何以加之。郑君言其意勤甚，殆不可不许。

后数日，适会中秋，仆与客饮江亭，醉甚，乃作此数纸。时元丰四年也。

明日视之，乃绢也。然古者本谓绢纸，近世失之云。

【解题】

本文作于元丰四年（1081）八月。郑君乘，时为黄州通判。

书游垂虹亭

吾昔自杭移高密，与杨元素同舟，而陈令举、张子野皆从吾过李公择于湖，遂与刘孝叔俱至松江。夜半，月出，置酒垂虹亭上。子野年八十五，以歌词闻于天下，作《定风波令》，其略云："见说贤人聚吴分，试问，也应傍有老人星。"坐客欢甚，有醉倒者。

此乐未尝忘也。今七年尔。子野、孝叔、令举皆为异物，而松江桥亭，今岁七月九日，海风驾潮，平地丈余，荡尽无复孑遗矣。追思曩时，真一梦也。元丰四年十月二十日，黄州临皋亭夜坐书。

【解题】

垂虹亭在松江上，苏轼与张子野等置酒垂虹亭在熙宁七年（1074）九月。而如今却人、物俱亡，使苏轼有人生如梦之叹。

马梦得穷

马梦得与仆同岁月生，少仆八日。是岁生者无富贵人，而仆与梦得为穷之冠。即吾二人而观之，当推梦得为首。

【解题】

本文作于元丰四年（1081）十月。马梦得，字正卿，苏轼签判凤翔时，马梦得随行，直至绍圣初年才离开苏轼。

记与安节饮

元丰辛酉冬至，仆在黄州，侄安节不远千里来省，饮酒乐甚。使作黄钟《梁州》，仍令小童快舞一曲，醉后书此，以识一时之事。

【解题】

本文作于元丰四年（1081）十一月。

书　雪

黄州今年大雪盈尺，吾方种麦东坡，得此，固我所喜。但舍外无薪米者，亦为之耿耿不寐，悲夫！

【解题】

本文作于元丰四年（1081）十二月。

书临皋亭

东坡居士酒醉饭饱，倚于几上，白云左绕，清江右洄，重门洞开，林峦坌入。当是时，若有思而无所思，以受万物之备，惭愧！惭愧！

【解题】

本文约作于元丰三、四年（1080—1081），抒写了物我合一的精神境界，文辞优美，富有诗意。

黄鄂之风

近闻黄州小民贫者生子多不举，初生便于水盆中浸杀之。江南尤甚，闻之不忍。会故人朱寿昌康叔守鄂州，乃以书遗之，俾立赏罚以变此风。黄之士古耕道，虽椎鲁无它长，然颇诚实，喜为善。乃使率黄人之富者，岁出十千，如愿过此者，亦听。使耕道掌之，多买米布绢絮，使安国寺僧继莲书其出入。访闾里田野有贫甚不举子者，辄少遗之。若岁活得百个小儿，亦闲居一乐事也。吾虽贫，亦当出十千。

【解题】

本文作于元丰五年（1082）正月，记黄州贫民溺婴事，并提出了解救的办法。

天篆记

江淮间俗尚鬼。岁正月，必衣服箕帚为子姑神，或能数数画字。惟黄州郭氏神最异。予去岁作何氏录以记之。

今年黄人汪若谷家，神尤奇。以箸为口，置笔口中，与人问答如响。曰："吾天人也。名全，字德通，姓李氏。以若谷再世为人，吾是以降焉。"著篆字，笔势奇妙，而字不可识。曰："此天篆也。"与予篆三十字，云是天蓬咒。使以隶字释之，不可。见黄之进士张炳，曰："久阔无恙。"炳问安所识。答曰："子独不记刘苞乎？吾即苞也。"因道炳昔与苞起居语言状甚详。炳大惊，告予曰："昔尝识苞京师，青巾布裘，文身而嗜酒，自言齐州人，今不知其所在。岂真天人乎？"

或曰："天人岂肯附箕帚为子姑神从汪若谷游哉！"予亦以为不然。全为鬼为仙，固不可知，然未可以其所托之陋疑之也。彼诚有道，视王宫豕牢一也。其字虽不可识，而意趣简古，非墟落间窃食愚鬼所能为者。昔长陵女子以乳死，见神于先后宛若，民多往祠。其后汉武帝亦祠之，谓之神君，震动天下。若疑其所托，又陋于全矣。世人所见常少，所不见常多，奚必于区区耳目之所及，度量世外事乎？姑藏其书，以待知者。

【解题】

本文当作于元丰五年（1082）正月。文中记江淮间降神风俗及其神异事，与前文《子姑神记》略似。

雪堂记

苏子得废圃于东坡之胁，筑而垣之，作堂焉，号其正曰雪堂。堂以大雪中为之，因绘雪于四壁之间，无容隙也。起居偃仰，环顾睥睨，无非雪者。苏子居之，真得其所居者也。苏子隐几而昼瞑，栩栩然若有所适而方兴也。未觉，为物触而寤，其适未厌也，若有失焉。以掌抵目，以足就履，曳于堂下。

客有至而问者曰："子世之散人耶，拘人耶？散人也而天机浅，拘人也而嗜欲深。今似系马而止也，有得乎？而有失乎？"苏子心若省而口未尝言，徐思其应，揖而进之堂上。客曰："嘻，是矣，子之欲为散人而未得者也。予今告子以散人之道。夫禹之行水，庖丁之投刀，避众碍而散其智者也。是故以至柔驰至刚，故石有时以泐。以至刚遇至柔，故未尝见全牛也。予能散也，物固不能缚；不能散也，物固不能释。子有惠矣，用之于内可也。今也如蝟之在囊，而时动其脊胁，见于外者，不特一毛二毛而已。风不可抟，影不可捕，童子知之。名之于人，犹风之与影也，子独留之。故愚者视而惊，智者起而轧，吾固怪子为今日之晚也。子之遇我，幸矣，吾今邀子为藩外之游，可乎？"

苏子曰："予之于此，自以为藩外久矣，子又将安之乎？"客曰："甚矣，子之难晓也。夫势利不足以为藩也，名誉不足以为藩也，阴阳不足以为藩也，人道不足以为藩也。所以藩子者，特智也尔。智存诸内，发而为言，则言有谓也，形而为行，则行有谓也。使子欲嘿不欲嘿，欲息不欲息，如醉者之恚言，如狂者之妄行，虽掩其口执其臂，犹且喑呜踴蹙之不已，则藩之于人，抑又固矣。人之为患以有身，身之为患以有心。是圃之构堂，将以佚子之身也？是堂之绘雪，将以佚子之心也？身待堂而安，则形固不能释；心以雪而警，则神固不能凝。子之知既焚而烬矣，烬又复然，则是堂之作也，非徒无益，而又重子蔽蒙也。子见雪之白乎？则恍然而目眩。子见雪之寒乎？则竦然而毛起。五官之为害，惟目为甚。故圣人不为。雪乎，雪乎，吾见子知为目也。子其殆矣！”

客又举杖而指诸壁，曰：“此凹也，此凸也。方雪之杂下也，均矣。厉风过焉，则凹者留而凸者散，天岂私于凹而厌于凸哉，势使然也。势之所在，天且不能违，而况于人乎？子之居此，虽远人也，而圃有是堂，堂有是名，实碍人耳，不犹雪之在凹者乎？”苏子曰：“予之所为，适然而已，岂有心哉，殆也，奈何！”

客曰：“子之适然也，适有雨，则将绘以雨乎？适有风，则将绘以风乎？雨不可绘也，观云气之汹涌，则使子有怒心。风不可绘也，见草木之披靡，则使子有惧意。睹是雪也，子之内亦不能无动矣。苟有动焉，丹青之有靡丽，冰雪之有水石，一也。德有心，心有眼，物之所袭，岂有异哉？”苏子曰“子之所言是也，敢不闻命。然未尽也，予不能默。此正如与人讼者，其理虽已屈，犹未能绝辞者也。子以为登春台与入雪堂，有以异乎？以雪观春，则雪为静；以台观堂，则堂为静。静则得，动则失。黄帝，古之神人也。游乎赤水之北，登乎昆仑之丘，南望而还，遗其玄珠焉。游以适意也，望以寓情也。意适于游，情寓于望，则意畅情出，而忘其本矣。虽有良贵，岂得而宝哉，是以不免有遗珠之失也。虽然，意不久留，情不再至，必复其初而已矣，是又惊其遗而索之也。余之此堂，追其远者近之，收其近者内之，求之眉睫之间，是有八荒之趣。人而有知也，升是堂者，将见其不溯而僾，不寒而栗，凄凛其肌肤，洗涤其烦郁，既无炙手之讥，又免饮冰之疾。彼其趑趄利害之途、猖狂忧患之域者，何异探汤执热之俟濯乎？子之所言者，上也。余之所言者，下也。我将能为子之所为，而子不能为我之为矣。譬之厌膏粱者，与之糟糠，则必有忿词。衣文绣者，被之皮弁，则必有愧色。子之于道，膏粱文绣之谓也，得其上者耳。我以子为师，子以我为资，犹人之于衣食，缺一不可。将其与子游，今日之事，姑置之以待后论。予且为子作歌以道之。”歌曰：

雪堂之前后兮，春草齐。雪堂之左右兮，斜径微。雪堂之上兮，有硕人之颀颀。考槃于此兮，芒鞋而葛衣。挹清泉兮，抱瓮而忘其机。负顷筐兮，行歌而采薇。吾不知五十九年之非而今日之是，又不知五十九年之是而今日之非。吾不知天地之大也，寒暑之变，悟昔日之癯，而今日之肥。感子之言兮，始也抑吾之纵而鞭吾之口，终也释吾之缚而脱吾之羁。是堂之作也，吾非取雪之势，而取雪之意。吾非逃世之事，而逃世之机。吾不知雪之为可观赏，吾不知世之为可依违。性之便，意之适，不在于他，在于群息已动，大明既升，吾方辗转，一观晓隙之尘飞。子不弃兮，我其子归。

客忻然而笑，唯然而出，苏子随之。客顾而颔之曰：“有若人哉。”

【解题】

东坡雪堂筑于元丰五年（1082）初，二月作此文。文章记述了雪堂得名由来，并通过客人之口论当超越个人智力见识，以达到“无所待”，使精神绝对自由的老庄至境。苏轼答辞则阐述了雪堂可使人切实领会“八荒之趣”，藻雪精神，因而不为无用。文章借用汉大赋宾客答问的形式及庄子设喻论辩的手法，推理严密，转折自然，充分而流畅表达了自己的思想与情趣。

书吕道人砚

泽州吕道人沉泥砚，多作投壶样。其首有吕字，非刻非画，坚致可以试金。道人已死，砚渐难得。元丰五年三月七日，偶至沙湖黄氏家，见一枚，黄氏初不知贵，乃取而有之。

【解题】

本文记获吕道人砚经过。

单庞二医

蜀有单骧者，举进士不第，颇以医闻。其术虽本于《难经》、《素问》，而别出新意，往往巧发奇中，然未能十全。仁宗皇帝不豫，诏孙兆与骧入侍，有间，赏赉不赀。已而大渐，二子皆坐诛，赖皇太后仁圣，察其非罪，坐废数年。今骧为朝官，而兆死矣。

尔来黄州邻邑人庞安常者，亦以医闻，其术大类骧，而加以针术妙绝。然患聋，自不能愈，而愈人之疾甚神。此古人所以寄论于目睫也耶？骧、安常皆不以贿谢为急，又颇博物通古今，此所以过人也。元丰五年三月，予偶患左手肿，安常一针而愈，聊为记之。

【解题】

本文记单骧、庞安常二位医生事迹，主要是为表达对庞安常的感谢。

怪石供

《禹贡》："青州有铅松怪石。"解者曰：怪石，石似玉者。今齐安江上往往得美石，与玉无辨，多红黄白色。其文如人指上螺，精明可爱，虽巧者以意绘画有不能及。岂古所谓怪石者耶？

凡物之丑好，生于相形，吾未知其果安在也。使世间石皆若此，则今之凡石复为怪矣。海外有形语之国，口不能言，而相喻以形。其以形语也，捷于口，使吾为之，不已难乎？故夫天机之动，忽焉而成，而人真以为巧也。虽然，自禹以来怪之矣。

齐安小儿浴于江，时有得之者。戏以饼饵易之。既久，得二百九十有八枚。大者兼寸，小者如枣、栗、菱、芡，其一如虎豹，首有口、鼻、眼处，以为群石之长。又得古铜盆一枚，以盛石，挹水注之粲然。而庐山归宗佛印禅师适有使至，遂以为供。禅师尝以道眼观一切，世间混沦空洞，了无一物，虽夜光尺璧与瓦砾等，而况此石；虽然，愿受此供。灌以墨池水，强为一笑。使自今以往，山僧野人，欲供禅师，而力不能办衣服饮食卧具者，皆得以净水注石为供，盖自苏子瞻始。时元丰五年五月，黄州东坡雪堂书。

【解题】

本文作于元丰五年（1082）五月，认为世上所谓巧怪之物，皆天机自然产物，无可怪者。

书　田

吾无求于世矣。所须二顷稻田，以充饘粥耳。而所至访问，终不可得。岂吾道方艰难时无适而可耶？抑人生自有定分，虽一饱，亦如功名富贵不可轻得也耶？

【解题】

本文作于元丰四、五年（1081～1082）间。

书庞安时见遗廷珪墨

吾蓄墨多矣，其间数丸，云是廷珪造。虽形色异众，然岁久墨之乱真者多，皆疑而未决也。有人蓄此墨再世矣，不幸遇重病，医者庞安时愈之，不敢取一钱，独求此墨，已而传遗余，求书数幅而已。

安时，蕲水人，术学造妙而有贤行，大类蜀人单骧。善疗奇疾，字安常，知古今，删录张仲景已后《伤寒论》，极精审，其疗伤寒，盖万全者也。

【解题】

本文约作于元丰五年（1082），苏轼此年三月得臂疾，为庞安常治愈，结为好友。廷珪，五代南唐人，姓李，世为南唐墨官，其所制墨，坚如玉，纹如犀，自宋以来被推为第一，称“廷珪墨。”

后怪石供

苏子既以怪石供佛印，佛印以其言刻诸石。苏子闻而笑曰：“是安所从来哉？予以饼易诸小儿者也。以可食易无用，予既足笑矣，彼又从而刻之。今以饼供佛印，佛印必不刻也，石与饼何异？”参寥子曰：“然。供者，幻也。受者，亦幻也。刻其言者，亦幻也。夫幻何适而不可。”举手而示苏子曰：“拱此而揖人，人莫不喜。戟此而詈人，人莫不怒。同是手也，而喜怒异，世未有非之者也。子诚知拱、戟之皆幻，则喜怒虽存而根亡。刻与不刻，无不可者。”苏子大笑曰：“子欲之耶？”乃亦以供之。凡二百五十，并二石槃云。

【解题】

本文作于元丰六年（1083）三月，文中借佛印刻石事，论万事皆幻，无可无不可。

遗爱亭记 代巢元修

何武所至，无赫赫名，去而人思之，此之谓遗爱。夫君子循理而动，理穷而止，应物而作，物去而复，夫何赫赫名之有哉！东海徐公君猷，以朝散郎为黄州，未尝怒也，而民不犯；未尝察也，而吏不欺，终日无事，啸咏而已。每岁之春，与眉阳子瞻游于安国寺，饮酒于竹间亭，撷亭下之茶，烹而饮之。公既去郡，寺僧继连请名。子瞻名之曰遗爱。时谷自蜀来，客于子瞻，因子瞻以见公。公命谷记之。谷愚朴，羁旅人也，何足以知公。采道路之言，质之于子瞻，以为之记。

【解题】

本文于元丰六年（1083）四月作于黄州。

书　士　琴 赠吴主簿

武昌主簿吴亮君采携其故人士琴之说，与高斋先生之铭，空同子之文，太平之颂以示余。余不识沈君，而读其书，反覆其义趣，如见其人，如闻士琴之声。余昔从高斋先生游，尝见其宝一琴，无铭无识，不知其何代物也。请以告二子，使从先生求观之，此士琴者待其琴而后和。元丰六年闰六月二十四日书。

【解题】

沈君，即沈遵，与欧阳修同时，当时著名琴家。

书刘庭式事

予昔为密州，殿中丞刘庭式为通判。庭式，齐人也。而子由为齐州掌书记，得其乡闾之言以告予，曰："庭式通礼学究。未及第时，议娶其乡人之女，既约而未纳币也。庭式及第，其女以疾，两目皆盲。女家躬耕，贫甚，不敢复言。或劝纳其幼女。庭式笑曰：'吾心已许之矣，虽盲，岂负吾初心哉！'卒娶盲女，与之偕老。"盲女死于密，庭式丧之，逾年而哀不衰，不肯复娶。

予偶问之："哀生于爱，爱生于色。子娶盲女，与之偕老，义也。爱从何生，哀从何出乎？"庭式曰："吾知丧吾妻而已，有目亦吾妻也，无目亦吾妻也。吾若缘色而生爱，缘爱而生哀，色衰爱弛，吾哀亦忘。则凡扬袂倚市，目挑而心招者，皆可以为妻也耶？"予深感其言，曰："子功名富贵人也。"或笑予言之过，予曰："不然，昔羊叔子娶夏侯霸女，霸叛入蜀，亲友皆告绝，而叔子独安其室，恩礼有加焉。君子是以知叔子之贵也，其后卒为晋元臣。今庭式亦庶几焉，若不贵，必且得道。"时坐客皆怃然不信也。

昨日有人自庐山来，云："庭式今在山中，监太平观，面目奕奕有紫光，步上下峻坂，往复六十里如飞，绝粒不食，已数年矣。此岂无得而然哉！"闻之喜甚，自以吾言之不妄也，乃书以寄密人赵杲卿。杲卿与庭式善，且皆尝闻余言者。

庭式，字得之，今为朝请郎。杲卿，字明叔，乡贡进士，亦有行义。元丰六年七月十五日，东坡居士书。

【解题】

本文记刘庭式忠于盲妻之事，以褒扬其崇高的精神境界。文章主要以对话形式表述，叙事简洁清楚，写人物之精神面貌则入木三分，极为传神。

孟仰之

余谪居黄州，州通判承议郎孟震字仰之，颇与余相善。光州太守曹九章以书遗予云：“朝中士大夫谓之孟君子。”予徐察之，真不忝此名也。

震，郓人，及进士第，无他才能。然方京东狂人孔直温以谋反下狱，事连石介守道之子，一旦捕去，且四出捕人不已。震与守道虽故素，不识韩魏公，以书抵公，具言直温狂人无能为，而守道以直道死，其故家流风，决非与狂人通谋者。魏公感叹，即为上疏如震言。以故直温狱不深究，人皆庆，其所全活甚众。

震厅宇中，有一泉甚清，大旱不竭。余因名之君子泉，而子由为之记。元丰六年十一月七日记。

【解题】

本文记孟震力救冤狱事，赞扬了他仁厚正直的品质。

记承天寺夜游

元丰六年十月十二日，夜，解衣欲睡，月色入户，欣然起行。念无与为乐者，遂至承天寺，寻张怀民。怀民亦未寝，相与步于中庭。庭下如积水空明，水中藻荇交横，盖竹柏影也。何夜无月，何处无竹柏，但少闲人如吾两人者耳。黄州团练副使苏某书。

【解题】

本文以寥寥数字，勾勒出一幅优美宁静的庭中月色图，诗情画意，趣味盎然。同时也反映了苏轼在黄州孤寂的心情和自得其乐的境界。承天寺，在今湖北黄冈县南。

书唐林夫惠诸葛笔

唐林夫以诸葛笔两束寄仆，每束十色，奇妙之极。非林夫善书，莫能得此笔。林夫又求仆行草，故为作此数纸。元丰六年十月十五日，醉中题。

书怀民所遗墨

世人论墨，多贵其黑，而不取其光。光而不黑，固为弃物。若黑而不光，索然无神采，亦复无用。要使其光清而不浮，湛湛如小儿目睛，乃为佳也。怀民遗仆二枚，其阳云“清烟煤法墨”，其阴云“道卿既黑而光”，殆如前所云者，书以报之。

【解题】

本二文记笔墨，皆元丰六年（1083）十月作。唐林夫，名坰。怀民即张梦得。

记游定惠院

黄州定惠院东小山上，有海棠一株，特繁茂。每岁盛开，必携客置酒，已五醉其下矣。今年复与参寥师及二三子访焉，则园已易主，主虽市井人，然以予故，稍加培治。

山上多老枳木，性瘦韧，筋脉呈露，如老人项颈；花白而圆，如大珠累累，香色皆不凡。此木不为人所喜，稍稍伐去，以予故，亦得不伐。既饮，往憩于尚氏之第。尚氏亦市井人也，而居处修洁，如吴越间人，竹林花圃皆可喜。醉卧小板阁上，稍醒，闻坐客崔成老弹雷氏琴，作悲风晓月，铮铮然，意非人间也。晚乃步出城东，鬻大木盆，意者谓可以注清泉，瀹瓜李，遂夤缘小沟，入何氏、韩氏竹园。时何氏方作堂竹间，既辟地矣，遂置酒竹阴下。有刘唐年主簿者，馈油煎饵，其名为甚酥，味极美。客尚欲饮，而予忽兴尽，乃径归。道过何氏小圃，乞其丛橐橘，移种雪堂之西。

坐客徐君得之将适闽中，以后会未可期，请予记之，为异日拊掌。时参寥独不饮，以枣汤代之。

【解题】

本文作于元丰七年（1084）三月。文中记游定惠院及竹园事。

黄州安国寺记

元丰二年十二月，余自吴兴守得罪，上不忍诛，以为黄州团练副使，使思过而自新焉。其明年二月，至黄。舍馆粗定，衣食稍给，闭门却扫，收召魂魄。退伏思念，求所以自新之方，反观从来举意动作，皆不中道，非独今之所以得罪者也。欲新其一，恐失其二。触类而求之，有不可胜悔者。于是，喟然叹曰："道不足以御气，性不足以胜习。不锄其本，而耘其末，今虽改之，后必复作。盍归诚佛僧，求一洗之？"得城南精舍曰安国寺，有茂林修竹，陂池亭榭。间一二日辄往，焚香默坐，深自省察，则物我相忘，身心皆空，求罪垢所从生而不可得。一念清净，染污自落，表里翛然，无所附丽，私窃乐之。旦往而暮还者，五年于此矣。

寺僧曰继连，为僧首七年，得赐衣。又七年，当赐号，欲谢去，其徒与父老相率留之。连笑曰：“知足不辱，知止不殆。”卒谢去。余是以愧其人。七年，余将有临汝之行。连曰：“寺未有记。”具石请记之。余不得辞。

寺立于伪唐保大二年，始名护国，嘉祐八年，赐今名。堂宇斋阁，连皆易新之，严丽深稳，悦可人意，至者忘归。岁正月，男女万人会庭中，饮食作乐，且祠瘟神，江淮旧俗也。四月六日，汝州团练副使眉山苏轼记。

【解题】

本文作于元丰七年（1084）四月。苏轼将别黄州之际，应僧继连之请作此记。文中记述了自己所以向佛的经过，以及僧继连和安国寺之大略。言词简洁而富有表现力，写景亦优美可观。

记张君宜医

近世医官仇鼎疗痈肿，为当时第一，鼎死未有继者。今张君宜所能，殆不减鼎。然鼎性行不甚纯淑，世或畏之。今张君用心平和，专以救人为事，殆过于鼎远矣。元丰七年四月七日。

【解题】

本文褒扬医生张君宜有仁爱之心。

自记庐山诗

仆初入庐山，山谷奇秀，平日所未见，殆应接不暇，遂发意不欲作诗。已而见山中僧俗，皆云苏子瞻来矣，不觉作一绝云：

“芒鞋青竹杖，自挂百钱游。可怪深山里，人人识故侯。”既而哂前言之谬，复作两绝句云：“青山若无素，偃蹇不相亲。要识庐山面，他年是故人。”又云：“自昔怀清赏，神游杳霭间。如今不是梦，真个在庐山。”

是日有以陈令举《庐山记》见寄者，且行且读，见其中有云徐凝、李白之诗，不觉失笑。开元寺主求诗，为作一绝云：“帝遣银河一派垂，古来唯有谪仙词。飞流溅沫知多少，不与徐凝洗恶诗。”

往来山南北十余日，以为胜绝不可胜谈，择其尤者，莫如漱玉亭、三峡桥，故作二诗。最后与总老同游西林，又作一绝云：“横看成岭侧成峰，到处看山了不同。不识庐山真面目，只缘身在此山中。”仆庐山之诗，尽于此矣。

【解题】

苏轼游庐山在元丰七年（1084）四月谪移汝州途中，本文亦当作于此时或此后不久。文中记录在庐山所题诸诗，其中以末《题西林壁》一首最为人所传诵。

石钟山记

《水经》云：“彭蠡之口，有石钟山焉。”郦元以为下临深潭，微风鼓浪，水石相搏，声如洪钟。是说也，人常疑之。今以钟磬置水中，虽大风浪，不能鸣也，而况石乎！至唐李渤始访其遗踪，得双石于潭上，扣而聆之，南声函胡，北音清越，桴止响腾，余韵徐歇，自以为得之矣。然是说也，余尤疑之。石之铿然有声者，所在皆是也，而此独以钟鸣，何哉？

元丰七年六月丁丑，余自齐安舟行适临汝，而长子迈将赴饶之德兴尉，送之至湖口，因得观所谓石钟者。寺僧使小童持斧，于乱石间择其一二扣之，硿硿焉，余固笑而不信也。至暮夜月明，独与迈乘小舟至绝壁下，大石侧立千仞，如猛兽奇鬼，森然欲搏人。而山上栖鹘，闻人声亦惊起，磔磔云霄间。又有若老人咳且笑于山谷中者，或曰，此鹳鹤也。余方心动欲还，而大声发于水上，噌吰如钟鼓不绝，舟人大恐。徐而察之，则山下皆石穴罅，不知其浅深，微波入焉，涵澹澎湃而为此也。舟回至两山间，将入港口，有大石当中流，可坐百人，空中而多窍，与风水相吞吐，有窾坎镗鞳之声，与向之噌吰者相应，如乐作焉。

因笑谓迈曰："汝识之乎？噌吰者，周景王之无射也；窾坎镗鞳者，魏庄子之歌钟也。古之人不余欺也。事不目见耳闻，而臆断其有无，可乎？"郦元之所见闻，殆与余同，而言之不详。士大夫终不肯以小舟夜泊绝壁之下，故莫能知。而渔工水师，虽知而不能言。此世所以不传也。而陋者乃以斧斤考击而求之，自以为得其实。余是以记之，盖叹郦元之简，而笑李渤之陋也。

【解题】

石钟山在今江西省北部湖口县城附近。本文大胆怀疑前说，继以冒险探究，终得纠正前人的简陋之说。其中对石钟山夜色的描写，气象阴森，绘声绘形，使读者如置其间，顿感心魄悸动。全文平铺直叙而极富灵性，张弛极有法度，予人以兴会淋漓之感。

陈辅之不娶

九江陈辅之有於陵仲子之操，不娶，无子。曰："我罪人也。"东坡曰："子有犹子乎？"曰："有。"坡曰："鲁山道州，乃前比也。"辅之一笑曰："赖古多此贤。陶彭泽不解事，忍饥作此诗，意古贤能饱人。"辅之今为丹阳南郭人。

【解题】

本文作于元丰七年（1084）九月。苏轼后任杭州太守时，荐陈辅之为秀州学官。

书唐林夫惠砚

行至泗州，见蔡景繁附唐林夫书信与余端砚一枚，张遇墨半螺。砚极佳，但小而凸，磨墨不甚便。作砚者意待数百年后，砚平乃便墨耳。一砚犹须作数百年计，而作事乃不为明日计，可不谓大惑耶？

【解题】

本文作于元丰七年（1084）十二月。蔡景繁时为淮南转运使，苏轼在赴汝州途中曾往相见。

书蜀公约邻

范蜀公呼我卜邻许下。许下多公卿，而我蓑衣蒻笠放浪于东坡之上，岂复能事公卿哉！若人久放浪，不觉有病，忽然持养，百病皆作。如州县久不治，因循苟简，亦曰无事，忽遇能吏，百弊纷然，非数月不能清净也。要且坚忍不退，所谓一劳永逸也。

书浮玉买田

浮玉老师元公，欲为吾买田京口，要与浮玉之田相近者，此意殆不可忘。吾昔有诗云："江山如此不归山，江神见怪惊我顽。

我谢江神岂得已，有田不归如江水。”今有田矣而不归，无乃食言于神也耶?

【解题】

此二文当作于元丰七、八年间（1084～1085）。范蜀公即范镇。

荐诚禅院五百罗汉记

熙宁十年，余方守徐州，闻河决澶渊，入巨野，首灌东平。吏民恟惧，不知所为。有僧应言建策，凿清泠口，道积水北入于古废河，又北东入于海。吏方持其议，言强力辩口，慨然论河决状甚明。吏不能夺，卒以其言决之，水所入如其言，东平以安，言有力焉。众欲为请赏，言笑谢去。余固异其人。

后二年，移守湖州，而言自郓来，见余于宋，曰：“吾郓人也，少为僧，以讲为事。始钱公子飞使吾创精舍于郓之东阿北新桥镇，且造铁浮屠十有三级，高百二十尺。既成，而赵公叔平请诸朝，名吾院曰荐诚，岁度僧以守之。今将造五百罗汉像于钱塘，而载以归，度用钱五百万，自丞相潞公以降，皆吾檀越也。”余于是益知言真有过人者。

又六年，余自黄州迁于汝，过宋，而言适在焉。曰：“像已成，请为我记之。”呜呼，士以功名为贵，然论事易，作事难，作事易，成事难。使天下士皆如言，论必作，作必成者，其功名岂少哉！其可不为一言。

【解题】

本文作于元丰八年（1085）二月。文中记述了僧应言在徐州献策退水及铸五百铁罗汉事，对其“论必作，作必成”的实干精神予以褒扬。

书画壁易石

灵壁出石，然多一面。刘氏园中砌台下，有一株独巉然，及覆可观，作麋鹿宛颈状。东坡居士欲得之，乃画临华阁壁，作丑石风竹。主人喜，乃以遗予。居士载归阳羡。元丰八年四月六日。

【解题】

苏轼获准在常州居住，途经灵壁，以画换得象形之石，十分高兴而以文记之。

记石塔长老答问

石塔来别居士。居士云："经过草草，恨不一见石塔。"塔起立云："遮个是砖浮图耶?"居士云："有缝。"塔云："无缝何以容世间蝼蚁?"坡首肯之。元丰八年八月二十七日。

【解题】

石塔寺在扬州，石塔长老即无择。

蓬莱阁记所见

登州蓬莱阁上，望海如镜面，与天相际。忽有如黑豆数点者，郡人云："海舶至矣。"不一炊久，已至阁下。

元丰八年十月晦日，眉山苏轼书。

【解题】

蓬莱阁在今山东蓬莱县，临海。

传 神 记

传神之难在目。顾虎头云："传形写影，都在阿堵中。"其次在颧颊。吾尝于灯下顾自见颊影，使人就壁模之，不作眉目，见者皆失笑，知其为吾也。目与颧颊似，余无不似者。眉与鼻口，可以增减取似也。传神与相一道，欲得其人之天，法当于众中阴察之。今乃使人具衣冠坐，注视一物，彼方敛容自持，岂复见其天乎！凡人意思各有所在，或在眉目，或在鼻口。虎头云："颊上加三毛，觉精采殊胜。"则此人意思盖在须颊间也。优孟学孙叔敖抵掌谈笑，至使人谓死者复生。此岂举体皆似，亦得其意思所在而已。使画者悟此理，则人人可以为顾、陆。

吾尝见僧惟真画曾鲁公，初不甚似。一日，往见公，归而喜甚，曰；"吾得之矣。"乃于眉后加三纹，隐约可见，作俯首仰视眉扬而頞蹙者，遂大似。南都程怀立，众称其能。于传吾神，大得其全。怀立举止如诸生，萧然有意于笔墨之外者也。故以吾所闻助发云。

【解题】

本文是一篇著名的画论文章，作于元丰八年（1085）十一月。文章阐发了顾恺之的传神论，又有所发展，认为传神不仅在于"阿堵"（眼睛），因对象不同，"各有所在，或有眉目，或在鼻口"，因此画家要多方观察，才能摹取对象的内在精神。

书韩维读《三朝宝训》

秘书监侍讲傅尧俞始召赴资善堂，对迩英阁，尧俞致谢。上遣人宣召曰："卿以博学，参预讲筵，宜尊所闻，以辅不逮。"尧俞讲毕，曲谢。上复遣人宣谕："卿讲义渊博，多所发挥，良深嘉叹。"是日上读《三朝宝训》。至"天禧中，有二人犯罪，法当死。真宗皇帝恻然怜之，曰：此等安知法？杀之则不忍，舍之则无以励众。乃使人持去，笞而遣之，以斩讫奏。又祀汾阴日，见一羊自掷道左，怪问之。曰：今日尚食杀其羔。真宗惨然不乐，自是不杀羊羔"。资政殿学士韩维读毕，因奏言："此特真宗皇帝小善尔。然推是心以及天下，则仁不可胜用也。真宗自澶渊之役却狄之后，十九年不言兵，而天下富。其源盖出于此。昔孟子论齐王不忍杀觳觫之牛，以为是心足以王，今恩足以及禽兽而不及于百姓，岂不能哉，盖不为耳。外人皆云：皇帝陛下仁孝发于天性，每行见昆虫蝼蚁，违而过之，且敕左右勿践履，此亦仁术也。臣愿陛下推此心以及百姓，则天下幸甚。"某时为右史，奏曰：臣今月十五日侍迩英阁，窃见资政殿学士韩维因读《三朝宝训》，至真宗皇帝好生恶杀，因论皇帝陛下在宫中不忍践履虫蚁，其言深切，可以推明圣德，益增福寿。臣忝备位右史，谨书其事于册。又录一本上进，意望陛下采览，无忘此心，以广好生之德，臣不任大愿。

【解题】

本文作于元祐元年（1086）二月。苏轼赞同韩维的话，认为君王应该将自己的仁爱恻隐之心，推广到百姓身上，爱护百姓，以成就仁政。

书狄武襄事

狄武襄公者，本农家子。年十六时，其兄素，与里人失其姓名号铁罗汉者，斗于水滨，至溺杀之。保伍方缚素，公适饷田，见之，曰："杀罗汉者，我也。"人皆释素而缚公。公曰："我不逃死。然待我救罗汉，庶几复活。若决死者，缚我未晚也。"众从之。公默祝曰："我若贵，罗汉当苏。"乃举其尸，出水数斗而活。其后人无知者。

公薨，其子咨、咏护丧归葬西河，父老为言此。元祐元年十二月五日，与咏同馆北客，夜话及之。眉山苏轼记。

王伯庸知人

余与狄子雅同馆北客，有以近岁名人墨迹相示者。有王伯庸与范希文帖云："今将佐除狄、张外，皆不足用。"伯庸所谓狄即先相武襄公，张则客省使退夫，皆一时名臣，亦足以见伯庸之知人也。

【解题】

此二文皆元祐元年（1086）十二月作。狄武襄，即狄青，字汉臣，宋宝元、皇祐年间著名战将，官至枢密使，卒谥武襄。

吕公弼招致高丽人

元祐二年二月十七日，见王伯虎炳之。言："昔为枢密院礼房检详文字，见高丽公案。始因张诚一使契丹，于虏帐中，见高丽人私语本国主向慕中国之意。归而奏之先帝，始有招来之意。枢密使吕公弼因而迎合，亲书札子，乞招致。遂命发运使崔拯遣商人招之。"天下知罪拯，而不知罪公弼，如诚一，盖不足道也。

【解题】

本文指责吕公弼招致高丽人，反映苏轼闭关自守的外交思想。当时宋朝受到辽、金的威胁，苏轼认为高丽人可能充当辽金的奸细，故坚决不欢迎其来宋朝交通。

书雪堂义墨

元祐二年十二月二十一日，驸马都尉王晋卿致墨二十六丸，凡十余品。杂研之，作数十字，以观其色之深浅。若果佳，当捣和为一品，亦当为佳墨。予昔在黄州，邻近四五郡皆送酒，予合置一器中，谓之雪堂义樽。今又当为雪堂义墨也耶？

【解题】

苏轼作为书法名家，精于墨之赏鉴，不但多方求墨，亦常亲手制墨。此文记混合诸墨，并名之“雪堂义墨”。

张士逊中孔道辅

孔道辅为御史中丞，勘冯士元事，尽法不阿。仁宗称之，有意大用。时大臣与士元通奸利，最甚者宰相程琳。道辅既得其情矣，而退傅张士逊不喜道辅，欲有以中之。上使道辅送札子中书，士逊屏人与语久，时台官纳札子，犹得于宰相公厅后也。因言公将大用。道辅喜。士逊云：“公所以至此，谁之力也？非程公不致此。”道辅怅然，愧而德之。不数日上殿，遂力救琳。上大怒，既贬琳，亦黜道辅兖州。道辅知为士逊所卖，感愤得疾，死中路。元祐三年五月三日，闻之苏子容。

【解题】

本文记孔道辅中奸臣之计而身败之事。

熙宁手诏记

杨绘累奏，以罢谏职，坚求外补，及乞明加黜责。盖绘未深究朕意。绘疏迹远人，立朝寡识，不畏强御，知无不为。朕一见之，便知其忠直可信，故翌日即擢置言职，知任亦甚笃矣。今日除命，盖为难与曾公亮两立于轻重之间，故当且少避之。卿可请来，子细谕朕此意，令早承命，或示朕此札亦不妨。

熙宁元年三月，故翰林学士杨绘以知制诰知谏院上疏论故相曾公亮事，先帝直其言，然未欲遽行也，故除公兼侍读。公力辞不已，乃以手诏赐今龙图阁学士滕公元发，使以手诏赐公。公卒不受命，而诏遂藏于家。是岁四月，复除公知谏院，会公以母忧去官。其后二十年，公没于杭州，丧过京师，其子久中以手诏相示，且请记之。谨按先帝临御之初，公与滕公，皆蒙国士非常之知。凡所以开心见诚相期于度外者，类皆如此。未究其用，为小人所诬，故困于外十有余年。先帝谨于用法，故未即起公，然知之盖未始少衰也。使先帝尚在，公岂流落而不用终身者哉？悲夫！元祐三年十一月十四日翰林学士朝奉郎知制诰兼侍读臣某谨记。

【解题】

本文记述“熙宁手诏”的原委，并对杨绘久困不获起用表示惋惜。

盛度责钱维演诰词

盛度，钱氏婿，而不喜维演，盖邪正不相入也。维演建言二后并配，中丞范讽发其奸，落平章事，以节度使知随州。时度年几七十，为知制诰，责词云：“三星之媾，多戚里之家；百两所迎，皆权要之子。”盖维演之姑嫁刘氏，而其子娶于丁谓。人怪度老而笔力不衰。或曰：“度作此词久矣。”元祐三年十二月二十一日讲筵，上未出，立延和殿廷中。时轼方论周穜擅议宗庙事，苏子容道此。

【解题】

钱维（惟）演，宋初诗人，西昆派，重要作家，其为官为人则多受后世非议。

记夺鲁直墨

黄鲁直学吾书，辄以书名于时。好事者争以精纸妙墨求之，常携古锦囊，满中皆是物也。一日见过，探之，得承晏墨半挺。鲁直甚惜之，曰：“群儿贱家鸡，嗜野鹜。”遂夺之，此墨是也。元祐四年三月四日。

【解题】

承晏墨，五代南唐墨工李承晏所制。李承晏为李廷珪之侄，世代制墨，极享盛名。

记苏秀才遗歙砚

苏钧秀才取歙民女为妻，宜得歙石之佳者。寄遗此砚，殆亦非绝品，盖寒士无力致之也。然亦发墨滑润，此外当复何求。物既以拔群为贵，则论者不当较精粗于流品之外。不然，行阳公所谓吏人磨瓮片，最快便也。此墨予所制，盖用高丽煤、契丹胶也。元祐四年十二月二十四日，东坡居士书。

书名僧令休砚

黄冈主簿段君玙，尝于京师佣书人处，得一风字砚。下有刻云：“祥符己酉，得之于信州铅山观音院，故名僧令休之手琢也。明年夏于鹅湖山刻记”。钱易希白题其侧，又刻“荒灵”二字。砚盖歙石之美者。己酉至今七十四年，令休不知为何僧也？禅月、贯休信州人，令休岂其兄弟欤？尝以问铅山人。而“荒灵”二字，莫晓其意。段君以砚遗余，故书此数纸以报之。元丰六年冬至日书。

富阳令冯君，尝为黄冈，故获此书于段。元祐五年四月十八日复见之，时为钱塘守。

【解题】

此二文记得歙砚及令休砚事。

记温公论茶墨

司马温公尝曰：“茶与墨政相反。茶欲白，墨欲黑；茶欲重，墨欲轻；茶欲新，墨欲陈。”予曰：“二物之质诚然，然亦有同者。”公曰：“谓何？”予曰：“奇茶妙墨皆香，是其德同也；皆坚，是其操同也。譬如贤人君子，妍丑黔皙之不同，其德操韫藏，实无以异。”公笑以为是。

元祐五年十月二十六日，醇老、全翁、元之、敦夫、子瞻，同游南屏寺。寺僧谦出奇茗如玉雪。适会三衢蔡熙之子瑫出所造墨，黑如漆。墨欲其黑，茶欲其白，物转颠倒，未知孰是？大众一笑而去。

【解题】

本文对比茶、墨品性，以其外部特征虽相反，而实质内涵则趋于同一。温公，即司马光。

书仲殊琴梦

元祐六年三月十八日五鼓，船泊吴江，梦长老仲殊弹一琴，十三弦颇坏损而有异声。余问云："琴何为十三弦?"殊不答，但诵诗曰："度数形名岂偶然，破琴今有十三弦。此生若遇邢和璞，方信秦筝是响泉。"梦中了然谕其意，觉而识之。

今晚到苏州，殊或见过，即以示之。写至此，笔未绝，而殊老叩舷来见，惊叹不已，遂以赠之。时去州五里。

【解题】

本文记梦及梦后巧遇事。仲殊，苏州僧人。

书梦祭句芒文

予在黄州，梦黑肥吏，以一幅纸，请《祭春牛文》。却之不可。云："欲得一佳文。"予笑而从之，云："三阳既至，庶草将兴。爰出土牛，以戒农事。衣被丹青之好，本出泥涂；成毁须臾之间，谁为愠喜。"傍有一吏云："此两句，会有愠者。"其一云："不害。"久已忘之。参寥能具道，乃复录之，今岁立春，便可用也。

【解题】

本文作于杭州大守任上。句芒，古以为春神。赵刻《志林》

卷一有《梦中作祭春牛文》，于此文相似，疑《志林》为是，可参看。

书沈存中石墨

陆士衡与士龙书云："登铜雀台，得曹公所藏石墨数瓮，今分寄一螺。"《大业拾遗记》："宫人以蛾绿画眉。"亦石墨之类也。近世无复此物。沈存中帅鄜延，以石烛烟，作墨坚重而黑，在松烟之上，曹公所藏，岂此物也耶？

【解题】

本文约作于元祐六年（1091）四月。沈存中，即沈括，宋著名科学家，累官翰林学士、三司使。沈括曾收集苏轼所谓罪证，参与乌台诗案，元祐年间又巴结苏轼，苏轼曾一再表示对他的不满。

徐问真从欧阳公游

道人徐问真，自言潍州人。嗜酒狂肆，能啖生葱、鲜鱼，以指为针，以土为药，治病良有神验。

欧阳文忠公为青州，问真来，从公游久之，乃求去。闻公致仕，复来汝南，公常馆之，使伯和父兄弟为之主。公尝有足病，状少异，莫能喻。问真教公汲引，气血自踵至顶。公用其言，病辄已。

忽一日，求去甚力。公留之，不可，曰："我有罪。我与公卿游，我不敢复留。"公使人送之，果有冠铁冠丈夫，长八尺许，立道周俟之。问真出城，雇村童，使持药笥。行数里，童告之，求去。问真于发中出一瓢，如枣大，再三覆之掌中，得酒满掬者二，以饮童子，良酒也。自尔不知其存亡，童子竟发狂，亦莫知所终。

轼过汝阴，见公，具言如此。其后，予贬黄州，而黄冈县令周孝孙暴得重膇病。某以问真口诀授之，七日而愈。元祐六年十一月二日，与叔弼父、季默父夜坐，话其事，事复有甚异者，不欲尽书，然问真要为异人也。

【解题】

本文记道人徐问真奇异事迹，属小说家言，不可信。

记汝南桧柏

予来汝南，地平无山，清颍之外，无以娱予者。而地近亳社，特宜桧柏，自拱把而上，辄有樛枝细纹。治事堂前二柏，与荐福两桧，尤为殊绝。孰谓使予安此寂寞而忘归者，非此君欤也？

【解题】

本文作于元祐六年（1091）十二月。汝南，郡名，在今河南省境。

书柳氏试墨

昨日有人点第一纲龙团，香味十倍常茶。如使诸葛鼠须笔，金阑子入手，不似有锋刃。惟有此物似之。元祐八年三月十八日，过柳仲远试墨，书此。此墨云“文公桧鼯腨”，不知其所谓也。

【解题】

龙团，宋代贡茶名。柳氏，即柳仲远，苏轼堂妹婿。

法云寺礼拜石记

夫供养之具，最为佛事先，其法不一。他山之石，平不容垢，横展如席，愿为一座具之用。晨夕礼佛，以此皈依。当敬礼无所观时，运心广博，无所不在，天上人间以至地下，悉触智光。闻我佛修道时，刍泥巢顶，霑佛气分，后皆受报。则礼佛也，其心实重。有德者至，是礼也，愿一拜一起，无过父母。乘此愿力，不堕三涂。佛力不可尽，石不可尽，愿力不可尽。三者既不可尽，二亲获福，生生世世，亦不可尽。今对佛宣白，惟佛实临之。元祐八年七月中旬，内殿崇班马惟宽舍。

【解题】

元祐八年（1093）七月，写惟宽往法云寺施舍礼拜石，苏轼代为作此文。

梦　南　轩

元祐八年八月十一日，将朝，尚早，假寐，梦归縠行宅，遍历蔬园中。已而坐于南轩，见庄客数人，方运土塞小池。土中得两芦菔根，客喜食之。予取笔作一篇文，有数句云："坐于南轩，对脩竹数百，野鸟数千。"既觉，惘然怀思久之。南轩，先君名之曰"来风"者也。

【解题】

本文反映了身在朝堂，心向山林的愿望。时苏轼在京任礼部尚书。

北海十二石记

登州下临大海，目力所及，沙门、鼍矶、车牛、大竹、小竹凡五岛。惟沙门最近，兀然焦枯。其余皆紫翠巉绝，出没涛中，真神仙所宅也。上生石芝，草木皆奇玮，多不识名者。又多美石，五采斑斓，或作金文。熙宁己酉岁，李天章为登守，吴子野往从之游。时解贰卿致政，退居于登，使人入诸岛取石，得十二株，皆秀色粲然。适有舶在岸下，将转海至潮。子野请于解公，尽得十二石以归，置所居岁寒堂下。近世好事能致石者多矣，未有取北海而置南海者也。元祐八年八月十五日，东坡居士苏轼记。

【解题】

本文记登州诸岛及所产美石形貌，并记了吴子野“取北海而置南海”的爱石之举。

师续梦经

宣德郎广陵郡王院大小学教授眉山任伯雨德翁，丧其母吕夫人之十四日，号擗稍间，欲从事于佛。或劝诵《金光明经》，且言世所传本多误，惟咸平六年刊行者最为善本，又备载张居道再生事。德翁欲访此本而不可得，苫寝柩前。而外甥进士师续假寐其侧，忽惊觉曰：“吾梦至相国寺东门，有鬻糟姜者，云有此经。梦中问曰：‘非咸平六年本乎？’曰：‘然。’此殆非梦也。”德翁大惊，即使续以梦求之，而获睹鬻糟姜者之状，则梦中所见也。

德翁舟行扶柩归葬于蜀，某方贬岭外，偶吊德翁楚、泗间，乃为记之。绍圣元年同郡苏某记。

【解题】

本文作于绍圣元年（1094）五月。记心诚致梦事。

书卓锡泉

予顷自汴入淮，泛江溯峡归蜀。饮江淮水盖弥年，既至，觉井水腥涩，百余日然后安之。以此知江水之甘于井也审矣。今来岭外，自扬子始饮江水，及至南康，江益清驶，水益甘，则又知南江贤于北江也。近度岭入清远峡，水色如碧玉，味益胜。今游罗浮，酌泰禅师锡杖泉，则清远峡水又在其下矣。岭外唯惠人喜斗茶，此水不虚出也。绍圣元年九月二十六日书。

【解题】

本文论各地水质的优劣，很有见地。

天华宫

天华宫在罗浮山之西。苏轼曰：南汉主建有甘露、羽盖等亭，云华阁，命中书舍人钟有章作记。

初，南汉主梦神人指罗浮山之西，去延祥寺西北，有两峰相叠，一洞对流，可以为宫。访之，得其地。又梦金龙起于宫所，遂改为黄龙洞。此地即葛仙西庵。至宋朝革命，四方僭叛以次诛服，刘氏惧焉。将欲潜遁罗浮，为狡兔之穴，又命于增江水口，凿濠通山，往来山峒，仓卒为航舟之计。开宝四年，乃始归命。则知刘氏为宝宫于山间，无事则为临赏之乐，警急则为逋逃之所，其计窘矣。

题 罗 浮

绍圣元年九月二十六日，东坡翁迁于惠州，舣舟泊头镇。明晨肩舆十五里，至罗浮山，入延祥宝积寺，礼天竺瑞像，饮梁僧景泰禅师卓锡泉，品其味，出江水上远甚。东三里至长寿观。又东北三里，至冲虚观。观有葛稚川丹灶。次之，诸仙者朝斗坛，观坛上所获铜龙六、鱼一。坛北有洞，曰朱明，榛莽不可入。水出洞中，锵鸣如琴筑。水中皆菖蒲，生石上。道士邓守安字道玄，有道者也。访之，适出。坐遗屣轩，望麻姑峰。方饮酒，进士许毅来游，呼与饮。即醉，还宿宝积中阁。夜大风，山烧壮甚，有声。晨粥已，还舟，憩花光寺。从游者，幼子过，巡检史珏，宝积长老齐德，延祥长老绍冲，冲虚道士陈熙明。山中可游而未暇者，明福宫、石楼、黄龙洞，期以明年三月复来。

记罗浮异境

有官吏自罗浮都虚观游长寿，中路睹见道室数十间，有道士据槛坐，见吏不起。吏大怒，使人诘之，至，则人室皆亡矣。乃知罗浮凡圣杂处，似此等异境，平生修行人有不得见者，吏何人，乃独见之。正使一凡道士，见己不起，何足怒！吏无状如此，得见此者，必前缘也。

书刘梦得诗记罗浮半夜见日事

山不甚高，而夜见日，此可异也。山有二楼，今延祥寺在南楼下，朱明洞在冲虚观后，云是蓬莱第七洞天。唐永乐道士侯道华以食邓天师枣，仙去。永乐有无核枣，人不可得，道华得之。余在岐下，亦得食一枚云。唐僧契虚，遇人导游稚川仙府。真人问曰："汝绝三彭之仇乎？"虚不能答。冲虚观后有米真人朝斗坛。近于坛上获铜龙六，铜鱼一。唐有《梦铭》，云紫阳真人山玄卿撰。又有蔡少霞者，梦遣书牌，题云"五云阁吏蔡少霞书"。

【解题】

此四文作于绍圣元年（1094）九月。文中记游罗浮山及仙异事。罗浮山，在广东增城、博罗等县间，风景秀丽，传称晋葛洪于此得仙术，山上有洞，为道教圣地，列为第七洞天。

广州女仙

予顷在都下，有传李太白诗者，其略曰"朝披梦泽云，笠钓青茫茫"，此非世人语也。盖有见太白于酒肆中而得此诗者。神仙之有无，真不可以意度也。

绍圣元年九月，过广州，访崇道大师何德顺，有神降其室，自言女仙也，赋诗立成，有超逸绝尘语。或以其托于箕帚，如世所谓紫姑神者疑之，然味其语，非紫姑神所能。至人有入狱鬼群鸟兽者托于箕帚，岂足怪哉？崇道好事喜客，多与贤士大夫游，其必有以致之也欤？

【解题】

本文所叙略同于扶乩。

记游白水岩

绍圣元年十二月十二日，与幼子过游白水山佛迹院。浴于汤池，热甚，其源殆可以熟物。

循山而东，少北，有悬水百仞，山八九折，折处辄为潭。深者缒石五丈，不得其所止，雪溅雷怒，可喜可畏。水涯有巨人迹数十，所谓佛迹也。

暮归，倒行，观山烧壮甚。俯仰度数谷。至江上月出，击汰中流，掬弄珠璧。

到家，二鼓矣。复与过饮酒，食余甘，煮菜，顾影颓然，不复能寐。书以付过。东坡翁。

【解题】

本文记白水岩游踪及归家不寐情景，层次分明，略加点染，而极有韵味，为苏轼游记小品中佳作。

记游松风亭

余尝寓居惠州嘉祐寺，纵步松风亭下，足力疲乏，思欲就林止息。仰望亭宇，尚在木末。意谓如何得到。良久忽曰："此间有甚么歇不得处?"由是心若挂钩之鱼，忽得解脱。若人悟此，虽两阵相接，鼓声如雷霆，进则死敌，退则死法，当恁么时，也不妨熟歇。

【解题】

本文当作于绍圣元年（1094）十二月后。文中喻示了人生无适不可、随遇而安的道理，表达了苏轼傲视灾难、穷厄，履险如夷的襟怀。

记与舟师夜坐

绍圣二年正月初五日，与成都舟阇黎夜坐，饥甚。家人煮鸡肠菜羹甚美。缘是，与舟谈不二法。舟请记之。其语则不可记，非不可记，盖不暇记也。

【解题】

本文可见苏轼心情之宁静。阇黎；泛指僧人。

题白水山

绍圣二年三月四日，詹使君邀予游白水山佛迹寺，浴于汤泉，风于悬瀑之下，登中岭，望瀑所从出。出山，肩舆节行观山，且与客语。晚休于荔浦之上，曳杖竹阴之下。时荔子累累如芡实矣。父老指以告予曰："是可食，公能携酒复来?"意欣然许之。同游者柯常、林忭、王原、赖仙芝。詹使君名范，予盖苏轼也。

【解题】

本文作于绍圣二年（1095）。苏轼至惠州后，日以游冶为乐，能得自然旨趣，宠辱皆忘。

妙　总　以下书赠惠诚

妙总师参寥子，与予友二十余年矣。世所知独其诗文，所不知者，盖多于诗文也。独好面折人过失，然人知其无心，如虚舟之触物，盖未尝有怒者。

维　　琳

径山长老维琳，行峻而通，文丽而清。始，径山祖师有约，后世止以甲乙住持。予谓以适事之宜，而废祖师之约，当于山门选用有德，乃以琳嗣事。众初有不悦其人，然终不能胜悦者之多且公也。今则大定矣。

圆　　照

杭州圆照律师，志行苦卓，教法通洽，昼夜行道，二十余年矣。无一念顷有作相。自辩才归寂，道俗皆宗之。

秀 州 长 老

秀州本觉寺一长老，少盖有名进士，自文字言语悟入。至今以笔砚作佛事。所与游，皆一时文人。

楚　　明

净慈楚明长老，自越州来。始，有旨召小本禅师住法云寺。杭人忧之，曰："本去，则净慈众散矣。"余乃以明嗣事，众不散，加多，益千余人。

仲　　殊

苏州仲殊师利和尚，能文善诗及歌辞，皆操笔立成，不点窜一字。予曰："此僧胸中，无一毫发事。"故与之游。

守　　钦

苏州定惠长老守钦，予初不识。比至惠州，钦使侍者卓契顺来，问予安否，且寄十诗。予题其后曰："此僧清逸超绝，语有璨、忍之通，而无岛、可之寒。"予往来三吴久矣，而不识此僧，何也？

思　　义

下天竺净慧禅师思义，学行甚高，综练世事。高丽非时遣僧来，予方请其事于朝，使义馆之。义日与讲佛法，词辩锋起，夷僧莫能测。又具得其情以告。盖其才有过人者。

闻　　复

孤山思聪闻复师，作诗清远，如画工，而雄逸变态，放而不流，其为人称其诗。

可久清顺

祥符寺可久、垂云清顺二阇梨，皆予监郡日所与往还诗友也。清介贫甚，食仅足，而衣几于不足也，然未尝有忧色。老矣，不知尚健否？

法颖

法颖沙弥，参寥子之法孙也。七八岁，事师如成人。上元夜，予作乐于寺，颖坐一夫肩上。予谓曰："出家儿亦看灯耶？"颖愀然变色，若无所容，啼呼求去。自尔不复出嬉游。今六七年矣，后当嗣参寥者。

惠诚

予在惠州，有永嘉罗汉院僧惠诚来，谓曰："明日当还浙东。"问所欲干者，予无以答之。独念吴、越多名僧，与予善者常十九，偶录此数人，以授惠诚，使归见之，致余意，且为道余居此起居饮食状，以解其念也。信笔书纸，语无伦次，又当尚有漏落者，方醉，不能详也。绍圣二年三月二十三日，东坡居士书。

【解题】

以上十二文所记皆曾与苏轼过往从密的吴越名僧，虽是信笔所书，但能见众僧之精神面貌、生平性情等，且各有特点。

记道人戏语

绍圣二年五月九日，都下有道人坐相国寺卖诸禁方，缄题其一曰：卖赌钱不输方。少年有博者，以千金得之。归，发视其方，曰：“但止乞头。”道人亦善鬻术矣，戏语得千金，然未尝敢欺少年也。

【解题】

本文赞赏道人智慧，诙谐有趣。开赌场的人向赢钱者抽取一定比例之钱称乞头。

记　朝　斗

绍圣二年五月望日，敬造真一法酒成。请罗浮道士邓守安拜奠北斗真君。将奠，雨作。已而清风肃然，云气解驳，月星皆现，魁杓明爽。彻奠，阴雨如初。谨拜手稽首而记其事。东坡居士苏轼书。

【解题】

本文记道士拜奠北斗真君事。

虔州崇庆禅院新经藏记

如来得阿耨多罗三藐三菩提，曰“以无所得故而得”。舍利弗得阿罗汉道，亦曰“以无所得故而得”。如来与舍利弗若是同乎？曰：何独舍利弗，至于百工贱技，承蜩意钩，履狶画墁，未有不同者也。夫道之大小，虽至于大菩萨，其视如来，犹若天渊然，及其以无所得故而得，则承蜩意钩，履狶画墁，未有不与如来同者也。以吾之所知，推至其所不知，婴儿生而导之言，稍长而教之书，口必至于忘声而后能言，手必至于忘笔而后能书，此吾之所知也。口不能忘声，则语言难于属文；手不能忘笔，则字画难于刻雕。及其相忘之至也，则形容心术，酬酢万物之变，忽然而不自知也。自不能者而观之，其神智妙达，不既超然与如来同乎！故《金刚经》曰：一切贤圣，皆以无为法，而有差别。以是为技，则技疑神；以是为道，则道疑圣。古之人与人皆学，而独至于是，其必有道矣。

吾非学佛者，不知其所自入，独闻之孔子曰："《诗》三百，一言以蔽之，曰，思无邪。"夫有思皆邪也，善恶同而无思，则土木也。云何能使有思而无邪，无思而非土木乎！呜呼，吾老矣，安得数年之暇，托于佛僧之宇，尽发其书，以无所思心会如来意，庶几于无所得故而得者。谪居惠州，终岁无事，宜若得行其志。而州之僧舍无所谓经藏者，独榜其所居室曰思无邪斋，而铭之致其志焉。

始吾南迁，过虔州，与通守承议郎俞君括游。一日，访廉泉，入崇庆院，观宝轮藏。君曰："是于江南壮丽为第一，其费二千余万，前长老昙秀始作之，几于成而寂。今长老惟湜嗣成之。奔走二老之间，劝导经营，铢积寸累十有六年而成者，僧知锡也。子能愍此三士之劳，为一言记之乎？"吾盖心许之。

俞君博学能文，敏于从政，而恬于进取。数与吾书，欲弃官相从学道。自虔罢归，道病卒于庐陵。虔之士民，有巷哭者，吾亦为出涕。故作此文以遗湜、锡，并论孔子思无邪之意，与吾有志无书之叹，使刻于石，且与俞君结未来之因乎？绍圣二年五月二十七日记。

【解题】

本文阐发了佛道"无思"思想，又留意于儒家"思无邪"

观点，意欲通过对佛经的研习调和此二者。

书外曾祖程公逸事

公讳仁霸，眉山人，以仁厚信于乡里。蜀平，中朝士大夫惮远宦，官阙，选土人有行义者摄。公摄录参军。眉山尉有得盗芦菔根者，实窃，而所持刃误中主人。尉幸赏，以劫闻。狱掾受赇，掠成之。太守将虑囚，囚坐庑下泣涕，衣尽湿。公适过之，知其冤，咋谓盗曰："汝冤，盍自言，吾为汝直之。"盗果称冤，移狱。公既直其事，而尉、掾争不已，复移狱，竟杀盗。公坐逸囚罢归。不及月，尉、掾皆暴卒；后三十余年，公昼日见盗拜庭下，曰："尉、掾未伏，待公而决。前此地府欲召公暂对，我扣头争之，曰：'不可以我故惊公。'是以至今。公寿尽今日，我为公荷担而往。暂对，即生人天，子孙寿禄，朱紫满门矣。"公具以语家人，沐浴衣冠就寝而卒。

轼幼时闻此语。已而外祖父寿九十。舅氏始贵显，寿八十五。曾孙皆仕有声，同时为监司者三人。玄孙宦学益盛。而尉、掾之子孙微矣。或谓盗德公之深，不忍烦公，暂对可也，而狱久不决，岂主者亦因以苦尉、掾也欤？绍圣二年三月九日，轼在惠州，读陶潜所作外祖《孟嘉传》，云："凯风寒泉之思，实钟厥心。"意悽然悲之。乃记公之逸事以遗程氏，庶几渊明之心也。是岁九月二十七日，惠州星华馆思无邪斋书。

【解题】

本文作于绍圣二年（1095）九月。苏轼贬在惠州，因读《孟嘉传》而思及外曾祖父，记幼时所闻外曾祖父事以示怀念。

书 岭 南 笔

绍圣三年五月二十七日，过水西，见卖笔者，形制粗似笔，以二十钱易两枝。墨水相浮，纷然欲散，信岭南无笔也。

【解题】

本文记岭南毛笔劣不堪用。

野 吏 亭 记

故相陈文惠公建立此亭，榜曰“野吏”，盖孔子所谓“先进于礼乐”者。公在政府，独眷眷此邦，然庭宇日就圮缺。凡九十七年，太守朝奉郎方侯子容南圭，复完新之。绍圣三年十一月二十一日记。

【解题】

本文作于绍圣三年（1096），记方南圭修复野吏亭事。

书陆道士镜砚

陆道士蓄一镜一砚，皆可宝。

砚圆首斧形，色正青，背有却月金文，甚能克墨而宜笔，盖唐以前物也。镜则古矣，其背文不可识。家有镜，正类是，其铭曰：“汉有善铜出白阳，取为镜，清如明，左龙右虎俌之。”以铭文考之，则此镜乃汉物也耶？吾尝以示苏子容。子容以博学名世，曰：“此镜以前皆作此，盖禹鼎象物之遗法也。白阳，今无此地名。楚有白公，取南阳白水为邑，白阳岂白水乎？汉人‘而’、‘如’通用。”皆子容云。镜心微凸，镜面小而直，学道者谓是聚神镜也。丙子十二月初一日书。

【解题】

本文作于绍圣三年（1096）十二月。文中略考古镜原始。陆道士，名惟忠，苏轼同乡。

书李承晏墨

近时士大夫多造墨，墨工亦尽其技，然皆不逮张李古剂，独二谷乱真，盖亦窃取其形制而已。吴子野出此墨，云是孙准所遗，李承晏真物也，当以色考之，仍以数品比较，乃定真伪耳。绍圣丙子十二月二十一日书。

【解题】

本文作于绍圣三年（1096）十二月。张李，即指张遇、李廷珪，皆著名墨匠。

书昙秀龙尾砚

昙秀蓄龙尾石砚，仆所谓“涩不留笔、滑不拒墨”者也。制以拱璧，而以缺月为池，云是蒋希鲁旧物。予顷在广陵，尝从昙秀识此砚，今复见之岭海间，依然如故人也。

【解题】

本文作于绍圣三年（1096）十二月。

黎 檬 子

吾故人黎錞，字希声。治《春秋》，有家法。欧阳文忠公喜之。然为人质木迟缓，刘贡父戏之为黎檬子。以谓指其德，不知果木中真有是也。一日，联骑出，闻市人有唱是果鬻之者。大笑，几落马。今吾谪海南，所居有此木，霜实累累。然二君皆已入鬼录。坐念故友之风味，岂可复见。刘固不泯于世者；黎亦能文守道不苟随者也。

【解题】

本文作于绍圣四年（1097）八月。

黎子明父子

黎子明之子，为继母所谗，出数月。其父年高，子幼，不给于耕，夫妇父子皆有悔意而不能自还。予为买羊沽酒送归其家，为父子如初，庶几颍谷封人之意。

【解题】

本文作于绍圣四年（1097）十一月。

众 妙 堂 记

眉山道士张易简教小学，常百人，予幼时亦与焉。居天庆观北极院，予盖从之三年。谪居海南，一日梦至其处，见张道士如平昔，汛治庭宇，若有所待者，曰："老先生且至。"其徒有诵

《老子》者曰："玄之又玄，众妙之门。"予曰："妙一而已，容有众乎？"道士笑曰："一已陋矣，何妙之有。若审妙也，虽众可也。"因指洒水薙草者曰："是各一妙也。"予复视之，则二人者手若风雨，而步中规矩，盖涣然雾除，霍然云消。予惊叹曰："妙盖至此乎！庖丁之理解，郢人之鼻斫，信矣。"二人者释技而上，曰："子未睹真妙，庖、郢非其人也。是技与道相半，习与空相会，非无挟而径造者也。子亦见夫蜩与鸡乎？夫蜩登木而号，不知止也；夫鸡俯首而啄，不知仰也。其固也如此。然至蜕与伏也，则无视无听，无饥无渴，默化于荒忽之中，候伺于毫发之间，虽圣智不及也。是岂技与习之助乎？"二人者出。道士曰："子少安，须老先生至而问焉。"二人者顾曰："老先生未必知也。子往见蜩与鸡而问之，可以养生，可以长年。"

广州道士崇道大师何德顺，学道而至于妙者也。作堂榜曰众妙。以书来海南，求文以记之。予不暇作也，独书梦中语以示之。戊寅三月十五日，蜀人苏轼书。

【解题】

本文作于绍圣五年（1098）三月，时苏轼贬在儋州。本文借"众妙"二字，阐发了道家自然幻化的思想。

书郭文语

温峤尝问郭文曰："人皆有六亲相娱，先生弃之，何乐？"文曰："本行学道，不谓遭世乱，欲归无路尔。"又问曰："饥思食，壮思室，自然之理。先生独无情乎？"曰："情由忆生，不忆故无情。"又曰："先生独居穷山，死则为乌鸢所食，奈何？"曰："埋藏者食于蝼蚁，复何异？"又问曰："猛兽害人，先生独不畏耶？"曰："人无害兽心，则兽亦不害人。"又曰："世不宁则身不安，先生何不出以济世乎？”曰：“此非野人之所知也。”予尝监钱唐郡，游余杭九鏁山，访大涤洞天，即郭先生之旧隐也。洞天有巨壑，深不可测，盖尝有敕使投龙简云。戊寅九月七日，东坡居士夜坐，录此。

【解题】

本文作于元符元年（1098）九月。

书海南风土

岭南天气卑湿，地气蒸溽，而海南为甚。夏秋之交，物无不腐坏者。人非金石，其何能久。然儋耳颇有老人，年百余岁者，往往而是，八九十者不论也。乃知寿夭无定，习而安之，则冰蚕火鼠，皆可以生。吾尝湛然无思，寓此觉于物表，使折胶之寒，无所施其冽，流金之暑，无所措其毒，百余岁岂足道哉！彼愚老人者，初不知此特如蚕鼠生于其中，兀然受之而已。一呼之温，一吸之凉，相续无有间断，虽长生可也。庄子曰：“天之穿之，日夜无隙，人则固塞其窦。”岂不然哉。

九月二十七日，秋霖雨不止，顾视帏帐，有白蚁升余，皆已腐烂，感叹不已。信手书。时戊寅岁也。

【解题】

本文作于元符元年（1098）九月。文中感叹岭南生活之艰苦，又以为长生与否在于命定和修心养志，作自我宽慰。在平静淡泊的背后，可以看出苏轼对自已生平遭遇的愤懑和不平，充满了辛酸。

记　落　米

南海以落米为粮，几米之十六。今岁米皆不熟，民未至艰食者，以客舶方至而有米也。然儋人无蓄藏，明年去则饥矣。吾旅泊尤可惧，未知经营所从出。故书坐右，以时图之。

【解题】

本文作于元符元年（1098）十月。

处 子 再 生

戊寅十月，予在儋耳，闻城西民处子病死，两日复生。予与进士何旻往，见其父，问死生状。云：初昏，若有人引去至官府，帘下有言此误追。庭下一吏言："可且寄禁。"又一吏云："此无罪，当放还。"见狱在地窟中，隧而出入。系者皆儋人，僧居十六七。有一妪，身皆黄毛，如驴马，械而坐，处子识之，盖儋僧之室也。曰："吾坐用檀越钱物，已三易毛矣。"又一僧，亦处子邻里，死二年矣。其家方大祥，有人持盘飧及钱数千，云："付某僧。"僧得钱，分数百遗门者，乃持饭入门去。系者皆争取其饭，僧所食无几。又一僧至，见者擎跽作礼。僧曰："此女可差人送还。"送者以手擘墙壁，使过，复见一河，有舟，便登之。送者以手推舟，舟跃，处子惊而寤。是僧岂所谓地藏菩萨者耶？书之以为世戒。

【解题】

本文作于元符元年（1098）十月。记佛家因果报应之事。

陈太初尸解

吾八岁入小学，以道士张易简为师。童子几百人，师独称吾与陈太初者。

太初，眉山市井人子也。予稍长，学日益，遂第进士、制策。而太初乃为郡小吏。其后予谪居黄州，有眉山道士陆惟忠，自蜀来，云："有得道者曰陈太初。"问其详，则吾与同学者也。

前年，惟忠又见予于惠州，云："太初已尸解矣。蜀人吴师道为汉州太守，太初往客焉。正岁旦日，见师道求衣食钱物，且告别，持所得尽与市人贫者，反坐于戟门下，遂寂。师道使卒舁往野外焚之。卒骂曰：'何物道士，使我正旦舁死人。'太初微笑开目，曰：'不复烦汝。'步自戟门至金雁桥下，趺坐而逝。焚之，举城人见烟焰上眇眇焉有一陈道人也。"

【解题】

本文作于元符元年（1098）十一月，记少时同学陈太初得道升仙之传说。

书上元夜游

己卯上元，予在儋州，有老书生数人来过，曰："良月嘉夜，先生能一出乎？"予欣然从之。步城西，入僧舍，历小巷，民夷杂揉，屠沽纷然。归舍已三鼓矣。舍中掩关熟睡，已再鼾矣。放杖而笑，孰为得失？过问先生何笑，盖自笑也。然亦笑韩退之钓鱼无得，更欲远去，不知走海者未必得大鱼也。

【解题】

本文作于元符二年（1099）正月。文中记上元节夜游情景，语虽寥寥，却表达了作者顺心随缘、乐以忘忧的人生理想。上元，用以阴历正月十五日为上元节，即今之元宵节。

书城北放鱼

儋耳鱼者渔于城南之陂，得鲫二十一尾，求售于东坡居士。坐客皆欣然，欲买放之。乃以木盎养鱼，舁至城北沦江之阴，吴氏之居，浣沙石之下放之。

时吴氏馆客陈宗道，为举《金光明经》流水长者因缘说法念佛，以度是鱼。曰无明缘，行行缘，识识缘，名色名色缘，六入六入缘，触触缘，受受缘，爱爱缘，取取缘，有有缘，生生缘，老死忧悲苦恼，南无宝胜如来。尔时宗道说法念佛已，其鱼皆随波赴谷，众会欢喜，作礼而退。

会者六人，吴氏之老刘某，南海符某，儋耳何旻，潮阳王介石，温陵王懿、许琦；舁者二人，吉童、奴九。元符二年三月丙寅书。

【解题】

本文记买鱼放生事。

书潘衡墨

金华潘衡初来儋耳，起灶作墨，得烟甚丰，而墨不甚精。予教其作远突宽灶，得烟几减半，而墨乃尔。其印文曰“海南松煤东坡法墨”，皆精者也。常当防墨工盗用印，使得墨者疑耳。此墨出灰池中，未五日而色已如此，日久胶定，当不减李廷珪、张遇也。元符二年四月十七日。

【解题】

本文记潘衡在自己指导下，制造出精良之墨事。

书谤

吾昔谪居黄州，曾子固居忧临川，死焉。人有妄传吾与子固同日化去，如李贺长吉死时事，以上帝召也。时先帝亦闻其语，以问蜀人蒲宗孟，且有叹息语。

今谪海南，又有传吾得道，乘小舟入海，不复返者。京师皆云。儿子书来言之。今日有从广州来者，云太守柯述言，吾在儋耳，一日忽失去，独道服在耳，盖上宾也。

吾平生遭口语无数，盖生时与韩退之相似，吾命宫在斗、牛间，而退之身宫亦在焉。故其诗曰："我生之辰，月宿南斗。"且曰："无善名以闻，无恶声以扬。"今谤吾者，或云死，或云仙。退之之言，良非虚耳。

【解题】

本文约作于元符二年（1099）八月。文中记几次有关自己升仙的谣传，一方面反映了人们对苏轼的关心，一方面也反映了苏轼信持佛道及其浪漫的个性在当时已很有影响。

梦韩魏公

夜梦登合江楼，月色如水，魏公跨鹤来，曰："被命同领剧曹，故来相报，北归中原，当不久也。"

【解题】

本文作于元符二年（1099）十二月。

记海南作墨

己卯腊月二十三日，墨灶火发，几焚屋，救灭，遂罢作墨。得佳墨大小五百丸，入漆者几百丸，足以了一世，仍以遗人，所不知者何人也。余松明一车，仍以照夜。二十八日二鼓，作此纸。

书 海 南 墨

此墨吾在海南亲作，其墨与廷珪不相下。海南多松，松多故煤富，煤富故有择也。

【解题】

前文元符二年（1099）十二月记得墨之艰难及墨成后的快乐，后文作于元符三年（1100）正月。

刘贡父戏介甫

王介甫多思而喜凿，时出一新说，已而悟其非也，则又出一言而解释之。是以其学多说。尝与刘贡父食，辍箸而问曰："孔子不彻姜食，何也?"贡父曰："《本草》，生姜多食损智。道非明民，将以愚之。孔子以道教人者也，故不彻姜食，将以愚之也。"介甫欣然而笑，久之，乃悟其戏己也。贡父虽戏言，然王氏之学实大类此。庚辰二月十一日，食姜粥，甚美，叹曰："无怪吾愚，吾食姜多矣。"因并贡父言记之，以为后世君子一笑。

【解题】

本文作于元符三年（1100）二月，文中讥王安石学说多变，愚弄天下。苏轼曾说王学之兴，使天下“弥望皆黄茅白苇”。

唐允从论青苗

儋耳进士黎子云言：城北十五里许，有唐村。唐氏之老曰允从者，年七十余，问子云言：“宰相何苦以青苗钱困我，于官有益乎?”子云答曰：“官患民贫富不均，富者逐什一，日益富，贫者取倍称，至鬻田质口不能偿，故为是法以均之。”允从笑曰：“贫富之不齐，自古已然，虽天工不能齐也。子欲齐之乎？民之有贫富，犹器用之有厚薄也。子欲磨其厚，等其薄，厚者未动，而薄者先穴矣。”元符三年二月二十日，子云过余言此。负薪能谈王道，正谓允从辈耶?

【解题】

本文作于元符三年（1100）二月，文中借唐氏老人之口，讽刺王安石想用青苗法来均贫富，是不切实际的幻想。

琼州惠通泉记

《禹贡》：“济水入于河，溢为荥河。”南曰荥阳河，北曰荥泽。沱、潜本梁州二水，亦见于荆州。水行地中，出没数千里外，虽河海不能绝也。唐相李文饶，好饮惠山泉，置驿以取水。有僧言长安昊天观井水，与惠山泉通。杂以他水十余缶试之，僧独指其一曰：“此惠山泉也。”文饶为罢水驿。琼州之东五十里曰三山庵，庵下有泉，味类惠山。东坡居士过琼，庵僧惟德以水饷焉，而求为之名，名之曰惠通。元符三年六月十七日记。

【解题】

本文记惠通泉位置及为其命名事。

书合浦舟行

予自海康适合浦，遭连日大雨，桥梁尽坏，水无津涯。自兴廉村净行院下，乘小舟至官寨。闻自此以西皆涨水，无复桥船。或劝乘蜒舟并海即白石。

是日，六月晦，无月。碇宿大海中，天水相接，疏星满天。起坐四顾太息，吾何数乘此险也！已济徐闻，复厄于此乎？过子在傍鼾睡，呼不应。所撰《易》、《书》、《论语》皆以自随，世未有别本。抚之而叹曰："天未丧斯文，吾辈必济！"已而果然。七月四日合浦记。时元符三年也。

【解题】

本文是苏轼北归，船过合浦时作。苏轼虽历经艰难，而仍能充满自信，殊为不易。

记合浦老人语

元符三年八月，予在合浦，有老人苏佛儿来访。年八十二，不饮酒食肉，两目粲然，盖童子也。自言："十二岁斋居修行，无妻子，有兄弟三人，皆持戒念道。长者九十二，次者九十。"与论生死事，颇有所知。居州城东南六七里。佛儿尝卖药于东城。见老人，言："即心是佛，不在断肉。"予言："勿作此念，众生难感易流。"老人甚喜曰："如是！如是！"东坡居士记。

【解题】

本文记合浦老人语，宣扬佛家不食肉的戒律。

广州东莞县资福禅寺罗汉阁记

众生以爱，故入生死。由于爱境，有逆有顺，而生喜怒，造种种业。展转六趣，至千万劫。本所从来，唯有一爱，更无余病。佛大医王，对病为药。唯有一舍，更无余药，常以此药，而治此病。如水救火，应手当灭。云何众生，不灭此病。是导师过，非众生咎。何以故？众生所爱，无过身体。父母有疾，割肉刺血，初无难色。若复邻人，从其求乞，一爪一发，终不可得。有二导师，其一清净，不入诸相，能知众生，生死之本，能使众生，了然见知。不生不灭，出轮回处。是处安乐，堪永依怙，无异父母。支体可舍，而况财物。其一导师，以有为心，行有为法。纵不求利，即自求名。譬如邻人，求乞爪发，终不可得，而况肌肉。以此观之，爱吝不舍，是导师过。设如有人，无故取米，投坑阱中，见者皆恨。若以此米，施诸鸟雀，见者皆喜。鸟雀无知，受我此施，何异坑阱。而人自然，有喜有愠。如使导师，有心有为，则此施者，与弃无异。以此观之，爱吝不舍，非众生咎。

四方之民，皆以勤苦，而得衣食，所得毫末，其苦无量。独此南越，岭海之民，贸迁重宝，坐获富乐。得之也易，享之也愧。是故其人，以愧故舍。海道幽险，死生之间，曾不容发。而况飘堕，罗刹鬼国，呼号神天，佛菩萨僧，以脱须臾。当此之时，身非已有，而况财物，实同粪土。是故其人，以惧故舍。愧惧二法，助发善心，是故越人，轻施乐舍，甲于四方。

东莞古邑，资福禅寺，有老比丘，祖堂其名。未尝戒也，而律自严；未尝求也，而人自施。人之施堂，如物在衡，损益铢黍，了然觉知。堂之受施，如水涵影，虽千万过，无一留者。堂以是故，创作五百，大阿罗汉，严净宝阁，涌地千柱，浮空三成，壮丽之极，实冠南越。东坡居士，见闻随喜，而说偈言。

五百大士栖此城，南珠大贝皆东倾。众心回春柏再荣，铁林东来阁乃成。宝骨未到先通灵，赤蛇白璧珠夜明。三十袭吉谁敢争，层檐飞空俯日星。海波不摇飓无声，天风徐来韵流铃。一洗瘴雾冰雪清，人无南北寿且宁。

【解题】

本文作于元符三年（1100）十月。文中劝人施舍，并称赞南越人施舍财物建成资福禅寺五百大阿罗汉的功业。

书王进叔所蓄琴

知琴者以谓前一指后一纸为妙，以蛇蚹纹为古。进叔所蓄琴，前几不容指，而后略容纸，然终无杂声，可谓妙矣。蛇蚹纹已渐出，后日当益增，但吾辈及见其斑斑焉，则亦可谓难老者也。元符三年十月二十三日，与孙叔静皆云。

【解题】

本文记王进叔所蓄琴之奇妙。王进叔，时为广州提刑使。

书孙叔静诸葛笔

久在海外，旧所赍笔皆腐败，至用鸡毛笔。拒手狞劣，如魏元忠所谓骑穷相驴脚摇镫者。今日忽于孙叔静处用诸葛笔，惊叹此笔乃尔蕴藉耶！

书孙叔静常和墨

孙叔静用剑脊墨，极精妙。其文曰“太室常和”。常和，盖少室间道人也。卖墨，收其赢以起三清殿。墨甚坚而黑，近岁善墨，唯朱觐及此耳。觐，九华人。

【解题】

此二文作于元符三年（1100）十月。孙叔静，名鼛，多有收藏。

书舟中作字

将至曲江，船上滩欹侧，撑者百指，篙声石声荦然，四顾皆涛濑，士无人色，而吾作字不少衰，何也？吾更变亦多矣，置笔而起，终不能一事，孰与且作字乎？

【解题】

元符三年（1100）十二月，苏轼得旨复朝奉郎，提举成都玉局观，舟过曲江时作此文。文中自述历尽艰难，处危不惊，故能于浪涛之中作书自如。

书南华长老重辩师逸事

契嵩禅师常瞋，人未尝见其笑；海月慧辩师常喜，人未尝见其怒。予在钱塘，亲见二人皆趺坐而化。嵩既茶毗，火不能坏，益薪炽火，有终不坏者五。海月比葬，面如生，且微笑。乃知二人以瞋喜作佛事也。世人视身如金玉，不旋踵为粪土，至人反是。予以是知一切法，以爱故坏，以舍故常在，岂不然哉？予迁岭南，始识南华重辩长老，语终日，知其有道也。予自海南还，则辩已寂久矣。过南华，吊其众，问塔墓所在。众曰：“我师昔作寿塔南华之东数里，有不悦师者，葬之别墓。既七百余日矣，今长老明公，独奋不顾，发而归之寿塔。改棺易衣，举体如生，衣皆鲜芳，众乃大愧服。”东坡居士曰：辩视身为何物，弃之尸陀林以饲鸟乌何有，安以寿塔为？明公知辩者，特欲以化服同异而已。乃以茗果奠其塔，而书其事，以遗其上足南华塔主可兴师。时元符三年十二月十九日。

【解题】

本文作于元符三年（1100）十二月，记重辩和尚神异事。

《金刚经》报

蒋仲父闻之于孙景修，近岁有人，凿山取银矿，至深处，闻有人诵经声。发之，得一人，云：“吾亦取矿者。以窟坏，不能出，居此不记年。平生诵《金刚经》，尝以经自随。每有饥渴之心，则若有人自腋下以饼遗之。”殆此经变现也。

道家“守一”，若饥，则“一”与之粮；渴，“一”与之浆。此人于经中，岂得所谓“一”者乎？元符庚辰□月二日，偶与慧上人夜话及此，因出纸求仆缮写是经，凡阅月而成。非谪居海外，安能种此福田也。苏轼谨题。

【解题】

本文记人因平生诵《金刚经》而得不死之神异事，事颇虚妄。文中有意混一佛家和道家思想，反映了苏轼晚年的学说主张。

南华长老题名记

学者以成佛为难乎？累土画沙，童子戏也，皆足以成佛。以为易乎？受记得道，如菩萨大弟子，皆不任问疾。是义安在？方其迷乱颠倒流浪苦海之中，一念正真，万法皆具。及其勤苦功用，为山九仞之后，毫厘差失，千劫不复。呜呼，道固如是也，岂独佛乎！

子思子曰："夫妇之不肖，可以能行焉；及其至也，虽圣人亦有所不能焉。"孟子则以为圣人之道，始于不为穿窬；而穿窬之恶，成于言不言。人未有欲为穿窬者，虽穿窬亦不欲也。自其不欲为之心而求之，则穿窬足以为圣人。可以言而不言，不可以言而言，虽贤人君子有不能免也。因其不能免之过而遂之，则贤人君子有时而为盗。是二法者，相反而相为用，儒与释皆然。

南华长老明公，其始盖学于子思、孟子者，其后弃家为浮屠氏。不知者以为逃儒归佛，不知其犹儒也。南华自六祖大鉴示灭，其传法得眼者，散而之四方。故南华为律寺。至吾宋天僖三年，始有诏以智度禅师普遂住持，至今明公盖十一世矣。

明公告东坡居士曰："宰官行世间法，沙门行出世间法，世间即出世间，等无有二。今宰官传授，皆有题名壁记，而沙门独无有。矧吾道场，实补佛祖处，其可不严其传，子为我记之。"居士曰："诺。"乃为论儒释不谋而同者以为记。建中靖国元年正月一日记。

【解题】

文章从人皆有向善之本心出发，调和儒释二家，反映了苏轼晚年的思想。

刚 说

孔子曰："刚毅木讷，近仁。"又曰："巧言令色，鲜矣仁。"所好夫刚者，非好其刚也，好其仁也；所恶夫佞者，非恶其佞也，恶其不仁也。吾平生多难，常以身试之，凡免我于厄者，皆平日可畏人也；挤我于险者，皆异时可喜人也。吾是以知刚者之必仁，佞者之必不仁也。

建中靖国之初，吾归自海南，见故人，问存没，追论平生所见刚者，或不幸死矣。若孙君介夫讳立节者，真可谓刚者也。

始吾弟子由为条例司属官，以议不合引去。王荆公谓君曰："吾条例司当得开敏如子者。"君笑曰："公言过矣，当求胜我者。若我辈人，则亦不肯为条例司矣。"公不答，径起入户，君亦趋出。君为镇江军书记，吾时通守钱塘，往来常、润间，见君京口。方新法之初，监司皆新进少年，驭吏如束湿，不复以礼遇士大夫，而独敬惮君，曰："是抗丞相不肯为条例司者。"

谢麟经制溪洞事宜，州守王奇与蛮战死，君为桂州节度判官，被旨鞫吏士之有罪者。麟因收大小使臣十二人付君并按，且尽斩之。君持不可。麟以语侵君。君曰："狱当论情，吏当守法。逗挠不进，诸将罪也，既伏其辜矣，余人可尽戮乎！若必欲以非法斩人，则经制司自为之，我何与焉！"麟奏君抗拒，君亦奏麟侵狱事。刑部定如君言，十二人皆不死，或以迁官。吾以是益知刚者之必仁也。不仁而能以一言活十二人于必死乎！

方孔子时，可谓多君子，而曰"未见刚者"，以明其难得如此。而世乃曰"太刚则折"！士患不刚耳，长养成就，犹恐不足，当忧其太刚而惧之以折耶！折不折，天也，非刚之罪。为此论者，鄙夫患失者也。君平生可纪者甚多，独书此二事遗其子勰、勮，明刚者之必仁，以信孔子之说。

【解题】

本文作于建中靖国元年（1101）二月，时孙立节已亡，其子孙勰来见，苏轼因怀念故友孙立节，作此文悼之。文中赞扬了孙立节敢于坚持己见，不向权势屈服的倔强刚劲之性格。

黄仆射得道

虔州布衣赖仙芝言：连州有黄损仆射者，五代时人。仆射盖仕南汉也，未老退归，一日忽遁去，莫知其存亡。子孙画像事之，凡三十二年。复归，坐阼阶上，呼家人。其子适不在家，孙出见之，索笔书壁上云："一别人间岁月多，归来事事已消磨。惟有门前鉴池水，春风不改旧时波。"遂投笔径去，不可留。子归问其状貌，孙云："似影堂老人也。"连人相传如此。其后颇有禄仕者。

【解题】

本文作于建中靖国元年（1101）二月，记修仙得道之传说。

南安军学记

古之为国者四：井田也，肉刑也，封建也，学校也。今亡矣，独学校仅存耳。古之为学者四，其大者则取士论政，而其小者则弦诵也。今亡矣，直诵而已。舜之言曰："庶顽谗说，若不在时。侯以明之，挞以记之。书用识哉，欲并生哉。工以纳言，时而飏之。格则承之庸之，否则威之。"格之言改也。《论语》曰："有耻且格。"承之言荐也。《春秋传》曰："奉承齐牺。"庶顽谗说不率是教者，舜皆有以待之。夫化恶莫若进善，故择其可进者，以射候之礼举之。其不率教甚者，则挞之，小则书其罪以记之。非疾之也，欲与之并生而同忧乐也。此士之有罪而未可终弃者，故使乐工采其讴谣讽议之言而飏之，以观其心。其改过者，则荐之，且用之。其不悛者，则威之、屏之、僰之、寄之之类是也。此舜之学政也。

射之中否，何与于善恶，而曰“候以明之”，何也？曰：射所以致众而论士也？众一而后论定。孔子射于矍相之圃，盖观者如堵，使弟子扬觯而叙点者三，则仅有存者。由此观之，以射致众，众集而后论士，盖所从来远矣。《诗》曰：“在泮献囚。”又曰：“在泮献馘。”《礼》曰：“受成于学。”郑人游乡校，以议执政，或谓子产：“毁乡校何如?”子产曰：“不可。善者吾行之，不善者吾改之，是吾师也。”孔子闻之，谓子产仁。古之取士论政者，必于学；有学而不取士、不论政，犹无学也。学莫盛于东汉，士数万人，嘘枯吹生。自三公九卿，皆折节下之，三府辟召，常出其口。其取士论政，可谓近古，然卒为党锢之祸，何也？曰：此王政也。王者不作，而士自以私意行之于下，其祸败固宜。

朝廷自庆历、熙宁、绍圣以来，三致意于学矣。虽荒服郡县必有学，况南安江西之南境，儒术之富，与闽、蜀等，而太守朝奉郎曹侯登，以治郡显闻，所至必建学，故南安之学，甲于江西。侯仁人也，而勇于义。其建是学也，以身任其责，不择剧易，期于必成。士以此感奋，不劝而力。费于官者，为钱九万三千，而助者不赀。房屋百二十间，礼殿讲堂，视大邦君之居。凡学之用，莫不严具。又以其余增置廪给食数百人。始于绍圣二年之冬，而成于四年之春。学成而侯去，今为潮州。

轼自海南还，过南安，见闻其事为详。士既德侯不已，乃具列本末，赢粮而从轼者三百余里，愿纪其实。夫学，王者事也。

故首以舜之学政告之。然舜远矣，不可以庶几。有贤太守，犹可以为郑子产也。学者勉之，无愧于古人而已。建中靖国元年三月四日，朝奉郎提举成都府玉局观眉山苏轼书。

【解题】

本文阐发学政之重要，并表彰南安大守兴学之功。

溪洞蛮神事李师中

过太平州，见郭祥正，言："尝从章惇辟，入梅山溪洞中，说谕其首领，见洞主苏甘家有神画像，被服如士大夫，事之甚严。问之，云：'此知桂府李大夫也。'问其名，曰：'此岂可名哉！'叩头称死罪数四，卒不敢名。"徐考其年月本末，则李公师中诚之也。诚之尝为提刑，权桂府耳。吾识诚之，知其为一时豪杰也。然小人多异议，不知夷獠乃尔畏信之，彼其利害不相及尔。

书吕行甫墨颠

吕希彦行甫，相门子，行义有过人者，不幸短命死矣。平生藏墨，士大夫戏之为墨颠。功甫亦与之善，出其所遗墨，作此数字。

【解题】

本二文作于建中靖国元年（1101）四月。功甫即郭祥正。

顺济王庙新获石砮记

建中靖国元年四月甲午，轼自儋耳北归，舣舟吴城山顺济龙王祠下。既进谒而还，逍遥江上，得古箭镞，槊锋而剑脊，其廉可刿，而其质则石也。曰：异哉，此孔子所谓楛矢、石砮，肃慎氏之物也。何为而至此哉！传观左右，失手坠于江中。乃祷于神，愿复得之，当藏之庙中，为往来者骇心动目诡异之观。既祷，则使没人求之，一探而获。

谨按《禹贡》：荆州贡砺、砥、砮、丹及箘、簵、楛，梁州贡璆、铁、银、镂、砮、磬。则楛矢、石砮，自禹以来贡之矣。然至春秋时，隼集于陈廷，楛矢贯之，石砮长尺有咫，时人莫能知，而问于孔子。孔子不近取之荆梁，而远取之肃慎，则荆梁之不贡此久矣。颜师古曰："楛木堪为笴，今豳以北皆用之。"以此考之，用楛为矢，至唐犹然。而用石为砮，则自春秋以来莫识矣。可不谓异物乎！兑之戈，和之弓，垂之竹矢，陈于路寝。孔子履藏于武库。皆以古见宝。此矢独非宝乎！顺济王之威灵，南放于洞庭，北被于淮泗，乃特为出此宝。轼不敢私有，而留之庙中，与好古博雅君子共之，以昭示王之神圣英烈不可不敬者如此。

【解题】

本文记获石砮之经过，并对石砮的历史作了考索。

观 妙 堂 记

不忧道人谓观喜子曰："来，我所居室，汝知之乎？沉寂湛然，无有喧争，嗒然其中，死灰槁木，以异而同，我既名为观妙矣，汝其为我记之。”观喜子曰：“是室云何而求我？况乎妙事了无可观，既无可观，亦无可说。欲求少分可以观者，如石女儿，世终无有。欲求多分可以说者，如虚空花，究竟非实。不说不观，了达无碍，超出三界，入智慧门。虽然如是置之，不可执偏，强生分别，以一味语，断之无疑。譬用筌蹄，以得鱼兔；及施灯烛，以照丘坑。获鱼兔矣，筌蹄了忘；知丘坑处，灯烛何施。今此居室，孰为妙与！萧然是非，行住坐卧，饮食语默，具足众妙，无不现前。览之不有，却之不无，倏知觉知，要妙如此。当持是言，普示来者。入此室时，作如是观。”

【解题】

本文认为佛道至上境界，行住坐卧，无非妙境，而又不可言说。作年不详。

墨宝堂记

世人之所共嗜者，美饮食，华衣服，好声色而已。有人焉，自以为高而笑之，弹琴弈棋，蓄古法书图画，客至，出而夸观之，自以为至矣。则又有笑之者曰：古之人所以自表见于后世者，以有言语文章也，是恶足好？而豪杰之士，又相与笑之。以为士当以功名闻于世，若乃施之空言，而不见于行事，此不得已者之所为也。而其所谓功名者，自知效一官，等而上之，至于伊、吕、稷、契之所营，刘、项、汤、武之所争，极矣。而或者犹未免乎笑，曰：是区区者曾何足言，而许由辞之以为难，孔丘知之以为博。由此言之，世之相笑，岂有既乎？

士方志于其所欲得，虽小物，有弃躯忘亲而驰之者。故有好书而不得其法，则椎心呕血几死而仅存，至于剖冢斫棺而求之。

是岂有声色臭味足以移人哉？方其乐之也，虽其口不能自言，而况他人乎！人特以己之不好，笑人之好，则过矣。

毗陵人张君希元，家世好书，所蓄古今人遗迹至多，尽刻诸石，筑室而藏之，属余为记。余蜀人也。蜀之谚曰："学书者纸费，学医者人费。"此言虽小，可以喻大。世有好功名者，以其未试之学，而骤出之于政，其费人岂特医者之比乎？今张君以兼人之能，而位不称其才，优游终岁，无所役其心智，则以书自娱。然以余观之，君岂久闲者，蓄极而通，必将大发之于政。君知政之费人也甚于医，则愿以余之所言者为鉴。

【解题】

本文应张希元之请而作。文中指出人间有种种志趣，爱好收藏书法作品亦是其中一种，不应受到嘲笑。但苏轼又认为，功业才是士人的主要用心之处，一旦重任在肩，张希元当全心投入，谨慎于政事。作年不详。

墨君堂记

凡人相与号呼者，贵之则曰公，贤之则曰君，自其下则尔、汝之。虽公卿之贵，天下貌畏而心不服，则进而君、公，退而尔、汝者多矣。独王子猷谓竹君，天下从而君之无异辞。今与可又能以墨象君之形容，作堂以居君，而属余为文，以颂君德，则与可之于君，信厚矣。

与可之为人也，端静而文，明哲而忠，士之修洁博习，朝夕磨治洗濯，以求交于与可者，非一人也。而独厚君如此。君又疏简抗劲，无声色臭味，可以娱悦人之耳目鼻口，则与可之厚君也，其必有以贤君矣。世之能寒燠人者，其气焰亦未至若雪霜风雨之切于肌肤也，而士鲜不以为欣戚丧其所守。自植物而言之，四时之变亦大矣，而君独不顾。虽微与可，天下其孰不贤之。然与可独能得君之深，而知君之所以贤，雍容谈笑，挥洒奋迅而尽君之德。稚壮枯老之容，披折偃仰之势。风雪凌厉以观其操，崖石荦确以致其节。得志，遂茂而不骄；不得志，瘁瘠而不辱。群居不倚，独立不惧。与可之于君，可谓得其情而尽其性矣。余虽不足以知君，愿从与可求君之昆弟子孙族属朋友之象，而藏于吾室，以为君之别馆云。

【解题】

本文为文与可而作。墨君，此处用以称呼水墨所绘之竹。文中颂扬文与可的品德及竹之风姿节操，笔力雄健、洒脱。作年不详。

清风阁记

文慧大师应符，居成都玉溪上，为阁曰清风，以书来求文为记。五返而益勤，余不能已，戏为浮屠语以问之。曰：“符，而所谓身者，汝之所寄也。而所谓阁者，汝之所以寄所寄也。身与阁，汝不得有，而名乌乎施？名将无所施，而安用记乎？虽然，吾为汝放心遗形而强言之，汝亦放心遗形而强听之。木生于山，水流于渊，山与渊且不得有；而人以为已有，不亦惑欤？天地之相磨，虚空与有物之相推，而风于是焉生。执之而不可得也，逐之而不可及也，汝为居室而以名之，吾又为汝记之，不亦大惑欤？虽然，世之所谓已有而不惑者，其与是奚辨？若是而可以为有邪？则虽汝之有是风可也，虽为居室而以名之，吾又为汝记之可也，非惑也。风起于苍茫之间，彷徨乎山泽，激越乎城郭道路，虚徐演漾，以泛汝之轩窗栏楯幔帷而不去也。汝隐几而观之，其亦有得乎？力生于所激，而不自为力，故不劳。形生于所遇，而不自为形，故不穷。尝试以是观之。”

【解题】

本文为清风阁作记，而实论人与自然相偕相得的精神境界，借题发挥，才思敏捷，文章亦不拘一格。作年不详。

静常斋记

虚而一，直而正，万物之生芸芸，此独漠然而自定，吾其命之曰静。泛而出，渺而藏，万物之逝滔滔，此独且然而不忘，吾其命之曰常。无古无今，无生无死，无终无始，无后无先，无我无人，无能无否，无离无著，无证无修。即是以观，非愚则痴；舍是以求，非病则狂。昏昏默默，了不可得；混混沌沌，茫不可论。虽有至人，亦不可闻，闻为真闻，亦不可知，知为真知。是犹在闻知之域，而不足以髣髴。况缘迹逐响以希其至，不亦难哉！既以是为吾号，又以是为吾室，则有名之累，吾何所逃。然亦趋寂之指南，而求道之鞭影乎。

【解题】

本文释静常斋名，反映了道家有无相生，以静虚无为至上的思想。作年不详。

方丈记

年月日，住持传法沙门惟谨，重建方丈，上祝天子万寿，永作神主，敛时五福，敷锡庶民。地狱天宫，同为净土，有性无性，齐成佛道。

【解题】

佛寺长老及住持说法之处称为方丈。作年不详。

讷　斋　记

钱塘有大法师曰辩才，初住上天竺，以天台法化吴越。吴越人归之如佛出世，事之如养父母，金帛之施，不求而至。居天竺十四年。有利其富者，迫而逐之，师欣然舍去，不以为恨。吴越之人，从之者如归市，天竺之众，分散四去。事闻于朝，明年俾复其旧。师黾俛而还，如不得已。吴越之人，争出其力以成就废阙，众复大集。

无几何，师告其众曰："吾虽未尝争也，不幸而立于争地，久居而不使去，人以已是非彼，非沙门也。天竺之南山，山深而木茂，泉甘而石峻，汝舍我，我将老于是。"言已，策杖以往，以茅竹自覆，声动吴越。人复致其所有，巉岭堙圮，筑室而奉之。不期年，而荒榛岩石之间，台观飞涌，丹垩炳焕，如天帝释宫。师自是谢事，不复出入。

高邮秦观少游，名其所居曰讷斋，道潜师参寥属予为记。余闻之，师始以法教人，叩之必鸣，如千石钟，来不失时，如沧海潮。故人以辩名之。及其居此山，闭门燕坐，寂默终日，果落根荣，如冬枯木，风止波定，如古涧水，故人以讷名之。虽然，此非师之大全也。彼其全者，不大不小，不长不短，不垢不净，不辩不讷，而又何以名之。虽然，乐其出而高其退，喜其辩而贵其讷，此众人意也，则其以名斋也亦宜。乃作颂曰：

以辩见我，既非见我。以讷见我，亦几于妄。有叩而应，时止而止。非辩非讷，如如不动。诸佛既然，我亦如是。

【解题】

本文记辩才在吴越一带深受僧俗的敬仰，而他自己不慕名利，退居深山之讷斋。认为所谓"讷"，即是渊深博大，自然宁静，与其名“辩”相辅相成，皆是其人品修养的体现。本文亦收苏辙《峦城集》中。作年不详。

李太白碑阴记

李太白，狂士也，又尝失节于永王璘，此岂济世之人哉。而毕文简公以王佐期之，不亦过乎？曰：士固有大言而无实，虚名不适于用者，然不可以此料天下士。士以气为主。方高力士用事。公卿大夫争事之，而太白使脱靴殿上，固已气盖天下矣。使之得志，必不肯附权倖以取容，其肯从君于昏乎？夏侯湛赞东方生云：“开济明豁，包含宏大。陵轹卿相，嘲哂豪杰。笼罩靡前，跆籍贵势。出不休显，贱不忧戚。戏万乘若僚友，视俦列如草芥。雄节迈伦，高气盖世。可谓拔乎其萃，游方之外者也。”吾于太白亦云。太白之从永王璘，当由迫胁。不然，璘之狂肆寝陋，虽庸人知其必败也。太白识郭子仪之为人杰，而不能知璘之无成，此理之必不然者也。吾不可以不辩。

【解题】

本文为李太白失节于永王辩护，认为李太白气盖天下，为世外高士。作年不详。

记汉讲堂

汉时讲堂今犹在，画固俨然，丹青之古，无复前此。

【解题】

本文略记汉代讲堂。作年不详。

睡 乡 记

睡乡之境，盖与齐州接，而齐州之民无知者。其政甚淳，其俗甚均，其土平夷广大，无东西南北，其人安恬舒适，无疾痛札疠。昏然不生七情，茫然不交万事，荡然不知天地日月。不丝不谷，佚卧而自足；不舟不车，极意而远游。冬而絺，夏而纩，不知其有寒暑。得而悲，失而喜，不知其有利害。以谓凡其所目见者皆妄也。

昔黄帝闻而乐之，闲居斋，心服形，三月弗克其治。疲而睡；盖至其乡。既寝，厌其国之多事也，召二臣而告之。凡二十有八年，而天下大治，似睡乡焉。降及尧舜无为，世以为睡乡之俗也。禹、汤股无胈，胫无毛，剪爪为牲，以救天灾，不暇与睡乡往来。武王克商还周，日夜不寝，曰吾未定大业。周公夜以继日，坐以待旦，为王作礼乐，伐鼓扣钟，鸡人号于右，则睡乡之边徼屡警矣。其孙穆王慕黄帝之事，因西方化人而神游焉。腾虚空，乘云雾，卒莫睹所谓睡乡也。至孔子时，有宰予者，亦弃其学而游焉，不得其涂，大迷谬而返。战国秦汉之君，悲愁伤生，内穷于长夜之饮，外累于攻战之具，于是睡乡始丘墟矣。而蒙漆园吏庄周者，知过之化为蝴蝶，翩翩其间，蒙人弗觉也。其后山人处士之慕道者，犹往往而至，至则嚣然乐而忘归，从以为之徒云。嗟夫，予也幼而勤行，长而竞时，卒不能至，岂不迂哉？因夫斯人之问津也，故记。

【解题】

本文表达了无为而治，无知无欲的道家理想。文章自内容到形式都受到《庄子》的影响。作年不详。

书 请 郡

今年，吾当请广陵，暂与子由相别；至广陵逾月，遂往南郡；自南郡诣梓州，溯流归乡，尽载家书而行，迤逦致仕，筑室种果于眉，以须子由之归而老焉。不知此愿遂否？言之怅然也。

【解题】

本文反映了苏轼归隐的愿望。文中记想象情景，如述旧事，见其心愿诚笃。作年不详。

书柳公权联句

贵公子雪中饮，醉余，倚槛向风，曰："爽哉！快哉！"左右有泣者。公子惊问之，曰："吾父昔以爽亡。"楚襄王登台，有风飒然而至，王曰："快哉，此风寡人与庶人共之者耶?"宋玉讥之曰："此独大王之雄风耳，庶人安得而有之?"不知者以为谄也，知之者以为讽也。唐文宗诗曰："人皆苦炎热，我爱夏日长。"柳公权续之曰："薰风自南来，殿阁生微凉。"惜乎，时无宋玉在其傍也。

【解题】

本文讥柳公权续诗谄媚文宗。作年不详。

记里舍联句

幼时里人程建用、杨尧咨、舍弟子由会学舍中《天雨联句》

六言。程云："庭松偃仰如醉。"杨即云："夏雨凄凉似秋。"余云："有客高吟拥鼻。"子由云："无人共吃馒头。"坐皆绝倒，今四十余年矣。

【解题】

本文回忆少时所作谐趣诗。作年不详。

记 鬼 诗

秦太虚言：宝应民有以嫁娶会客者。酒半，客一人径起出门。主人追之，客若醉甚，将赴水者。主人急持之。客曰："妇人以诗招我，其词云：'长桥直下有兰舟，破月冲烟任意游。金玉满堂何所用，争如年少去来休。'苍黄就之，不知其为水也。"然客竟亦无他。夜会说鬼，参寥举此，聊为记之。

【解题】

本文记秦观所言鬼以诗诱人事。作年不详。

书汴河斗门

数年前，朝廷作汴河斗门以淤田，议者以为不可。竟为之，然卒亦无功。方樊山水盛时，放斗门，则河田坟墓闾舍皆被害。及秋深水退而放，则淤不能厚，谓之煎饼淤，朝廷亦厌之而罢。偶读白居易《甲乙判》，有云："得转运使以汴河水浅不通运，请筑塞两河斗门，节度使以当管营田悉在河次，若斗门筑塞，无以供军。"乃知唐时汴河两岸，皆有营田斗门，若运水不乏，即可沃灌。古有之而今不能，何也？当更问知者。

记黄州故吴国

昨日读《隋书·地理志》，黄州乃永安郡。今黄州东十五里许有永安城，而俗谓之“女王城”，其说鄙野。而《图经》以为春申君故城，亦非是。春申君所都，乃故吴国，今无锡惠山上有春申君庙，庶几是乎？

【解题】

上文皆苏轼以亲身经历，在地理方面辨正或补充旧说。作年不详。

书　　墨

余蓄墨数百挺，暇日辄出品试之，终无黑者，其间不过一二可人意。以此知世间佳物，自是难得。茶欲其白，墨欲其黑。方求黑时嫌漆白，方求白时嫌雪黑，自是人不会事也。

试　　墨

世人言竹纸可试墨，误矣。当于不宜墨纸上。竹纸盖宜墨，若池、歙精白玉板，乃真可试墨，若于此纸上黑，无所不黑矣。褪墨石砚上研，精白玉板上书，凡墨皆败矣。

书徂徕煤墨

徂徕珠子煤，自然有龙麝气，以水调匀，以刀圭服，能已鬲气，除痰饮。专用此一味，阿胶和之，捣数万杵，即为妙墨，不俟余法也。陈公弼在汶上作此墨，谓之黑龙髓，后人盗用其名，非也。

记李公择惠墨

李公择惠此墨半丸。其印文云“张力刚”，岂墨匠姓名耶？云得之高丽使者。其墨鲜光而净，岂减李廷珪父子乎？试复观之。劝君不好书，而自论墨拳拳如此，乃知此病吾辈同之，可以一笑。

记李方叔惠墨

李方叔遗墨二十八丸，皆麝香气袭人，云是元存道曾倅阴平，得麝数十脐，皆尽之于墨。虽近岁贵人造墨，亦未有用尔许麝也。

书张遇潘谷墨　寄王禹锡

麝香张遇墨两丸，或自内廷得之以见遗，藏之久矣。今以奉寄。制作精至，非常墨所能髣髴，请珍之！请珍之！又大小八丸，此潘谷与一贵人造者，谷既死，不可复得，宜宝秘也。

书李公择墨蔽

李公择见墨辄夺，相知间抄取殆遍。近有人从梁、许来，云："悬墨满室。"此亦通人之一蔽也。余尝有诗云："非人磨墨墨磨人。"此语殆可凄然云。

书李宪臣藏墨

余为凫绎颜先生作集引，其子复长道以李廷珪墨见遗，形制绝类此墨，以金涂龙及铭，云："李宪臣所蓄赐墨也。"此墨最久而黑如此，殆是真耶？

书石昌言爱墨

石昌言蓄廷珪墨，不许人磨。或戏之云："子不磨墨，墨当磨子。"今昌言墓木拱矣，而墨故无恙，可以为好事者之戒。

书所造油烟墨

凡烟皆墨，何独油烟为墨则白？盖松烟取远，油烟取近，故为焰所灼而白耳。予近取油烟，才积便扫，以为墨皆黑，殆过于松煤，但调不得法，不为佳墨，然则非烟之罪也。

书别造高丽墨

余得高丽墨，碎之，杂以潘谷墨，以清悟和墨法剂之为握子，殊可用。故知天下无弃物也，在处之如何尔。和墨惟胶当乃佳，胶当而不失清和，乃为难耳。清悟墨胶水寒之，可切作水精脍也。

书冯当世墨

冯当世在西府，使潘谷作墨，铭云“枢庭东阁”，此墨是也。阮孚云：“一生当着几緉屐。”仆云：“不知当用几丸墨。”人常惜墨不磨，终当为墨所磨。

书求墨

阮生云：“未知一生当着几緉屐。”吾有佳墨七十丸，而犹求取不已，不近愚耶？

书北虏墨

云庵有墨，铭云“阳岩镇造”，云是北虏墨，陆子履奉使得之者。

书廷珪墨

昨日有人出墨数寸，仆望见，知其为廷珪也。凡物莫不然，不知者如乌之雌雄，其知之者如乌、鹄也。

书潘谷墨

卖墨者潘谷，余不识其人，然闻其所为，非市井人也。墨既精妙而价不二。士或不持钱求墨，不计多少与之。此岂徒然者哉！余尝与诗云：“一朝入海寻李白，空看人间画墨仙。”一日，忽取欠墨钱券焚之，饮酒三日，发狂浪走，遂赴井死。人下视之，盖趺坐井中，手尚持数珠也。见张元明，言如此。

试东野晖墨

世言蜀中冷金牋最宜为墨，非也。惟此纸难为墨。尝以此纸试墨，惟李廷珪乃黑。此墨，兖人东野晖所制，每枚必十千，信亦非凡墨之比也。

书裴言墨

潘谷、郭玉、裴言皆墨工，其精粗次第如此。此裴言墨也，比常墨差胜，云是与曹王制者，当由物料精好故耶？

书王君佐所蓄墨

君佐所蓄新罗墨，甚黑而不光，当以潘谷墨和之，乃为佳绝。今时士大夫多贵苏浩然墨，浩然本用高丽煤杂远烟作之，高丽墨若独使，如研土炭耳。

记王晋卿墨

王晋卿造墨，用黄金丹砂，墨成，价与金等。三衢蔡瑫自烟煤、胶外，一物不用，特以和剂有法，甚黑而光，殆不减晋卿。胡人谓犀黑暗，象白暗，可以名墨，亦可以名茶。

【解题】

上二十篇皆记墨，其中包括各种墨的品质、制法、效果，以及制墨者、藏墨者的性情、逸事等，显示了苏轼在这方面广博的知识和浓厚的兴趣。作年不详。

书六合麻纸

成都浣花溪，水清滑胜常，以沤麻楮作牋纸，紧白可爱，数十里外便不堪造，信水之力也。扬州有蜀冈，冈上有大明寺井，知味者以谓与蜀水相似。西至六合，冈尽而水发，合为大溪，溪左右居人亦造纸，与蜀产不甚相远。自十年以来，所产益多，工亦益精，更数十年，当与蜀纸相乱也。

书布头笺

川笺取布机余经不受纬者治作之，故名布头笺。此纸冠天下，六合人亦作，终不佳。

书海苔纸

昔人以海苔为纸，今无复有，今人以竹为纸，亦古所无有也。付子过。

予自谓此字不恶，然后世观之，必疑其为模本也。

书天台玉板纸

李献父遗余天台玉板纸，殆过澄心堂，顷所未见。

【解题】

上四文记书法用纸。作年不详。

书鲁直所藏徐偃笔

鲁直出众工笔，使仆历试之。笔锋如着盐曲蟮，诘曲纸上。鲁直云："此徐偃笔也。有筋无骨，真可谓名不虚得。"

【解题】

徐偃笔，古代传说周穆王时徐偃王有筋无骨，后因以徐偃称书法柔弱无力者，笔之柔韧应手者亦曰徐偃。作年不详。

书石晋笔仙

石晋之末，汝州有一士，不知姓名，每夜作笔十管付其家。至晓，阖户而出，面街凿壁，贯以竹筒，如引水者。有人置三十钱，则一笔跃出。以势力取之，莫得也。笔尽，则取钱携一壶买酒吟啸自若，率尝如此。凡三十载，忽去，不知所在。又数十年，复有见之者，颜貌如故，人谓之笔仙。

书诸葛笔

宣州诸葛氏笔，擅天下久矣。纵其间不甚佳者，终有家法。如北苑茶、内库酒、教坊乐，虽弊精疲神，欲强学之，而草野气终不可脱。

书钱塘程奕笔

近年笔工，不经师匠，妄出新意，择毫虽精，形制诡异，不与人手相谋。独钱塘程奕所制，有三十年先辈意味，使人作字，不知有笔，亦是一快。吾不久行当致数百枝而去，北方无此笔也。

记南兔毫

余在北方食麞兔，极美，及来两浙江淮，此物稀少，宜其益珍。每得食，率少味，及微腥，有鱼虾气。聚其皮数十，以易笔于都下。皆云此南兔，不经霜雪，毫漫不可用。乃知此物本不产陂泽间也。

记都下熟毫

近日都下笔皆圆熟少锋，虽软美易使，然百字外力辄衰，盖制毫太熟使然也。鬻笔者既利于易败而多售，买笔者亦利其易使。惟诸葛氏独守旧法，此又可喜也。

记古人系笔

系笔当用生毫，笔成，饭甑中蒸之，熟一斗饭乃取出，悬水瓮上数月乃可用，此古法也。

书诸葛散卓笔

散卓笔，惟诸葛能之。他人学者，皆得其形似而无其法，反不如常笔。如人学杜甫诗，得其粗俗而已。

书黄鲁直惠郎奇笔

仆应举时，常用郎奇笔，近岁不复有，不知奇之存亡。今日忽于鲁直处得之。鲁直云："奇中风十许年，近忽无恙。此笔不当供答义人，当与作赋人用也。"

书吴说笔

笔若适士大夫意，则工书人不能用。若便于工书者，则虽士大夫亦罕售矣。屠龙不如履狶，岂独笔哉！君谟所谓艺益工而人益困，非虚语也。吴政已亡，其子说颇得家法。

试吴说笔

前史谓徐浩书锋藏画中，力出字外。杜子美云："书贵瘦硬方通神。"若用今时笔工虚锋涨墨，则人人皆作肥皮馒头矣。用吴说笔，作此数字，颇适人意。

【解题】

上十文记各种笔之优劣、特征、制法及握笔法等。作年不详。

书结绳砚

客将之端溪，请为予购砚。轼曰："余惟两手，其一不能书，而有三砚，奚以多为?”今又获此龙尾小品，四美具矣，而惭前言于客。且江山风月之美，坌至我前，一手日不暇给，又惭于砚，其以贻后之君子。将横四海兮焉穷，与日月兮齐光。庶不虚此玉德金声也。东坡居士识。

书凤咮砚

仆好用凤咮砚，然论者多异同。盖自少得真者，为黯黮滩石所乱耳。

书　砚

砚之发墨者必费笔，不费笔则退墨。二德难兼，非独砚也。大字难结密，小字常局促；真书患不放，草书苦无法；茶苦患不美，酒美患不辣。万事无不然，可一大笑也。

书　砚　赠段玙

砚之美，止于滑而发墨，其他皆余事也。然此两者常相害，滑者辄褪墨。余作孔毅夫砚铭云：“涩不留笔，滑不拒墨。”毅夫甚以为名言。

书汪少微砚

予家有歙砚，底有款识云：“吴顺义元年，处士汪少微铭云：

‘松操凝烟，楮英铺雪。毫颖如飞，人间五绝。’”所颂者三物尔，盖所谓砚与少微为五耶？

书 瓦 砚

以瓦为砚，如以铁为镜而已，必求其用，岂如铜与石哉，而世常贵之，岂所谓苟异者耶？

评 淄 端 砚

淄石号韫玉砚，发墨而损笔。端石非下岩者，宜笔而褪墨。二者当安所去取？用褪墨砚如骑钝马，数步一鞭，数字一磨，不如骑骡用瓦砚也。

书青州石末砚

柳公权论砚，甚贵青州石末，云“墨易冷”。世莫晓其语。此砚青州甚易得，凡物耳，无足珍者。盖出陶灶中，无泽润理。唐人以此作羯鼓腔，与定州花瓷作对，岂砚材乎？砚当用石，如镜用铜，此真材本性也。以瓦为砚，如以铁为镜。人之待瓦、铁也微，而责之也轻，粗能磨墨照影，便称奇物，其实岂可与真材本性者同日而论哉？

书云庵红丝砚

唐彦猷以青州红丝石为甲，或云惟堪作骰盆。盖亦不见佳者。今观云庵所藏，乃知前人不妄许可。

书月石砚屏

月石屏扪之，月微凸，乃伪也，真者必平，然多不圆。圆而平，桂满而不出，此至难得，可宝。

【解题】

上十文皆记砚。作年不详。

书李岩老棋

南岳李岩老好睡。众人饱食下棋，岩老辄就枕，数局一展转。云："我始一局，君几局矣？"东坡曰："李岩老常用四脚棋盘，只着一色黑子。昔与边韶敌手，今被陈抟争先。着时似有输赢，着了并无一物。"欧阳公梦中作诗云："夜凉吹笛千山月，路暗迷人百种花。棋罢不知人换世，酒阑无奈客思家。"殆是谓也。

【解题】

李岩老是苏轼在黄州所结识的隐逸之士。作年不详。

书古铜鼎

旧说明皇羯鼓，卷以油，注中不漏。或疑其诞。吾尝蓄古铜鼎盖之，煮汤而气不出，乃知旧说不妄。

书金錞形制

《周礼》有金錞，《国语》有錞于丁宁。萧齐始兴，王鉴尝得之，高三尺六寸六分，围二尺四寸，圆如筒，铜色黑如漆。上有铜马，以绳悬马，令去地尺余，灌之以水，又以器盛水于下，以芒茎当心跪注錞于，清响如雷，良久乃已。记者既能道其尺寸之详如此，而拙于遣词，使古器形制不可复得其彷彿，甚可恨也。

论漆

漆畏蟹，予尝使工作漆器，工以蒸饼洁手而食之，宛转如中毒状，亟以蟹食之乃甦。墨入漆最善，然以少蟹黄败之乃可。不尔，即坚顽不可用也。

【解题】

上三文记古彝器及蟹与漆的妙用。作年不详。

仁 祖 盛 德

温成皇后乳母贾氏，宫中谓之贾婆婆。贾昌朝连结之，谓之姑姑。台谏论其奸，吴春卿欲得其实而不可。近侍有进对者曰："近日台谏言事，虚实相半，如贾姑姑事，岂有是哉？"上默然久之，曰："贾氏实曾荐昌朝。"非吾仁祖盛德，岂肯以实语臣下耶？

真宗信李沆

真宗时，或荐梅询可用者。上曰："李沆尝言其非君子。"时沆之没，盖二十余年矣。

欧阳文忠公尝问苏子容曰："宰相没二十余年，能使人主追信其言，以何道？"子容言："独以无心故耳。"轼因赞其语，且言："陈执中，俗吏耳，特以至公，犹能取信主上，况如李公之才识而济之以无心耶？"时元祐三年兴龙节，赐宴尚书省，论此。

是日，又见王巩云其父仲仪言："陈执中罢相，仁宗问：'谁可代者？'执中举吴育。上即召赴阙。会乾元节侍宴，偶醉，坐睡，忽惊顾拊床，呼其从者。上愕然，即除西京留台。"

以此观之，执中虽俗吏，亦可贤也。育之不相，命矣夫。然晚节有心疾，亦难大用，仁宗非弃才之主也。

英宗惜臣子

英宗皇帝郊祀习仪，尚书省赐百官酒食。郎官王易知醉饱呕吐，御吏前劾失仪，已赐赦。韩丞相琦以闻。帝曰：“已放罪。”琦奏，故事失仪不以赦原。帝曰：“失仪，薄罚也，然使士大夫以酒食得过，难施面目矣。”卒赦之。

帝爱惜臣子欲曲全其名节者如此，士当何以为报。臣轼闻之于欧阳文忠公修云。

神宗恶告讦

元丰初，白马县民有被劫者，畏贼不敢告，投匿名书于县。弓手甲得之，而不识字，以示门子乙。乙为读之，甲以其言捕获贼，而乙争其功。吏以为法禁行匿名书，而贼以此发，不敢处之死，而投匿名者当流，为情轻法重，皆当奏。苏子容为开封尹，上殿论贼可减死，而投匿名者可免罪。上曰：“此情虽极轻，而告讦之风不可长。”乃杖而抚之。子容以为贼许不干己者告捕，而彼失者匿名，本不足深过。然先帝犹恐长告讦之风，此可为忠厚之至。

然熙宁、元丰之间，每立一法，如手实、禁盐牛皮之类，皆立重赏以许告捕者。此当时小人所为，非先帝本意。时范祖禹在坐，曰：“当书之《实录》。”

永　洛　事

张舜民言：“永洛之役，李舜举、徐禧、李稷皆在围中。上以手诏赐西人，若能保全吏士，当尽复侵地。诏未至，而舜举等已死。”圣主可谓重一士而轻千里矣。惜此等不被其赐也，哀哉！

舜举，中官也。将死，以败纸半幅，书其上云：“臣舜举死无所恨，但愿陛下勿轻此贼。”付一健黠者间走以闻。时李稷亦将死，书纸后云：“臣稷千苦万屈。”上为一恸，然以见二人之贤不肖也。

【解题】

上五文皆记本朝皇帝事迹，称赞他们不为宫中回护，信任、爱惜臣子，反映了苏轼对君王的希望。作年不详。

书刘昌事　昌事见杜牧《宋州宁陵县记》

今日过宁陵，闻县令言，前令晏昙立刘昌庙。昌事迹见杜牧集，甚壮伟。宋子京独不信，以为无有。子京信李蘩记其父泌、崔胤记其父慎由事，皆以伪为真，独不信杜牧记昌事，可笑也。（李蘩作《家传》，记其父居鬼谷，并与仙接。子京亦曰：“蘩所记浮侈不可信，姑摭其实者如上。”崔胤记其父晚无子，遇浮屠生胤，乃名继。）

【解题】

宁陵，县名，在今河南省。作年不详。

书徐则事

东海徐则，隐居天台，绝粒养性。太极真人徐君降之，曰：“汝年出八十，当为王者师，然后得道。”晋王广闻其名，往召之。则谓门人曰：“吾年八十来召我，徐君之言信矣。”遂诣扬州。王请受道法，辞以时日不利。后数日而死，支体如生。道路皆见其徒步归，云：“得放还山。”至旧居，取经书分遗弟子，乃去。既而丧至。予以谓徐生高世之人，义不为炀帝所污，故辞不肯传其道而死。徐君之言，盖聊以避祸，岂所谓危行言逊者耶？不然，炀帝之行，鬼所唾也，而太极真人肯置之齿牙哉！

【解题】

徐则，隋时道家人物。作年不详。

范文正谏止朝正

欧阳文忠公撰《范文正神道碑》，载章献太后临朝，仁宗欲率百官朝正太后，范公力争乃罢。其后轼先君奉诏修太常因革礼，求之故府，而朝正案牍具在。考其始末，无谏止之事，而有已行之明验。先君质之于文忠公。曰："文正公实谏而卒不从，《墓碑》误也，当以案牍为正耳。"今日偶与客论此事，夜归乃记之。

【解题】

本文考订范仲淹谏止百官朝正太后事。作年不详。

温 公 过 人

晁无咎言："司马温公有言，吾无过人者，但平生所为，未尝有对人不可言者耳。"余亦记前辈有诗云："怕人知事莫萌心。"此言皆可终身守之。

【解题】

本文赞扬了司马光胸怀坦荡，不事阴谋的君子品行。作年不详。

蜀公不与物同尽

李方叔言：范蜀公将薨，数日，须眉皆发苍黑，郁然如画也。公平生虚心养气，数尽形往而气血不衰，故发于外耶？范氏多四乳，固与人异。公又立德如此，其化也，必不与万物同尽，有不可知者矣。

【解题】

蜀公即范镇。此文神化范镇之死，反映了作者对范镇的敬仰之情。

潞　　公

潞公坐客有言新义极迂怪者，公笑不答，久之，曰："颇尝记明皇坐勤政楼上，见钉校者。上呼曰：'朕有一破损平天冠，汝能钉校否？'此人既为完之。上曰：'朕无用此冠，以与汝为工直。'其人惶恐谢罪。上曰：'俟夜深闭门后，独自戴，甚无害也。'"

【解题】

潞公，即文彦博。此文以皇冠夜戴之故事，讽刺王安石五经新义只可自炫，无用于世。本文及本章以下各文均作年不详。

王钦若沮李士衡

李士衡之父壹，豪恣不法，诛死。士衡方进用，王钦若欲言之，而未有路，会真宗论时文之弊，因言："路振，文人也。然不识体。"上曰："何也?"曰："李士衡父诛死，而振为赠告。"曰："世有显人。"上颔之。士衡以故不大用。

【解题】

本文记王钦若巧妙地斗倒权臣李士衡之事。

杜正献焚圣语

杜正献公为相，蔡君谟、孙之翰为谏官，屡乞出。仁宗云："卿等审欲郡，当具所乞奏来。"于是蔡除福州，之翰除安州。正献云："谏官无故出，终非美事，乞且仍旧。"上可之。退书圣语。时陈恭公为执政，不肯书，曰："吾初不闻。"正献惧，遂焚之。由此遂罢相。议者谓正献当俟明日审奏，不当遽焚其书也。正献言：始在西府时，上海访以中书事，及为相，中书事不以访。公因言君臣之间，能全终始者，盖难也。

【解题】

本文通过杜正献罢相事，感叹君臣难以长久地保持相互信任的关系。反映了在臣子谨小慎微、仰嗣鼻息而又动辄得咎的尴尬处境。

韩 狄 盛 事

韩魏公在中山，狄青为副总管，陈荐为幕客。今魏公之子师朴出镇，而青之子咏、荐之子厚复践此职，亦异事也。

【解题】

本文记韩琦、狄青、陈荐两代父子任职相同的巧事。

史经臣兄弟

先友史经臣，字彦辅，眉山人。与先君同举制策，有名蜀中，世所共知。沆子凝者，其弟也。沆才气绝人，而薄于德。彦辅才不减沆而笃于节义，博辩能属文，其《思子台赋》最善，大略言汉武、晋惠天资相去绝远，至其惑，则汉武与晋惠无异。竟不仕，年六十卒，无子。先君为治丧，立其同宗子为后，今为农夫，无闻于人。沆亦无子。哀哉！

【解题】

本文略记史经臣生平、品性及文才，并惋惜其无后。

记先夫人不发宿藏

先夫人僦居于眉之纱縠行。一日，二婢子熨帛，足陷于地。视之，深数尺，有一瓮，覆以乌木板。夫人命以土塞之，瓮中有物，如人咳声，凡一年而已。人以为有宿藏物，欲出也。夫人之侄之问闻之，欲发焉。会吾迁居，之问遂僦此宅，掘丈余，不见瓮所在。

其后吾官于岐下，所居古柳下，雪，方尺不积雪，晴，地坟起数寸。吾疑是古人藏丹药处，欲发之。亡妻崇德君曰：“使先姑在，必不发也。”吾愧而止。

记先夫人不残鸟雀

少时所居书堂前，有竹柏杂花丛生满庭，众鸟巢其上。武阳君恶杀生，儿童婢仆，皆不得捕取鸟雀。数年间，皆巢于低枝，其鷇可俯而窥。又有桐花凤，四五日翔集其间。此鸟羽毛至为珍异难见，而能驯扰，殊不畏人。闾里间见之，以为异事。此无他，不忮之诚信于异类也。

有野老言，鸟雀巢去人太远，则其子有蛇鼠狐狸鸱鸢之忧，人既不杀，则自近人者，欲免此患也。由是观之，异时鸟雀巢不敢近人者，以人为甚于蛇鼠之类也，苛政猛于虎，信哉！

【解题】

本二文记苏轼母亲不贪和爱生的品行。苏母程氏曾亲为苏轼兄弟授书，并以范滂的行为激励苏轼，对苏轼的成长有很大的影响。

曹玮知人料事

天圣中，曹玮以节镇定州。王鬷为三司副使，疏决河北囚徒。至定州，玮谓鬷曰："君相甚贵，当为枢密使。然吾昔为秦州，时闻德明岁使人以羊马贸易于边，课所获多少为赏罚。时将以此杀人。其子元昊年十三，谏曰：'吾本以羊马为国，今反以资中原，所得皆茶彩轻浮之物，适足以骄堕吾民。今又欲以此杀人，茶彩日增，羊马日减，吾国其削乎？'乃止不戮。吾闻而异之，使人图其形，信奇伟。若德明死，此子必为中国患，其当君为枢府之时乎？盍自今学兵讲边事？"

鬷虽受教，盖亦未必信也。其后鬷与张观、陈执中在枢密府，元昊反，杨义上书论土兵事，上问三人，皆不知，遂皆罢去，鬷之孙为黄门婿，故知之。

文忠公相

文忠公尝语余曰："少时有僧相我，耳白于面，名动天下，唇不着齿，无事得谤。其言颇验。"耳白于面，则众所共见。唇不着齿，余不敢问公，不知其何如也。

【解题】

此二文记相面应验事。

书周韶

杭州营籍周韶，多蓄奇茗。尝与君谟斗，胜之。韶又知作诗。子容过杭，述古饮之，韶泣求落籍。子容曰："可作一绝。"韶援笔立成，曰："陇上巢空岁月惊，忍看回首自梳翎。开笼若放雪衣女，长念《观音般若经》。"韶时有服，衣白，一座嗟叹。遂落籍，同辈皆有诗送之。二人者最善。胡楚云："淡妆轻素鹤翎红，移入朱栏便不同。应笑西园桃与李，强匀颜色待秋风。"龙靓云："桃花流水本无尘，一落人间几度春。解佩暂酬交甫意，濯缨还作武陵人。"固知杭人多慧也。

徐仲车二反

徐积，字仲车。古之独行也，於陵仲子不能过。然其诗文则怪而放，如玉川子，此一反也。耳聩甚，画地为字，乃始通语，终日面壁坐，不与人接，而四方事，无不周知其详，虽新且密，无不先知，此二反也。

张永徽老健

蜀人张宗谔永徽，年六十七，须发不甚白，而精爽紧健，超逸涧谷，上下如飞，此必有所得。相逢数日，但饮酒啸歌而已，恨不款曲问其所行。方罢官归阳翟，意思豁然，非世俗间人也。

张　憨　子

黄州故县张憨子，行止如狂人，见人辄骂云“放火贼”。稍知书，见纸辄书郑谷《雪》诗。人使力作，终日不辞。时从人乞，予之钱，不受。冬夏一布褐，三十年不易。然近之不觉有垢秽气。其实如此。至于土人所言，则有甚异者，盖不可知也。

子 由 幼 达

子由之达，盖自幼而然。方先君与吾笃好书画，每有所获，真以为乐。唯子由观之，漠然不甚经意。今日有先见，固宜也。

马正卿守节

杞人马正卿作太学正，清苦有气节，学生既不喜，博士亦忌之。余少时偶至其斋中，书杜子美《秋雨叹》一篇壁上，初无意也，而正卿即日辞归，不复出，至今，白首穷饿，守节如故。正卿，梦得。

李与权节士

李秀才，字与权。居太学八年，未尝谒。一日告，为祭酒所知。赵公材求士于祭酒，祭酒荐之，遂为公材客。可谓节士。可喜！可喜！

【解题】

上七文所记多为特立独行之士。文章通过人物的个性特征或一、二件事，突现人物形象、品行。

徐　　寅

徐寅，唐末号能赋。谒朱全忠，误犯其讳。全忠色变，寅狼狈走出。未及门，全忠呼知客，将责以不先告语，斩于界石南。寅欲遁去，恐不得脱，乃作《过太原赋》以献，其略曰：“千金汉将，感精魄以神交；一眼胡奴，望英风而胆落。”全忠大喜，遗绢五百匹。全忠自言，梦见淮阴，使受兵法，“一眼胡奴”，指李克用也。寅虽免一时之祸，殊不忧“一眼胡奴”见此赋也，可笑。

彭孙谄李宪

方李宪用事时，士大夫或奴事之，穆衍、孙路至为执袍带。

王中正盛时，俞充至令妻执板而歌，以侑中正饮。若此类，不可胜数。而彭孙本以劫盗招出，气陵公卿。韩持国至诣其第，出妓饮酒，酒酣，慢持国。持国不敢对。然尝为李宪濯足，曰："太尉足何其香也!"宪以足踏其头，曰："奴谄我不太甚乎?"孙在许下造宅，私招逃军三百人役之。予时将乞许，觊至郡考其实，斩讫乃奏。会除颍州而止。

【解题】

此二文刻画谄佞小人的种种丑行。

蔡延庆追服母丧

蔡延庆所生母亡，不为服久矣，闻李定不服所生母，为台所弹，乃乞追服。乃知蟹筐蝉绥，不独成人之丧也。是时有朱寿昌，其所生母，三岁舍去，长大刺血写经，誓毕生寻访。凡五十年，乃得之。奉养三年而母亡，寿昌至毁焉。善人恶人相去乃尔远耶?

予谪居于黄，而寿昌为鄂守，与予往还甚熟，予为撰《梁武忏引》者也。

【解题】

本文通过对比蔡延庆和朱寿昌的两种事态度，对前者进行了辛辣的讽刺，并高度评价了朱寿昌五十年坚持不懈寻母的孝心。

韩缜酷刑

韩缜为秦州，酷刑少恩，以贼杀不辜，去官。秦人语"宁逢乳虎，莫逢韩玉汝"。玉汝，缜字也。孙临最滑稽，尤善对。或问：“莫逢韩玉汝。当以何对？”应声曰：“可怕李金吾。”天下以为口实。

【解题】

本文讽刺以酷刑治民的官吏。

范景仁定乐上殿

前日见邸报，范景仁乞上殿，不知其何为也。近得其侄伯禄书云，景仁上殿，为定大乐也。景仁本以言新法不便致仕，乃以功成治定自荐于乐，则新法果便也？扬子云言齐、鲁有大臣，史失其名。叔孙通欲制君臣之仪，征诸生于齐、鲁，所不能致者二人。以景仁观之，扬雄之言，可谓谬矣。

【解题】

为朝廷制定大乐，是国家兴盛的象征。而当时朝廷仍在推行新法，在苏轼看来这就谈不上“功成治定”。因此，他对范景仁定乐一事是不赞成的。

黄寔言高丽通北虏

昨日见泗倅陈敦固道。言：“胡孙作人服，折旋俯仰中度。细观之，其侮慢也甚矣。人言‘弄胡孙’，不知为胡孙所弄。”其言颇有理，故为记之。

又见淮南提举黄寔言：“奉使高丽人言，所致赠作有假金银铤，夷人皆拆坏，使露胎素，使者甚不乐。夷云：‘非敢慢，恐北虏有觇者，以为真尔。’”由是观之，高丽所得吾赐物，北虏盖分之矣。而或者不察，谓北虏不知高丽朝我，或以为异时可使牵制北虏，岂不误哉？

今日又见三佛齐朝贡者过泗州，官吏妓乐，纷然郊外，而椎髻兽面，睢盱船中。遂记胡孙弄人语，良有理，故并书之。

【解题】

本文记高丽与北方辽夏等交通，并预计高丽将对宋朝构成威胁。文中以猢狲戏人作喻，讥讽了朝廷对高丽的外交政策。

以利害民

近者余安道孙献策榷饶州垍器，自监权得提举死焉。偶读《太平广记》，贞元五年，李白子伯禽为嘉兴徐浦下场粜盐官，侮慢庙神以死。以此知不肖子，代不乏人也。

以乐害民

扬州芍药为天下冠，蔡延庆为守，始作万花会，用花十余万枝。既残诸园，又吏因缘为奸，民大病之。予始至，问民疾苦，遂首罢之。

万花会，本洛阳故事，而人效之，以一笑乐为穷民之害。意洛阳之会，亦必为民害也，会当有罢之者。钱惟演为洛守，始置驿贡花，识者鄙之。此宫妾爱君之意也。蔡君谟始加法造小团茶贡之。富彦国曰："君谟乃为此耶？"

【解题】

上二文抨击了与民争利以及只图自己享乐而祸害百姓的劣官。苏轼在扬州任上的时间虽然很短，但他果断地废除了万花会，受到了扬州百姓的爱戴。

僧自欺

僧谓酒“般若汤”，谓鱼“木梭花”，谓鸡“钻篱菜”，竟无所益，但自欺而已。世常笑之。然人有为不义，而文之以美名者，与此何异哉。俗士自患食肉，欲结卜斋社。长老闻之，欣然曰：“老僧愿与一名。”

【解题】

本文讥讽世上文过饰非、自欺欺人之人。

苏州僧

近在苏州，有一僧旷达好饮，以醉死。将暝，自作祭文云：“唯灵生在阎浮提，不贪不妒，爱吃酒子，倒街卧路。想汝直待生兜率天，尔时方断得住。何以故？净土之中，无酒得沽。”

本秀二僧

稷下之盛，胎骊山之祸。太学三万人，嘘枯吹生，亦兆党锢之冤。今吾闻本、秀二僧，皆以口耳区区奔走王公，汹汹都邑，安有而不辞，殆非浮屠氏之福也。

朱照僧

朱氏子名照僧。少丧父，与其母皆愿出家，礼僧守素。守素，参寥弟子也。照僧九岁，举止如成人，诵予《赤壁二赋》，铿然鸾鹤声也。不出十年，名冠东南。此参寥法孙，东坡门僧也。

钟守素

参寥行者钟守素，事参寥有年，未尝见过失。仆常默察其所为，似有意于慕高远者。参寥言秦太虚有意为率交游间三十人，每人十千，买祠部牒，令得出家，此亦善缘。仆既随喜，然参寥不善干人，故书此以付守素。

【解题】

上四文记僧人事迹。

诵经帖

东坡食肉诵经。或云："不诵。"坡取水漱口。或云："一碗水如何漱得?"坡云："惭愧，阇黎会得。"

记卓契顺答问

苏台定慧院净人卓契顺，不远数千里，涉岭海，候无恙于东坡。东坡问："将什么土物来?"顺展两手。坡云："可惜许数千里空手来。"顺作担势，缓步而去。

记焦山长老答问

东坡居士醉后单衫游招隐，既醒，着衫而归，问大众云：“适来醉汉向甚处去?”众无答。明日举以问焦山。焦山叉手而立。

记参寥龙丘答问

慈湖程氏草堂，瀑流出两山间，落于堂后。如布悬，如风中雪，如群鹤舞。参寥问主人，乞此地养老。主人许之。东坡居士投名作供养主，龙丘子欲作库头。参寥不纳，曰：“待汝一口吸尽此水，即令汝作。”龙丘子无对。

记南华长老答问

居士着衲衣，因见客着公服次，谓南华曰：“里面着衲衣，外面着公服，大似厄良为贱。”华曰：“外护也少不得。”居士曰：“言中有响。”华曰：“灵山嘱付，不得忘却。”

【解题】

上五文多记苏轼与僧人的答问，类似禅宗语录。

记钱塘杀鹅

鹅能警盗，钱塘人喜杀之，日屠百鹅而鬻之市。

予自湖上夜归，过屠者门，闻群鹅皆号，声振衢路，若有诉者。予悽然，欲赎其死，念终无所置之，故不果，然至今往来予心也。鹅不独警盗，亦能却蛇，其粪盖杀蛇。蜀人园池养鹅，蛇即远去。有此二能而不能免死，且有祈雨之厄。

悲夫，安得人人如逸少乎！

【解题】

逸少，即王羲之，爱鹅极有名。

夹注轿子

施道民为孙威敏所黥，既而复得为民，借两军人肩舆而出。曾子固见之曰："一只好夹注轿子。"闻者为之绝倒。

【解题】

本文记曾子固妙语。曾子固，即曾巩。夹注，书中正文下的注解，多为双行，此处暗示施道民面上黥痕。

二措大言志

有二措大相与言志。一云："我平生不足，惟饭与睡耳。他日得志，当饱吃饭，饭了便睡，睡了又吃。"一云："我则异于是。当吃了又吃，何暇复睡耶？"吾来庐山，闻马道士善睡，于睡中得妙。然以吾观之，终不如彼措大得吃饭三昧也。

【解题】

本文有两层含义，一是讥讽措大们目光短浅，二是认为措大"吃了又吃"正体现人纯朴的本性。措大，指贫寒失意之读书人。

三老人论年

尝有三老人相遇，或问之年。一人曰：“吾年不可记，但忆少年时，与盘古有旧。”一人曰：“海水变桑田时，吾辄下一筹，迩来吾筹已满十间屋。”一人曰：“吾所食蟠桃，弃其核于昆仑山下，今已与昆仑肩矣。”以予观之，三子者，与蜉蝣、朝菌，何以异哉！

【解题】

本文讽刺那些大言欺世或炫夸卖弄的不良习气。

作伪心劳

贫家无阔稿荐，与其露足，宁且露首。君观吾侪有顷刻离笔砚者乎？至于困睡，犹似笔也。小儿子不解人事，问：“每夜何所盖?”辄答云：“盖稿荐。”嫌其太陋，挞而戒之曰：“后有问者，但云被。”一日出见客，而荐草挂须上。儿从后呼曰：“且除面上被。”所谓作伪心劳日拙者耶?

【解题】

本文嘲笑了世上装腔作势、弄虚作假之徒。

桃符艾人语

桃符仰骂艾人曰：“尔何草芥而辄据吾上?”艾人俯谓桃符曰：“尔已半截入土，安敢更与吾较高下乎?”门神傍笑而解之曰："尔辈方且傍人门户，更可争闲气耶！"

螺 蚌 相 语

中渚，有螺蚌相遇岛间。蚌谓螺曰："汝之形，如鸾之秀，如云之孤，纵使卑朴，亦足仰德。"螺曰："然。云何珠玑之宝，天不授我，反授汝耶?"蚌曰："天授于内不授于外，启予口，见予心，汝虽外美，其如内何，摩顶放踵，委曲而已。"螺乃大惭，掩面而入水。

口 目 相 语

子瞻患赤目，或言不可食脍。子瞻欲听之，而口不可。曰："我与子为口，彼与子为眼，彼何厚，我何薄，以彼患而废我食，不可。"子瞻不能决。口谓眼曰："他日我痞，汝视物，吾不禁也。"

禄 有 重 轻

王状元未第时，醉堕汴河，为水神扶出，曰："公有三百千料钱，若死于此，何处消破?"明年遂登第。士有久不第者，亦效之，阳醉落河，河神亦扶出。士大喜曰："吾料钱几何?"神曰："吾不知也。但三百瓮黄齑，无处消破耳。"

德有厚薄

杜黄裳，少年好行阴德，见枯骨辄葬之，鬼辄报德。或获宝剑，或获藏镪。士有效之者，雪中见一枯骨，质衣而葬之。忍寒至三更，鬼啸于檐曰："秀才，秀才！会唱《凉州》、《伊州》否？仆是开元中舞旋色，待与秀才舞个曲破，聊以报德。"

【解题】

上五文皆苏轼所作之寓言故事，构思巧妙，寓意丰富。

二红饭

今年东坡收大麦二十余石，卖之价甚贱，而粳米适尽，乃课奴婢舂以为饭，嚼之啧啧有声。小儿女相调，云是嚼虱子。日中饥，用浆水淘食之，自然甘酸浮滑，有西北村落气味。今日复令庖人，杂小豆作饭，尤有味。老妻大笑曰："此新样二红饭也。"

【解题】

本文作于黄州，记在当地的日常生活片断，平易朴实，亲切有味。

记故人病

元丰六年十月十二日夜，一鼓后，故人有得风疾者。急往视之，已不能言矣。死生阴阳之争，其苦有甚于刀锯木索者。余知其不可救，嘿为祈死而已。呜呼哀哉，此复何罪乎！酒色之娱而已。古人云："甘嗜毒，乐戏猛兽之爪牙。"岂虚言哉！

明日见一少年，以此戒之。少年笑曰："甚矣，子言之陋也。色固吾之所甚好，而死生疾痛非吾之所怖也。"余曰："有行乞于道偃而号曰：'遗我一盂饭，吾今以千斛之粟报子。'则市人皆掩口笑之。有千斛之粟，而无一盂之饭，不可以欺小儿。怖生于爱，子能不怖死生而犹好色，其可以欺我哉！"

今世之为高者，皆少年之徒也。戒生定，定生慧，此不刊之语也。如有不从戒、定生者，皆妄也，如慧而实痴也，如觉而实梦也。悲夫！

【解题】

本文通过故人之死的事实，揭示酒色伤生的道理。而可悲的是，世人正深受其害，却又不能自知。

仙不可力求

王烈入山得石髓，怀之，以饷嵇叔夜。叔夜视之，则坚为石矣。当时若杵碎，或磨错食之，岂不贤于云母、钟乳辈哉！然神仙要有定分，不可力求。退之有言："我宁诘曲自世间，安能从汝巢神山。"如退之性气，虽出世间人亦不能容，况叔夜悻直，又甚于退之者耶？

【解题】

本文认为成仙之事在于缘分，不是刻意寻求所能得到的。

记神清洞事

曹焕游嵩山中，途遇道士，盘礴石上，揖曰："汝非苏辙之婿曹焕乎?”顾其侣曰:“何人?”曰:“老刘道士寓此,未尝与人语。”道士曰:“苏轼,欧阳永叔门人也。汝以永叔为何等人?”焕曰:“文章忠义,为天下第一。”道士曰:“汝所知者,如是而已。我,永叔同年也。此袍得之永叔,盖尝敝而不补,未尝垢而洗也。近得书甚安。汝岂不知神清洞乎?汝与我以某年某月某日同集某处,我当以某年月日化于石上。”复坐,不复语,焕亦行入山。果如期,化于石上。

空冢小儿

富彦国在青社,河北大饥,民争归之。有夫妇襁负一子,未几,迫于饥困,不能皆全,弃之道左空冢中而去。岁定归乡,过此冢,欲收其骨,则儿尚活,肥健愈于未弃时。见父母,匍匐来就,视塚中空无有,唯有一窍滑易,如蛇鼠出入,有大蟾蜍,如车轮,气咻咻然出穴中。意儿在冢中常呼吸此气,故能不食而健。

自尔遂不食,年六七岁,肌理如玉。其父抱儿来京师,以求小儿医张荆筐。张曰:“物之有灵者能蛰,燕蛇虾蟆之类是也。能蛰则能不食,不食则寿,此千岁虾蟆也。法不当与药,若听其不食不娶,长必得道。”父喜,携去,今不知所在。张与予言,盖嘉祐六年。

池鱼自达

眉州人任达为余言:少时见人家,畜数百鱼深池中。池以塼甃,四周皆有屋舍,环绕方丈间。凡三十余年,日加长。一日,天晴无雷。池中忽发大声，如风雨，鱼涌起羊角而上，不知所往。

达云："旧说，不以神守，则为蛟龙所取，此殆是耳！"余以谓蛟龙必因风雨，疑此鱼圈局三十余年，日有腾拔之意，精神不衰，久而自达，理自然耳。

费孝先卦影

至和二年，成都人有费孝先者，始来眉山。云：近游青城山，访老人村，坏其一竹床。孝先谢不敏，且欲偿之。老人笑曰："子视其上字。字云：此床以某年某月造，某年某月为孝先所坏。自其数耳，何以偿为。"孝先知其异，乃留师事之。老人授以轨甲卦影之术，前此未有知此学者也。

后五年，孝先名闻天下，王公大人皆不远千里，以金钱求其卦影，孝先以致富。

今死矣，然四方治其学者，所在而有，皆自托于孝先，真伪特未可知也。聊复记之，使后世知卦影所自。

幸思顺服盗

幸思顺，金陵老儒也。皇祐中，酤酒江州，人无贤愚，皆喜之。时劫江贼方炽，有一官人舣舟酒垆下，偶与思顺往来相善，思顺以酒十壶饷之。已而被劫掠于蕲、黄间。群盗饮此酒，惊曰："此幸秀才酒耶?"官人识其意，即绐曰："仆与幸秀才亲旧。"贼相顾，叹曰""吾侪何为劫幸老所亲哉?"敛所劫还之，且戒曰："见幸慎勿言。"

思顺年七十二，日行二百里，盛夏曝日中，不渴，盖尝啖物而不饮水云。

书桃黄事

有棋人山居，夜梦溪边有一人溺水，棋人援而出之。饭后，纵步至一溪边，真梦中见者。猎人缚一鹿来，棋人数千得之。鹿逐棋人，跬步不可离。后于所居林间地上，得桃一枚，甚大，樵妇过而食之，弃其核而去。棋人取之，破其核，得雄黄一块。棋人吞之，自此不复食。东坡名此鹿为山客。

广利王召

余尝醉卧，有鱼头鬼身者，自海中来，云："广利王请端明。"予被褐草履黄冠而去，亦不知身步入水中。但闻风雷声，有顷，豁然明白，真所谓水晶宫殿也。其下骊珠夜光，文犀尺璧，南金火齐，不可仰视，珊瑚琥珀，不知几多也。广利佩剑，冠服而出，从二青衣。余曰："海上逐客，重烦邀命。"有顷，东华真人、南溟夫人造焉，出鲛绡丈余，命余题诗。余赋曰："天寺虽虚廓，惟海为最大。圣王皆祀事，位尊河伯拜。祝融为异号，恍惚聚百怪。二气变流光，万里风云快。灵旗摇虹纛，赤虬喷滂湃。家近玉皇楼，彤光照世界。若得明月珠，可偿逐客债。"写竟，进广利。诸仙迎看，咸称妙。独旁一冠簪者，谓之鳖相公，进言："客不避忌讳，祝融字犯王讳。"王大怒。余退而叹曰："到处被相公厮坏。"

陈昱再生

今年三月，有中书吏陈昱者，暴死三日而苏。云：初见壁有孔，有人自孔掷一物至地，化为人，乃其亡姊也。携其手自孔中出，曰："冥吏追汝，使我先。"见吏在旁，昏黑如夜，极望有明处，有桥，榜曰"会明"。人皆用泥钱。桥极高，有行桥上者，姊曰："此生天也。"昱行桥下，然犹有在下者，或为乌鹊所啅。姊曰："此网捕者也。"又见一桥，曰"阳明"。人皆用纸钱。有吏坐曹十余人，以状及纸钱至者，吏辄刻除之，如抽贯然。已而见冥官，则陈襄述古也。问昱何故杀乳母？曰"无之"。呼乳母至，血被面，抱婴儿，熟视昱曰："非此人也，乃门下吏陈周。"官遂放昱还，曰："路远，当给竹马。"又使诸曹检己籍。曹示之，年六十九，官左班殿直。曰："以平生不烧香，故不甚寿。"又曰："吾辈更此一报，身即不同矣。"意当谓超也。昱还，道见追陈周往。既苏，周果死。

应梦罗汉

仆往岐亭，宿于团风，梦一僧破面流血，若有所诉。明日至岐亭，以语陈慥季常，皆莫晓其故。仆与慥入山中，道左有庙，中，神像之侧，有古塑阿罗汉一躯，仪状甚伟，而面目为人所坏。仆尚未觉，而慥忽悟曰："此岂梦中得乎？"乃载以归，使僧继莲命工完新，遂宾之安国院。左龙右虎，盖第五尊者也。

梦弥勒殿

仆在黄州，梦至西湖上。梦中亦知其为梦也。湖上有大殿三重，其东，一殿题其额云“弥勒下生。”梦中云：“是仆昔年所书。”众僧住来行道，大半相识，辩才、海月皆在，相见惊喜。仆散衫策杖，谢诸人曰：“梦中来游，不及冠带。”既觉，忘之。明日得芝上人信，乃复理前梦，因书以寄之。

仙姑问答

仆尝问三姑是神耶仙耶。三姑曰：“曼卿之徒也。”欲求其事为作传。三姑曰：“妾本寿阳人，姓何名媚，字丽卿。父为廛民，教妾曰：‘汝生而有异，它日必贵于人。’遂送妾于州人李志处修学。不月余，博通《九经》。父卒，母遂嫁妾与一伶人，亦不旬日，洞晓五音。时刺史诬执良人，置之囹圄，遂强娶妾为侍妾。不岁余，夫人侧目，遂令左右擒妾投于厕中。幸遇天符使者过，见此事，奏之上帝。上帝勅送冥司，理直其事。遂令妾于人间主管人局。”余问云：“甚时人?”三姑云：“唐时人。”又问名甚?三姑云：“见有一所主，不敢言其名。”又问：“刺史后为甚官?”三姑云：“后入相。”又问：“甚帝代时人?”姑云：“则天时。”又问：“上天既为三姑理直其事，夫人后得甚罪?”三姑云：“罚为下等。”

三姑因以启谢云：“学士刀笔冠天下，文章烂寰宇。身之品秩，命之本常。朝野共矜而不能留连，皇王怀念而未尝引拔。暂居小郡，实屈大贤。如贱妾者，主之爱而共憎，事之临而无避。

罪于非辜之地，生无有影之门。赖上天之究情，使微躯之获保。何期有辱朝从，下降寒门。罪宜千诛，事在不赦。维持阴福，以报大恩”。

又问云：“某欲弃仕路，作一黄州百姓，可否?”三姑戏赠一绝云：“朝廷方欲强搜罗，肯使贤侯此地歌。只待修成云路稳，皇书一纸下天河。”又问：“余欲置一庄，不知如何?”三姑云：“学士功名立身，何患置一庄不得。”又云：“道路无两头，学士甚处下脚?”再赠一绝云：“蜀国先生道路长，不曾插手细思量。枯鱼尚有神仙去，自是凡心未灭亡。”

又《谢腊茶》诗云：“陆羽《茶经》一品香，当初亲受向明王。如今复有苏夫子，分我花盆美味尝。”

又《谢张承议惠香》云：“南方宝木出名香，百和修来入供堂。贱妾固知难负荷，为君祝颂达天皇。”

又《赠世人》云：“赠君一术眇生辰，不用操心向不平。隐贿隐财终是妄，谩天谩地更关情。花藏芳蕊春风密，龙卧深潭霹雳惊。莫向人前夸巧佞，苍天终是有神明。”

又《赠王奉职》云：“平生有幸得良妻，此日同舟共济时。蜀国乃为君分野，思余自此有前期。”

又为《琴歌》云：“七弦品弄仙人有，留待世人轻插手。一声欲断万里云，山林鬼魅东西走。况有离人不忍听，才到商音泪渐倾。雁柱何须夸郑声，古风自是天地情。伯牙死后无人知，君侯手下分巧奇。月明来伴青松阴，露齿笑弹风生衣。山神不敢隐踪迹，笑向山阴惧伤击。一曲未终风入松，五女惊飞来住侧。劝君休尽指下功，引起相思千万滴。”

太白山神

吾昔为扶风从事。岁大旱，问父老境内可祷者。云：“太白山至灵，自昔有祷无不应。近岁向传师少卿为守，奏封山神为济民侯，自此祷不验，亦莫测其故。”吾方思之，偶取《唐会要》看，云：“天宝十四年，方士上言太白山金星洞有宝符灵药，遣使取之而获，诏封山神为灵应公。”吾然后知神之所以不悦者。

即告太守，遣使祝之，若应，当奏乞复公爵，且以瓶取湫水归郡。水未至，风雾相缠，旗幡飞舞，髣髴若有所见。遂大雨二日，岁大熟。吾作奏检具言其状，诏封为明应公。

吾复为文记之，且修其庙。祀之日，有白鼠长尺余，历酒馔上，嗅而不食。父老云：“龙也。”是岁嘉祐七年。

华阴老妪

眉之彭山进士宋筹者，与故参知政事孙抃梦得同赴举。至华阴，大雪。天未明，过华山。有牌堠云“毛女峰”者，见一老妪坐堠下，鬓如雪而无寒色。时道上未有行者，不知其所从来，雪中亦无足迹。与宋相去数百步，宋先过之，未怪其异，而莫之顾。独孙留连与语，有数百钱挂鞍，尽以予之。即追及宋，道其事。宋悔，复还求之，已无所见。是岁，孙第三人及第，而宋老死无成。此事，蜀人多知之者。

记授真一酒法

予在白鹤新居，邓道士忽叩门，时已三鼓，家人尽寝，月色如霜。其后有伟人，衣桄榔叶，手携斗酒，丰神英发如吕洞宾者，曰：“子尝真一酒乎？”三人就坐，各饮数杯，击节高歌合江楼下。风振水涌，大鱼皆出。袖出一书授予，乃真一法及修养九事。末云九霞仙人李靖书。既别，恍然。

道士锻铁

有道士讲经茅山，听者数百人。中讲，有自外入者，长大丑黑，大骂曰："道士奴，天正热，聚众造妖何为?"道士起谢曰："居山养徒，费用匮乏，不得不尔。"骂者怒少解，曰："须钱不难，何至作此!"乃取釜灶杵臼之类，得百余斤，以少药锻，皆为银，乃去。

后数十年，道士复见此人，从一老道士，须发如雪，骑白骡。此人腰插一骡鞭，从其后。道士遥望，叩头，欲从之。此人指老道士，且摇手作惊畏状，去如飞。少顷，不见。

鬼附语

世有附语者，多婢妾贱人，否则衰病，不久当死者也。其声音举止，皆类死者，又能知人密事。然理皆非也。意有奇鬼能为是耶?

昔人有远行者，欲观其妻于己厚薄，取金钗藏之壁中，忘以语之。既行，而病且死，以告其仆。既而不死。忽闻空中有声，真其夫也。曰："吾已死，以为不信，金钗在某所。"妻取得之，遂发丧。其后夫归，妻乃反以为鬼也。

石普嗜杀

石普好杀人，以杀为娱，未尝知惭悔也。醉中缚一奴，使其指使投之汴河，指使哀而纵之。既醒而悔，指使畏其暴，不敢以实告。久之，普病，见奴为祟，自以为必死。指使呼奴示之，祟不复作，普亦愈。

僧伽同行

《泗州大圣僧伽传》云：“和尚，何国人也。”又云：“世莫知其所从来，云不知何国人也。”近读《隋史·西域传》，有何国。予在惠州，忽被命责儋耳。太守方子容自携告身来，且吊予曰：“此固前定，可无恨。吾妻沈素事僧伽，谨甚。一夕梦和尚告别。沈问所往？答云：‘当与苏子瞻同行，后七十二日，当有命。’今适七十二日矣，岂非前定乎？”予以谓事孰非前定者，不待梦而知。然予何人也，而和尚辱与同行，得非夙世有少缘契乎？

寿禅师放生

钱塘寿禅师，本北郭税务专知官。每见鱼虾，辄买放生，以是破家。后遂盗官钱，为放生之用。事发，坐死，领赴市矣。吴越钱王使人视之，若悲惧如常人，即杀之；否，则舍之。禅师淡然无异色，乃舍之。遂出家，得法眼净。禅师应以市曹得度，故菩萨乃现市曹以度之，学出生死法，得向死地上走一遭，抵三十年修行。吾窜逐海上，去此地稍近。当于此证阿罗汉果。

【解题】

上十九文皆记神异事迹，或出于口耳相传，或出于苏轼杜撰，或录其所梦，率皆小说家言，荒诞不经。这些文章颇能引人入胜，显示了高超的文学表达能力。

梁上君子

近日颇多贼，两夜皆来入吾室。吾近护魏王葬，得数千缗，略已散去。此梁上君子，当是不知耳。

【解题】

本文以恢谐的笔法叙述了自己生活的窘迫，表现了苏轼达观开朗的个性。